Gérard CHEVALIER

Vague scélérate

Éditions du Palémon
ZA de Troyalac'h — 10 rue André Michelin — 29170 St-Évarzec

À Serge Belluco, qui est parti avant d'avoir pu lire mon histoire. Je lui raconterai dans quelques années, là où nous pourrons évoquer tous ces bons bouts de vie passés ensemble, en envisageant joyeusement la suite sans aucune notion de temps.

Tout cela descendait et montait comme une vague
Ou s'élançait en pétillant.
On eût dit que le corps, enflé d'un souffle vague
Vivait en se multipliant.

Charles Baudelaire

La vie s'appropriait la mort. Le phénoménal ballet des bactéries suivait l'immuable chorégraphie de la transformation au cœur des chairs putrides.

Des gaz gonflaient des poches immondes. Une invraisemblable alchimie, inventée par un Dieu très savant, perpétuait le cycle des origines du vivant en s'amusant cyniquement.

Le cadavre était remonté des profondeurs et flottait en contemplant le ciel menaçant. Les traits du visage, gommés, n'exprimaient qu'une indifférence incongrue à l'égard des éléments en colère. Ballotté, recouvert parfois par une vague plus insolente, le corps se dirigeait lentement vers une étendue de sable encastrée dans des rochers, à la pointe est de l'île d'Ouessant. La faible lumière du jour capitulait devant les ténèbres envahissantes, ponctuées vers l'horizon de monstrueuses écumes blanches, à la surface d'un chaudron infernal.

Lassées de jouer avec leur proie inanimée, les vagues déposèrent le noyé sur la minuscule grève en lui témoignant un peu plus de respect.

La mer se retirait avec la marée descendante et les vêtements exsudèrent doucement l'eau qui les imbibait, accompagnée d'humeurs indétectables.

La quiétude de la forme immobile contrastait dramatiquement avec la furie mugissante de l'océan.

oOo

Le pilote du *Cessna Caravan* de la compagnie Finist'Air ne décolérait pas, à sa manière. C'est-à-dire sans manifester la moindre nervosité. Un vent de travers, violent, l'assaillait constamment depuis le décollage de l'aéroport à Guipavas.

L'avion dévia brutalement de sa trajectoire, secouant les six passagers, heureusement des habitués de ce vol quotidien. La grande fiabilité de l'appareil dans ces conditions difficiles permettait néanmoins un vol en toute sécurité.

Seuls les nerfs étaient désagréablement sollicités. Mais cela ne durait que quinze minutes, temps nécessaire pour atteindre Ouessant.

Lorsque la piste fut en vue entre les deux petites anses de Porz Ligoudou et Porz An Dour, le pilote se concentra sur les manœuvres d'atterrissage. Son œil exercé transmit à son cerveau un message d'alerte : un homme était allongé sur la bande de sable entre les rochers de la côte. Pas de bateau en vue. À cette heure matinale ce ne pouvait être qu'un drame. Il n'accorda que deux secondes à son observation et se posa un moment plus tard avec toute la maîtrise requise pour contrer les perturbations.

Il attendit que ses passagers débarquent avant de prendre son téléphone portable. L'absence de commentaires prouvait que personne n'avait vu la forme humaine insolite. Avant d'aller accueillir ses nouveaux voyageurs pour le vol en sens inverse, prévu quinze minutes plus tard, il appela la mairie de Lampaul et signala sa découverte. Il imagina sans peine les répercussions immédiates dans la communauté ouessantine très solidaire, et efficace dans la mise en œuvre des secours.

En revanche, il ne pouvait évaluer l'ampleur des événements dont il venait de déclencher le tout début.

oOo

Louis Le Coz, le chef des pompiers bénévoles, aidé de son ami Yvon Berthelé, le responsable du sauvetage en mer, et de leurs trois grands fils, placèrent avec précaution le noyé sur le brancard. C'était un homme âgé d'une cinquantaine d'années, entièrement vêtu de noir à part la chemise blanche au col fermé par une cravate, nœud impeccablement noué. À son poignet gauche une chaîne fixée sur une menotte le reliait à une mallette en cuir, noire elle aussi. La facture en était luxueuse. Un système de chiffres à molette bloquait son ouverture.

Louis la saisit par un coin de sa main gantée et la coinça entre le bras et le corps du cadavre. Le lieutenant Boyer de la compagnie de gendarmerie de Brest, averti par téléphone, lui avait bien recommandé de ne pas laisser d'empreintes digitales sur l'objet. L'expérience lui avait appris que lorsque l'océan rejette un corps on pouvait s'attendre à tout. En revanche, il n'y avait pas de scène de crime au sens classique du terme puisque l'homme avait péri en mer.

Louis était formel sur ce point, ayant hélas accompli plusieurs fois la triste besogne de repêcher des morts par noyade.

Ils remontaient péniblement le brancard jusqu'à l'ambulance quand Jean Le Goff, le médecin de l'île, arriva.

— Ce n'était pas la peine de te déplacer ! lui lança Louis. Il n'y a plus rien à faire !

— Bonjour Yvon, bonjour Louis. Salut les enfants. Que je constate le décès ici ou ailleurs, il faut bien le faire. Et puis ça me fait gagner du temps, car avec ce froid le tiers des petits de l'île est malade.

— C'est vrai, t'auras la visite de ma fille. Mon petit-fils Erwan a une de ces bronchites ! renchérit Yvon alors que le médecin se penchait pour examiner l'homme en noir.

Sa première certitude, à part le fait qu'il était bien décédé, fut qu'il s'agissait d'un étranger. Malgré la boursouflure de la peau, le visage restait bien typé. Un Libanais ou un Egyptien pensa Le Goff qui était passé en touriste dans ces deux pays.

Il signa son certificat de décès et le tendit à Le Coz, pressé de quitter les lieux.

— Tiens, tu le donneras aux gendarmes. Pour le permis d'inhumer ce ne sera pas moi. Et l'enterrement ne se fera pas ici, crois-moi !

Le Coz, Berthelé et les garçons regardèrent leur médecin avec respect. Respect pour sa personne bienveillante et compétente, respect pour ses années d'étude, respect pour l'enfant de l'île avec lequel ils avaient grandi et qui avait choisi d'exercer son art au service de sa population. Il était le garant de leur santé et le dépositaire de bien des secrets de famille. Tandis que Le Goff regagnait sa voiture les hommes mirent le brancard dans l'ambulance.

Arrivés à Lampaul, capitale vitale de ce bout de terre flottant au large du continent, ils installèrent une bâche plastique sur une table dans un local voisin du poste de gendarmerie, encore inoccupé en cette fin de mars.

Le mort placé dans cette morgue improvisée, il ne restait plus qu'à attendre l'équipe des forces de l'ordre.

La nouvelle de l'étranger noyé, trouvé près de l'aérodrome, se transmettait verbalement à une vitesse surprenante. Les faits divers étaient rares dans ce microcosme. Ils prenaient une importance inversement proportionnelle aux dimensions du territoire. L'invasion des touristes n'étant pas encore en cours, les suppositions les plus insensées s'échangeaient quant à la provenance du cadavre.

— Il est sûrement tombé d'un bateau !

— Ou d'un avion ! Ça s'est déjà vu !

— À moins qu'il vienne d'un port du continent.

— On l'aurait poussé à l'eau ?

— Va savoir. C'est peut-être pas un accident.

— Le fils à Berthelé m'a dit qu'il avait un bagage ficelé à la main.

— Tu veux dire un attaché-case ?

— Oui. Ça veut dire qu'on ne l'a pas volé...

— Donc c'est un accident !

Le bruit puissant de l'Eurocopter 135 transportant les gendarmes mit fin aux conversations. Sans se concerter les Ouessantins disponibles se dirigèrent vers le poste des militaires.

L'hélicoptère tout neuf, fierté de la compagnie de Brest, attirait à lui seul la moitié des curieux, essentiellement des jeunes.

Étant en vacances ce samedi matin, ils profitaient de leur liberté pour rêver devant cet engin mythique du XXIe siècle, l'instrument essentiel du secours et des prises de vues cinématographiques aériennes.

L'adjudant-chef Cartier et deux maréchaux des logis-chefs descendirent de l'appareil, laissant le pilote le garder. Cartier venait d'être muté à Brest trois mois auparavant. Trente-cinq ans, sportif sans excès, il suivait des cours pour s'intégrer dans une équipe de recherche scientifique, discipline qu'il avait découverte au cours des enquêtes auxquelles il avait participé.

Le message transmis au réceptionniste de garde deux heures plus tôt ne spécifiait rien qui puisse mobiliser une attention particulière. Il s'agissait de la découverte d'un homme noyé, déposé par les courants marins sur une côte d'Ouessant. Triste, mais banal, hélas!

Lorsqu'il découvrit le corps son instinct le mit immédiatement en tension. L'acquis de ses cours lui fit comprendre qu'il n'était justement pas en présence d'un fait divers banal. Il enfila des gants en latex, tout en pensant qu'il avait peu de chance de trouver des empreintes après un séjour de quelques jours dans l'eau de mer.

Dans les poches du mort il n'y avait qu'un portefeuille, deux tickets pour une salle de cinéma, le Grand Rex à Paris, ainsi que quelques euros en monnaie.

Avec précaution il chercha une pièce d'identité. Au milieu du portefeuille, simplement coincé, se trouvait un passeport. Il n'ouvrit qu'à moitié la page d'identification, le document était trop détrempé pour être examiné. On pouvait détériorer les visas éventuels en les décollant.

Il ne put lire qu'une partie du nom : Dimitri Tcherk… Les caractères imprimés en cyrillique ne laissaient aucun doute quant à la nationalité du personnage. C'était un Russe, contrairement à son apparence méditerranéenne, ou moyen-orientale.

— On va l'emmener au labo, dit Cartier à ses adjoints. Il faudra faire sécher les documents au plus vite.

Il ajouta, après avoir hésité :

— Paul, tu coupes la chaînette de la mallette en partageant sa longueur.

Une fois l'attaché-case désolidarisé du poignet, il le glissa dans un grand sac plastique.

Alors qu'on enfermait le Russe dans une housse, le maire arriva tout essoufflé.

— Pardonnez-moi de n'avoir pu vous accueillir. J'étais en train de régler un problème compliqué avec un emmerdeur qui fait chier tout le monde !

Seul, l'adjudant-chef Cartier fut surpris. Ses hommes avaient déjà rencontré Jean-Pierre Karadec, premier citoyen de l'île, au langage fleuri. Quand on connaissait l'énergumène, on ne pouvait pas s'en offusquer. Luttant sans relâche pour les intérêts de son « caillou », généreux de son temps et de sa personne, son dévouement était salué même par ses adversaires politiques.

Quand un fonctionnaire du continent devait le rencontrer, ses collègues arboraient un air réjoui.

— Ah, tu vas voir Karadec ! On prévient le SAMU !

Le maire serra la main des militaires. Cartier se présenta.

— Soyez le bienvenu à Ouessant, monsieur… euh… adjudant-chef ! Je vous offre un café avant de repartir ?

— Avec plaisir, monsieur le maire, mais rapidement.

C'était la première visite du sous-officier sur l'île et il ne voulait pas déroger à la qualité des rapports que la gendarmerie et Ouessant avaient établis.

Ils étaient pressés et Karadec le comprenait très bien. Il les raccompagna jusqu'à l'hélicoptère où ils embarquèrent leur funèbre chargement.

Après un dernier salut l'engin décolla, projetant un souffle puissant vers le sol. Le maire le suivit des yeux pendant un moment en se demandant comment un citoyen russe avait pu se noyer et échouer sur la côte de son « caillou ».

Yann Favier étira son corps dans tous les sens avant de regarder sa montre. Dix heures ! Il eut un sourire de bien-être en pensant égoïstement à Catherine qui, elle, était dans sa boulangerie depuis sept heures. Qu'importe. Il s'était levé très tôt toute sa vie, et bien souvent des heures de veille dans des conditions pénibles l'avaient empêché de dormir. Alors, le temps de la retraite venu, il profitait pleinement de sa nouvelle vie. Et de Catherine. Une onde de désir le parcourut encore. Pourtant il aurait dû être rassasié. Leur envie mutuelle les avait emmenés dans une orchestration de caresses raffinées, plusieurs fois au cours de la nuit. C'était miraculeux après toutes ces années qui ne les réunissaient que par intermittence. Probablement était-ce le secret de ce désir qui se perpétuait. Ils en avaient conscience. Alors qu'aujourd'hui ils pouvaient vivre ensemble, ils possédaient chacun un logement où ils s'invitaient au gré de leur fantaisie, ayant soin de toujours laisser quelques jours avant de refaire le plein d'amour.

Catherine et Yann se connaissaient depuis leur petite enfance. Claude Favier, le père de Yann avait épousé une Ouessantine. Il avait quitté Le Conquet pour vivre avec sa femme dans la petite maison que Yann occupait maintenant. Catherine était la fille des boulangers qui fournissaient Lampaul depuis trois générations.

Ils avaient toujours été amoureux l'un de l'autre. Mais la vie avait passé son temps à les contrarier. Yann, brillant élève, quittait l'île pour ses études secondaires. Un métier inattendu le happait dès sa sortie de la faculté de droit.

Passionné, il découvrait le monde et sa complexité. Catherine, désespérée, le voyait de moins en moins. Une mauvaise conjoncture envoyait son amoureux dans une mission en Orient, d'où il ne donnait plus de nouvelles. Une volée de prétendants s'étaient mis à tourner autour de la belle fille qui captait l'attention de tous les mâles du bourg. C'était facile de la voir puisqu'elle aidait ses parents à la boulangerie.

En achetant son pain, on avait en prime l'image de ses formes généreuses et l'éclat de ses yeux. Un [illegible]ide fils de pêcheur sut un jour attirer son atten-[illegible] pas seulement par sa stature et son charme

Yann n'étant pas réapparu, ils se marièrent et n'eurent aucun enfant.

Catherine comprit, après quelques mois, que son union était un échec, que personne ne pourrait remplacer celui qui l'avait abandonnée. Le divorce fut un scandale, alimentant les ragots pendant un bon moment. Le fils de pêcheur quitta Ouessant et Catherine subit la rancœur du clan de son mari, ainsi que l'humeur détestable de ses parents, humiliés par cette situation.

Puis, la succession des années estompa les ressentiments.

Yann ressurgit à l'occasion d'une fête de famille, alors que personne ne pensait à lui, Catherine encore moins que les autres. Quand elle le vit, elle ressentit ce que tous ceux qui s'aiment perçoivent après une longue absence. Malgré sa volonté première de le rejeter, elle fut incapable de lui résister. La vie avait sculpté des traits bien marqués sur le visage de Yann. Il était de taille moyenne, mais un entraînement sportif intense lui donnait un rayonnement de puissance. Ses yeux gris sombre, ayant déjà contemplé l'indicible, exprimaient des sentiments forts dont le vulgaire était exclu.

Ils se retrouvèrent tous deux dans une sensualité explosive, dont ils n'avaient pas soupçonné l'existence dans leurs premiers ébats. Leur maturité scella définitivement leur destin. Yann refusa de lui expliquer en quoi consistait exactement son travail. Il était fonctionnaire. Où? Au ministère de l'Intérieur. Voilà. C'est tout. Il apparaissait et disparaissait. Tantôt exténué, tantôt déprimé. Mais à chaque fois, leurs retrouvailles les galvanisaient. Ils accumulaient l'énergie qui leur permettait d'attendre la prochaine rencontre. Et la vie s'écoulait.

— La vie passe vite, ricana Yann en se levant.

Il s'habilla rapidement, impatient de se faire un café chez lui. Il sortit par l'arrière de la boulangerie en espérant ne rencontrer personne. Pourtant personne n'ignorait leur liaison, tellement ancienne. Mais c'était ainsi. Yann restait un personnage un peu mystérieux qui ne pouvait être comparé à aucun habitant de l'île. Il avait ses manies. On le respectait. Il entendit le frère de Catherine, Paul, qui ouvrait la porte du four. Le fils aîné succédait au vieux père, c'était dans l'ordre traditionnel de cette famille. Avant qu'il ne l'aperçoive, il se faufila dans la cour.

La température très basse le sortit de sa torpeur rêveuse. Il n'avait pas six cents mètres à parcourir pour regagner son logis. Cela lui fit quand même du bien. Faire du sport, parfait ! Mais après le café du matin.

Il s'assit, tenant le bol brûlant de ses deux mains dans le vieux club de son père, face à la fenêtre qui donnait sur le petit jardin clos. Les murs, indispensables contre le vent permanent de l'île, protégeaient de leurs pierres non crépies quelques camélias rabougris et des touffes d'asters vivaces, refusant obstinément de disparaître dans cet endroit peu propice à la végétation neuf mois sur douze.

Il régnait une agréable chaleur dans la maison dont la seule modernité était une installation de chauffage au fioul que Yann pouvait déclencher ou éteindre par téléphone. Car il lui arrivait encore de se déplacer, mais bien plus rarement qu'autrefois et pour quelques jours seulement. Son caractère économe lui faisait couper la chaudière en hiver lors de ses absences.

Après une toilette minutieuse, il enfila un blouson molletonné sur un jogging et sortit faire une promenade. L'île était son second grand amour. Il la connaissait par cœur et pourtant la découvrait sans cesse. Durant sa vie mouvementée il n'avait jamais imaginé qu'il puisse la quitter définitivement. Maintenant seule la mort l'y obligerait. Il choisit d'aller d'abord au phare du Creac'h. Il remonterait ensuite au nord vers les îlots du You'chmeur observer les oiseaux migrateurs qui n'allaient pas tarder à reprendre leur périple. Passant par le bourg de Lampaul, chemin incontournable quand on habitait comme lui le village de Toull al Lann, il fut surpris de rencontrer des groupes d'îliens tenant des conversations animées.

— Bonjour, Jean-Marie. Que se passe-t-il ?

— Ah, salut, Yann. Figure-toi qu'on a repêché un macchabée !

— Quelqu'un de chez nous ?

Jean-Marie se signa vivement.

— Dieu merci, non. Un étranger.

— Un pêcheur ?

— Non, non. Un véritable étranger. Un Russe qu'y paraît.

— Ah ! C'est pas courant ça.

— Non... Les gendarmes l'ont emmené.

— Logique. Bien, Jean-Marie. Je vais faire un petit tour. Bonne journée.

— Allez, kenavo, Yann.

— Kenavo.

Jean-Marie regarda son interlocuteur s'éloigner, déçu et surpris d'une conversation avortée par le manque d'intérêt évident que Yann Favier portait au sujet.

oOo

L'adjudant-chef Cartier, dans son bureau du 15 rue de l'Harteloire à Brest, terminait de remplir une fastidieuse paperasse. Il avait laissé le cadavre du Russe dans le local du funérarium à l'hôpital Morvan qui servait d'institut médico-légal. Le légiste de service n'étant pas débordé, son rapport devait parvenir sous peu. Lundi après-midi peut-être.

Un de ses deux adjoints entra, portant la mallette noire et le portefeuille du mort.

— Voilà, chef. C'est sec. J'ai fini au sèche-cheveux, le radiateur soufflant a cramé !

— Zut ! Tu fais le nécessaire pour le remplacer au plus vite. Cet engin est trop pratique pour s'en passer.

— Oui. L'économat va encore hurler qu'on le ruine !

— Tu l'as déjà vu aimable quand on lui demande de fournir quelque chose ?

— Non. On croirait qu'on les détrousse de leurs biens personnels… Tiens, on a forcé les serrures chiffrées. C'était du solide.

Il disposa l'attaché-case ouvert devant son supérieur, ainsi que le contenu rangé dans des chemises en carton, des sacs plastiques, et le portefeuille avec le passeport. Cartier appréciait son jeune subalterne, motivé, méthodique, au caractère stable et souriant. Il considérait Antoine Kastler comme une excellente recrue.

— Pas besoin de mettre des gants : on a relevé les empreintes sur tous les documents. Rien sur la mallette, quelques-unes dans le portefeuille et le passeport. Ce sont en grande majorité celles de Dimitri Tcherkaïev qu'on avait relevées ce matin. Impossible de lire l'écriture cyrillique. Il va falloir tout faire traduire.

Cartier examina en premier le passeport. Seul le nom était compréhensible car écrit en double version. Un détail attirait l'attention : en bas de la première page un tampon rouge portait l'inscription : *voïeni attache*. Kastler comprit l'intérêt de son chef.

— Ça veut dire attaché militaire.

— Quoi ! Comment…

— On a appelé l'ambassade à Paris, coupa Antoine, assez fier de lui.

— « On » ou « j'ai » appelé…

Le jeune gendarme avait encore l'âge de rougir. Ce qu'il fit spontanément.

— J'ai appelé…

— Mais c'est très bien. Pas besoin d'être aussi modeste.

Cartier tourna les pages du document.

— Oh, là, là ! Que de visas !

— Oui, il a beaucoup voyagé ces derniers temps. On a aussi demandé à l'ambassade de nous confirmer son identité. On aura la réponse la semaine prochaine.

Le jeune homme avait décidément l'esprit d'équipe. Il faudrait le noter avantageusement à l'occasion de sa future promotion.

Les chemises cartonnées contenaient quelques dizaines de feuilles, dont certaines à l'en-tête de l'aigle bicéphale. Dans les sacs étaient rangés des sous-vêtements, deux chemises repassées, un livre à la couverture angoissante, un roman policier sans doute, une photo sous plastique représentant une jolie femme entourée de deux adolescents, et une lettre manuscrite datée de la semaine passée.

Cartier soupira à l'idée que cette famille allait apprendre bientôt la disparition.

Restaient les deux tickets pour le cinéma le Grand Rex. L'homme était allé, ou avait été emmené au spectacle en compagnie d'une connaissance. Homme ou femme ? Ami, maîtresse, relation ?

— Kastler, vous envoyez la photo de Tcherkaïev au Grand Rex. Ça m'étonnerait qu'on se souvienne de lui, mais on aura la conscience tranquille. Reste le problème du traducteur.

— On a un prof de russe à Saint-Brieuc. Il est d'accord pour faire le travail. Il y en avait bien un à Brest, mais il a refusé.

Le chef en resta muet de satisfaction. Bien sûr c'était normal comme comportement, mais anticiper, prendre des initiatives aussi rapidement, n'était pas le cas de tous les jeunes gendarmes qu'il avait eus sous ses ordres.

— Il peut également se déplacer si vous ne voulez pas que les documents sortent d'ici.

Voilà une tête qui fonctionnait bien.

— Parfait. On va le faire venir durant une journée, pour commencer. Si Tcherkaïev est un représentant en matériel militaire, on refilera le dossier au ministère. De toute façon, le dossier sera remis à notre direction. Le domaine militaire est par définition secret. Il y a des petits et des grands secrets ! Je ne pense pas que ces documents soient d'une importance capitale. Mais on ne sait jamais.

C'était une très sage réflexion.

oOo

— Allez, se dit Mathieu à lui-même, encore un effort, vieux feignant.

Ses rhumatismes le faisaient particulièrement souffrir par ce temps humide et froid. Rien d'exceptionnel à quatre-vingt-six ans, dont cinquante passés en efforts physiques. Mais, dans la famille, le travail représentait la base de la vie.

Le père disparu en mer, comme tant d'autres à Ouessant, la mère assumait la charge du foyer, acceptant tous les travaux pénibles : lessive, couture, ménage, et cultivant son potager avec acharnement. Beaucoup d'îliens l'avaient aidée comme ils le pouvaient, elle et ses quatre enfants qui grandissaient dans la pauvreté mais dans la dignité. Aussi, dès qu'ils furent en âge de travailler, c'est-à-dire vers quinze ans, la fille et les trois garçons se démenèrent et firent bloc avec leur mère pour adoucir sa vie et la soulager de ses pénibles tâches. Elle était partie près de trente ans auparavant. Pourtant Mathieu pensait à elle presque tous les jours. Il conservait tous ses objets, souvenirs, meubles, dans sa maison qu'il avait réussi à acheter. Il faisait promettre régulièrement à ses enfants et petits enfants de conserver intact le patrimoine maternel. Sans grande illusion, car il voyait bien l'évolution du monde et sa mentalité mercantile, dévastatrice. Même sur l'île.

Il entra dans la boulangerie, sa visite et son plaisir quotidiens. Plaisir de l'odeur formidable du pain, aliment principal de sa jeunesse, accompagné de saindoux ou de pâté Hénaff; plaisir aussi du coup d'œil à la belle fille qui le servait. Il l'avait vu grandir la Catherine, et lorsqu'il s'était retrouvé veuf, des phantasmes le poursuivaient malgré lui, en évoquant la beauté sensuelle de cette femme. À cinquante ans son charme séduisait toujours, comme son corps qui semblait parfaitement conservé.

— Une baguette bien cuite pour Mathieu, lui lança-t-elle gaiement en guise de bonjour.

Elle se retourna pour prendre le pain, sachant que Mathieu l'enveloppait de son regard. Rien de salace avec cet homme-là, de l'admiration sincère uniquement. Elle l'aimait bien ce robuste bonhomme devenu vieux. Depuis des décennies, il lui témoignait ce sentiment ancestral qu'un mâle éprouve vis-à-vis de la femelle qu'il convoite.

Seulement il n'avait jamais eu un geste ou une parole déplacée. Le regard assurait seul la communication, et Catherine se sentait fière de provoquer encore une émotion chez un homme qui la respectait affectueusement.

— Et puis une tarte aux pommes, ajouta-t-il lorsqu'elle lui tendit la baguette. Loïc et Jeanne viennent déjeuner avec les petits.

— C'est bien. Tu dois être heureux de les voir.

— Oh, oui. Ils sont gentils avec moi. Ils font ce qu'ils peuvent. Ça fait une trotte pour venir sur l'île.

En servant les autres clients, elle le regarda par intermittence quitter la boutique et marcher doucement dans la rue. Avec un petit pincement au cœur.

Combien de temps encore le servirait-elle ? Il faisait tellement partie de… de sa vie, oui. Comme sa boulangerie, son frère, son île, Yann. L'évocation de son amant chassa sa nostalgie.

— Mais non, Catherine, tu sais bien que je ne prends jamais de baguette. Tu es dans la lune ?

Madame Le Gall la contemplait, l'air réjoui. Catherine eut un rire un peu crispé.

— Excuse-moi. Je me demandais si je n'avais pas éteint le gaz sous un plat en train de mijoter.

Argument tout à fait mensonger mais plausible pour madame Le Gall qui acquiesça souriante.

Yann ne quittait jamais ses pensées.

Après la nuit passée auprès de lui, elle se sentait pleinement vivante. Peu importait s'il faisait froid, gris, pluvieux, elle était joyeuse, comme chaque fois qu'ils partageaient ce que la vie leur avait donné. Ses absences étaient plus rares maintenant, même si ces derniers temps une fréquence inhabituelle se remarquait. Elle savait qu'il l'aimait, qu'il la désirait tel un jeune homme avec sa nouvelle amoureuse, et c'était maintenant l'apothéose de ce qu'elle souhaitait. Finies les grandes inquiétudes, les doutes misérables. Place aux certitudes, aux belles années qu'il lui restait sur son Île avec l'amour pour horizon. Elle irait le voir ce soir encore, et pensait qu'elle serait la bienvenue. Son instinct le lui affirmait.

oOo

Le lundi 23 mars en fin d'après-midi, le maréchal des logis-chef, Antoine Kastler, vint voir son supérieur. Cartier rédigeait un rapport sur une affaire de cambriolage et ne leva pas le nez de son ordinateur.

— Oui, Kastler ?

— Chef, si je te dérange, je peux revenir.

— Non, non, dis-moi ce que tu veux.

— Le légiste de l'hôpital Morvan tient le rapport sur le Russe à notre disposition.

— Il ne l'envoie pas ?

— Non, il préfère nous le remettre en main propre.

— Ah !

Cartier consulta sa montre, objet de l'éternelle plaisanterie : « c'est une montre Cartier ».

— Eh bien, allons-y, ce n'est pas loin. Préviens-le qu'on arrive, le temps que je sauvegarde mon rapport.

Vingt minutes plus tard ils se trouvaient dans le bureau du praticien à l'allure surprenante pour sa profession. Grand, bronzé, une chevelure brune abondante, un sourire découvrant une dentition étincelante, on le prenait, soit pour un acteur, soit pour un mannequin, car il était habillé élégamment. Les yeux exprimaient un sentiment de curiosité, soutenue par une vive intelligence.

Les deux gendarmes ne l'avaient jamais vu. Ils essayèrent de masquer leur surprise. Après les présentations, le légiste étala des radiographies à côté de son rapport, sur le bureau.

— Je vous ai fait venir car j'ai des doutes. Doutes que j'ai esquissés dans mon rapport. Mais je préfère vous en parler, vous allez comprendre pourquoi...

Il se concentra, et son visage curieusement devint austère. Il fit son exposé, sans les regarder.

— Le corps de Dimitri Tcherkaïev présente, dans son ensemble, des stigmates de déficience. C'est quelqu'un qui a souffert de malnutrition dans les mois qui ont précédé sa mort. Je vous fais grâce des termes techniques, reproduits de toute façon là-dedans.

Il indiqua les feuilles imprimées.

— De plus, il y avait bien de l'eau de mer dans ses poumons, comme chez tout noyé dans l'océan qui se respecte, mais… mais une trace plus que suspecte dans l'arrière-gorge me donne à croire qu'elle n'est pas venue naturellement.

— C'est-à-dire ? fit Cartier.

— Eh bien, je pense qu'avec un tuyau flexible on a injecté le liquide dans les alvéoles pulmonaires.

— Mais ce n'est pas possible ! Il faudrait le faire sous échographie.

— Exact ! Le point suivant c'est qu'il y avait bien de l'eau jusqu'à la base des poumons, ce qui ne peut se faire que lorsque l'homme aspire l'eau, vivant, au moment de se noyer…

Les deux militaires restaient abasourdis, cherchant automatiquement la réponse à l'énigme. Le légiste continua.

— La seule réponse logique est que cet homme est mort de pleurésie. Ce qui explique la présence d'eau dans les alvéoles inférieures. En pratiquant la dissection des poumons, j'ai forcément mélangé l'eau de mer avec le résiduel pleural. Et il est resté trop longtemps immergé pour que je détecte formellement la pathologie. Il n'avait pas de tumeur de la plèvre. Les cultures bactériennes sont en cours, mais je crois qu'elles ne donneront pas grand-chose.

En revanche, il est possible que ce monsieur ait souffert d'un lupus érythémateux. Une maladie rhuatismale, susceptible de provoquer une pleurésie. Au microscope le liquide pleural n'est pas caractéristique de la maladie car, comme je vous l'ai dit, il est mélangé à l'eau de mer. Voilà, beaucoup de doutes, peu de certitudes.

Cartier resta silencieux un moment. Kastler, posa la question qu'il retournait déjà pendant le discours du médecin.

— Docteur, que pensez-vous exactement au sujet de la mort du noyé ?

— Qu'il ne s'est pas noyé ! Il était déjà mort quand il est tombé à l'eau, ou quand on l'y a jeté, après lui avoir mis de l'eau de mer dans les poumons. C'est rocambolesque ! Mais c'est mon sentiment.

Cartier s'ébroua.

— Peut-on penser qu'il a été assassiné ?

Le beau légiste afficha son sourire éblouissant.

— Sûrement pas ! Ça, c'est une certitude.

oOo

Les dossiers s'amoncelaient sur le bureau du maire. Leur prolifération s'apparentait à un système de génération spontanée, tellement les piles de chemises cartonnées doublaient d'un jour à l'autre. Jean-Pierre Karadec fulminait contre le contenu des dossiers dont les deux tiers étaient inutiles. Qui pouvait bien approuver et appliquer ces décisions obsolètes ou carrément stupides ?

Karadec imaginait, tapis dans les méandres de l'administration, des esprits malfaisants, bornés, qui, pour justifier un salaire ridicule, pondaient des rapports interminables, ou proposaient des extensions de règlements avec une verve aussi prolixe que dénuée de sens.

S'ajoutait à son humeur exécrable du jour l'emploi de son ordinateur. Il avait bien fallu s'y atteler à cette foutue machine. Qui rendait de précieux services, c'était indéniable, mais dont le langage compliqué, et souvent en anglais, le mettait hors de lui. Ce qui était facile !

Les *login* et les mots de passe demandés constamment l'exaspéraient et le conduisaient, comme tout le monde, à mettre le même partout. Ce qui pouvait être dangereux si un hacker le trouvait.

— Ces gens, sans culture générale, pensait-il, ont inventé un langage qui détourne le sens des mots. C'est pitoyable. Ce sont les « diafoirus » du vingt-et-unième siècle. À cause de leur connerie on n'utilise pas le centième des possibilités de l'ordinateur.

À plus de cinquante ans, il avait pris des cours d'informatique, qu'il avait abandonnés lorsque l'essentiel pour sa fonction s'était inscrit dans sa mémoire. Et puis, il se trouvait toujours un jeune pour l'aider quand une difficulté insoluble se présentait. Comment les jeunes générations devinaient-elles aussi facilement ? Car rien ne lui semblait logique dans ce foutoir. À commencer par « cliquer », un mot que Karadec abhorrait, sur « démarrer » pour éteindre.

— Ce n'est pas la pollution, le réchauffement climatique qui nous tueront : c'est la bêtise !

Dans ces phases de révolte, il omettait volontairement la joie d'envoyer et de recevoir des emails, non, des lettres adressées à, et venant des Bretons de l'autre bout du monde.

Et il n'en manquait pas de ces aventuriers courageux, installés un peu partout, montant des entreprises de toutes sortes. Mais leurs liens avec la Bretagne ne se rompaient jamais et le recours aux e-mails était simplement merveilleux.

Trois petits coups sur la porte annoncèrent la secrétaire de la mairie qui apportait les journaux, acheminés quotidiennement par la compagnie maritime Penn Ar Bed, comme le courrier.

En première page de *Ouest France* un titre accrochait l'attention : « Un citoyen russe noyé à Ouessant ». Même annonce dans *Le Monde*, pourtant peu enclin à ce genre de fait divers, surtout à la une. *Le Figaro*, *Libération*, *Les Echos*, reprenaient aussi l'information.

À l'évidence, l'Agence France-Presse s'en était mêlée. Mais d'où venait la « source » ?

— Il n'y a pas que Le Coz et les gendarmes qui ont pu savoir que c'était un Russe, lança Karadec, vexé qu'ils ne lui aient rien dit. Je trouve bizarre que tous les journaux en parlent. *Ouest France*, d'accord, mais les autres !...

— Il s'agit peut-être d'un homme important ?... Tiens Jean-Pierre, j'ai relevé ça dans le courrier.

Elle posa une lettre de la Préfecture devant le maire.

À plus de deux mille kilomètres de Ouessant, au même moment, Igor Yvanovitch Lemeniev prit l'enveloppe ouverte que le planton lui tendait. Elle venait de l'ambassade de Russie à Paris.

Il mit la cigarette à demi-consumée qu'il tenait de sa main droite dans le cendrier, et retira la lettre. On demandait de prévenir la famille d'un certain Dimitri Tcherkaïev de son décès. Résidant à Moscou, attaché militaire, il fallait également avertir sa hiérarchie, et confirmer son identité.

Afin de renforcer sa réflexion, Lemeniev reprit sa cigarette et aspira lentement l'équivalent d'un cumulonimbus de fumée. Il jeta un coup d'œil à travers la fenêtre sur la statue du prince Dolgorovki qui, indiscutablement, le narguait.

Ce n'est pas parce qu'on est le fondateur de la ville de Moscou qu'il est permis de se moquer d'un fonctionnaire de mairie. Cela durait depuis le jour de sa nomination à ce service, douze ans auparavant.

Igor Yvanovitch soupira, continuant à inhaler et rejeter l'énorme bouffée de tabac au rythme de sa respiration. Sa place au KGB était autrement plus intéressante. Quand on lui confiait un interrogatoire, il pouvait libérer ses pulsions, particulièrement avec les femmes. Son autorité faisait d'autant plus peur que son visage restait inexpressif. Comme sa voix sans aucune inflexion.

Après le grand bouleversement, on s'était débarrassé de lui en le nommant aux Archives. Avec une médaille, quand même. Sa seule satisfaction consistait à monnayer, de temps en temps, un dossier compromettant. En se le faisant remettre le « client » croyait en avoir fini avec la malédiction attachée à son passé. Au contraire, il entrait dans un cycle infernal, car Lemeniev, grâce à la démarche de l'intéressé, ayant tous les détails afférents au document, le faisait chanter sans aucun scrupule.

Il conservait des copies de tous les dossiers qu'il « marchandait ».

Si la victime chantait faux ses deux associés réglaient la mélodie calamiteuse. Et il le faisait savoir par la rumeur, technique efficace pour calmer les récalcitrants.

Sa cigarette lui brûlant les doigts, il en alluma une autre avec le mégot. Il replaça la lettre dans son enveloppe, la tapota pensivement sur son sous-main, et finalement la jeta dans le grand tiroir de droite, où elle rejoignit d'autres correspondances.

Il adressa un sourire méprisant au prince Dolgorovski. Ici, c'était lui le chef. Une missive qui ne rapportait pas d'argent devait attendre patiemment son tour. Ce n'est pas un impérialiste de l'ancien temps qui allait lui dicter ses ordres. Surtout à travers la fenêtre.

oOo

Le maréchal des logis-chef Antoine Kastler guettait le professeur de russe sur le quai de la gare de Brest. Il était en tenue, et son invité ne pouvait pas le manquer. Alors qu'il s'attendait à voir un monsieur sérieux en costume cravate, tenant une serviette en cuir à la main, un jeune homme goguenard se matérialisa devant lui. Il était habillé en jean, veste et pantalon, une casquette Nike sur la tête, un journal sous le bras, et chaussé de baskets énormes.

— C'est moi le prof de russe. Salut.

— Salut… euh… bonjour. Maréchal des logis-chef Kastler.

Il se retint in extremis de le saluer militairement.

— Valerio Pavlov. C'est ma mère qui est russe. Pour lui faire plaisir, et comme ça me plaisait aussi, j'ai passé ma licence à Languezo.

— Je ne connais pas…

— Mais si : Langues orientales !

— Ah, bien sûr…

— Et après j'ai fait mon Capes.

— Oui, oui, fit Kastler tout en cherchant à quoi l'acronyme correspondait. Et vous avez beaucoup d'élèves à Saint-Brieuc ?

— Cent soixante-quatorze répartis en quatre classes ! Plus des élèves qui viennent prendre des cours privés chez moi.

Devant le Peugeot Partner tagué gendarmerie, ce fut au tour du jeune professeur de retenir un geste de refus pour monter dans le véhicule. Le militaire s'en aperçut.

— Ne vous inquiétez pas, je ne vous passerai pas les menottes.

— Excusez-moi, c'est un réflexe idiot. Mais…

Quand Kastler eut démarré la voiture, il reprit le dialogue.

— Vous avez eu un problème avec nous ?

— Oui, c'était il y a… une douzaine d'années…

— Que s'est-il passé ?

— On a… J'ai manifesté avec les copains pour faire réintégrer un élève renvoyé injustement de l'université. On s'est échauffé et vous êtes, et les gendarmes sont intervenus pour nous virer de l'établissement. Comme je vous ai traité… comme j'ai insulté un gradé, on m'a embarqué. Voilà pourquoi…

— … Vous ne voulez pas monter dans ma voiture,

enchaîna Kastler. Très bien ! Je vous dépose dans un taxi, ou on continue ?

Valério Pavlov, qui appréciait l'humour du militaire, répliqua sur le même ton.

— On continue, mais vous me passez le volant et je mets la sirène ? J'adore ça !

— Désolé, je n'ai qu'un klaxon qui couine !

En arrivant à la compagnie, ils en étaient presque au tutoiement.

Après avoir bu un café, ils rejoignirent l'adjudant-chef Cartier. Les militaires installèrent Pavlov en lui étalant les documents russes sur une grande table. Ils s'assirent en face de lui, et attendirent sagement les premiers résultats de la lecture. Très vite le visage du professeur devint grave. Il releva la tête.

— Vous avez une idée de… du contenu de tout ça ?

— Non, dit Cartier. On ne sait strictement rien ! De quoi s'agit-il ?

— J'aimerais… Je ne voudrais pas avoir d'ennuis… d'être mêlé à ce qui ne me regarde pas…

— Je vous donne ma parole d'honneur que vous ne serez inquiété en rien ! Vous êtes notre traducteur, il n'y a aucun problème…

Le jeune homme hésitait à reprendre sa lecture.

— Oui… mais ce qu'il y a là-dedans est… c'est terrible !

— Ah, bon ? Dans ce cas, je vous demanderai par écrit de ne rien divulguer.

L'argument ne semblait pas le convaincre.

— J'aimerais aussi que vous ne parliez pas de moi comme traducteur.

— On n'a pas l'habitude de raconter à tout le monde les détails de nos journées, s'impatienta

Cartier. Avant de les écrire, lisez-nous les textes russes… On jugera ensuite ce qu'il faut faire. De toute façon, je vous le répète, vous ne risquez rien.

Quelques heures plus tard, les trois hommes eurent l'impression qu'une bombe avait éclaté dans leur cerveau, l'éparpillant dans tous les sens.

oOo

Le général Dessailly attendait bien sagement dans l'antichambre du bureau du ministre de l'Intérieur. Il était en avance sur l'horaire de l'audience qu'il avait sollicitée en urgence.

En regardant l'agitation qui régnait dans les locaux, il se disait que le dossier enfermé dans sa serviette de cuir allait peut-être en augmenter l'intensité.

— Mais non, suis-je bête, corrigea-t-il. Personne n'en sera au courant.

Il récapitula brièvement tous les hommes qui « savaient » maintenant. Les sous-officiers, deux leur lieutenant, trois ; le commandant de compagnie ; quatre, le colonel commandant de région, cinq ; le traducteur, six et lui, commandant de région, sept. C'était beaucoup trop. Mais comment éviter le processus impératif du règlement hiérachique ? Impossible. Un des chaînons l'eût-il fait que les sanctions s'abattaient sur lui aussitôt.

— N'empêche que…

Il s'interdit de formuler sa pensée. Dans quelques instants il remettrait les documents au ministre, après lui avoir bien sûr fait une synthèse, la plus claire possible, du contenu.

— Et après… terminé !

Il serait bien surprenant que, dans une affaire comme celle-là, on requière ses services. Pour faire quoi ? Son contrôle sur la région Bretagne lui suffisait amplement.

Il perçut du coin de l'œil l'huissier qui se dirigeait vers lui et comprit que le ministre l'attendait. Enfin… La ministre.

A cinquante-sept ans, le général n'aurait jamais pu imaginer qu'un jour une femme serait à la tête du ministère de l' Intérieur. Une révolution en soi. Non une évolution, tout simplement, lui souffla une petite voix au fond de sa conscience.

Il était temps qu'après des millénaires d'esclavage machiste, ces dames prennent leur revanche. Seraient-elles capables un jour d'infliger à leurs anciens maîtres les mêmes humiliations ? Pourquoi pas ?

Christine Berrieux-Mauclair lui tendait la main.

— Bonjour, général. Comment vont la Bretagne et vous-même ?

Elle était presque aussi grande que lui. Une femme exceptionnelle. Plus que belle : séduisante. Une autorité naturelle et tranquille, qui avait construit une carrière politique exemplaire. Tout d'abord député-maire, conseillère générale, secrétaire d'État, elle passait à la tête de trois ministères avant d'être nommée à l'Intérieur. Pas de scandale, pas d'erreurs non plus dans ses engagements. Une vie stable, un travail régulier, des compétences reconnues de tous, parfois avec jalousie.

Elle regagna son siège en tournant le dos au général qui put ainsi profiter de la vue sur ses jambes, lesquelles redonnaient le goût de vivre aux suicidaires. Comme toutes les femmes conscientes de leurs avantages physiques, elle ne se privait pas de les montrer en portant une jupe au-dessus du genou.

— Asseyez-vous, général… Alors, quel est le motif de votre visite dans l'urgence ?

Dessailly connaissait sa ministre pour l'avoir rencontrée quelques fois lors de cérémonies officielles. Mais il ne s'était jamais entretenu avec elle en tête-à-tête. Il ressentit soudain une timidité qui le contraria vivement. Il se força à une concentration maximale.

— Madame, je suis navré de vous apporter de mauvaises nouvelles.

Et il se lança dans sa synthèse, quittant le beau regard inquisiteur de son interlocutrice pour mieux s'exprimer.

Quand il eut fini, il la dévisagea à nouveau, et un long silence s'établit.

— Merci d'avoir insisté pour me voir aujourd'hui, dit-elle en se levant.

Elle fit quelques pas en direction de la grande fenêtre derrière le bureau, et se retourna vers le militaire.

— Vous aviez raison, général. Ce sont vraiment de mauvaises nouvelles. Qui ne sont pas sans nous rappeler quelque chose, n'est-ce pas ?

oOo

Force sept prédisait la météo marine, ce qui s'avérait juste après le lever du jour. Des masses furieuses se jetaient sur tout ce qui avait l'impudence de leur barrer la route. Avec des panaches prodigieux de milliards de gouttes devenues blanches, accaparant le peu de lumière que le ciel daignait répandre ce matin-là.

Fascinés par ce spectacle, des peintres depuis quelques siècles immortalisaient des scènes de naufrage, traduisant le tragique de la condition des hommes face à la nature en phase de violence.

Yann, le dos contre un muret, était capable de rester des heures à scruter l'épreuve de force entre le solide et le liquide, combat sans fin aux multiples nuances. Le dieu Eole, responsable de ce fabuleux désordre, exprimait des sentiments que seuls des spécialistes de la météorologie pouvaient expliquer.

Après une ultime gerbe de mer giflant le phare de la Jument dans toute sa hauteur, Yann s'arracha de sa contemplation. Il prit le chemin de Feunteun Velen où Hervé Lhostis, son ami d'enfance, l'avait convié pour l'apéritif. Peut-être resterait-il déjeuner si Marie-Jeanne, son épouse, l'invitait. Il fallait que tous les trois en eussent envie, ce qui arrivait au gré de leur humeur. Le temps des obligations, des contraintes, était révolu.

Hervé, marin de la Royale, avait occupé, en fin de carrière, le poste de capitaine de frégate, escortant des unités civiles ou militaires dans le golfe Persique. Il s'était distingué par ses capacités à détecter la moindre bizarrerie dans le flot d'informations déferlant sur cette région depuis l'invasion du Koweït par Saddam Hussein.

Grâce à son intuition et sa vigilance, des catastrophes avaient été évitées. Ce dont le monde marin lui gardait une reconnaissance témoignée chaque fois qu'il prenait contact avec ce milieu où la fidélité, le respect des valeurs humaines, l'honneur de servir son pays préservaient de la dégradation générale.

Quant à sa vie familiale, elle se passait dans la plus pure tradition ouessantine : Marie-Jeanne avait élevé leurs trois enfants et tenu la maison pendant ses nombreuses absences. Aujourd'hui, enfin réunis, c'était à leur tour d'attendre la présence de leur descendance, dont un des fils continuait le destin maritime.

Yann ressentait une amitié rare envers ce couple. Il distinguait sur leurs visages les traits toujours présents depuis la maternelle, privilège précieux de ceux qui ne se quittent jamais de la naissance à leur disparition.

Indépendamment de leur attachement, osmose particulière de leurs caractères réciproques, ils partageaient le goût d'une réserve de comportement, qualifiée par certains de culture du secret. Pourtant, à la moindre allusion, ils savaient exactement quel en était le sujet.

Ce fut Marie-Jeanne qui lui ouvrit la porte.

Si les anthropologues avaient défini la morphologie des natives de l'île, elle devait en être l'archétype de leur description. De taille moyenne, solidement bâtie, l'âge n'affaiblissait pas son énergie. Sur son visage carré, aux pommettes hautes, habité de deux yeux bleus qui cillaient rarement, une expression souriante et bienveillante s'était installée en permanence. Elle donnait l'impression de jauger son vis-à-vis, tout en étant attentive à ce qu'il disait. On se sentait bien avec celle qui participait activement à la vie de l'île, s'efforçant d'apporter des solutions concrètes aux problèmes locaux, évitant toute polémique d'ordre électoral. Ce que parfois des tordus lui reprochaient, ne sachant pas de quel « côté » elle était. Quand ils allaient trop loin dans leurs insinuations, elle leur déclarait qu'elle se trouvait du côté de ceux qui en éprouvaient le besoin impérieux : les vieux, les enfants en difficulté, les femmes seules, la liste n'étant pas exhaustive comme celle d'un scrutin. Ce qui ne se comprenait pas à chaque fois, l'étiquetage systématique étant devenu essentiel pour le monde dit évolué.

— Voilà le plus beau ! Tu arrives à tenir debout sur la côte ?

Marie-Jeanne plaqua deux baisers sonores sur ses joues glacées. Puis Yann eut droit à une poignée de main vigoureuse accompagnée d'une bourrade.

— Donne-moi ta veste, gamin.

Hervé, de deux ans son aîné, usait de cette appellation affectueuse qui procurait une sensation curieuse au « cadet ». Il remontait soudainement le temps, et retrouvait en une seconde fulgurante le souvenir du « grand » Hervé protégeant le « petit » Yann contre les méchants gamins qui voulaient le chahuter. Méchants gamins devenus ses familiers dans la communauté de l'île. À part ceux déjà embarqués pour la traversée sans retour.

— Vous devriez vous promener, ça en vaut la peine !

Le visiteur s'assit, heureux de retrouver la chaude ambiance de ce foyer.

— Oui, on ira après le déjeuner. Tu restes avec nous pour le repas ?

— Si vous m'invitez, d'accord.

— On ne t'invite pas, tu t'imposes !

— Dans ce cas, je dînerai aussi. Et demain, qu'est-ce tu as prévu au menu ?

— Si tu es là, ce sera une biscotte et un verre d'eau.

— De l'eau… pétillante ?

— Et puis quoi encore ! Tiens, bois ça en attendant.

Hervé servit trois verres de vieux Porto, leur boisson favorite, dans des verres très anciens que Marie-Jeanne avait hérités de sa grand-mère.

Ils trinquèrent délicatement, et la cuisinière les quitta aussitôt, rappelée à l'ordre par la sonnerie de sa minuterie.

— Tu as vu dans le journal, ce matin on parle encore du noyé, dit Hervé.

— Oui.

— Le journaliste suppose un règlement de comptes de la mafia russe.

— Peut-être, pourquoi pas.

— Il paraît que la mallette attachée à son poignet contenait des papiers compromettants. Comment il pouvait être au courant ? Il y a eu des fuites ?

— Va savoir. J'ai lu l'article aussi. Il invente pour faire monter la sauce, c'est courant. Avec des « si », des « peut-être », des questions sans réponses, je peux raconter n'importe quoi sur n'importe qui. Les journalistes savent très bien faire ça.

— De là, à inventer le contenu d'un dossier, il y a une sacrée marge !… Tu ne penses pas que des informations ont été volontairement communiquées ?

— Je ne sais pas. C'est possible.

— La question est de savoir par qui et pourquoi... Je pense que, comme moi, tu as déjà eu ce genre de situation à gérer ?

— Oui, mais maintenant c'est fini.

Ils sirotèrent leur Porto en évoquant, chacun de leur côté, les affaires d'intoxication de l'information auxquelles ils avaient été confrontés. Cependant Hervé nota, une fois de plus, que Yann n'avait jamais abordé la question, ni donné la moindre indication sur ses activités.

— Comme moi d'ailleurs, ajouta-t-il en pensée. Ce qui le fit sourire.

— A table les garçons ! lança la maîtresse de maison.

oOo

« On prend l'habitude des responsabilités, comme on prend l'habitude de faire du bon pain ! »

Cette maxime de monsieur Berrieux père tournait dans la tête de Berrieux-Mauclair fille, Mauclair étant le nom de jeune fille de sa mère bien-aimée. Son géniteur avait été chef d'entreprise et non pas ministre. Directeur d'une entreprise importante certes, mais dont les avatars n'entraînaient pas une cascade de graves répercussions comme celles qui se produiraient si elle n'intervenait pas en force dans cette vilaine affaire. Elle avait une haute idée de l'image de la France. Elle ne supportait pas qu'on puisse la trahir, l'affaiblir par des corruptions dans les services de la République.

— Monsieur François de Brincourt est arrivé, madame, annonça l'huissier.

— Faites-le entrer, s'il vous plaît.

Elle décida de le recevoir assise derrière son bureau, manière un peu mesquine de lui signifier son poste subalterne. Monsieur de Brincourt, directeur général de la DGSE[1], chef incontesté et incontournable des services secrets, personnage qu'elle n'aimait pas mais indispensable à son ministère. Lors de leur première rencontre, elle avait senti qu'il ne supportait pas d'avoir une femme comme patron. En étudiant son dossier, elle avait admis qu'il avait quelques raisons de détester les femmes. Abandonné par sa mère à l'âge de quatre ans, une belle-mère surgissait un peu plus tard et déversait sur lui une haine violente. À l'âge d'homme, il s'était mal marié et, lors de son divorce, une harpie qui lui servait d'épouse, non seulement l'empêchait de voir ses deux enfants, mais les dressait avec soin contre lui. Il se vengeait en détruisant des hommes par le pouvoir obscur qu'il avait conquis, et vouait à la société le trop-plein de haine qu'on lui avait transmis. Intelligent, intuitif, ne craignant ni Dieu ni Diable, doué pour l'organisation aussi bien que pour l'action, il était devenu dans ses fonctions un homme redoutable et efficace, accomplissant des tâches peu reluisantes, inéluctables dans le fonctionnement d'un pays. Mais aussi des opérations magnifiquement réussies dont ce même pays lui devait une grande reconnaissance, dans la plus parfaite ignorance de la part des citoyens. Seuls quelques parlementaires soupçonnaient son rôle dans ces situations délicates où tout se joue dans l'ombre avec acharnement.

---

1 DGSE. : Direction générale de la sécurité extérieure

Madame Berrieux-Mauclair soupira. Il fallait bien composer avec lui. La double porte capitonnée s'ouvrit. Monsieur « Tout-le-monde » entra.

— Comment un individu aussi quelconque peut devenir ce qu'il est aujourd'hui ? se demanda-t-elle, comme chaque fois qu'elle le voyait. Elle se reprocha aussitôt cette pensée stupide car, justement, à son poste, c'était un atout formidable. Il ne faisait pas peur et n'en était que plus dangereux.

— Bonjour, madame le ministre.

Elle lui tendit la main en se soulevant à peine de son siège.

— Bonjour, monsieur le directeur. Asseyez-vous, je vous prie.

Elle afficha un sourire crispé, s'efforçant à une attitude austère pour mieux conforter l'importance de l'entrevue. Lui, au contraire, arborait un air décontracté, comme si les positions étaient inversées. En détaillant son visage rond, sa calvitie prononcée, la ministre comparait sa physionomie avec celle de l'acteur Gérard Jugnot, l'humanité et l'éclair de malice dans l'œil en moins.

— Que me vaut l'urgence de votre convocation, madame ?

— On vous a peut-être signalé la présence d'un Russe noyé sur la côte de l'île d'Ouessant ?

— Non, euh… si, je l'ai lu dans le journal en effet. J'aurais dû m'en inquiéter ?

— Le général Dessailly est venu m'apporter hier des documents, avec leur traduction, que ce monsieur détenait dans un attaché-case fixé à son poignet par une chaînette. J'ai aussi les rapports de la gendarmerie de Brest et celui du légiste de l'hôpital établissant les circonstances de la mort.

Elle marqua une pause afin d'obtenir une attention plus soutenue de la part de Brincourt qui semblait se moquer éperdument du fait divers.

Sans succès. Elle enchaîna son récit.

— Ce qui est troublant dans le compte rendu du légiste est le fait que l'homme ne soit pas mort de noyade mais de pleurésie, vraisemblablement.

— Il y a un doute ? demande Brincourt, plus par politesse que par intérêt.

— Je ne crois pas, il est certain qu'on lui a introduit de l'eau de mer dans les poumons pour accréditer la thèse de la noyade.

Subitement, le directeur de la DGSE s'éveilla.

Rien de tel qu'une invraisemblance, une démarche inhabituelle ou un début d'énigme pour mobiliser son esprit. Son changement d'attitude fut assez sensible pour que madame Berrieux-Mauclair s'en aperçût. Elle continua.

— Ce Russe, monsieur Dimitri Tcherkaïev, était attaché militaire et venait de Moscou. On a trouvé sur lui une lettre de sa femme, une photo où elle apparaît avec ses enfants, son passeport et deux cartes, une de crédit de la Kommerzbank, l'autre d'un club de tir, ainsi que deux tickets de cinéma pour une séance au Grand Rex à Paris.

À nouveau, elle interrompit son exposé. Mais cette fois, Brincourt ne la quittait pas des yeux.

— Vous verrez, dit-elle, dans le rapport du légiste, une autre curiosité : d'après lui Tcherkaïev aurait souffert de malnutrition. Ce qui ne cadre pas avec son statut d'attaché militaire... Venons-en maintenant aux documents de la mallette...

Enfin, son spectateur était harponné, elle pouvait ménager ses effets. Elle ouvrit la chemise devant elle et fit semblant de revoir ce qu'elle savait maintenant par cœur. En relevant la tête, elle constata la réussite de cette vieille technique issue du cabotinage théâtral.

— Un premier document décrit, à mots couverts, des livraisons de marchandises dans des petits ports des côtes normandes et bretonnes, avec des relais par voitures rapides pour acheminer ces marchandises sur des aéroports civils, perdus au fond de la campagne, ou des trajets directs vers l'étranger. Il est certain qu'un code est employé pour désigner les hommes et les moyens. La brigade de recherche qui a étudié les documents, ainsi que les gendarmes qui ont lu le texte traduit sont formels : il s'agit d'un énorme trafic de drogue, non seulement en France mais aussi en divers pays d'Europe. Deux autres documents, dans le même style, relatent, eux, des livraisons d'armement. Des armes de guerre aussi bien lourdes que légères. Les pays concernés vont de l'Estonie à l'Irak. Les flux des trafics, eux, dans tous les sens avec deux points importants mentionnés : les ports du Havre et de Brest. Tous ces textes ont été traduits du russe, évidemment. Une des questions qui se pose concerne la connaissance ou la complicité de membres du ministère de la Guerre russe. À moins que Tcherkaïev, travaillant seul, profitât de son statut privilégié pour corrompre les magasiniers de l'armée, ou traiter directement avec les fabricants d'armes.

Elle s'arrêta, laissant à Brincourt l'initiative d'une réaction. Ce fut un incroyable éclat de rire. Elle resta abasourdie, le temps qu'il reprenne son souffle.

— Pardonnez-moi, dit-elle sèchement, j'ai dû faire une plaisanterie sans m'en apercevoir.

Il eut encore un ou deux soubresauts hilares.

— Excusez-moi… Effectivement, je pense que vous avez raconté une plaisanterie sans vous en rendre compte…

— Ah, bon ? J'aimerais bien que vous précisiez…

La colère était perceptible dans le ton employé. Et elle fut perçue.

— Ne vous irritez pas, Madame. C'était plus fort que moi… Cette histoire est exactement celle que les Anglais ont inventée en 1943 pour faire croire aux Nazis que les alliés allaient débarquer sur les côtes de Sardaigne et de Grèce. Tout y est. Le pauvre bougre clochard mort de pleurésie dans un hôpital, déguisé en agent du Gouvernement, les faux papiers d'identité, les photos de la fausse famille, jusqu'aux tickets du cinéma qui, dans la version originale, était à Londres. Il y avait aussi cette mallette attachée au poignet gauche renfermant des documents secrets magnifiquement falsifiés… Le piège avait parfaitement fonctionné puisqu'Hitler avait déplacé ses divisions, dégarnissant inconsidérément les zones où le débarquement a réellement eu lieu…

Elle le fixa agressivement dans les yeux.

— Croyez-vous, monsieur, que je suis assez niaise ou inculte pour ne pas l'avoir compris ?

François de Brincourt réalisa sa bourde. Toute trace de rire disparut de son visage.

— Je vous prie de m'excuser, c'est…

— Je n'ai pas fini de « raconter », comme vous dites, coupa-t-elle. Effectivement, le cadavre et sa mallette, déposés par un sous-marin en 1943 sur les côtes d'Espagne, ont bien atteint leur but. Donc je voulais vous demander, si vous êtes en mesure d'apprécier la situation, quelles sont les erreurs auxquelles on veut nous induire ? Là est l'essentiel.

Elle devenait cinglante, et le chef des services secrets fut bien forcé d'admettre qu'il l'avait mérité.

— Deuxièmement, il faudrait connaître ou approcher l'état d'implication des Russes dans ces histoires de trafics qui viennent s'ajouter à celles que nous avons déjà répertoriées. Nos relations avec ce pays sont bonnes, et il serait désastreux de commettre un impair, surtout avec leur milieu militaire. Ils sont très chatouilleux dans ce domaine.

Elle installa un long silence que Brincourt se garda bien de rompre.

— Enfin, troisièmement…

Pause. Regard vers la fenêtre. Soupir.

— Troisièmement, il est question de la participation… d'un contact… en France… Vous verrez que de la façon dont le texte le mentionne… il est permis de se poser des questions quant à la réalité de son existence… Les lieux, les locaux sont évoqués de manière explicite lors des rencontres.

— Je vais bien sûr prendre connaissance de tout ceci, mais pourriez-vous me dire à l'avance où est localisé ce contact français ?

Elle eut un sourire mauvais et lui distilla lentement :

— Mais chez vous, mon cher ! Dans vos services… pas secrets pour tout le monde !

oOo

Ils entrèrent tous trois dans le bureau du patron, devinant sans peine que l'atmosphère était chargée d'orage. Le lieutenant Boyer, l'adjudant-chef Cartier et deux maréchaux des logis-chefs Kastler et Chautemp ne comprenaient pas comment la presse avait eu connaissance de la teneur des dossiers du Russe, aussi imprécise soit-elle. Étant présents au tout début de la découverte des documents, ils se retrouvaient exposés aux soupçons de leur hiérarchie, c'était normal.

Ce fut un choc pour eux de voir le général Dessailly aux côtés de leur commandant de compagnie et du colonel commandant de groupement. Dans un coin de la pièce, l'air affolé, le jeune professeur de russe de Saint-Brieuc les salua d'un signe de tête. Les présentations d'usage furent rapides et, chacun observant les autres, ils attendirent le début des hostilités. Ce fut leur patron direct qui ouvrit le feu.

— Messieurs, nous avons interrogé monsieur Pavlov avant votre arrivée. Il nous a juré sur l'honneur n'avoir communiqué aucune information à qui que ce soit sur les traductions que vous lui avez confiées. Compte tenu de l'importance de cette affaire, nous plaçons quand même monsieur Pavlov en garde à vue pour un interrogatoire plus approfondi, assorti d'une enquête minutieuse sur son emploi du temps depuis quatre jours. Quant à vous trois, nous allons également vérifier vos occupations dans le détail, mais je vous demanderai d'abord de répondre aux questions du général Dessailly et du colonel Garoust. On va vous interroger un par un, et bien entendu, vous êtes consignés en casernement pour un temps indéterminé.

Cela s'annonçait mal, vraiment mal, se dirent les accusés, sans se concerter.

oOo

La grosse porte de chêne, poussée d'un coup de pied, heurta le mur avec un bruit qui retentit dans le couloir comme une détonation. Igor Ivanovitch Lemeniev sursauta en lâchant la *Pravda* qu'il lisait, concentré sur un article de politique extérieure. Un des maires adjoints, Sergueï Kabarov, marchait vers lui menaçant, serrant ses énormes poings. Igor se leva précipitamment et se réfugia derrière son fauteuil. Ils se connaissaient depuis toujours, se haïrent dès leur première rencontre, bien avant la Perestroïka et, si leurs protecteurs réciproques ne les en avaient pas empêchés, l'un des deux aurait fait disparaître l'autre. Kabarov l'aurait vraisemblablement étranglé de ses mains après l'avoir réduit à l'état de loque. Quant à Lemeniev, il l'aurait fait attacher solidement par ses sbires, et se serait diverti longuement en le découpant en lanières, ainsi qu'en se servant épisodiquement d'un chalumeau. Sachant l'intensité de leur haine, on les avait avertis que si l'un disparaissait, l'autre serait exécuté sans procès. Car on avait besoin d'eux, de leur expérience, de leurs contacts, des pouvoirs qu'ils avaient acquis par la terreur et qu'ils perpétuaient tant qu'ils occupaient un poste officiel. Ensuite, ce serait leurs fichiers à l'abri dans des caches qui assureraient la sécurité de leur vieillesse très prochaine.

Kabarov se planta contre le fauteuil que tenait Lemeniev comme un bouclier. Ses un mètre quatre-vingt-seize, construits de cent kilos de chairs musclées, appuyaient légèrement, par à-coups, sur cette ridicule protection.

— Tu as peur que je te fasse bouffer ton fauteuil ?

— Fous le camp, abruti. Tu n'as rien à faire chez moi !

— Oh que si ! Espèce de larve !

Chaque fois qu'ils étaient obligés de se fréquenter pour un travail quelconque, ils s'insultaient copieusement. Cela les soulageait un peu. Mais Igor craignait de recevoir un coup provoquant une lésion interne grave. Car le géant, expert en arts martiaux, ne s'était pas privé d'en amocher plus d'un. Il essayait de se tenir aussi loin que possible de la brute.

— Tu as reçu une demande d'état civil par une note imprimée venant du ministère de la Défense français. Tu l'as jetée dans un tiroir, hein, fumier ?

— Je n'ai pas de compte à te rendre ! Mon boulot ne te concerne pas !

— Perdu ! C'est notre ministère qui m'envoie aux Archives. Si tu bloques, je serai obligé de le signaler au FSB[2] où j'ai encore de bons copains.

— Tu n'as qu'à vérifier toi-même à l'état civil. C'est facile.

— Manque de pot, mauviette. J'ai déjà vérifié et le type qu'on recherche n'y est pas. Si la note a atterri aux Archives, c'est justement pour ça.

Kabarov sortit une feuille pliée de sa poche et lui gifla le visage avec.

---

2 *FSB. : nouveau nom du KGB, services secrets russes.*

— Ça, c'est la mienne. Va chercher la tienne, connard !

Se protégeant continuellement de son meuble, Igor se déplaça pour ouvrir son grand tiroir. Chaque document que les divers services recevaient devait obligatoirement être estampillé et numéroté. Or, il ne l'avait pas fait, estimant que la lettre n'en valait pas la peine. On verrait plus tard, si nécessaire.

— Quel est le nom recherché ? demanda-t-il, espérant gagner du temps.

— Mardi. Numéro 274C16-1024.

Il lâcha le fauteuil et, fébrilement, calcula l'emplacement approximatif dans la pile. Il eut de la chance car il la trouva rapidement.

— Voilà ! Dimitri Tcherkaïev ! Attaché militaire, 216 avenue Kossiguine, Bloc D, Moscou.

Son soulagement était trop visible. Kabarov ne fut pas dupe.

— T'en avais rien à foutre, pas vrai ? Si j'étais pas venu, ou quelqu'un d'autre, dans un an elle serait encore là, sous des centaines de papelards. Maintenant, espèce de branleur, je t'accompagne dans tes casiers pourris !

Le cauchemar lui tombait dessus. Dans le sous-sol, totalement isolé du bruit, Igor recevrait un atémi qui lui pulvériserait la rate. Kabarov jurerait qu'il était tombé sur le coin d'une marche. Et ce serait l'opération, l'hôpital, les séquelles qui l'affaibliraient… Il saisit son téléphone de bureau.

— Anouchka ! Vous m'envoyez deux jeunes pour m'aider. J'ai des archives à déplacer. Tout de suite… Si, si !

Il reposa l'appareil triomphalement.

— Pauvre petit mec, ricana son tourmenteur. Tu fais dans ton froc, pédale !

— J'espère qu'un jour tu seras incapable de te soulever dans ton lit ! Alors, la pédale te coupera doucement les couilles et te fendra la bite en deux.

La venue des assistants conclut l'échange poétiquement imagé. Ils gagnèrent les rayonnages des sous-sols. L'ordinateur du poste de garde localisa aussitôt l'emplacement du carton dans les innombrables rangées. L'immense espace, sinistre, était mal éclairé. Igor le savait et se munissait d'une torche électrique lors de ses visites. Le carton huilé de l'étagère 108-1212 BC 94 était ancien d'après sa couleur indéfinissable. À l'intérieur, des papiers se trouvaient ficelés, chacun avec un numéro inscrit sur une petite feuille glissée sous le nœud d'attache.

Le numéro du paquet de Tcherkaïev ne recelait que quelques lettres. Igor le déchiffra avec sa torche et tendit le document à Kabarov avec répugnance. Un scribouillard avait noté au crayon sur sa fiche d'état civil : Dimitri Tcherkaïev né le 3 mai 1921, mort au goulag d'Ozerlag en novembre 1952.

oOo

— Dans cinq minutes commence ma réunion avec les services techniques de la DDE[3]. Que voulez-vous au juste ?

Karadec ne pouvait mettre un officier de gendarmerie à la porte, de surcroît malade. La traversée mouvementée à bord du *Fromveur* de la compagnie Penn Ar Bed en était responsable.

---

3 *DDE. : Direction Départementale de l'Équipement.*

— Monsieur le maire, il me faut connaître les détails du repêchage du cadavre russe. Qu'avez-vous constaté par vous-même ?

— Rien. Je suis arrivé au moment où vos hommes allaient l'embarquer dans l'hélicoptère.

L'officier regarda brièvement son carnet.

— Messieurs Le Coz et Berthelé étaient encore présents ?

— Oui. Ce sont eux que vous devriez questionner.

— Ce sera fait… Qui a ouvert la mallette ?

— Mais… je ne sais pas...je n'ai rien vu… tout était emballé dans du plastique. En quoi mon témoignage…

— Tout est utile, monsieur.

— Oui, quand on sait quelque chose, mais moi…

— En dehors des gendarmes et des secouristes, qui étaient présents lors de votre arrivée sur les lieux ?

— Comment voulez-vous que je me souvienne de tout le monde !

— Faites un effort, s'il vous plaît !

L'irritation progressait des deux côtés.

— Berthelé, Le Coz, le fils Le Coz, les deux Berthelé, vos… hommes, Loïc Legall, Pierre Mazé, madame Cheminant et madame Trébaol,… Les Quemener et puis… plein d'autres. Mais ils n'avaient pas le nez sur le cadavre. Ils venaient aux nouvelles pour savoir qui s'était noyé. Une réaction on ne peut plus naturelle, vous ne croyez pas ?

L'officier, déjà malmené par son mal au cœur, n'avait lui non plus pas de temps à perdre en commentaires.

— Vous avez un correspondant de presse sur Ouessant ?

— Oui, bien sûr. Pierre Jacq.

— Quel est son nom de famille ?

— Jacq. J-A-C-Q.

— Il était là ?

— Forcément.

— À aucun moment il n'a eu accès aux documents du cadavre ?

Trop, c'est trop. Karadec libéra son tempérament.

— Vous nous prenez pour des fouille-merde ? Vos hommes ont déjà dû vous dire tout ça, nom de Dieu ! Personne de chez nous ne détrousse les morts ! Maintenant il faut que j'aille...

— Monsieur le maire, coupa le militaire, si vous réfléchissiez avant de vous énerver, vous comprendriez que je vérifie aussi les actes des gendarmes.

Karadec comprit en effet. Il s'efforça d'être plus calme.

— Il y a quelque chose qui cloche ?

Le pauvre capitaine était au bord du vomissement.

— Vous avez lu la presse ces derniers jours ?

— Oui, comme tout le monde.

— Vous ne trouvez pas curieux que tous les journaux ont repris l'information au sujet du noyé, avec des interprétations diverses sur le contenu de la mallette ?

— Non, je n'ai pas... les journalistes racontent tellement de choses. J'ai supposé, sans m'attarder, que les services de la gendarmerie leur avaient donné quelques renseignements... Ça se fait.

— Bien, je vais aller voir les autres témoins du...

Le gendarme se leva, chancelant.

— Vous avez des toilettes, s'il vous plaît ?

Lorsqu'en fin d'après-midi le capitaine Pradier regagna le continent, il était en mesure d'assurer à ses supérieurs que personne sur l'île n'avait eu connaissance, même succinctement, des dossiers enfermés dans la fameuse mallette. À titre personnel, il voyait mal l'adjudant-chef Cartier, les maréchaux des logis-chefs et le lieutenant Boyer communiquer quoi que ce soit. Cela lui paraissait impensable.

Restait le jeune traducteur Pavlov… Sinon qui ?

oOo

Le tableau représentait un troupeau de vaches au pré. On devinait un ruisseau entre les saules qui formaient une haie. La lumière irradiait le paysage, subtilement vibrante à travers les notes de couleurs déposées à chaque coup de pinceau. Hélas, ce n'était qu'une reproduction imprimée. Mais elle était de bonne qualité et trouait littéralement le mur de ce bureau confortable mais ordinaire. Tous les jours l'occupant des lieux lui accordait un moment d'attention, plus ou moins long selon l'urgence du travail.

— Pourquoi ce peintre n'est-il pas devenu célèbre ? songea-t-il une fois de plus. Ils ont du culot les critiques : les « petits-maîtres » du XIXe siècle ! Ils ont mille fois plus de talent que tous ces fumistes de l'art moderne. À commencer par Picasso ! Est-ce que je rêve devant une bonne femme hideuse avec la tête à la place de son cul ?

C'était l'éternel sujet de désaccord avec son épouse. Il voulait bien reconnaître un talent de dessinateur, une maîtrise exceptionnelle du trait au célèbre peintre, mais pas plus. Comment ce joyeux farceur avait-il conquis sa gloire ? Inexplicable à ses yeux. Il reposa son regard sur le tableau pour apaiser son indignation. Mais il n'en eut pas vraiment le temps. L'interphone détruisit son effort.

— Grimbert ! Dans mon bureau, tout de suite.

On ne pouvait se méprendre. La voix de François de Brincourt, directeur général de la DGSE, était orientée au « mauvais fixe ». Il se précipita en se disant qu'il fallait être spécial pour porter un tel pseudonyme. Peut-être un nostalgique de la société monarchique ? Il s'était choisi le sien, avec l'accord du service sécurité, en hommage à Léon Grimbert, génial professeur en pharmacie, totalement oublié des jeunes élites médicales actuelles. Il aurait aimé être pharmacien dans une vie antérieure. Le destin, non, plutôt son caractère, l'avait mené au poste de directeur du renseignement de la DGSE. Son parcours lui semblait parfois aberrant.

Il entra vivement dans le bureau du grand chef. Celui-ci le regardait, tel un chirurgien sans anesthésiste qui se demande quelle partie ouvrir en premier. Il ne lui dit pas de s'asseoir. Ce qu'il fit quand même. Il avait dépassé depuis longtemps le grade de simple rédacteur.

— Une grosse benne de saloperies vient de se déverser dans nos services.

Brincourt, grand maître de la synthèse oratoire, le mit au courant en moins de quatre minutes.

— Il faut que tu me fasses sortir les fiches de tous ceux qui, à plus ou moins haut niveau, trempent et protègent les circuits de drogue et d'armes. Tu contactes nos amis à Moscou pour évaluer où nous en sommes sur le contrôle des trafics avec la Russie, et bien sûr tu nous remets en mémoire l'histoire du faux cadavre d'espion fabriqué par les Anglais en 1943. Enfin, tu découvres qui est ce Tcherkaïev, ça peut nous servir. Je veux ton rapport demain matin.

— Après-demain matin !

— Disons demain soir.

C'était un ordre. Il n'y avait rien à ajouter.

Le directeur du Renseignement regagna son repaire et, après un dernier coup d'œil nostalgique à son troupeau de vaches, se concentra sur le détail des fiches qu'il fallait rédiger à partir des dossiers, s'ajoutant à celles déjà existantes. Un gros travail.

En premier, convoquer l'officier traitant à Moscou en charge des sources sur les trafics d'armes, et aussi celui des trafics de drogue. Il consulta sa montre. Les deux hommes pouvaient être là dans la soirée. Et puis… faire venir également le H.C.[4] d'Ouessant. Il devait être un témoin direct du début de cette… Il ne trouva pas le mot adéquat pour terminer sa phrase. Ce qui le fit sourire.

oOo

Un soleil froid mettait en relief le château. Un imperceptible frémissement dans l'atmosphère annonçait aux initiés que le printemps ne tarderait pas. Le colonel Garoust, commandant de groupement à Brest, remontait le cours Pajot en direction du musée de la Marine. En congé pour ce week-end, il portait un blouson de cuir sur un jean, et effectuait une de ses promenades favorites. Si son

---

4 H.C. : Honorable Correspondant Informateur bénévole dans le jargon de la DGSE.

allure était décontractée, il n'en était pas de même pour son esprit. Il se remémorait son entrevue de la veille avec le général Dessailly. La situation était claire pour celui-ci : le dossier concernant le Russe noyé à Ouessant étant entre les mains de la ministre, on ne bougeait pas. On attendait les ordres.

— Ils ne viendront jamais, se dit Garoust. Et Dessailly le sait. Ce qui le soulage.

Le général, épicurien distingué, n'était pas un homme de terrain. Son domaine se situait dans l'organisation et l'amélioration des conditions professionnelles ou privées de la vie des hommes dont il avait la responsabilité. On le traitait de « pantouflard » ou de « bienfaiteur » selon le poste qu'on occupait dans la hiérarchie de cette ancienne et respectable dame : la gendarmerie française.

Après une vérification implacable de l'emploi du temps de ses quatre subordonnés, le commandant de compagnie avait levé leur consignation en casernement. Il se sentait coupable vis-à-vis d'eux, sachant qu'il leur avait infligé une humiliation. Mais il avait suivi justement ce que sa conscience professionnelle lui dictait en une telle circonstance. Quant au pauvre professeur de russe, il était tellement effondré par sa détention qu'il l'avait libéré au bout de six heures, certain qu'aucune fuite ne provenait de lui. C'était un jeune solitaire qui vivait auprès de sa mère et n'avait que peu d'amis. Sous ses airs de contestataire, se trouvait une frayeur profonde des arcanes policières et judiciaires. Il avait signé, sans rechigner, une note stipulant son incarcération immédiate en cas de révélation des secrets auxquels il avait été mêlé, « contre son gré », formulation inscrite à sa demande.

Garoust pensa à l'entrevue du général Dessailly avec la ministre de l'Intérieur.

— Il est inévitable que madame Berrieux-Mauclair transmette le dossier à la DGSE. Qui ne fera pas appel à nous, bien évidemment.

Cela contrariait Garoust, mais c'était logique.

On n'avait pas affaire à une histoire de banditisme ordinaire. Où les instigateurs de ce… traquenard avaient-ils subtilisé un cadavre sans déclencher une enquête ? Comment et où avaient-ils fabriqué les documents de la mallette, ainsi que le passeport du noyé avec ses nombreux visas ? Le laboratoire ou la clinique dans laquelle on avait « bricolé » le cadavre en noyé se trouvait-il sur le territoire ? Quelle embarcation avait déposé le corps à Ouessant sous le nez du sémaphore du STIFF, poste de surveillance actif 24 heures sur 24 ?

Que signifiait cette mise en scène reproduisant un fait historique de la seconde guerre mondiale ?

Enfin, qui était le contact français des services secrets ?

— Voilà. C'est ça ! Il y a, ou on veut faire croire, qu'il y a une taupe[5] dans la « boîte »[6]. C'est pour ça qu'on ne nous demandera jamais rien : ça ne nous concerne pas ! Ces messieurs du renseignement nous considèrent avec dédain, jaloux de leurs prérogatives. Pourtant, se souvenait Garoust, quelques officiers de gendarmerie intégraient la DGSE depuis des décennies. Dont un… mais oui ! Un camarade de promotion à Melun dont il avait suivi la carrière jusqu'à… jusqu'à quand au juste ? Quatre ans,

5 Taupe : agent au service d'un organisme extérieur infiltré dans la DGSE.

6 Boîte : nom donné à la DGSE par le personnel

cinq ans auparavant. Seulement voilà : en admettant que leur relation se rétablisse à son initiative, qu'allait-il lui dire ? « Salut, c'est moi Garoust. Je suis commandant de compagnie à Brest. T'es au courant de l'affaire du noyé à Ouessant ? J'aimerais bien collaborer avec vous… ». Ridicule. Et puis, il y avait un tel cloisonnement entre les services que son ami ne pourrait sûrement pas le brancher, en admettant qu'il veuille bien le faire. Ce qui était moins que probable… Alors ?

— Alors, je vais quand même m'enquérir de son poste actuel, se promit le colonel devant la lourde porte du musée de la Marine.

Quelle ne fut pas sa stupéfaction quand, en reprenant ses fonctions le lundi matin, le camarade de promotion en question lui demandait de ses nouvelles au téléphone. Avec également un rendez-vous très prochain, dans un bon restaurant de la ville. On peut être espion et aimer la grande cuisine.

oOo

Accroché à la torpille Vostok, en compagnie de Mario, il approchait de la cible. La froideur de l'eau, à vingt mètres de profondeur, ne traversait pas sa combinaison étanche. En eût-il été autrement, la concentration sur l'objectif l'isolait de toute sensation. Le système de navigation les dirigeait infailliblement sur la coque de la vedette à saboter. Elle était au mouillage au large de la côte et l'opération ne présentait aucune difficulté. Le seul impératif était le respect du timing imposé par les ordres reçus. Pour les deux plongeurs, cela faisait partie de la routine.

Ils devinèrent la masse sombre du navire, et Mario coupa l'alimentation du moteur de la torpille. Les derniers mètres furent franchis grâce aux battements de leurs pieds munis de palmes.

Avec des gestes précis, il se saisit de la mine aimantée et la plaqua sur la coque d'acier. Il ne restait plus qu'à enclencher la programmation du détonateur. Ce qu'il fit. Alors l'incroyable se produisit. Des chiffres rouges apparurent sur le minuscule écran. Cinq – quatre – trois... L'égrenage des secondes indiquait l'explosion imminente! Mario l'avait, lui aussi, perçue. Ils s'empoignèrent en un geste désespéré d'amitié, et... Yann sauta dans son lit, réveillé par ce rêve stupide qui le poursuivait depuis Aspretto en Corse, l'ancien centre de formation des nageurs de combat, le C.I.N.C.

Il s'assit et resta quelques secondes encore ébloui par l'explosion imaginée dans son cauchemar.

La calme respiration de Catherine à ses côtés lui restitua la tranquille réalité. Heureusement, il ne l'avait pas réveillée. Il se rallongea doucement contre elle avec une pensée amusée au souvenir de Mario. Qu'était devenu ce joyeux toulousain, parachutiste issu du 1er RPIMa, son compagnon d'entraînement? Exceptionnellement fort physiquement et moralement, Mario s'était engagé par passion. Passion de l'effort, de la mission secrète. Passion au service de la République, en grande partie suscitée par la mémoire de son père, sous-officier tombé héroïquement à Dien Bien Phu. Yann se promit de le rechercher, ce qui ne devait pas être bien difficile. Promesse qu'il se faisait chaque fois que son rêve ressurgissait.

La chaleur et l'odeur délicieuse de sa compagne envahirent à nouveau ses sens. Il avait réussi à l'emmener plusieurs fois au point culminant de sa jouissance depuis la soirée. Soit par ses caresses, soit en la prenant. Il en éprouvait une certaine fierté. Allait-elle protester s'il la réveillait à quatre heures du matin pour recommencer ? Elle qui devait se lever dans trois heures ? Yann aussi devait se lever, mais un peu plus tard, son déplacement vers le continent aurait lieu vers midi.

— Ce n'est pas à quatre-vingt-dix ans que j'en serai capable, se dit-il cyniquement.

Avec délicatesse, il commença ses manœuvres d'approche.

oOo

Mathieu avançait doucement, se délectant de chaque mètre parcouru sur son île. Ouessant était son cœur. Il n'avait jamais marché rapidement. Aujourd'hui plus lentement encore. Il avait un peu mal : il était vieux. Sans amertume. Il se promenait tous les jours, même par mauvais temps. Lorsque les vents de suroît se faisaient trop brutaux, il longeait les maisons de Lampaul pour aller prendre un café et acheter son journal. Cela lui permettait de détailler l'architecture sans prétention des vieilles bâtisses, évaluant sans se lasser si un linteau, ou un mur, était élaboré comme il fallait. Car Mathieu était maçon. Plus que maçon : bâtisseur. Avec son ami Malgorn, le charpentier, il avait érigé un nombre

impressionnant de logis, aussi bien dans le bourg que dans les villages ou lieux-dits alentour. De Loc Gweltas à Penn Arland, de Rulann à Penn Ar Rugel. Des maisons à l'ancienne. Pas de ces saletés en parpaings. La pierre, le bois, la chaux, le sable, les matériaux accrochés à ses tripes. L'immense plaisir de bâtir avec ses mains, et aussi avec sa tête, avait occupé sa vie. Maintenant, il donnait des conseils, indiquait surtout comment réparer et consolider ses fières ouessantines qui défiaient le temps avec l'entêtement de ses occupants. Ici le mot opiniâtreté prenait tout son sens.

Mathieu avait rompu la tradition familiale ancrée dans la mer. Son père, marin à bord d'un cargo, disparaissait en 1942. Le bateau torpillé par un U-Boat[7] coulait en moins d'une minute, engloutissant tous ses matelots. Son oncle, quartier-maître de la Royale, subissait le même sort six mois plus tard. Son grand-père, des cousins pêcheurs, des sauveteurs professionnels, tous avaient pour sépulture cet immense océan, synonyme depuis son enfance de tragédies.

Aussi Mathieu, lui, avait tourné le dos, s'arrimant à son territoire par provocation. La mer le terrifiait. Il était persuadé que le bien-être de ses vieux jours provenait de l'amour que son île lui témoignait. C'était en partie vrai car ses habitants considéraient leur vieux maçon avec beaucoup d'estime.

Quand le temps était clément, comme aujourd'hui, il s'aventurait jusqu'à Porz Goret pour observer les oiseaux migrateurs. Habitant Ar Goubars, le sud de Lampaul, cela représentait plus

7 *U-Boat : un sous-marin allemand*

de quatre kilomètres aller-retour de marche, son maximum.

Quelle joie de distinguer les huîtriers pie, les courlis cendrés, les chevaliers gambettes et autres tournepierres. Sa vue demeurait très bonne, mystère de la loterie humaine, et il se réjouissait de voir cette vie sauvage, libre et protégée. Sa crainte viscérale de la mer lui suggérait, de temps en temps, l'image catastrophique d'un pétrolier s'éventrant sur les rochers au cours d'une tempête, et éliminant cette merveilleuse faune par une effroyable marée de produits visqueux.

Mathieu s'assit sur son coin de rocher favori. Il n'était pas seul. Un petit groupe, équipé d'appareils photos munis de longues focales, capturait l'image de cette nature admirable. Probablement une équipe d'amateurs venant du centre ornithologique, abrité sur Ouessant depuis des décennies ; centre réputé, attirant de plus en plus de visiteurs.

Peu à peu, son esprit se détacha de l'observation des oiseaux pour former des volutes de pensées informelles, tournoyant autour de ses souvenirs, de sa famille. Marie Creac'h, sa femme, qui l'avait quitté depuis six ans déjà. Son frère Guy, parti aussi l'année dernière… Il se força à abandonner la litanie de ses proches dans l'autre monde, ce qui lui arrivait trop souvent, pour évoquer ceux bien vivants qu'il ne voyait pas assez à son goût.

Sa sœur d'abord, qui avait toujours vécu sur l'île, comme lui. Son frère cadet dont on fêterait bientôt les soixante-dix-neuf ans, le seul à s'être « expatrié » sur le continent. Comme son fils Jean-Marie.

— Curieux, les familles, se dit-il. On se voit, on se voit plus, on se chamaille pour des bêtises, on n'a pas les mêmes goûts, alors qu'on a été élevés ensemble. Avec les enfants et les petits-enfants, c'est encore pire… Mais au moins, chez nous, on s'aime… Pas de haine… pas de reproches graves… On est soudés…

Il évita d'évoquer dans sa pensée l'indifférence de quelques neveux à son égard… Il revint à l'image de son fils préféré, Jean-Marie. Pourquoi préféré ? Encore un mystère… Ses deux autres enfants lui témoignaient une affection sans faille. Alors pourquoi lui ?

— C'est comme ça, il n'y a rien à expliquer.

Mathieu, homme bon et simple, ne s'empêtrait pas dans des raisonnements compliqués… Il était pleinement satisfait de ce que la vie lui avait donné.

Alors que sa vision tentait en vain de l'alerter sur quelques macareux amerrissant à une cinquantaine de mètres, Tanguy, le dernier fils de Jean-Marie, s'imposa dans sa rêverie. Si lui, le vieux grand-père, honnissait la mer et ses tragédies, son petit-fils Tanguy semblait être né dedans.

— Ça fait un équilibre, ironisa-t-il.

Dès l'âge des premiers pas, le bébé se jetait dans l'eau froide et barbotait sans se lasser. On était obligé de le sortir de son bain contre son gré pour lui éviter d'attraper un coup de froid. Mais il n'avait jamais été malade. On lui avait appris à nager très tôt car il était évident que la mer représentait pour lui un élément primordial. Mathieu se souvenait qu'une des rares fois où il avait eu la garde du petit, un dimanche, il l'avait attaché avec une longue corde

en sisal pour qu'il puisse se baigner tranquillement, en cas de problème, ne sachant pas nager, il aurait été incapable de secourir l'enfant.

Aujourd'hui, Tanguy était devenu une énigme pour son grand-père. Magnifiquement développé, affichant une expression calme, volontaire, il était sorti officier de l'École navale, et avait servi quatre ans dans la Marine nationale. Après le stage de formation à l'École des Fusiliers Marins de Lorient, le cours commando élémentaire et l'obtention du brevet de parachutiste à Pau, il avait passé brillamment les tests de sélection du cours nageur et la qualification de chuteur opérationnel. Son intégration au prestigieux commando Hubert, deux ans auparavant, comblait ses espérances. Ce qu'il avait accompli pendant ce parcours, un des plus durs au monde, était exceptionnel, et Mathieu se demandait comment son petit-fils avait pu endurer toutes ces épreuves. Quand ils se voyaient, environ une fois par mois, une affection profonde les reliait toujours, sans grands mots ni démonstrations, ils lisaient réciproquement dans leurs regards et tout était compris. Devinant toutefois qu'il intimidait son grand-père, Tanguy s'efforçait de lui montrer du respect et d'orienter la conversation sur ses sujets de prédilection : les maisons ouessantines, l'observation des oiseaux ou l'évolution de l'île. Sans en être conscients, ils incarnaient les deux entités : la mer et la terre.

Le vieux bonhomme soupira. Un jour, il ne le verrait plus, ce gosse extraordinaire. Ni tout ce qui l'entourait. Quelle tristesse de devoir quitter tout ça.

— Commando de marine, murmura-t-il. Comment pouvait-on prendre du plaisir à plonger dans cette horreur, sombre, froide, agitée…

— Et pour jouer à la guerre, en plus !

Il se leva péniblement et, après un dernier regard sur les oiseaux, il prit le chemin du retour.

— Quand même, les hommes sont fous !

oOo

Quand le commissaire Bertrand se présenta au siège de l'agence France-Presse, quai du commandant Malbert à Brest, le directeur était absent, car, étant venu très tôt ce matin, il faisait une pause au café du coin.

— Tant pis, dit le commissaire, je l'attendrai dans son bureau.

— Mais je ne sais pas si je peux…

— Je ne vous demande pas votre avis, coupa Bertrand, vous m'y conduisez et je m'y installe.

Il n'y avait pas à répliquer, et le préposé à l'accueil, qui déjà détestait les flics, le mena sans un mot dans l'antre du chef, laissant la porte ouverte en le quittant. Ce dont le policier n'avait cure. Il s'assit carrément dans le fauteuil directorial et attendit son occupant en passant diverses communications avec son portable.

Lorsqu'enfin le directeur réapparut, prévenu depuis l'accueil de la venue du commissaire, il était plus qu'irrité. Les deux hommes se connaissaient, mais ne s'appréciaient guère. Bertrand se leva et lui serra la main.

— Il y a un problème ? attaqua le journaliste.

— Oui, toujours le même.
— Encore l'histoire du noyé d'Ouessant ?
— Gagné ! Bon pour un lot d'emmerdes !
Le directeur de l'A.F.P. se réappropria son fauteuil, l'air goguenard.
— Ça dépend pour qui, les emmerdes !
— Ah, bon ! Vous allez me rabâcher que vos sources sont protégées par la loi, que vous n'avez pas à me dévoiler leur origine, bla bla bla, bla bla bla...
— Perdu ! Fin de partie.
— Quoi ? Je n'aime pas beaucoup...
— Moi non plus !
Le journaliste extirpa deux feuilles imprimées de son tiroir et les lui tendit. Le commissaire les lut rapidement et, lorsqu'il arriva à la fin, il y eut un long silence. Qui se termina par un tonitruant :
— Nom de Dieu !
— Je ne vous le fais pas dire, conclut son interlocuteur, en mettant les pieds sur son bureau.
Le message était clair : circulez, l'entretien est terminé !

oOo

— A quoi peut bien penser ce type ? se demanda Anouchka.
Il était sur sa chaise depuis plus d'une heure, attendant d'être reçu par Lemeniev. Elle savait pertinemment que son patron le laissait poireauter exprès. En lui apportant le courrier du jour un quart d'heure plus tôt, elle avait interrompu sa lecture de la *Pravda*, son occupation du matin.
Ce n'était pas la première fois que le visiteur venait voir le directeur des Archives. La secrétaire

devinait aisément le but de la rencontre : verser le prix du chantage. Elle avait l'habitude de ce genre de rendez-vous dont aucun motif n'était signalé.

Anouchka n'éprouvait pas de pitié pour ces gens-là, car, même s'ils étaient victimes du système Lemeniev, ils payaient le prix d'une infamie commise au temps de leur pouvoir passé. Elle ne connaissait que trop bien ce dont ils avaient été capables. Sa famille avait subi les atrocités ordinaires d'une époque, pas si lointaine, qui n'avait pas tellement ému le monde politique. Les intérêts des nations d'abord ! La Russie soviétique faisait peur.

Son père, jeune écrivain talentueux, avait péri sous une torture particulièrement ignoble. On l'accusait d'espionnage au profit d'une puissance occidentale. Son frère disparaissait quelque part en Sibérie, arrêté parce qu'il s'obstinait à disculper son père. La beauté de sa mère se révélait une calamité. On l'avait obligée à se prostituer pour sauver sa fille. Un miracle s'était produit. Un officier de l'Armée rouge tombait amoureux de la putain malgré elle, et les prenait toutes deux sous sa protection. Et puis l'empire soviétique s'était effondré.

Anouchka soupira. Après une enfance et une adolescence entourées du spectre de la mort, privée de tout bien matériel, et dans la crainte perpétuelle d'un événement dramatique arbitraire, elle avait senti reculer la menace. Son sort et celui de sa mère s'amélioraient. L'officier était devenu son beau-père. D'abord convaincu par l'idéologie triomphante qui l'avait sorti de sa médiocrité, et lui permettait de vivre décemment, le militaire avait découvert progressivement les horreurs du totalitarisme impitoyable qui ravageait son pays. Et il y avait été sensible, ce qui n'était pas le cas de tous ses camarades de promotion. On les avait formés pour ne ressentir aucune émotion envers les ennemis du peuple. Il avait commencé à se poser des questions quand, pour mater des mouvements de révolte, il avait massacré des enfants. Les ordres étaient les ordres. L'occupation de l'Afghanistan acheva d'ébranler ses convictions. Lorsqu'il était rentré, après six ans vécus dans des conditions effroyables, il pensait se suicider. Dans l'alcool de préférence. Pour lui aussi, la rencontre avec la mère d'Anouchka avait été un miracle. Il avait oublié ce que pouvait être la vie. Elle calmait ses cauchemars nocturnes quand il se croyait attaqué par les Moudjahidin. Elle devinait les blessures terribles laissées par les actes qu'il avait commis et qui se rouvraient sans prévenir, aussi bien le jour que la nuit. Elle le remettait en route dans son quotidien par son amour vigilant. Et il s'était lentement reconstruit.

Comme son pays. Bien sûr, tout n'était pas parfait, loin de là. En moins de deux décennies les progrès étaient considérables. Les efforts entrepris dans tous les domaines nécessiteraient encore beaucoup de temps, mais aboutiraient sans nul doute.

Anouchka sourit en évoquant l'histoire de la Russie. Les Russes pouvaient se détruire entre eux sans problème. Mais malheur à celui qui osait les attaquer, ou même seulement les critiquer ! Ils oubliaient instantanément leurs querelles et faisaient front contre l'intrus. Tous les Russes aimaient profondément leur pays. Ils étaient prêts à se sacrifier pour lui. Aujourd'hui comme hier.

Napoléon et Hitler, pour des raisons différentes, l'avaient vérifié.

— Faites entrer monsieur Malovsky !

La voix de Lemeniev dans l'interphone la fit sursauter.

— Suivez-moi, monsieur, s'il vous plaît.

L'homme sauta littéralement en position debout. Il la suivit sans même regarder la belle silhouette qui le précédait. Ce qui était rare, tant le corps et la démarche de la jeune femme étaient gracieux. Évidemment, elle en était consciente et ne se privait pas d'utiliser cet avantage pour charmer un fonctionnaire tatillon lors de ses démarches administratives. Sauf pour Lemeniev. Elle le détestait. À un point qui la surprenait elle-même. Elle le trouvait répugnant, moralement et physiquement. Lorsque son beau-père l'avait fait embaucher par relation, Lemeniev s'était bien sûr jeté sur elle. L'officier était intervenu aussitôt, avec des arguments de dissuasion imparables.

— Si tu la touches encore une seule fois, je te fais disparaître, le jour même.

L'avertissement, transmis en tête-à-tête, avait été parfaitement reçu. Depuis, Anouchka travaillait tranquille, mais elle sentait le regard de son patron l'épier constamment. Un regard gluant et salissant comme du goudron.

En regagnant son local, elle entendit la sonnerie de son téléphone et courut pour le saisir.

— Anouchka Sneguerine, je vous écoute.

C'était lui ! Tous les jours elle pensait à lui. Tous les jours elle espérait qu'il l'appelle. Et lorsqu'il lui parlait enfin, son émotion était telle qu'elle ne savait plus quoi dire.

Quand elle le rejoignait à son hôtel, elle tremblait. Elle bafouillait à la réception pour lui annoncer qu'elle était là. Une fois dans sa chambre, elle ne recouvrait l'usage de la parole qu'après l'avoir embrassé, dévoré, caressé, et emporté avec elle dans une galaxie de sensualité qu'elle n'avait jamais connue avec un autre homme. C'était son grand amour français. Il parlait très bien le russe, avec cet accent délicieux qui la faisait fondre.

Leur rencontre se produisit au cours d'une réception à la mairie, en l'honneur des liens culturels franco-russes. De nombreux écrivains des deux pays se rencontraient pour la première fois. Claude accompagnait les Français en tant qu' organisateur de la mission, mandaté par l'ambassade de France. Anouchka, réquisitionnée pour servir le buffet destiné à ces Messieurs, lui tendait une coupe de champagne, quand elle avait été bousculée par une de ses compagnes maladroites. Le liquide se renversa sur le pantalon et les chaussures de l'invité. Bouleversée de confusion, elle s'était précipitée avec des serviettes en papier pour éponger. Elle s'était agenouillée devant lui, mais il lui avait pris la main pour la relever et, avec un sourire à damner une sainte, lui avait dit :

— Laissez, ça n'a pas d'importance. Voulez-vous m'en servir une autre ?

Comme elle n'était pas sainte, sa damnation avait été immédiate. Probablement, s'était-il aperçu des effets produits par sa présence car, durant toute la réception, Claude ne s'était pas beaucoup éloigné d'elle. Il lui avait adressé la parole, d'abord en exploitant les banalités de la situation : ne vous inquiétez pas, mon pantalon est presque sec, puis-je avoir une autre coupe, si vous recommencez ma vengeance sera terrible ; et puis, il s'était enquis d'elle, de son travail, de sa vie. Chaque fois qu'elle avait senti son regard qui l'enveloppait, une onde puissante de trouble la plaçait en état de lévitation. Elle volait d'un verre à l'autre pour les remplir, et ne voyait plus que ce sourire qui la métamorphosait.

Leur fusion charnelle n'avait eu lieu que dix jours plus tard, la veille de son retour à Paris. Dix jours pendant lesquels ils s'étaient découverts réciproquement. Claude était délicat, bien élevé, et sa culture universitaire étendue. Âgé de trente-cinq ans, la maturité de son visage imposait le respect. Le dimanche qu'ils avaient vécu du matin au soir, Claude lui avait déclaré son amour spontané et décrit sa vie approximativement. Il travaillait pour la police française, spécialisée dans la traque des trafiquants d'armes et de drogue, en coopération avec les services russes. Connaissant les drames qui avaient marqué Anouchka jusqu'à son adolescence, il ne voulait pas s'engager auprès d'elle sans qu'elle ne soit au courant du genre de ses activités. Eût-il été le maître des enfers qu'elle se serait offerte à lui, jusqu'à la dernière molécule de son corps. Quant à son âme, elle planait joyeusement avec celle de Claude depuis qu'il lui avait pris la main pour la relever, lors de l'incident au buffet de la réception.

Claude Leblanc, avocat devenu agent de la DGSE par recommandation d'un homme de l'ombre influent, faisait de la femme qu'il aimait une « honorable correspondante ». Ce qui, a priori, était contraire à la déontologie du métier.

Mais c'était Anouchka qui avait proposé de lui fournir des indications sur les individus, plus que suspects, qui fréquentaient le bureau des Archives. Une manière à elle de régler ses comptes avec les salopards qui avaient éliminé son père et son frère.

De son côté Claude, bien évidemment, n'avait pas dévoilé la nature de ses rapports avec une de ses sources à ses supérieurs. Lorsqu'ils le découvriraient, car forcément cela arriverait un jour, il démissionnerait et emmènerait Anouchka en France pour fonder une famille. En attendant, celui qui, quel que soit son nom, organisait la distribution du bonheur terrestre, les servait généreusement.

— Mademoiselle Sneguerine, je suis désolé d'annuler notre rendez-vous, mais je dois aller à Paris aujourd'hui.

— Ce n'est pas grave, monsieur,

— Je pense que je serai revenu pour le week-end. Je vous appellerai.

— Très bien. Bon voyage, monsieur.

— Merci. À très bientôt.

Ils avaient décidé de cacher soigneusement leur relation. D'une part, Lemeniev était toujours à l'affût de situations qu'il pouvait exploiter et, d'autre part, Claude se montrait très prudent par la nature même de ses fonctions. Ses contacts russes avaient aussi des oreilles et savaient s'en servir.

oOo

L'impassibilité du visage de Brincourt pouvait cacher n'importe quel sentiment. Les hommes réunis autour de lui en étaient conscients. Il était aussi capable de les humilier de différentes façons. En les flattant ou en les détruisant moralement avec des commentaires précis sur leurs caractères. Car, ayant gravé leurs dossiers dans sa mémoire, il exploitait le moindre détail qui pouvait les rabaisser lorsqu'il le jugeait nécessaire. Tout cela avec cette fausse bonhomie soigneusement cultivée.

Grimbert, Ragueneau le directeur du service action, Claude Leblanc et Michel Vitré, les deux officiers traitants installés à Moscou, et l'honorable correspondant de Ouessant attendaient que le patron leur adresse la parole. Pas forcément dans l'ordre hiérarchique. À dessein, il avait interdit qu'on fume dans son bureau, qu'on s'asseye sans son invitation, et aucune boisson ne leur serait proposée. Tout ce qui pouvait être interprété comme une amabilité était banni. Il se souciait peu d'être aimé. Seul lui importait que ses ordres fussent exécutés sans aucune défaillance.

— Prenez place, messieurs, dit-il, lui-même assis dans son fauteuil. Je vous ai réunis, car, comme vous vous en êtes sûrement doutés, une affaire… d'envergure nous est envoyée par quelqu'un ou un groupe que nous ne connaissons pas, et d'une manière originale : le messager est un cadavre, semble-t-il d'origine russe, retrouvé noyé sur la côte de l'île d'Ouessant, transportant des documents extrêmement importants sur des trafics de drogues et d'armes, et mettant en cause nos services.

Il marqua une pause et dévisagea chacun de ses invités. Ceux-ci s'efforçaient de lui renvoyer une image dénuée de toute expression. Ce qui l'amusa intérieurement ; ils calquaient leur attitude sur la sienne.

— Grimbert, tu nous fais le récit au sujet du commandant Martin. Ce préambule va éclairer notre affaire.

Le directeur du renseignement prit sur ses genoux les feuilles qu'il avait préparées dans une pochette. Il se mit à lire posément, satisfait de relater une histoire que tous connaissaient plus ou moins. Dans l'univers des services secrets, elle était une référence classée au rayon « chef-d'œuvre ».

— En janvier 1943, Roosevelt et Churchill se rencontrent pour décider de la prochaine attaque contre les troupes allemandes. Churchill, sans l'avouer, veut retarder le débarquement en France par la Normandie. Sont envisagées, soit une attaque au sud de la France et en Italie après débarquement en Sardaigne, soit une invasion par le sud de l'Italie et la Sicile. Roosevelt réalise qu'il n'a pas les moyens de mener les deux opérations, Normandie-Méditerranée, en même temps. Donc il choisit avec Churchill, probablement soulagé, d'attaquer par le sud de l'Italie et la Sicile. L'avantage en est que les Allemands ayant été battus en Afrique du Nord ne représentent plus une menace de ce côté. En ce début de 43, les Russes bloquent les divisions blindées ennemies dans la poche de Koursk. Hitler pressent que sur ses arrières les alliés vont lancer une offensive. En Sicile, cela lui semble évident. Comment faire pour le berner, et surtout le pousser à disperser ses forces ? Un officier de la marine britannique, membre d'un service secret, le lieutenant-colonel Ewen Montagu, est chargé de sécuriser les opérations de débarquement sur les côtes siciliennes. Pour tromper l'état-major allemand, il imagine un fabuleux stratagème. Il récupère le cadavre d'un SDF mort de pleurésie, ce qui présente presque les mêmes caractéristiques qu'une mort par noyade. Il lui construit une fausse identité avec un grand luxe de détails. Le pauvre clochard devient le commandant William Martin du Royal Marine Corps. On l'embarque à bord du sous-marin Seraph le 19 avril 1943, après avoir obtenu le feu vert de Churchill lui-même. Commence l'opération *Viande hachée*. Dix jours plus tard, le corps du commandant Martin est largué près de l'embouchure de la rivière Huelva, au nord de l'Espagne, pays resté neutre envers la guerre. Il porte un gilet de sauvetage, et une sacoche contenant des documents top-secret, magistralement élaborés, est attachée à son poignet. Suprême astuce : ils indiquent que les alliés veulent faire croire à Hitler qu'ils débarqueront en Sicile, alors que le faux débarquement se situe en Grèce ! Pour accréditer la thèse d'un naufrage, un peu plus loin on jette à la mer un canot de sauvetage avec une seule rame. Le port de Huelva, du même nom que la rivière, n'a pas été déterminé au hasard. Un agent allemand des services d'espionnage, sous l'autorité de l'amiral Canaris, y exerce activement ses talents. On a étudié également les courants marins pour que le corps s'approche de la côte. Tout se déroule comme prévu. Le commandant Martin est rapidement intercepté par un pêcheur espagnol qui remet le cadavre aux autorités. L'autopsie authentifie la noyade. Le vice-consul britannique l'enterre sur place avec tous les honneurs militaires. Deux jours après les funérailles, début mai, les Anglais envoient un câble

« urgent et top secret » à Madrid pour réclamer les documents transportés par le commandant Martin. Franco ne les renverra que le 30 mai. Entre-temps, les services de renseignements, aussi bien espagnols qu'allemands, s'étaient escrimés à décoder les faux messages annonçant l'attaque en Grèce. Le service d'écoute à Bletchley Park en Angleterre, qui avait déchiffré la fameuse machine allemande à coder Enigma, put vérifier que le piège avait parfaitement fonctionné. Hitler dégarnissait la défense de la Sicile et renforçait massivement les côtes de Sardaigne et surtout de Grèce... Voilà. Il n'y a qu'une quinzaine d'années que l'on connaît la véritable identité du pauvre noyé. Mais on peut toujours se recueillir sur la tombe du commandant Martin à Huelva...

Cette incroyable histoire a été écrite après la guerre sous le titre « L'homme qui n'a jamais existé ». Plus récemment, la BBC en a fait un excellent documentaire diffusé dans sa version française sur la chaîne « Histoire ».

Grimbert leva les yeux et examina la tête de ses collègues. Il les avait sentis très attentifs pendant sa lecture, et maintenant il les voyait engranger les données du récit dans leurs mémoires, comprenant qu'elles étaient importantes pour la suite de leur réunion.

Brincourt laissa s'insérer un long silence pour les mêmes raisons. Il appréciait aussi le résumé de l'opération *Viande hachée*, savoureuse et riche de belles anecdotes, qui pouvait être racontée en une heure ou plus si on le désirait. Il en connaissait l'intégralité et admirait l'intelligence, l'inventivité, dont les Anglais avaient fait preuve.

À sa manière abrupte, il reprit la direction de l'entretien.

— Bien. Tu nous fais maintenant le point sur le trafic de drogue en Europe.

Grimbert se saisit de la fiche suivante.

— Le cannabis est un marché stable qui représente un budget de neuf cents millions d'euros pour la France, avec environ un million deux cent mille consommateurs. La nouveauté est que, d'une part la culture dans l'hexagone s'intensifie, ce qui engendre des violences bien connues dans les villes et leurs banlieues, là où le chômage sévit, et que, d'autre part le marché excite davantage les grands trafiquants internationaux. La commercialisation bat son plein sur Internet sans, malheureusement, que nous puissions bien évaluer l'ampleur du trafic. Et ce pour l'ensemble des drogues disponibles. L'héroïne fait un retour en force, avec les conséquences terribles que vous connaissez sur la santé. Cette substance concurrence aujourd'hui la cocaïne, ce qui ne s'était pas vu depuis longtemps. L'Afghanistan produit quatre-vingt-dix pour cent de la consommation mondiale d'héroïne, avec un stock de réserve pour près de trois ans. Soit à peu près douze mille tonnes d'opium qui sont ou seront traitées dans des laboratoires installés en majorité dans ce pays. La cocaïne arrive en deuxième position, après le cannabis, sur les marchés français et européen. Le crack, la cocaïne basée, est beaucoup moins utilisé. Les drogues de synthèse existent toujours et restent à peu près stables elles aussi. L'ecstasy, ici comme ailleurs, se consomme facilement dans les soirées du type « rave-party » ou

« techno ». Les différentes drogues sont stockées dans les pays du Maghreb, en Espagne et aux Pays-Bas. Les livraisons se font essentiellement par la route. Des poids lourds ou des véhicules de tourisme sont astucieusement bricolés pour cacher les produits. Doubles réservoirs, châssis aménagés, tôleries truquées, etc. La technique du go-fast consiste à transporter la drogue en roulant sans arrêt sur de grandes distances avec de puissantes voitures, de jour ou de nuit. À l'inverse, le go-slow emploie des couples âgés avec leur véhicule personnel qui, grassement payés pour effectuer le trajet, ne posent pas de question. Même organisation avec les bateaux. Des légers ultrarapides, avec plusieurs réservoirs, ou des bateaux de plaisance, et bien sûr des porte-conteneurs, des bateaux de pêche. L'Amérique latine livre régulièrement à destination de l'Europe. Le trafic, dans son ensemble, est florissant.

Brincourt ponctua la synthèse de Grimbert d'un signe de tête et s'adressa à Claude Leblanc.

— Leblanc, vous êtes d'accord avec le topo de Grimbert ?

— Entièrement.

— Que pouvez-vous ajouter éventuellement sur votre spécialité ?

Claude Leblanc redoutait François de Brincourt. Il le savait impitoyable, et parfois injuste. En fonctionnaire dévoué il s'était efforcé d'être efficace, de transmettre des rapports impeccables, et de suivre les ordres reçus sans aucun commentaire. Il n'en avait jamais reçu le moindre remerciement. En revanche, il avait fait le plein de mesquineries. Bien sûr c'était une tactique. Mais il la jugeait inutile en ce qui le concernait, comme les autres agents. L'accomplissement de la mission était leur honneur et leur engagement. La zizanie entre les services suffisait amplement à compliquer les choses.

— Monsieur, j'approuve la synthèse de monsieur Grimbert et simplement…

— Ce n'est pas ce que je vous demande !

— Quel gougnafier, pensa Claude. Il se dépêcha de continuer à voix haute : le trafic d'armes légères est en expansion régulière en Russie. Les armes lourdes, plus difficiles à acheminer, connaissent des périodes alternées de hausse et de baisse. Depuis un mois les livraisons se sont accrues en direction de l'Afghanistan, l'Irak, l'Iran, et les ex-états dissidents russes : Tchétchènie, Géorgie, Kazakhstan. J'ai noté également un trafic à destination du Soudan et de la Côte d'Ivoire. Mes contacts russes sont inquiets car les paiements se font de plus en plus en drogue.

Leblanc se tut et fixa le sol, ostensiblement fermé. Mais Brincourt s'était déjà désintéressé de lui.

— Vitré, à vous.

Michel Vitré était aussi en poste à Moscou. Officiellement comme directeur adjoint du grand restaurant français *chez Georges*. Leblanc et Vitré se connaissaient mais ne se fréquentaient pas, par mesure de sécurité. Quand ils devaient échanger des informations, l'un téléphonait pour réserver une table « tranquille », l'autre pour annoncer que le restaurant était plein, et savoir si « la réservation tenait toujours ». Grâce au restaurant, Vitré, pseudonyme choisi car c'était sa ville de naissance, était en relation avec tous les clients nouvellement fortunés dont certains, généreusement abreuvés de champagne aux frais de la République française, se laissaient aller à des confidences sur leurs juteuses activités dans les narcotiques. Il était devenu l'officier traitant de plusieurs gros trafiquants qui ne soupçonnaient pas qu'un restaurateur puisse être un espion.

— Monsieur, le marché est en expansion. Les autorités russes luttent de plus en plus contre les circuits de la drogue, si bien que les pertes du marché intérieur sont compensées par un regain des exportations vers les pays limitrophes. À signaler que bientôt les miliciens vont être titularisés policiers. L'encadrement sera plus strict, donc la répression antinarcotique plus efficace. Il en est à craindre un afflux de produits dans l'année en cours, dont le réseau des prostituées constitue un des vecteurs privilégiés. Je corrobore ce que Leblanc a dit : à savoir l'interpénétration croissante des armes et de la drogue.

— Bien, fit encore Brincourt qui ne le regardait pas. Vous me laisserez vos fiches sur vos correspondants. Ragueneau, tu as des observations à faire ?

Le colonel Jean Ragueneau, directeur du service action, venait du G.I.G.N.[8] baptisé « l'homme d'acier » il ne démentait pas son surnom. On avait l'impression, lors d'une première rencontre, que si par hasard on le heurtait maladroitement on se ferait très mal. C'était un bloc. Harmonieux mais compact. Au physique comme au mental.

Ses paroles énoncées très calmement, quelles que fussent les circonstances, s'empilaient comme des briques pour former un tout cohérent et irréfutable.

---

8 G.I.G.N. : Groupe d'Intervention de la Gendarmerie nationale

Ses exploits passés au G.I.G.N., notamment pour délivrer des otages, paraissaient invraisemblables. Au sein de la DGSE il échappait à toute critique ou animosité. Il incarnait le bon sens, l'évidence, sans un échec d'opération à son débit. Brincourt ne l'aimait pas, il n'aimait personne, mais c'était le seul collaborateur qu'il respectait vraiment.

— Non, je n'ai pas de commentaires à faire, dit Ragueneau de sa voix bien timbrée. Nous avons arrêté récemment à Nice un Russe, chef d'un réseau qui inondait la Côte d'Azur de cocaïne. Dans les sous-sols de sa villa nous avons trouvé, enterrée sous des porte-bouteilles, une cache d'armes impressionnante. C'est simplement pour illustrer ce que vous venez d'exposer. C'est tout.

François de Brincourt se retint de dire « bien » une fois de plus. C'était sa manie et il s'en rendait compte. Il adressa un signe de tête au dernier homme qui ne s'était pas exprimé. Le Ouessantin. C'est de ce sobriquet qu'il le désignait. Il le connaissait depuis très longtemps. Sans lui accorder une grande considération, il lui permettait toutefois le tutoiement à son égard.

— Alors, le Ouessantin, décris-nous comment vous avez découvert le Russe noyé, et qui était présent.

Il s'exécuta en étant le plus bref possible, averti des habitudes du patron. N'étant pas sur les lieux au moment du repêchage, il se contenta de brosser le tableau très simple des échanges avec les îliens et affirma, qu'à son avis, personne sur Ouessant n'avait fouillé le mort, ni l'attaché-case.

Brincourt eut un petit sourire narquois en scrutant ses subordonnés.

— Nous en arrivons à l'essentiel de notre réunion. Vous n'êtes pas au courant de ce que notre ami nous a conté ?

Ceci s'adressait aux deux officiers venant de Moscou. Ils firent un signe de dénégation.

— Et vous, Grimbert et Ragueneau, je suppose que vos connaissances sur l'affaire ne viennent que par la presse ?

— Oui, répondirent-ils, synchrones.

— Donc, à mon tour de vous présenter la situation.

Il fit d'abord la narration du cheminement de l'attaché-case jusqu'à son entrevue avec la ministre madame Berrieux-Mauclair. En omettant sa muflerie qui l'avait mise en colère. Puis, étala des feuilles devant lui.

— Personne, aux dires des gendarmes de Brest, n'a eu accès aux papiers et aux documents du noyé. Or, l'Agence France-Presse a envoyé un article à tous les quotidiens en relatant le fait divers, ce qui est invraisemblable et, pire, a fait allusion au contenu des dossiers transportés, en évoquant la prolifération des armes et de la drogue. Celui ou ceux qui ont copié l'opération *Viande hachée* ont averti directement l'Agence France-Presse de Brest qui a retransmis aussitôt à Paris. Un de nos honorables correspondants, commissaire de police dans cette ville, m'a envoyé la photocopie de l'article reçu par l'A.F.P.

Brincourt brandit rageusement deux feuillets imprimés.

— Le voilà. Vous allez constater au bas de la deuxième page le cachet de la République ainsi que le nôtre. Il y a même une signature, illisible bien évidemment. En en-tête la mention : à publier d'urgence, ce qui équivaut à un ordre venant de nos services, et ce, le jour de la découverte du noyé.

Brincourt laissa son regard errer dans la pièce, sans voir les hommes qui lui faisaient face.

— Dans la synthèse que je vous ai préparée, vous pourrez vérifier qu'il est question d'un contact au sein de la DGSE facilitant les transactions illégales... Vous comprenez ce que ça signifie... La méthode clandestine de livraisons des marchandises, traduite du russe, est innovante. À part les grands ports mentionnés, ainsi que les aéroports, ça c'est du classique, apparemment il a été mis en place une noria de petits avions civils et d'hélicoptères qui acheminent leur cargaison sur des dizaines de terrains d'atterrissage, perdus dans la campagne. Ce qui ne manque pas en France et chez nos voisins. Des voitures les relaient sur des routes nationales, et approvisionnent des dépôts situés dans de modestes bourgades. La même organisation existe avec des bateaux de vacanciers. Une multitude d'embarcations louées, empruntées, ou volées, déposent des armes ou des stupéfiants dans des petits ports, où des voitures emmènent les chargements vers les mêmes aérodromes isolés, ou l'inverse. Tout cela semble très au point avec des horaires décalés, établis astucieusement. Vous allez lire tout ceci maintenant. Mais il n'est pas question que vous notiez plus d'une dizaine de mots épars dans vos mémos, selon la procédure habituelle, notes que vous détruirez plus tard. Prenez le temps de bien mémoriser le dossier. Je le conserverai dans mon coffre blindé... Il y a...

Il est nécessaire de vérifier le plus tôt possible ce qui est à votre portée, chacun dans votre sphère... Mais... mais... la question est posée de savoir à quoi rime la mise en scène du noyé. Car c'en est une, très belle même. Il est possible que ce soit un coup monté pour déstabiliser nos services. Nous avons eu, par le passé, des coups tordus avec cet objectif. S'il y a une ou des vérités contenues dans ce dossier, nous le saurons très vite. N'oubliez pas que l'opération *Viande hachée* a été montée pour tromper. Sa copie est destinée à tromper aussi. Qui ? Pourquoi ? Enfin, dernier point qui obsède nos collègues : il y a peut-être une taupe ou un agent double parmi nous. À la solde de qui ?

oOo

Karadec jeta les formulaires agrafés à travers la pièce.

— Ce qu'il faut être con pour écrire des phrases comme ça ! C'est pourtant du français ! Nom de Dieu ! Et on n'y comprend rien !

Son geste de colère l'obligea à se lever pour ramasser les papiers. Ce faisant, il se souvint d'un retraité corse en visite sur l'île avec qui il avait sympathisé. Il ne se rappelait plus comment leur conversation avait abordé la complexité et le langage obscur des règlements officiels, mais l'homme lui avait dit en souriant : «Ne soyons pas naïfs. C'est voulu. Il y a dans notre pays environ dix à vingt mille experts spécialisés pour traduire ce langage en clair. Vous voulez faire vingt mille chômeurs de plus ?». C'était un retraité de l'Insee.

— Comment s'appelait-il déjà ?

Il oublia son indignation en évoquant le personnage pittoresque, décoré de la médaille du mérite.

— Raymond… non… René, c'est ça. René Cuercq.

Accompagné de sa femme, il était resté une semaine à s'imprégner de l'atmosphère particulière de Ouessant. À la fin du séjour, il lui avait déclaré avec humour :

— Maintenant que je connais votre île, vous devez visiter la mienne. Nous avons beaucoup de choses en commun.

— Ah, bon ! Lesquelles ? avait demandé Karadec.

— On n'aime pas beaucoup qu'on nous impose une conduite. Et surtout qu'on ne respecte pas notre caractère à part…

Il avait ajouté avec un sourire malicieux :

— C'est vrai qu'on a pas toujours bon caractère…

Calmé par le souvenir du Corse qu'il ne reverrait sans doute jamais, Karadec rangea son bureau. Un coup d'œil sur la pendule l'avertit que la journée de tracas administratifs était terminée. Il était plus de dix-huit heures, et sa fidèle secrétaire était partie. Il ferma la mairie déserte et, avant de regagner son domicile, il déambula dans Lampaul, se dirigeant automatiquement vers son bistrot favori, histoire de prendre la température de l'île auprès des habitués. Généralement bien accueilli, il offrait quelques verres de *gwin ru* aux retraités maritimes qui l'avaient vu grandir et soutenu pour son élection. Quant à ses opposants, ils le saluaient tout de même poliment. À part une minorité qui lui tournait carrément le dos. Heureusement, il ne les rencontrait pas souvent car, son sens de la diplomatie rapidement dépassé par ses nerfs, il les agressait sans ménagement. Karadec considérait que l'intérêt général de Ouessant passait avant les divergences d'opinion. Il n'acceptait pas la mauvaise foi politique. Penser différemment n'empêchait pas de se parler ou de s'estimer. Et d'agir ensemble. La montée en puissance des normes édictées par l'Europe en matière d'écologie et de consommation énergétique créait des problèmes à sa population qui n'était pas très aisée. Comment exiger qu'un vieux couple investisse des milliers d'euros pour refaire l'épandage de la fosse septique, alors que leur retraite permettait tout juste de vivre ? Les impôts locaux augmentaient sans cesse, entraînant des difficultés qui, dans quelques années, seraient insurmontables. Il fallait beaucoup d'imagination pour trouver des ressources afin de traiter les problèmes de pollution.

— L'ennemi principal de l'écologie c'est la pauvreté, répétait-il à satiété.

Quand les normes pour l'isolation des bâtiments deviendront obligatoires, ce sera une catastrophe pour les trois-quarts des petits propriétaires. De son point de vue, cela ne semblait pas empêcher de dormir le parlement de Strasbourg.

— Nous entrons dans une ère de grande misère et, si on n'arrive pas à contrôler les spéculateurs de la très haute finance, les gouvernements s'écrouleront aussi.

Ses ouailles hochaient la tête en écoutant ses propos, et se sentaient bien démunies face à la prédiction de ces fléaux. Inconsciemment, ils comptaient sur leur maire pour trouver toutes les solutions. Comme il l'avait fait jusqu'à présent.

Karadec possédait une entreprise d'installation de chauffage qui employait quatre personnes. Ajouté à son rôle de maire, cela lui permettait d'apprécier toutes les contraintes de la société actuelle. Mais tant qu'on voudrait bien de lui à la mairie, il défendrait les intérêts de son « caillou », corps et âme.

— Tiens ! V'là not'maire ! Salut, Jean-Pierre !

— Bonjour, mon petit bonhomme.

Le vieux Le Goff l'avait toujours appelé comme ça depuis qu'il savait marcher, et cela lui faisait plaisir car il le ressentait comme un élixir de jouvence, accompagné d'affection.

— Salut les anciens. Toujours d'attaque ?

— Faut bien, y'a pas le choix !

— Je peux boire un coup avec vous ?

— Si tu te tiens bien, on n'y voit pas d'inconvénient.

— Oui, mais y faudra aussi qu'y paye sa tournée !

— Ça, de ce côté-là, on peut pas se plaindre !

Karadec se tourna vers Mathieu qui venait d'intervenir, accoudé au comptoir un peu plus loin.

— Merci, Mathieu. Toi, au moins, tu reconnais mes mérites !

— Qu'est-ce qui ferait pas pour se faire bien voir ! lança Creach.

La plaisanterie déclencha une cascade de rires car la discrétion et l'honnêteté de Mathieu étaient bien connues de tout le monde. On n'ignorait pas non plus que les deux hommes avaient travaillé longtemps ensemble sur des chantiers.

— Qu'est-ce tu prends, Jean-Pierre ? demanda Le Guen, le patron de l'établissement, en lui serrant la main.

— Un kir, et tu ressers ces messieurs.

— Ça, des « messieurs » ? Première nouvelle !

— Tu discutes pas, dit Alphonse Thirion, on va pas voir sous ton tablier si on peut t'appeler « môssieur ».

— Y faudrait d'abord prendre une loupe ! renchérit Le Goff.

Karadec se sentit bien dans la bonne humeur de ses vieux amis après sa journée pesante. Ils n'étaient pas toujours dans cet état d'esprit. Quand l'un d'entre eux partait pour le voyage infini, leur joie de vivre encore en était plombée pour de longs moments.

— Jean-Pierre, t'as des nouvelles du noyé russe ?

— Euh… non !

— Y paraît qu'il avait dans sa mallette des documents pas bien propres sur des trafics…

— Oui, mais les journaux n'en parlent plus.

— Pour le moment… C'est en train de couver…

— À moins qu'on leur dise de la boucler. Quand c'est trop gros… ça arrive. La pauv'bonne femme qui se fait découper en morceaux, y nous rebattent les oreilles avec ça pendant des jours. Mais quand ça touche des trucs dangereux, alors là y font attention où qu'y mettent les pieds…

Karadec coupa court aux élucubrations en levant son verre.

— Allez, santé !

— *Yec'hed mat !*, répondirent-ils en chœur.

Il avait occulté le fait divers du Russe. Là-bas, de l'autre côté de la mer, il y avait un immense continent, avec ses scandales, ses guerres, ses affrontements idéologiques incessants. Des événements graves insoupçonnés des populations. Ici, malgré les difficultés inhérentes à toute localité, c'était encore un havre de paix avec des îliens dévoués pour faire vivre Ouessant à l'heure de la culture moderne, organiser du mieux possible la vie de tout le monde. Et aussi, faire connaître leur insularité avec fierté. Une inquiétude traversa fugitivement la pensée du maire.

— Pourvu que cela dure toujours, se dit-il.

oOo

Dans trois heures elle serait dans ses bras. Ou plus exactement, elle se jetterait sur lui, arracherait ses vêtements, prendrait son corps entre ses mains, sa bouche, l'embrasserait à perdre haleine, et le…

— Faites entrer monsieur Krasnovsky.

Anouchka sortit de son excitation, le cœur battant la chamade tant sa pulsion sensuelle était forte. Elle quitta le clavier de son ordinateur, et demanda au visiteur de la suivre. Il n'avait pas enlevé son manteau au col en fourrure et transpirait abondamment. Peut-être, la peur de rencontrer Lemeniev s'ajoutait-elle à la température élevée du bureau des Archives. Monsieur Krasnovsky, bonhomme corpulent et chauve, inspirait presque autant de dégoût à mademoiselle Sneguerine que son patron.

Elle le conduisit sans lui adresser le moindre regard et en prenant garde de ne pas s'en approcher.

Lemeniev fit semblant d'être plongé dans la lecture d'une lettre qu'il tenait à la main.

L'autre attendait respectueusement debout, n'osant même pas dire bonjour. Cela dura de longues minutes. En rangeant la missive dans le tiroir, il articula dédaigneusement :

— Oui ?

— Bonjour, camarade Lemeniev...

— Je t'ai déjà dit de ne plus m'appeler comme ça !

— Oui, pardon, monsieur le Directeur.

— Voilà...

— J'ai apporté... (il fouilla nerveusement dans sa poche intérieure) ce dont nous étions convenus...

Il sortit une grosse enveloppe qu'il déposa devant le directeur des Archives. Sans un mot, Lemeniev prit la liasse de roubles, et se mit à compter avec une lenteur exaspérante. Quand il eut fini, il la jeta négligemment dans le tiroir qu'il avait laissé ouvert. Puis, il alluma une cigarette et aspira la fumée comme un élixir de vie.

Krasnovsky était toujours debout, s'épongeant le front avec son mouchoir. Il toussota dans sa main afin d'attirer l'attention sur sa personne. En vain. Lemeniev contemplait, rêveur, la lumière sur la statue du prince Dolgorovki qui, en cette fin d'après-midi, lui donnait une allure vivante.

— Cama... monsieur le Directeur, sommes-nous quittes en ce qui concerne notre transaction ?

— Comment ?

Lemeniev parut tout à coup découvrir sa présence. Il le fixa en fronçant les sourcils.

— Qu'as-tu dit ?

— Je... j'ai dit... je vous demande si... la situation est nette.

Un éclat de rire lui répondit.

— Tu ne manques pas de culot, camarade ! Sans moi, tu croupirais en prison, ou tu serais déjà mort. Ça vaut bien quelques petits sacrifices, non ?

— Certainement, certainement… mais…

— Mais… ?

— Ce devait être aujourd'hui le dernier… euh… la clôture de notre accord…

— Ah ? Tu m'étonnes beaucoup… Tu t'es sûrement trompé.

— Je… je ne crois pas… monsieur… le…

— Mettrais-tu ma parole en doute ?

— Oh… non, jamais… mais un oubli…

— Je n'oublie jamais rien, dit lentement Lemeniev en se penchant en avant.

Kranovsky, épouvanté, recula de deux pas.

— C'est vrai, c'est vrai, camarade directeur… euh… monsieur… J'ai dû faire une erreur… Mais alors que…

— Que va-t-on faire ? Eh bien… ou je donne ton dossier à la police, ou tu continues à… m'aider… La vie est tellement dure…

— Bien sûr, bien sûr, mais…

— Ton commerce est-il toujours profitable ?

— Oh… je crois… oui… Ça va… c'est dur aussi, mais…

— Tu te fous de moi ?

— Ah, pas du tout… Pourquoi tu…

— Quand tu étais commandant en Afghanistan, tu t'es bien fait des couilles en or avec la culture du pavot, non ?

— C'était très…

— Quand on ne te livrait pas la camelote, tu ne

t'es pas gêné pour punir tes fournisseurs, hein ? En zigouillant les gosses de préférence.

— Pas tant que…

— Même que ton supérieur hiérarchique t'a viré de l'armée à ton retour…

— Oui, mais il y avait aussi…

— Et, sans ma présence, tu serais où maintenant ? Je ne sais pas comment tu t'es démerdé pour continuer à te faire approvisionner ici jusqu'à aujourd'hui, mais ce que je sais, vu ce que l'opium te rapporte, c'est que tu vas partager encore un peu avec ton pauvre camarade qui te protège, hein ?

— Ah, mais alors…

— Fous le camp ! Tu reviens le mois prochain, même jour, même heure. Même… aide !

Krasnovsky, verdâtre, sortit en marche arrière, tandis qu'Igor Ivanovitch ouvrait la *Pravda* en grand pour ne plus le voir.

oOo

— Merci mon colonel. Et monsieur, quel est votre choix ?

— Hum… le mille-feuille de chair de tourteaux… et puis… le filet de veau en croûte de pistaches…

— Très bien… le dessert ?

— Alors… j'hésite… le sablé aux amandes avec des pommes confites au Calvados. Voilà.

— Parfait. Merci, monsieur… Je vous envoie le sommelier tout de suite.

Le colonel Garoust offrait à son ami un déjeuner royal, dans un cadre exquis. Le restaurant, le *M* , rue du commandant Drogon à Brest, s'était établi depuis une dizaine d'années dans la belle maison du docteur Fortin. Idéalement situé en centre-ville, on était déjà conquis en franchissant la grille d'entrée du parc où les clients garaient leurs voitures. Garoust, connaissant le jeune chef talentueux Philippe le Bigot et, prévoyant un entretien qui devait dépasser le cadre des échanges amicaux, avait négocié la réservation d'un mini-salon de huit personnes pour eux deux. Ainsi leurs propos resteraient confidentiels. Il avait utilisé sa voiture personnelle pour emmener Jean Ragueneau dès sa descente du TGV. Pas de chauffeur, pas de témoin. Pendant le trajet, le colonel Ragueneau l'avait informé de ses fonctions actuelles : chef du service Action au sein de la DGSE. Curieusement, Garoust suspectait quelque chose de ce genre dès l'appel téléphonique inattendu, alors qu'il envisageait lui-même de le joindre. Indéniablement une prémonition.

Une jolie serveuse leur apporta deux kirs au champagne. Ils se saluèrent de leurs flûtes.

— Amusant, dit Ragueneau, que nous ayons voulu reprendre contact tous les deux au même moment.

— Indépendamment du fait que je suis très heureux de te revoir, notre réunion n'est pas due au hasard.

Ils échangèrent un regard chargé des questions à venir et de la confiance qu'ils se témoignaient.

— Tu as pensé à moi suite à l'affaire d'Ouessant ?

— Exactement.

— Je viens pour ça aussi ! ...

— Je l'ai plus ou moins deviné. Maintenant que je connais tes fonctions, cela me paraît évident.

— Heureux hasard qui nous réunit !

Bruno, le sommelier, se présenta avec sa carte aux nombreuses bonnes références. Dès que l'on parle de vins en France, l'intérêt s'éveille chez la plupart des hommes, quelles que soient leurs conditions sociales. Comme Garoust avait commandé un velouté de morilles aux langoustines et un pigeon de Mené Bré au foie gras, le compromis tomba sur un Pessac-Léognan La Tour Martillac 98. Un régime de quelques jours s'ensuivrait forcément pour ces deux sportifs qui soignaient leur silhouette.

— Ce que je te propose, Jean, c'est de déguster notre déjeuner d'abord. On parle de nos vies, de nos familles, et ensuite on aborde l'affaire. D'accord ?

— Tope là, mon gars !

Ce fut un enchantement. À la convivialité se joignaient la nostalgie des souvenirs, le rire des anecdotes ridicules vécues par un peu tout le monde, et la constatation du temps inéluctable qui traite les vies humaines comme une journée entre un lever et un coucher de soleil.

Au café, le chef vint les saluer et s'enquérir, selon la tradition de leur satisfaction. Il eut l'élégance de leur offrir un vieil Armagnac et les laissa à leur digestion studieuse.

Les effluves de l'alcool mordoré se mêlaient à leur respiration et provoquaient un léger tournis.

Aucun bruit pour troubler l'ambiance du petit salon. Le bien-être des deux amis en revanche allait se terminer car il fallait maintenant aborder la raison de leur réunion.

— Tu commences ? lança Garoust.

Ragueneau, sans le regarder, prit un long moment avant de parler.

— As-tu lu attentivement la traduction des documents en possession du noyé russe ?

— Oui, bien sûr.

— Tu connais l'histoire de l'opération *Viande hachée* ?

— En gros, oui. J'ai oublié les détails.

— Ça n'a pas d'importance... La similitude de l'affaire montée par les services secrets anglais et celle qui nous préoccupe aujourd'hui te semble claire ?

— Il faudrait être bien ignorant, ou en dehors de toute connaissance historique, pour ne pas le comprendre.

— Pardonne-moi, mais quelquefois on peut passer à côté, trop accaparé par notre tâche. Alors... Pour moi, il n'y a qu'une alternative : ... Ou bien tout est faux et c'est une tentative de déstabilisation de nos services... Ou bien les renseignements sont véritables. Ce qui signifie que quelqu'un nous les envoie pour qu'on fasse le ménage... Quelqu'un au courant d'énormément de choses et qui ne peut pas se montrer car, ne connaissant pas la taupe dans nos services, s'il le faisait il ne resterait pas en vie longtemps. Ce qui anéantirait tous les efforts entrepris. Les moyens mis en œuvre dans un cas comme dans l'autre ne sont pas à la portée de n'importe qui...

— C'est l'évidence même, dit Garoust, commençant à s'impatienter.

— Oui... Dans l'hypothèse de l'authenticité des documents, je suis venu te demander de m'aider. D'abord parce qu'il faut énormément d'effectifs pour surveiller tous les aérodromes perdus dans la campagne en dehors de la couverture aérienne, je ne les ai pas, et d'autre part, en ce qui concerne la région Bretagne, je voudrais que tu assumes le contrôle à ta guise, mais surtout…

— Surtout?

— Surtout, débrouille-toi comme tu voudras, qu'on ne fasse pas le lien avec la DGSE, moi en l'occurrence.

Garoust en resta sans voix. Le directeur du service Action dardait sur lui un regard qui s'apparentait à un rayon laser dernière génération. Il reprit de sa voix radiophonique:

— J'espère que mes motivations t'apparaissent sensées. Il y a aussi… J'ai une grande confiance…, j'ai gardé une grande confiance dans la Gendarmerie, ma maison mère… Je suis persuadé que tu vas rapidement confirmer ou infirmer les trafics décrits dans les textes russes.

Dans la mémoire du colonel Lucien Garoust émergeaient des rumeurs, des articles de presse relatant les exploits de « l'Homme d'acier », alors capitaine, sautant du toit d'un immeuble au bout d'une corde pour pulvériser une fenêtre, deux étages plus bas, afin de délivrer des otages, ou bien rampant quarante mètres dans une canalisation étroite pour surgir dans une maison où un forcené s'était barricadé. Ou encore escortant le Premier ministre avec une moto et neutralisant un agresseur sorti de la foule en tirant à travers la portière ouverte pour le blesser à la jambe. Et ce, sans toucher le chef du Gouvernement qui s'extirpait de sa voiture, ni le chauffeur qui l'aidait.

Ragueneau, comme tous les hommes du G.I.G.N., n'était pas un tueur. Il restait toujours maître de ses réactions, ultrarapides, sans augmenter le rythme de ses pulsations cardiaques. Enfin… l'âge venant, il devait être tout de même moins performant. Garoust se détacha du regard hypnotique.

— Et comment…

— Comment tu me joins ?

Cela devenait indécent : il lisait carrément dans ses pensées.

— Tu ne me joins pas, jamais. C'est moi qui t'appelle. Sur cet appareil.

Il sortit de sa poche un minuscule portable qu'il tendit à Garoust.

— Il est un peu bricolé. Tu le gardes toujours allumé à portée de main. Je te poserai des questions auxquelles tu répondras uniquement par oui ou par non. Sans aucun commentaire.

Il replongea la main dans sa poche.

— Et voilà le chargeur.

Puis il consulta sa montre.

— Il est temps que tu me ramènes à la gare. Ce déjeuner a été… somptueux. Merci Lucien.

Garoust le contempla stupéfait. Il allait partir sans lui demander pourquoi il souhaitait aussi…

— Si tu désirais me voir, c'est bien naturellement parce que tu voulais participer à une enquête sur des faits qui s'étaient produits chez toi. J'aurais réagi de la même manière. Et bien voilà : ton souhait est réalisé.

Lucien Garoust frémit. Il devait vite jeter le médium dans son TGV avant qu'il ne se serve de sa carte bancaire, ou qu'il décrive le grain de beauté que madame Garoust avait sous le sein droit.

oOo

— Je sors faire une course, dit Lemeniev à Anouchka. Si on me demande, annoncez que je serai là à quatorze heures.

— Bien, monsieur.

En enfilant son manteau doublé de fourrure, il scruta une dernière fois les belles jambes gainées de fins bas noirs de sa secrétaire. Il soupira en regrettant d'être tombé sur une des rares femmes dont il ne pouvait pas abuser.

Celle qu'il allait rejoindre maintenant devrait payer pour ce désir refoulé. À l'idée des exigences qu'il imposerait, une bouffée d'excitation envahit ses sens, et il quitta son bureau presque guilleret.

Un beau soleil l'accueillit à sa sortie de la mairie, mais il n'y prêta pas attention. Son ennemi, le prince Dolgorovski, le défiait de sa masse auréolée de lumière. Il s'approcha de la statue sur laquelle il urinait parfois lorsqu'il faisait nuit et que la place était déserte.

— Fumier ! lâcha-t-il à voix basse. Un jour je te ferai sauter avec un pain de dynamite !

Il cracha sur le socle et se dirigea vers le métro. Bien qu'il possédât une voiture, il préférait ce moyen de transport car la femme qui l'attendait était mariée à un ingénieur aéronautique et il ne voulait pas se faire remarquer par les voisins. Non pas qu'il eût peur du mari, celui-ci était parfaitement au courant ; cela faisait partie des accords de chantage, mais des hauts fonctionnaires habitaient tout près et ils pouvaient être dangereux s'ils découvraient sa liaison.

Cherchant quelques roubles pour payer son carnet de tickets, il se figea de surprise : il n'avait rien sur lui. Lemeniev se projeta le film de ses activités depuis son réveil, trois heures auparavant. Petit déjeuner à sept heures, départ de chez lui à huit. Avec ses papiers ? Oui, il était certain d'avoir pris son portefeuille. Arrivée au bureau : huit heures trente-cinq. Accrochage du manteau et de sa toque. Lecture de la *Pravda*, autre café apporté par Anouchka. Coup de téléphone de sa maîtresse du jour… Ah, voilà ! Il avait pris son portefeuille pour y glisser un papier avec le nouveau code d'entrée. Et puis ? Second coup de téléphone : le maire, pour un renseignement. Alors ? Déplacement pour chercher un document… C'est ça : il avait mis précipitamment son portefeuille dans le tiroir avant de se lever. Donc, il y était toujours. Que c'était agaçant ! Il lui fallait faire demi-tour pour le récupérer. Et croiser à nouveau l'insolence du prince Dolgorovski.

En fulminant, il regagna son office. Il intima l'ordre au planton sur son palier de rester assis et, à son habitude, ouvrit tout doucement la porte de son service. Il se délectait de surprendre les gens qui l'attendaient, ou sa secrétaire relaxée en son absence. La vue de sa cuisse dénudée, alors qu'elle rajustait son bas, le hantait constamment. L'image d'Anouchka rouge de confusion ajoutait à son plaisir.

Tiens ! Elle n'était pas là… Aux toilettes peut-être ? Avançant la main pour tourner la poignée de la porte de son bureau, son cœur lui décocha une extra-systole : le battant était légèrement entre-ouvert. Il plaça son œil dans l'espace libre et l'aperçut de dos en train d'examiner le contenu d'une chemise. Il avait aussi oublié de fermer à clef son haut classeur métallique. Ce dont il se félicita : il la prenait en flagrant délit d'espionnage. Sa jubilation atteignit un paroxysme. Il allait pouvoir la piéger. Certes pas tout de suite. L'élaboration d'un plan machiavélique s'ébaucha. Enfin il la réduirait en esclavage pour satisfaire ses caprices. Comme les autres.

Il fit demi-tour jusqu'à la porte d'entrée qu'il rouvrit silencieusement et la claqua violemment. Faisant semblant d'être essoufflé, il appela :

— Anouchka ! Où êtes-vous ?

Il entendit la chasse d'eau des toilettes et apprécia en connaisseur sa présence d'esprit. Elle se précipita en s'excusant.

— Vous n'auriez pas vu mon portefeuille ? Je l'ai égaré…

— Non, monsieur. Peut-être l'avez-vous laissé chez vous ?

— Non, non, ça j'en suis sûr. Dans mon bureau, j'espère…

Elle avait eu le temps de remettre en place le dossier, de refermer le classeur et la porte. Lemeniev se dit qu'elle était experte et sûrement pas débutante dans son rôle d'espionne. Pour son compte ou pour quelqu'un d'autre ? Qu'importe. L'essentiel était de verrouiller la cage avec la bête à l'intérieur.

En brandissant triomphalement l'objet de ses recherches, avant de ressortir il lui adressa son plus beau sourire. Anouchka le reçut comme un jet de cire fondue mais aussi avec un grand soulagement.

oOo

— Tu m'emmènes faire un tour, *Tad-Kozh*[9] ?

— Avec plaisir, mon Tanguy bihan ! Je vais pisser un p'tit coup avant.

Mathieu était heureux. Il avait son petit-fils pour la journée, cette journée mensuelle qu'il attendait impatiemment sans se l'avouer. Cela lui semblait injuste de ne pas souhaiter la présence de ses six autres petits-enfants avec autant d'intensité.

La sollicitude de Tanguy le touchait beaucoup. Il le savait très occupé, accaparé même par son métier, et le fait de lui consacrer un jour par mois, rituel scrupuleusement respecté, le confortait dans le sentiment d'être important pour quelqu'un. Venant de la part d'un jeune homme cela le flattait aussi.

Mathieu n'avait aucune prétention, à l'encontre de beaucoup d'hommes qui pensent détenir la vérité et ne tiennent jamais compte de l'opinion des autres. Il avait fait du mieux qu'il pouvait toute sa vie dans sa tâche, comme dans ses responsabilités.

Peut-être aussi se retrouvait-il à travers Tanguy par le calme rassurant qui émanait du marin, et aussi par sa force physique. Mathieu avait été très fort. Il avait soulevé et mis en place des pierres que personne n'aurait pu seulement déplacer. Il avait transporté sur son dos des charges ahurissantes, allant jusqu'à les monter à l'échelle sur ses échafaudages. Tout en étant fier de ses pouvoirs, il s'était abstenu de les faire valoir auprès de ses compagnons ou amis. Et il sentait que Tanguy lui ressemblait sur ce point.

9 *Tad-Kozh : grand-père*

— Alors on va dans quel coin ? lança-t-il en nouant son écharpe par-dessus sa vareuse et en mettant son éternelle casquette.

— Et bien… Yuzin… Ça te va ?

— Très bien. En route.

Tanguy connaissait les distances maximales que son grand-père pouvait parcourir. Et aussi ses lieux préférés. L'été prochain il amènerait sur l'île un vieux side-car BMW qu'il restaurait en ce moment. Avec cet engin il pourrait montrer au vieil homme des endroits où il n'allait plus depuis longtemps. Il se réjouissait à l'avance de lui faire la surprise. Car il savait que les promenades en bateau étaient à proscrire. La seule interrogation, quant à ces excursions motorisées, était de savoir si Mathieu accepterait de porter un casque à la place de sa casquette. Il serait sûrement nécessaire de négocier.

Son grand-père marchait doucement, sans canne, et Tanguy s'adapta à son rythme.

Une légère brise de noroit et un soleil voilé accompagnaient leur déambulation. En ce début de dimanche après-midi Lampaul était presque désert, et il n'y eut pas de ces haltes bavardes que Tanguy n'aimait pas beaucoup. Son statut de membre du commando Hubert le drapait d'un prestige qui attirait des questions auxquelles il ne voulait pas répondre.

Ils perçurent le caquetage des bernaches une centaine de mètres avant d'arriver sur le lieu nommé Yuzin. Un homme était déjà là, immobile, face au spectacle des migrateurs conversant bruyamment. En s'approchant, la silhouette familière de Yann Favier se précisa. Sentant leur présence il se retourna.

— Tiens ! Mathieu fait prendre l'air à son petit garçon !

— Oui, c'est pour le bien de sa santé !

— Sans ça, je serais trop fragile ! ponctua Tanguy.

Ils se saluèrent joyeusement. Yann et Tanguy connaissaient réciproquement leur appartenance aux commandos de marine, et l'ancien admirait le nouveau qui l'avait dépassé. S'il n'avait pas bifurqué, peut-être aurait-il pu aussi s'intégrer dans le célèbre groupe… Yann éprouva un sentiment nostalgique en regardant les deux arrivants. Nostalgie de l'affection qui les unissait, dont il serait privé puisque sans descendance, nostalgie anticipée à l'idée qu'un jour prochain Mathieu ne serait plus là, nostalgie enfin de sa jeunesse à la vue du jeune homme exceptionnel, incarnant ce qu'il avait été pas si longtemps auparavant. Comme ils étaient loin ces deux-là de toutes les turpitudes, les comportements machiavéliques de certains individus croisés dans ses missions. Bravoure, courage, honnêteté s'étalaient en lettres virtuelles sur leurs visages. Devise des hommes rares avec lesquels on était certain de ne pas être déçu. Mais aussi des hommes qu'il était facile de berner en exploitant ces valeurs.

— Tu es en retraite maintenant ? demanda Mathieu qui ignorait comme tout le monde ce que faisait Yann exactement.

— Presque ! J'ai ralenti considérablement mes occupations. Encore un peu plus d'un an, et c'est terminé !

— On va pouvoir t'embaucher alors !

— Ça dépend pourquoi. Je ne sais pas faire grand-chose de mes mains.

— On va t'apprendre. Avec mes copains on aide à retaper les maisons quand c'est pas trop lourd. Tu commenceras comme manœuvre.

— Comme ça, peut-être, dit Yann sans grand enthousiasme. Il ne s'était pas vraiment posé la question sur son emploi du temps lors de son installation définitive sur l'île.

— Méfie-toi, dit Tanguy, c'est une bande de négriers ! Ils usent tous les retraités de Ouessant avec des travaux forcés, comme à Cayenne ! Et *Tad Kozh*, lui, il donne les ordres. C'est l'enfer !

Mathieu, prenant un air faussement sévère, leva la main sur son petit-fils qui rentra la tête dans les épaules.

— Tu vois ! Il me bat aussi !

— Tu le mérites sûrement !

Le geste s'acheva par un sourire et une tape affectueuse sur l'épaule.

Ils se tournèrent tous trois vers le grouillement des bestioles en contrebas des rochers. C'était très beau, comme d'habitude.

Les hommes se turent pour laisser la parole aux divers volatiles et observer leur agitation en apparence incohérente.

— Je vais m'asseoir un petit moment, dit Mathieu en s'éloignant. Non, ça va, j'ai pas besoin qu'on m'aide, ajouta-t-il à l'adresse de Tanguy qui voulait l'accompagner.

Ils le virent s'éloigner en ressentant tous deux la même émotion à l'égard du vieil homme.

— Dis-moi, Tanguy, j'aurai peut-être besoin de… de te joindre prochainement. Je veux dire pendant ton travail. C'est possible ?

Le jeune homme, très surpris, fit face à Yann.
— En principe, non… Tu sais bien que pendant le service…
— Oui, je sais. Mais… c'est exceptionnel.
— Que se passe-t-il ?
— Pour le moment, rien. Il se peut que dans les semaines qui viennent, des événements… inattendus se produisent, ici, sur l'île. Dans ce cas il me faudra ton aide… rapide.
Tanguy, stupéfait, attendait la justification de cette intervention.
— On se rencontre aujourd'hui par hasard, mais j'avais déjà décidé de te contacter ces jours-ci en allant à ta base…
— Ah ! ... C'est… grave ?
Yann se concentra en fixant les yeux de son cadet.
— Je ne peux pas tout te dire… Tu dois absolument me faire confiance. Nous appartenons…, j'ai appartenu à la même arme que toi. Je pense que, malgré notre différence d'âge, la parole donnée a toujours son sens sacré ? N'est-ce pas ?
— C'est évident !
— Très bien. Alors, voilà…
Et Yann expliqua à son jeune frère d'arme, ahuri, ce qui allait probablement se passer et ce qu'il attendait de lui.

oOo

La nuit s'installait majestueusement sur la forêt d'Andaine. Devant le vieux break Renault 21, stationné sur l'herbe du bas-côté de la route, une harde de sangliers passa en toute quiétude, méprisant l'engin silencieux, tous feux éteints. Marcel et Jeannine attendaient sans impatience. Ils avaient bien dîné, de bonne heure, sans boire hélas le bon vin qu'ils pouvaient s'offrir maintenant. La vue des bêtes les réjouit.

— Un sacré beau mâle en tête, chuchota Marcel.

— C'est vraiment mignon les marcassins, ajouta Jeannine.

— Oui, surtout bien grillés !

Leurs rires durent être perçus par les sangliers qui, soudain, s'enfuirent vers le sous-bois.

— Tu crois qu'il va être à l'heure ?

Le conducteur consulta sa montre.

— Y'a pas de raison qu'il soit en retard… Là, ça va. On a un quart d'heure d'avance.

Le silence de la forêt était impressionnant mais sans menace. Ce qui était sans importance car le couple avait vécu toute sa vie dans ce superbe département de l'Orne, et se sentait ici en toute sécurité. Seule la pauvreté les avait durement menacés. Ils avaient travaillé depuis leur plus jeune âge avec acharnement, sans se plaindre, dans leur petite ferme au milieu de vingt hectares. Marcel en avait hérité de ses parents et épousait la fille de l'employé qui grandissait avec lui. Après le départ de leurs propres enfants, ils s'étaient retrouvés à courir après l'argent chaque fin de mois car, dans l'indifférence générale, les divers et stupides règlements, l'incompétence des uns et la mauvaise foi des autres, rendaient une exploitation de vingt hectares parfaitement déficitaire. « C'est une évolution normale » affirmaient sans rire certains qui, à n'en pas douter, préféraient des chômeurs plutôt que des paysans en activité.

Marcel et Jeannine avaient tenu bon, à force de privations, d'entêtement, jusqu'au moment où, suffoquant sous les dettes, il n'y avait plus qu'une solution : vendre la ferme pour rembourser les créances. Ils avaient bien pensé au suicide mais sachant qu'on aurait poursuivi leurs enfants à leur place, ils y avaient renoncé.

Alors que, désespéré, Marcel se décidait à rencontrer le notaire, un drôle de bonhomme s'était présenté un jour à l'heure du déjeuner. Bien habillé, sympathique, il cherchait sa route pour aller à Magny le Désert, petit village à proximité. Marcel l'avait invité à boire un café et, tandis que Jeannine cherchait une tasse, il avait commencé à lui expliquer le chemin assez compliqué par ces petites vicinales sans panneaux d'indications. La conversation s'était engagée tout naturellement et le vieux couple, ne recevant pas beaucoup de visites, s'était volontiers épanché sur les problèmes du monde agricole. L'homme écoutait attentivement, s'intéressait à ce qu'on lui disait, posait de bonnes questions. Au bout d'un moment Marcel avait lancé, presque comme une plaisanterie :

— Si ça vous intéresse, ma ferme, je vous la vends !

En guise de réponse, le visiteur avait hoché la tête en fixant le fond de sa tasse. Puis, il avait relevé brusquement la tête.

— Vous avez besoin d'argent, c'est ça ?

Jeannine s'était mise à pleurer. Marcel serrait les dents, honteux d'une telle situation. L'homme lui avait posé doucement la main sur son avant-bras.

— C'est à vous la voiture dans la cour ?

— Ben, oui. Pourquoi ?

— Vous êtes capable de conduire longtemps ?

— Bien sûr, c'est moins fatigant que le tracteur. Mais la Renault elle est à bout de souffle...

— Ça se répare... Écoutez, j'ai un travail à vous proposer... bien payé. Si ça vous intéresse... tous les deux !

Du coup Jeannine s'était arrêtée de pleurer. Elle avait regardé leur interlocuteur, incrédule.

— J'ai des marchandises à transporter en urgence. Il faut faire entre trois cents et sept cents kilomètres en une seule fois. De temps en temps c'est le jour ou la nuit. Les paquets arrivent par hélicoptère ou par avion à l'aérodrome à côté.

— À la vallée de la cour ?

— C'est ça !

— Et vous ne connaissez pas Magny le Désert ?

— Non, ça peut sembler curieux, mais c'est comme ça.

— Excusez-moi, ça ne me regarde pas... Et... la révision pour la voiture...

— Je vous la paierai ! Si le moteur est fichu, mettez-en un neuf !

C'était au tour de Marcel d'exprimer une incrédulité totale...

— C'est quoi les paquets à transporter ?

L'homme avait souri malicieusement.

— Ce sont des produits dont la douane ignore la présence sur le territoire, comme des cigarettes ou des bonnes bouteilles. J'ai des acheteurs un peu partout à livrer... Pour une fois on ne paiera pas de taxes ! C'est plutôt bien, non ?

Toute la rancœur accumulée par Marcel et Jeannine contre leurs tourmenteurs leur fit perdre d'un coup les valeurs de toute une vie de labeur.

— On est d'accord ! s'exclamèrent-ils ensemble, sans que l'idée d'avoir été soigneusement sélectionnés les effleure.

Puis, Marcel réalisa qu'ils n'avaient pas encore parlé de leur paye.

— Et combien ça nous rapportera ?

— Mille cinq cents euros. Par voyage.

Ils en étaient restés la bouche ouverte. Jeannine avait réagi la première.

— Oui, mais… combien de voyages, parce que si…

— Deux par mois, coupait leur nouvel employeur.

Puis, il avait précisé :

— Je vous préviendrai, moi ou un ami, par téléphone, trois jours avant les livraisons. Vous aurez l'argent en liquide avec les paquets. Seule contrainte : vous devrez rentrer chez vous immédiatement après l'acheminement des paquets, en vous reposant dans la voiture si nécessaire. Et puis aussi, je vais vous offrir un téléphone portable. Mais vous n'appellerez pas avec… Quelque chose vous préoccupe ?

— Ben, avait bredouillé Marcel, on a plus un sou… Et Jacques, mon garagiste, le sait. Alors ça va faire bizarre si je lui demande de mettre un moteur neuf.

L'homme avait extirpé de son portefeuille une liasse de billets de cent euros.

— Voilà deux mille cinq cents euros. Vous lui direz que vous les avez empruntés. Ça m'étonnerait qu'il vous demande à qui.

— Bien sûr… bien sûr… Vous boirez bien la goutte ?

— Non, merci. J'ai de la route à faire.

Et il les avait quittés, les laissant abasourdis devant les euros sur la table. Cela faisait six mois maintenant…

Le bruit caractéristique de l'hélicoptère les fit émerger de leurs rêves dans lesquels ils ressassaient l'histoire incroyable qui les avait arrachés à leur misère. Marcel fit démarrer son moteur et s'engagea sur le chemin de l'aérodrome.

oOo

La dernière vache à gauche du troupeau ne broutait pas. Elle regardait, attentive, un détail qui la captivait. Grimbert avait supposé toutes les motivations possibles de cette attitude : la présence d'un merle, d'un chien, d'un homme, d'un taureau de l'autre côté de la clôture, le passage d'un train indétectable dans un tableau… Ne pas avoir la réponse allait jusqu'à l'irriter. Mais la vraie raison de son énervement dans ce moment de contemplation était simplement la transposition de son état intérieur. Même s'il n'en prenait pas conscience.

La réunion au sommet de la hiérarchie DGSE l'avait mis très mal à l'aise, après qu'elle se fut terminée. En compagnie de ses collaborateurs, quittant le bureau de Brincourt, il avait compris que tous se trouvaient dans le même état. Et cela durait. Il était déjà arrivé des brouilles entre les services. Pour des questions d'ego personnel, de jalousies à la suite de promotions inattendues qui paraissaient suspectes, car elles ne récompensaient pas forcément des actions d'éclat. Ou des chambardements lorsque des nouveaux venus prenaient des postes de responsabilité, nommés par piston politique après de nouvelles élections. Et bien sûr les mesquineries habituelles des cireurs de bottes patentés, aptes à se faire valoir à la moindre occasion. Tout cela, estimait Grimbert, faisait partie de la normalité. Le train-train des assemblées d'hommes dans leur travail. Qu'il soit public ou privé.

Mais dans l'univers particulier des services secrets, le pire venait de se produire : la suspicion de traîtrise. L'ambiance allait devenir infernale. Tout le monde soupçonnerait tout le monde.

Cela impliquerait de contrôler sans cesse le résultat de la moindre opération, de vérifier minutieusement qui avait dit quoi et à qui, afin de détecter la plus minutieuse anomalie dans les échanges verbaux.

De fragmenter les ordres en essayant, si possible, qu'il ne puisse y avoir de recoupements entre les missions demandées. Chaque chef de service deviendrait le feudataire d'une forteresse dont les défenseurs seraient constamment examinés, suspectés, au plus petit geste, de forfaiture. Ces attitudes suscitaient de lui plutôt de l'amusement.

Grimbert se détacha de la vision poétique du paysage, fenêtre ouverte sur un monde dérisoire mais serein qui le faisait rêver.

Il revint à son bureau et passa son index sur ses notes qu'il avait rédigées en vrac. Par quoi commencer ? La tâche était colossale. Il était nécessaire d'avoir l'aide de Ragueneau, directeur du service Action…

Ragueneau, « l'homme d'acier », la référence en matière d'opérations réussies, la respectabilité par excellence, bâtissait la meilleure façade imaginée pour abriter des activités d'espionnage… Est-ce qu'il pouvait incarner une « taupe » convenable ?

oOo

Elle était profondément contrariée. Au dernier Conseil des ministres, le Président lui avait bien fait sentir tout le poids de ses responsabilités. Les chiffres de la délinquance s'étaient améliorés dans certains secteurs, mais bien dégradés dans d'autres. Son collègue de la Défense confirmait que les trafics de drogue et d'armes augmentaient sensiblement. La révélation d'une opération *Viande hachée* bis, qui avait diverti la réunion un moment, n'arrangeait pas du tout la synthèse et les prises de décisions qui s'ensuivaient. On lui avait clairement signifié qu'elle devait impérativement démanteler au plus vite l'organisation dénoncée par les documents russes, et trouver le ou les espions dissimulés au sein de la DGSE, ainsi que les pays dont ils favorisaient les commerces, hautement nuisibles.

Le ministre de la Défense lui avait vaguement proposé son aide à la sortie du conseil, mais madame Berrieux-Mauclair savait très bien qu'il faisait partie de ceux qui n'acceptent pas qu'une femme occupe sa charge. Il n'était sûrement pas mécontent à l'idée qu'elle ne se sorte pas de cette affaire. Un homme, un ami à lui de préférence, serait beaucoup plus efficace. Comme celui qu'il avait suggéré au Président avant que son choix ne se fixe sur elle.

Elle eut hâte de rentrer dans sa maison, retrouver son mari, oublier un moment le poids de ce métier qu'elle avait pourtant accompli avec passion. Par ambition aussi. Elle n'avait plus d'illusions sur elle-même.

Dans la luxueuse Citroën C6 qui la reconduisait à son domicile, elle savoura à l'avance la présence de Pierre Mauclair, son amour depuis vingt-cinq ans. Il avait continué l'entreprise de son père dont elle avait héritée, et il s'efforçait de ne jamais se mêler des soucis politiques de sa femme donnant brièvement, quand elle le lui demandait, un avis toujours de bon sens. Même le Président, lors des réceptions où Pierre était invité, le taquinait en essayant de lui faire prendre position sur les affaires en cours. Quelques fois ses réponses, objectives et dénuées de toute stratégie politique, avaient surpris le chef de l'État. Il n'en tirait aucune fierté. Confronté aux difficultés qu'une entreprise subit quotidiennement, il n'aimait pas, justement, ces guéguerres qu'engendre sans cesse l'exercice du pouvoir, au détriment de tous.

— Il y a des valeurs à prendre dans les partis démocratiques. Ne pas tenir compte de l'autre quand sa pensée est juste, parce qu'il n'est pas du même bord, est un crime envers les citoyens.

Cette réflexion-là, le Président l'avait accueillie fraîchement. Elle sourit en se remémorant l'anecdote.

Soudain, son amusement disparut. Elle revit les trois hommes qui les entouraient lorsque Pierre prononçait sa sentence. Il y avait ce grand bonhomme, sévère d'apparence, mais qui s'était toujours montré très affable avec elle.

Le général… Soufflot… Boutlot… Gautlot! C'est ça: Gautlot! Directeur du Renseignement Militaire. Un homme comme elle les appréciait. Pas comme son successeur qu'elle essayait d'éviter. Ce qui était difficile. Gautlot avait pris sa retraite un an après qu'elle eût été nommée et le remplaçant, non seulement était du même genre que Brincourt, mais manifestait un refus de coopérer exaspérant, considérant qu'une femme n'avait rien à voir avec le ministère de l'Intérieur. Le vieux général saurait la conseiller et lui ouvrir des portes que l'autre s'obstinait à verrouiller. Tout heureuse de sa décision, Christine Berrieux-Mauclair sortit de sa confortable berline en étant sûre que sa soirée familiale la comblerait.

oOo

Les ouvriers avaient travaillé toute la nuit.

Le tableau accroché au mur, face à l'armoire aux dossiers secrets, représentait une vue de la taïga avec une petite datcha ancienne, peinte à l'aquarelle. Un verre épais recouvrait l'œuvre, le tout encadré par un bois doré volumineux. Personne ne pouvait deviner qu'on avait percé le mur et que la feuille de l'aquarelle était collée sur une plaque de bois, montée sur deux charnières, qui pivotait pour dégager la vue sur l'intérieur du bureau. Un minuscule trou, situé dans la fenêtre de la datcha, permettait d'apercevoir si une personne se trouvait dans la pièce.

Lemeniev, satisfait, vérifia encore qu'aucune poussière de gravats ne salissait le sol. Puis il gagna son fauteuil. Il était là depuis cinq heures du matin pour surveiller le bon fonctionnement de l'opération.

Cela n'avait pas été facile. Le mur de soutènement, solide, avait nécessité le recours d'un perforateur puissant. Et puis, l'emplacement du trou, voulu à deux mètres de hauteur, compliquait la tâche. Les deux maçons avaient dû monter sur une estrade qu'ils avaient installée. Habitués à ne pas poser de questions, ils ne s'étaient pas montrés surpris qu'on leur demande de la laisser en place. Dès leur départ, Lemeniev vissait un Nikon avec un zoom énorme sur un trépied à hauteur du percement. Il avait réglé le point sur l'armoire métallique et manipulé plusieurs fois l'ouverture du tableau pour être bien sûr que le fonctionnement était aisé et silencieux.

Il ouvrit son journal en sifflotant, ce qui lui arrivait rarement. Plus que trois quarts d'heure à attendre. Bien en évidence sur un coin de son bureau un marteau et une boîte de clous à crochet X étaient posés.

Dès qu'il entendit Anouchka arriver, il se leva, ouvrit l'armoire et fit semblant de chercher des papiers. Puis, il l'appela. Comme il était là presque tous les jours avant elle, elle ne s'étonna pas de sa présence.

— Bonjour monsieur. Que puis-je pour vous ?

— Anouchka, je dois m'absenter dans une demi-heure et je ne reviendrai qu'après le déjeuner.

— Bien, monsieur.

Il ajouta avec un petit rire :

— Je vais essayer de ne pas oublier mon portefeuille aujourd'hui ! Je suis tellement distrait en ce moment !

Elle lui adressa un sourire de politesse.

— Vous avec des soucis, monsieur ?

— Oui, des problèmes familiaux, comme tout le monde. Ma vieille mère décline de plus en plus… C'est la vie…

Connaissant le cœur de pierre de son patron, Anouchka se demanda quelle était véritablement la femme qui lui causait un problème. Une nouvelle conquête probablement. Son regard découvrit le marteau et les crochets. Machinalement elle examina les murs et aperçut le tableau. Lemeniev s'en approcha.

— Justement, j'ai ramené ça de chez elle. Elle ne voit plus très bien et moi je passe devant depuis que je suis né. C'est d'une belle facture, n'est-ce pas ? Venez voir.

Elle obéit tout en restant à distance des mains très aventureuses du bonhomme. En effet, le paysage dégageait beaucoup de charme. L'artiste avait su décrire une atmosphère romantique, empreinte de nostalgie.

Anouchka, néophyte en peinture, estima quand même que l'aquarelle était ancienne.

— Je le trouve très beau, dit-elle.

— Ah, je suis content qu'il vous plaise.

Comme il s'approchait d'elle négligemment, elle cessa son observation et fit mine de le quitter.

— Tenez, rangez-moi ce marteau et les crochets chez vous. On ne sait jamais, j'apporterai peut-être autre chose de chez ma mère…

— Oui, monsieur.

Elle se dépêcha de ramasser l'outil, la boîte, et regagna son local.

Un peu plus tard Lemeniev s'en allait, comme il l'avait annoncé. Anouchka termina son courrier, et rangea divers dossiers dans ses tiroirs. Puis, elle prit le cahier des documents à signer et alla le déposer sur le bureau de son chef. Au moment où elle allait revoir le tableau qui l'attirait, un détail insolite capta son attention : non seulement l'armoire métallique n'était pas bien fermée, mais sa clef était restée dans la serrure ! Décidément, Lemeniev perdait la tête. Celle qu'il convoitait devait être sacrément attirante ! Elle jeta un coup d'œil à sa montre : deux heures de tranquillité inespérées ! Doucement, avec méthode, elle ouvrit les dossiers en notant soigneusement, et l'ordre de leurs rangements, et la position des pièces qu'ils contenaient.

Le cœur de Lemeniev se dérégla follement. Pour venir à son affût il avait changé de cage d'escalier et longé des couloirs interminables desservant des salles où l'on stockait des meubles, des vieux livres, des appareils insolites. La pièce de son observatoire servait à abriter de très anciennes machines à écrire qu'on avait oubliées. Il en possédait la clef, propriétaire exclusif de celle-ci.

L'œil rivé à son viseur, il commença à prendre des clichés, faisant le point sur les mains d'Anouchka avec, si possible, l'identification du papier qu'elle tenait. En se tournant, elle mit le pied sur le bord du fauteuil afin de soutenir la chemise cartonnée pour mieux examiner son contenu. Ce faisant, elle découvrit entièrement sa jambe provoquant, sans le savoir, un cataclysme d'érection chez le voyeur qui mitraillait sans relâche la sensuelle perfection de son anatomie.

oOo

— Vous sortez de ma zone, mettez-vous sur la fréquence 7 000. Bonne route, et à bientôt.

— À bientôt, merci.

La voix du contrôleur aérien hors circuit, le pilote brancha le transpondeur sur la fréquence indiquée. Fréquence de monsieur Tout-le-monde en train de voler paisiblement, pour son plaisir, dans les secteurs où le trafic se limitait au tourisme.

Il avait loué son Robin à l'aéro-club de Vannes et, évitant soigneusement tous les espaces très surveillés, il se dirigeait vers Aubigny-sur-Nère dans le Cher, devant livrer sa cargaison ramassée à Redon, un aérodrome voisin. Un vol sans histoire pour cet amateur chevronné.

Après avoir survolé Loches, il coupa son émission de fréquence, ce qui le dissimulait aux radars, mais il pouvait écouter tout ce qui volait et, éventuellement, rétablir l'émission si quelqu'un le détectait comme engin non identifié, en s'excusant de son étourderie. C'était peu probable dans ce couloir au-dessus de territoires presque déserts. Il descendit à mille pieds d'altitude et mit le cap sur Romorantin. L'atterrissage à Aubigny, à la tombée du jour, se fit après quelques secousses dues à la présence de la forêt en bordure de la piste. Phénomène habituel et sans gravité que le pilote connaissait bien.

Une Audi 8, seule près des bâtiments de l'aérodrome, lui adressa un appel de phares. Deux hommes en sortirent et se dirigèrent vers l'avion tandis qu'il exécutait sa check-list d'arrêt. Dès qu'il ouvrit la portière du Robin, ils lui serrèrent la main sans un mot et l'aidèrent à descendre les trois importantes valises. Ils étaient habillés de costumes élégants, style hommes d'affaires, avec des chemises impeccables et des cravates discrètes.

Ils montèrent tous trois dans la puissante voiture, immatriculée en Suisse, et gagnèrent la route. Ils déposèrent le pilote à trois cents mètres de l'excellente auberge *La Fontaine* et disparurent, pressés d'atteindre l'autoroute A6. Passé Besançon, ils sillonneraient des petites routes qu'ils connaissaient pour traverser la frontière au-dessus de Vallorbe à un poste où le douanier suisse ne les fouillerait pas, trop content d'empocher son enveloppe, comme d'habitude.

Les quatre-vingt-cinq kilos de cocaïne seraient à Zurich au petit matin.

En reprenant les commandes de son avion le lendemain, après une excellente nuit, le pilote ne se rendit pas compte que son image saturait la pellicule d'un appareil photo Canon, muni d'un téléobjectif 400 millimètres. Le gendarme qui le manipulait, caché dans les arbres bordant l'aérodrome, ne faisait que compléter un deuxième rouleau, impressionné la veille au soir, sur lequel les portraits des trois individus se distinguaient nettement, ainsi que la plaque d'immatriculation de l'Audi.

Le loueur du Robin avait prévenu la gendarmerie, comme tous les aérodromes de l'Ouest, des appareils utilisés chaque jour. Ce qui avait attiré l'attention sur celui-là c'était son escale à Redon, très proche de Vannes, puis la coupure de fréquence après Loches. Le colonel Garoust avait établi un maillage serré de surveillance sur les pistes perdues en province, en coordination avec les loueurs d'appareils et les contrôleurs de zones, y compris les militaires dont les structures étaient bien séparées des organisations civiles, et pouvaient servir de relais éventuels. Aucun avion, même privé, ne passait inaperçu dans ses déplacements. Pour le moment, les ordres étaient d'observer. Seulement.

oOo

Le jardin, d'une superficie modeste, se parait de rosiers magnifiquement taillés. La maison, sans prétention, se situait dans une rue à la circulation réduite. La commune réputée de cette banlieue ouest de Paris abritait des personnalités du show-business et du monde bancaire.

Le général Gautlot faisait figure de parent pauvre au milieu de ses voisins, mais cela ne le dérangeait nullement. Il n'avait aucun contact avec eux et, en dehors du fait qu'il était militaire en retraite, personne ne connaissait son rôle passé au sein de l'armée, à part son grade. On le saluait respectueusement et son aspect austère n'engageait pas à la conversation lors des rencontres sur le pas de la porte.

Madame Berrieux-Mauclair put garer sa voiture personnelle devant la grille d'entrée. Elle était quand même accompagnée de son chauffeur garde du corps. Elle lui demanda de l'attendre et sortit sans qu'il lui ouvre la portière. Personne dans la rue, parfait.

Le général la guettait et la fit entrer immédiatement, lui adressant ses salutations à l'intérieur.

L'entrevue était peu banale. Gautlot se doutait bien qu'un motif exceptionnel justifiait le déplacement de la ministre chez lui. Son expérience acquise à la direction du renseignement militaire ne recensait aucun événement de ce type.

Sa femme vint se présenter et proposa du café, ce que madame Berrieux-Mauclair accepta.

— Que se passe-t-il, madame ? demanda le militaire lorsqu'ils furent en tête à tête.

Elle soupira en souriant, étudiant avec plaisir le visage de cet homme… honnête, aucun autre mot ne convenait mieux. Pourtant il aurait dû être tordu, comme beaucoup de ceux qui travaillaient dans cet univers particulier du renseignement. Était-il une exception, ou bien des gens parfaitement équilibrés, dévoués à leur service, étaient-ils en plus grand nombre que la rumeur voulait le faire croire ? Elle effaça sa brève réflexion, et lui répondit.

— Bien que vous soyez en retraite, général, depuis peu il est vrai, acceptez-vous de remplir une dernière mission ?

— Si cela m'est encore possible, mon aide vous est acquise.

Elle hésita une dernière fois.

— C'est… une mission officieuse… bien sûr, à ma seule demande.

— Je vous connais suffisamment pour avoir toute confiance en vous. Si vous êtes là ce matin, je suppose que le problème est grave.

— Oui…

Et elle lui conta, depuis le début, l'histoire du faux noyé russe, copie de l'opération *Viande hachée*, le contenu des documents qu'il transportait, avec la suspicion d'une taupe au sein de la DGSE. Gautlot, concentré, enregistrait l'exposé dans sa mémoire.

Captivé, il ne s'aperçut pas qu'elle avait terminé, et revint confus à la réalité.

— Pardonnez-moi, c'est tellement… incroyable ! J'avais lu le fait divers sans réaliser ce que cela pouvait être. J'ai… un peu décroché de mes habitudes passées. Mes amis et ma famille bénéficient aujourd'hui de mon temps disponible…

La ministre, sans s'en rendre compte, prit un ton officiel.

— Malheureusement pour eux, j'ai besoin de vos… compétences, général…

L'anxiété envahit le retraité.

— Qu'attendez-vous de moi, exactement ?

— Eh, bien… j'aimerais que vous recherchiez toutes les informations possibles sur les principaux chefs de service de la DGSE. Leurs carrières passées et présentes, leurs familles, leurs relations, leurs affiliations éventuelles.

Le général Gautlot se renfrogna d'un coup. Adieu sa tranquillité nouvelle.

— Je sais ce que ça représente pour vous, ajouta la femme de pouvoir, mais c'est essentiel si on veut déceler la présence d'un traître dans ce service… Vous êtes extérieur, vous connaissez beaucoup de monde et… moi aussi j'ai confiance en vous.

— Ouais, pensa Gautlot, je m'en serais bien passé de ta confiance.

oOo

Elle l'embrassa tendrement, avec précaution, pour ne pas le sortir de sa somnolence. Claude émit un grognement de contentement, mais ne bougea pas.

Anouchka quitta la chambre d'hôtel sur la pointe des pieds.

Ils changeaient constamment de lieu et surtout ne se rencontraient jamais dans le petit appartement de fonction dépendant de l'ambassade de France, ni même aux alentours. L'officier traitant considérait qu'il prenait déjà trop de risques avec sa maîtresse.

L'air frais de ce matin fit du bien à la jeune femme. Elle n'avait pas beaucoup dormi, dominée pas son envie insatiable d'amour. Claude était le premier homme dans ce domaine à la satisfaire entièrement. Ce qui l'éblouissait.

En s'engouffrant dans le métro elle évalua, avec un pincement au cœur, la différence d'ambiance entre son enfance et la vie d'aujourd'hui. Plus de terreur permanente inscrite sur les visages des gens. Et même s'il y avait encore des réflexes de prudence dans le comportement des plus âgés, on sentait que les préoccupations de la population se situaient ailleurs. Anouchka comparait très souvent l'époque où son père et son frère avaient disparu avec son quotidien actuel. Elle occultait aussi le fait que maintenant son amour le transcendait et paraît toute chose d'une lumière de bonheur.

Sa mère et son beau-père se rendaient parfaitement compte de son état mais, devant son refus de dire quoi que ce soit, ils n'avaient pas insisté, se réjouissant de voir leur fille heureuse. Ils éprouvaient cependant quelques inquiétudes à l'idée qu'elle fréquentait peut-être un personnage douteux. Le genre avec une belle voiture et à l'argent facile qui florissait depuis quelques années. Ils se rassuraient en faisant confiance à Anouchka, à son jugement, et à sa connaissance profonde de l'âme humaine. Connaissance que le couple lui avait transmise dès son plus jeune âge, renforcée par leur vie chaotique, miraculeusement sauvée de l'ère soviétique.

Anouchka arriva au bureau des Archives encore tout imprégnée de sa nuit fabuleuse.

En accrochant son manteau, elle vit que celui de Lemeniev n'était pas sur sa patère. C'était exceptionnel. Il arrivait toujours avant elle.

Le choc émotionnel fut violent. Sur son sous-main, un agrandissement au format A4 la montrait le pied sur le fauteuil, compulsant un dossier, la jambe gainée d'un bas et surtout, honte suprême, le triangle de sa petite culotte blanche entre ses cuisses.

Elle resta tétanisée plusieurs secondes, essayant de comprendre comment cette photo avait pu être prise. La révolte, la colère et la crainte des conséquences d'une telle situation tourbillonnaient entre son cœur et sa tête, mettant ses sens à rude épreuve.

— Le tableau! Salaud! Il a caché un appareil derrière!

Elle se rua dans le bureau de Lemeniev et reçut une autre déflagration: autour du tableau, une douzaine de photos punaisées sur le mur la montraient entière ou partiellement, examinant les dossiers de l'armoire métallique. Un agrandissement spécial exhibait sa culotte blanche en gros plan.

— C'est de bonne qualité, n'est-ce pas?

Lemeniev triomphait, se délectait de la scène, assis, les avant-bras appuyés sur son vaste bureau.

Anouchka lui fit face ne sachant comment réagir. Il valait mieux ne rien dire et le laisser annoncer ses représailles.

— J'ai pris un grand plaisir à vous photographier. Vous êtes vraiment très belle et… très sensuelle…

Il attendit un commentaire qui ne vint pas, et se leva pour se rapprocher de sa proie. Elle décida de ne pas se dérober.

— Ne vous inquiétez pas… Évidemment vos agissements sont très graves… Mais cela peut rester entre nous…

Elle sentit une fureur incontrôlable l'envahir.

— À condition que je sois votre esclave sexuelle !

— Allons, allons, esclave est un bien grand mot ! Disons plutôt compagne de jeux… raffinés…

Il entreprit de passer sa main dans son corsage mais elle le repoussa brutalement et il faillit s'étaler sur le tapis. D'un seul coup son expression dégoulinante de concupiscence se transforma en un masque qu'Anouchka connaissait bien : celui qu'il arborait avec ses « clients » venant lui apporter leur obole de survie.

— Tu as tort, petite salope, de me repousser. Tu devrais bien réfléchir au merdier dans lequel tu te trouves.

— C'est tout réfléchi ! Je vais dire à mon beau-père que vous avez essayé de me violer !

— Et tu crois naïvement qu'il va venir me faire la peau ?

— Il vous l'a promis si vous me touchiez encore une fois.

Lemeniev la fixa, jouissant déjà de tous les détails de son plan, minutieusement préparé.

— Sauf que tu ne réalises pas bien l'ampleur de la situation. Envoie-moi ton épave de beau-père. Même ivre mort, il va comprendre tout de suite, à la vue de ces photos, que tu iras passer des dizaines d'années en prison pour espionnage. Au profit de qui, je ne tarderai pas à le savoir. Et quand je lui dirai qu'il est complice ainsi que ta putain de mère, il sera le premier à te pousser dans mon lit, lorsque je lui proposerai cet arrangement... Bien content de se sortir de ce bourbier si... facilement... Notre belle Russie s'est engagée dans la voie vertueuse de la démocratie, mais le délit d'espionnage a toujours été et sera toujours sa phobie, durement réprimée quand elle se concrétise... Alors ?! Suis-je toujours autant... inacceptable dans ton intimité ?

Il retrouvait son sourire horrible. La terreur d'Anouchka lui valut une asialie spontanée ainsi qu'un teint crayeux que Lemeniev constata avec satisfaction. Il revint doucement se coller contre elle.

— Je vois que mon exposé est convaincant... Mais ne crains rien, Si tu me laisses d'abord te donner du plaisir, tu t'apercevras que je suis doué pour ce genre de chose et tu me rendras les mêmes délices avec enthousiasme... Nous oublierons alors ce fâcheux concours de circonstances, n'est-ce pas ?

Il attrapa le tissu de la jupe à hauteur du pubis et commença du bout des doigts à le remonter. Anouchka, pétrifiée, ne le voyait même pas. Elle évaluait de toute sa capacité mentale la ou les situations possibles pour éviter le drame qui s'abattait sur elle et sa famille. Des images fugaces de son enfance ressurgissaient, lui rappelant ces familles voisines déportées ou exécutées pour fausses causes d'espionnage, à la suite de délations par jalousie ou minable vengeance. Mais il n'y avait pas d'issue. Cet immonde bonhomme la tenait bien. Pourtant, si elle arrivait à prendre un peu d'avance, en alertant ses parents d'abord, pour qu'ils se mettent à l'abri, Claude, avec ses relations, pourrait peut-être la protéger. Ses amis diplomates devaient être influents. Il fallait gagner du temps. Elle sentit tout à coup la main de Lemeniev sur son sexe et se recula vivement en rejetant son poignet.

— Attendez ! Pas maintenant... Je ne peux pas... Vous comprenez ?

Mais l'autre, devenu congestionné, voguait dans un état second.

— Tu as tes règles ? Je m'en fous, au contraire...

Il se rua sur son chemisier dont il arracha les boutons et releva, violemment cette fois, la petite jupe. Anouchka n'avait plus le choix. Elle s'arc-bouta sur ses reins et se détendit d'un coup en lui plantant les doigts dans les yeux. Il tomba lourdement en arrière, sans un mot, tandis qu'elle prenait la fuite. Il se rassit péniblement en se frottant les paupières.

— Ce sera peut-être encore mieux comme ça, dit-il tranquillement avec un petit rire.

Anouchka dévalait les escaliers à une allure périlleuse. Elle traînait son manteau et son sac en mobilisant toute son énergie pour ne pas tomber. Elle s'arrêta juste le temps d'enfiler son manteau sur son chemisier débraillé, avant de passer devant la guitoune du gardien.

À peine avait-elle parcouru quelques mètres sur le trottoir que deux colosses la saisirent, chacun par un bras et, la soulevant de terre, l'enfournaient dans un énorme 4x4 Chevrolet noir qui attendait, moteur tournant, devant l'immeuble de la mairie. Le prince Dolgorovski, du haut de son socle, assista à l'enlèvement mais, hélas, resta de bronze. L'archiviste Lemeniev avait tout prévu.

oOo

— Donc, rien à signaler, tout va bien ?... Parfait, merci le Ouessantin !

Brincourt reposa le combiné presque calmement. Grimbert fut surpris par cette attitude polie envers un subalterne qu'il traitait généralement avec indifférence. Seule particularité : c'était un des rares qui le tutoyait. Il regarda brièvement Ragueneau et devina que celui-ci pensait la même chose.

Ils ne firent tous deux aucun commentaire quant à la conversation téléphonique entre les deux hommes. Brincourt ne permettait jamais que l'on s'immisce dans la moindre de ses actions, fut-elle amicale et accessible en public.

— Bien ! Alors… Ragueneau, à toi.

Leur réunion au sommet ayant été interrompue par le téléphone, peu après leur arrivée, ils n'avaient pas eu le temps d'échanger quoi que ce soit.

— J'ai mis en place une surveillance sensible dans un bon quart ouest du territoire, par air, par mer et par routes. J'attends des résultats dans trois jours. Pour le quart sud-est ce sera la semaine prochaine.

— Tu as bien sûr eu recours à ta maison mère ?

— Pas seulement.

Le directeur général comprit au ton qu'il était inutile d'en demander plus. Et puis, ce que Ragueneau entreprenait s'avérait toujours efficace. Il s'adressa à son directeur du Renseignement d'un geste du menton. Grimbert inspira profondément avant de parler.

— Notre honorable correspondant Leblanc à Moscou m'a fait parvenir des notes très intéressantes sur les agissements d'un certain Lemeniev, directeur du service des Archives situé dans la mairie de la ville. Indépendamment du fait qu'il exerce un chantage sur tous les rescapés du régime soviétique ayant commis de graves délits, il trempe dans le marché de la drogue et des armes en fournissant des renseignements précieux aux gros bonnets responsables des trafics. Et ce, justement, grâce aux dossiers sur ses victimes.

Brincourt médita l'information quelques secondes.

— Cela corrobore une partie des documents du noyé russe à Ouessant... À propos, que donnent les recherches au sujet de ce bonhomme ?

— Rien, on n'a pas commencé.

Ragueneau intervenait avant que Grimbert ne serve d'exutoire au patron, comme cela arrivait fréquemment.

— Il m'a semblé que ce n'était pas le plus urgent. On va s'occuper de cela. Tu peux en être sûr.

La colère s'alluma dans l'œil du chef suprême, mais il se contenta de hocher la tête.

De retour dans son bureau, Grimbert se demanda soudainement pourquoi Brincourt permettait à sa secrétaire d'interrompre leur réunion par une banale communication avec un honorable correspondant, tel que le Ouessantin.

Il ne trouva pas la réponse dans la contemplation de son troupeau de ruminants.

oOo

Après un copieux déjeuner chez ses amis Lhostis, Yann Favier les quitta car il avait rendez-vous avec Karadec. Le maire lui avait déclaré avoir besoin de ses conseils, mais sans lui en dévoiler le motif. Ce devait être un appel à ses relations pour débrouiller un nœud administratif, comme cela s'était déjà produit. Yann le faisait d'autant plus volontiers qu'il admirait ce bonhomme, mal embouché certes, mais d'une probité exemplaire et sans attendre quoi que ce soit des services qu'il rendait sans cesse à ses concitoyens. Sa campagne électorale, pour les municipales, résumait le personnage. Il placardait quelques affiches sans sa photo, lesquelles disaient, en grosses lettres : « si vous voulez qu'on continue ensemble, je suis prêt. Sinon vous en prenez un autre, je l'aiderai quand même. Signé : Jean-Pierre Karadec ».

Y avait-il en France une autre campagne politique de ce type ? Favier en doutait.

Une brise soutenue balayait le chemin de Feunteun Velen, mais ne chassait pas les soucis restés latents pendant le déjeuner succulent que Marie-Jeanne lui avait offert. Yann se sentait bien seul pour effectuer cette ultime mission. Mais il l'avait voulu ainsi. Le souvenir de l'incroyable aventure en Syrie, vingt ans plus tôt, surgit de sa mémoire, sans doute suscitée par l'analogie avec la situation présente. Il fallait être d'une grande inconscience pour défier le danger à ce point. Une expédition en solitaire à Damas afin de découvrir le réseau de trafiquants qui livrait clandestinement des armes aux Libanais pro syriens. Un Russe manipulait les importations en provenance de l'URSS. L'agent français découvrait que ce Russe infiltrait l'organisation avant que les trafiquants ne le découvrent également. Il lui avait sauvé la vie de justesse, et depuis une amitié plus que professionnelle perdurait. Yann regretta qu'il ne fût pas à ses côtés aujourd'hui car, comme Mario autrefois, il se dégageait de sa personnalité une force indestructible, associée à une rapidité de réaction phénoménale en cas de menace immédiate.

— Je deviens vieux, marmonna-t-il dans le vent.

Karadec ne le fit pas attendre quand il se présenta. Il détestait faire poireauter ses administrés, sauf en cas d'empêchements majeurs.

— Monsieur le nouveau retraité, bonjour ! lui lança-t-il avec bonne humeur.

— Monsieur le grand sorcier de Ouessant, je suis heureux de vous saluer !

Jean-Pierre quitta son fauteuil et vint lui serrer la main.

— Toujours jeune et beau, Yann !

— Mais comme toi, je n'ai rien à t'envier !

— Tu vas bien nous marier la Catherine maintenant que tu quittes le ministère.

— Pourquoi pas ! Mais j'ai encore presque un an à tirer, et on a encore besoin de moi, quelquefois.

— Ah ! Fais attention, Yann : les cimetières sont pleins de gens indispensables !

— Et les fonctions indispensables sont pleines de gens incompétents !

— Joli !… Celle-là, je la replacerai !

— Sois quand même un peu indulgent : ce n'est pas tout à fait vrai. La preuve tu es bien à ton poste.

— Ouais !… Vil flatteur !

Monsieur le maire reprit son siège en désignant un des deux fauteuils devant son bureau à son visiteur. Il sortit une lettre d'un de ses tiroirs.

— La caisse d'assurance maladie de Brest m'a envoyé un questionnaire à te transmettre car, paraît-il, tu n'as pas répondu à leurs courriers précédents, et tu es injoignable au téléphone.

Karadec tendit l'enveloppe ouverte. Yann fut instantanément en alerte. Il n'en laissa rien paraître évidemment.

— Comme tu n'es pas le genre d'homme à faire preuve de négligence, j'ai pensé que la caisse avait perdu tes réponses précédentes, et qu'elle avait téléphoné quand tu n'étais pas là. Il serait temps que tu achètes un répondeur. Moi aussi j'ai essayé de te joindre. *Evit netra*.

— Pardon chef, tu as raison. Je vais mettre de l'ordre dans tout ça.

S'ensuivirent les éternelles questions au sujet de leurs amis respectifs, leur devenir ou leur passé, leurs familles, leur présence en ce monde ou leur disparition.

Et Yann laissa le maire à ses nombreuses tâches administratives.

Il n'examina le contenu de la missive qu'une fois barricadé chez lui. Effectivement, il y avait bien un questionnaire sur sa situation. Surprenante était la lettre d'accompagnement.

« Monsieur. Votre dossier fait apparaître des lacunes qu'il serait souhaitable de combler au plus vite. Je vous prie de bien vouloir passer à mon service le plus tôt possible de 8 h 30 à 12 heures et de 14 heures à 18 heures, en vous munissant des documents précisés dans la liste ci-dessous. Il est inutile de prendre rendez-vous.

Le contrôleur adjoint

Odette Le Corre »

La signification était claire : tu es surveillé et on a des informations importantes à te communiquer. Comment échapper à tout espionnage sinon par cette astucieuse combine pseudo-officielle ? La correspondante, bien planquée au sein de l'assurance maladie, devait être rencontrée sans tarder. Mais, déduction première : les téléphones étaient sur écoute, le portable et le fixe, et deuxièmement on le filait lors de ses déplacements. Il s'en doutait bien sûr et prenait ses précautions. Un point le troublait cependant : ici, sur Ouessant, qui épiait son comportement ?

oOo

Tout était mélangé : la mer se noyait dans le ciel, et le ciel fondait dans la terre par un léger brouillard, peu habituel à cet endroit. Pas une respiration pour troubler la surface de l'eau plongée dans une léthargie inquiétante.

Les cent vingt-cinq chevaux du moteur Nani propulsaient à l'extrême ralenti le palangrier fileyeur le long de la jetée Jacobsen bordant le chenal. André, après un bref coup d'œil à sa montre qui indiquait sept heures du matin, arrêta la course du bateau et descendit l'ancre. Noirmoutier en l'île ne s'était pas encore réveillée. Quand le cordage maintenant l'arrière du bateau fut fixé à l'anneau d'amarrage, le pêcheur débarqua ses maigres prises contenues dans un seul cageot. Aucune importance, c'était son alibi. Son mareyeur lui prendrait sans faire de commentaires car même les pêcheurs acharnés à leur travail ne faisaient pas beaucoup mieux que lui. Combien avaient disparu depuis qu'il avait commencé ce métier ? Les trois-quarts ? Peut-être. Et son métier, il était né avec, inscrit dans ses gènes. Ce qui était normal puisqu'il était la cinquième génération de sa famille à pratiquer cette dure mais extraordinaire activité pour gagner sa vie… Gagner sa vie… André eut un ricanement désenchanté en pensant à cette formule.

Il sortit de sa poche son attirail à fumer et se roula une cigarette. Après le coup de langue pour coller la feuille de papier et la lisser du doigt, il alluma le briquet tempête avec ses deux mains, mit le feu au bout de la tige de tabac et aspira profondément la fumée.

— J'ai perdu ma vie à la gagner, dit-il doucement, en s'intégrant parfaitement dans l'atmosphère irréelle qui désincarnait l'univers solide autour de lui.

Non, c'était faux. Il se reprocha son mauvais jeu de mot. C'était le destin qui lui avait fait perdre sa vie, celle qu'il avait réussi à construire. Vingt ans auparavant il achetait un bateau, à crédit bien sûr. Établi à l'île d'Yeu dans la maison de ses grands-parents, avec sa femme et ses trois enfants, il devenait enfin indépendant. Un sentiment d'avoir conquis seul ce statut le remplissait de fierté. La ressource était bonne et son courage domptait les éléments lorsqu'il lui fallait sortir par mauvais temps. Il n'avait pas de difficultés pour rembourser ses traites et faire vivre décemment sa maisonnée.

Tout avait basculé d'un coup. Un matin, pourtant ensoleillé avec une mer calme. Il enclenchait le treuil pour ajuster le cordage et remonter le filet. Sa veste s'était déboutonnée et coincée immédiatement dans la grande poulie. Plaqué contre elle, le manège infernal commençait. Tournoyant sans aucune possibilité de stopper le mouvement, sa tête frappait le plat-bord, le plongeant dans l'inconscience au deuxième choc.

Son beau-frère qui pêchait non loin de lui avait miraculeusement perçu le drame. Réagissant en une fraction de seconde, il avait eu, comme souvent chez les gens de mer, les gestes qui sauvent. N'amarrant même pas sa propre embarcation, il avait sauté dans celle de son parent et stoppé la machine. La descente aux enfers ne faisait que commencer. D'abord un an d'hôpital, où l'équipe qui s'était chargée de sa personne réparait à peu près tous les dégâts. Et là, alors que l'espoir de conserver sa vie intacte se concrétisait, André découvrait qu'aucune assurance ne réglait les traites du bateau. Bien sûr il en était responsable, mais si l'employé de banque avait bien fait son travail... Si, si, si...

Procès pour rien, dégradation de sa vie familiale, chute inéluctable de sa situation. Il avait bien repris la pêche à la sortie de sa convalescence, mais il était impossible de combler le trou financier. Le bateau, saisi, avait été vendu. Il quittait sa famille, ballotté par les événements contre lesquels il ne luttait plus. Une vague relation l'avait mis en contact avec un pêcheur de Noirmoutier, lequel désirait embaucher quelqu'un pour trois mois. C'était cinq ans auparavant. Une femme, devenue sa maîtresse, l'hébergeait pendant un moment. Il était le bouche-trou du petit monde maritime, faisant toutes les corvées que les autres ne voulaient plus faire. Mais tous connaissaient ses qualités d'homme de mer. Son histoire pitoyable favorisait la compassion.

Un jour qu'il visitait ses enfants à l'île d'Yeu, et se promenait avec eux sur les quais de Port-Joinville, il tombait en arrêt devant un bateau de pêche tel qu'il les aimait : en polyester, bien équipé, avec une roue hydraulique à double commande, et un moteur suffisamment puissant.

— Si ça vous plaît, je vous le vends !

Se retournant surpris, il voyait un homme élégamment habillé, croisé bien des fois lorsqu'il habitait l'île, sans savoir ni son nom, ni son activité. Ils se serrèrent la main.

— Je voudrais bien ! Mais je n'en ai pas les moyens.

— Un pêcheur comme vous mérite ce bel outil !

— Ah, bon ! Vous me connaissez ?

— Bien sûr. Tout le monde ici sait ce qui vous est arrivé. Je vous offre un verre avec vos enfants ?

Et l'incroyable se produisait. André était reparti plus tard avec le bateau à son nom. La transaction était plus que louche ! Il payait officiellement tous les mois un crédit avec l'argent que l'autre lui donnait en liquide, le produit de la pêche étant à peine suffisant pour vivre, mais à hauteur des traites à rembourser. En revanche, la réserve illicite d'euros permettait la prodigalité. Mais André, dégoûté de l'existence, se bornait à faire profiter son ex-femme et ses enfants de son aisance, sans excès pour ne pas attirer l'attention.

La contrepartie de cette tractation invraisemblable consistait à transporter des paquets, soigneusement emballés, qu'il récupérait au large sur ses lieux de pêche. Des bateaux de plaisance l'abordaient de temps en temps et lui transféraient leur marchandise. Il la déposait alors dans des petits ports de Vendée, comme Saint-Gilles Croix de Vie, Saint-Jean de Monts ou Préfailles, attendue par de grosses voitures qui disparaissaient, sitôt les colis récupérés.

André n'avait pas d'illusions sur la nature des produits contenus dans les emballages. Il n'était pas dupe non plus sur le fait d'avoir été choisi. Il ne posait pas de questions, vivait discrètement, et son fatalisme lui permettait d'écouler ses journées sans états d'âme, ni crainte de son avenir.

Un bruit lui fit tourner la tête. *Le Café noir* ouvrait ses portes et disposait ses chaises sur le trottoir. Il jeta son mégot dans l'eau, ramassa son cageot couvert d'un sac de jute mouillé, et partit vendre son poisson.

oOo

Lemeniev se remettait doucement du traumatisme causé à ses yeux par Anouchka. Il s'était appliqué deux Kleenex trempés dans l'eau froide sur les paupières, tout en se massant les tempes.

Quand la douleur et la gêne visuelle se furent estompées, la jubilation engendrée par la future possession de sa proie revint vivifier ses sens. Il se leva, ramassa toutes les photos qu'il plaça dans une enveloppe, et rangea celle-ci dans l'armoire blindée. Cette fois il la verrouilla à double tour. Alors qu'ayant enfilé son manteau il allait partir, le téléphone retentit dans le bureau de sa secrétaire. Il hésita à répondre, mais étant donné l'heure, son absence du bureau des Archives pouvait être mal interprétée.

— Allô, Lemeniev !

Atterré, il reconnut la voix du maire.

— Oui, que puis-je pour vous, monsieur ?

— J'ai besoin de vous pour une affaire urgente. Je vous attends dans mon bureau.

— Oui, monsieur. Est-ce que…

Le maire avait déjà raccroché. Il jura copieusement et enleva sa pelisse et sa toque. Quel fâcheux contretemps ! Tant pis ! Son plaisir n'en serait que décuplé. Il imaginait toutes sortes de gestes et sévices qu'il exercerait sur Anouchka dans quelques heures. Son excitation se calma dans l'instant quand sa hiérarchie lui imposa des recherches de documents que la journée suffirait à peine à accomplir. La rage au cœur, il se rendit avec ses assistants dans son lugubre sous-sol. Sa séance de luxure violente attendrait la soirée. La vision de la nuit qui s'ensuivrait lui ramena quelques consolations.

À douze heures trente, selon le code convenu, Claude Leblanc téléphona à Anouchka. D'abord une première fois il laissa passer deux sonneries et coupa la ligne pendant la troisième. Puis il recommença. C'était son appel habituel pour se faire identifier. Lemeniev, maniaque, partait toujours déjeuner à douze heures vingt. Si par hasard il était encore présent, Anouchka devait dire « Allô !» trois fois et raccrocher.

Le signal sonna longtemps. Anouchka ne répondait pas. Claude pensa qu'elle devait faire une course imprévue et laissa passer une demi-heure. Puis, il l'appela à nouveau. Sans succès. Curieux. Elle l'avait quitté sans le réveiller, comme souvent d'ailleurs et, si elle ne devait pas aller à son travail, elle l'aurait prévenu de vive voix ou aurait laissé un mot.

Après l'heure du déjeuner, il tenta de la joindre à l'aide de son portable depuis la rue. Si Lemeniev répondait, il couperait tout de suite la communication. À la vingtième sonnerie il eut la certitude que personne ne se trouvait dans le bureau du directeur des Archives.

Claude ne put réprimer son inquiétude. Quelle était la cause de l'absence du patron et de sa secrétaire ? Un drame ou une banale histoire de convocation par leur autorité ?

Toutes les demi-heures, Leblanc continua ses appels. L'alerte finit par se substituer à l'inquiétude. Entraîné à surveiller, organiser, contrôler le moindre détail et réagir rapidement en fonction d'une anomalie, il se rendit au restaurant *Chez Georges* en espérant que Michel Vitré y fût encore. Cela gagnerait du temps. Il était plus de seize heures lorsqu'il entra dans l'établissement, et pourtant quelques tables se trouvaient encore occupées par des hommes d'affaires, accompagnés de jolies femmes.

La fumée des cigares et les verres d'alcools prestigieux témoignaient de leur état. Vitré, en leur compagnie, se leva pour accueillir son collègue.

— Que désirez-vous, monsieur ?

— Je voudrais retenir une table de sept personnes.

— Mais certainement. Pour ce soir ?

— Non, pour demain midi.

Le fait que Leblanc se soit déplacé pour retenir une table de sept convives était le signal convenu d'un danger. Vitré ouvrit son carnet de réservation. Il y plaça une feuille blanche et tourna le tout vers Claude.

— Merci de noter votre nom s'il vous plaît, et l'heure.

Il s'approcha de la porte donnant sur la cuisine, l'entrebâilla, et annonça d'une voix forte :

— Sept personnes de plus demain midi !

Revenant vers son visiteur, il reprit le carnet.

— Merci monsieur, c'est bien noté. Je vous souhaite une bonne journée.

— Au revoir, à demain.

Leblanc sortit du restaurant dans l'indifférence des clients. À part, peut-être, l'intérêt d'une convive qui le trouvait à son goût pour dissiper son ennui.

Vitré fit semblant de ranger son haut secrétaire d'accueil, le temps de déchiffrer le message sur la feuille : « Où est Anna ? Urgent. » Il chiffonna le papier, le mit dans sa poche et disparut dans le couloir qui menait à son bureau.

Anna était la traduction de Anouchka, pour le service.

oOo

— Dis Papy, pourquoi maman et papa se disputent tout le temps ?

Les grands et magnifiques yeux bruns de son petit-fils traduisaient un tourment qui lui fit mal. Il enfourna une petite cuillère de yaourt dans la bouche toute menue, ornée d'une moustache blanche, gluante, ce qui gagna deux secondes avant qu'il ne réponde. Le général Gautlot considérait que sa fille avait épousé un imbécile et leur mésentente venait du fait qu'elle commençait à s'en rendre compte. Mais ce n'était pas à ce petit bonhomme de trois ans et demi d'en assumer les conséquences.

— Ce n'est pas grave. Ton papa et ta maman t'aiment beaucoup. Ils sont fatigués en ce moment. C'est pour ça qu'ils ne sont pas d'accord. Alors quand ils crient, tu n'as qu'à les laisser. Tu pars en chantant très fort dans ta chambre. Ça les calmera !

Baptiste dévisagea son grand-père avec intensité.

— Oui, mais des fois j'ai peur !

— Alors, tu les tires par la main et tu leur dis que tu as peur… Entre nous, un grand garçon comme toi n'a jamais peur. Tu fais semblant !

Le général ressentait de la colère à l'égard de ces gens qui ne maîtrisaient pas leurs pulsions. Et la mission que la ministre lui avait confiée n'embellissait pas son humeur. Tout le monde détestait tout le monde. Partout les hommes s'enviaient, se jalousaient, essayaient de se nuire par tous les moyens, incapables de se rassembler pour servir leur pays lorsque la situation l'exigeait. Au contraire…

Ils défendaient leurs prérogatives de toutes leurs forces. Sans aucune générosité.

— Voilà, c'est fini.

Il essuya les bavures de yaourt et enleva la serviette autour du cou. Puis, il prit Baptiste dans ses bras et l'embrassa affectueusement.

— Tu veux voir un dessin animé ?

— Oui… Schkek 3 !

— Bien, mon bonhomme... Mamy ne va pas tarder.

Il était temps que sa femme revienne. Le vieux militaire détestait être en retard et il avait rendez-vous à l'est de Paris, c'est-à-dire de l'autre côté par rapport à son domicile. Il installa son précieux fardeau devant le grand écran tout neuf, cadeau de ses adjoints pour son départ à la retraite, et mit en marche le DVD. Baptiste lui tendit les bras pour avoir un autre baiser, ce qui fit fondre son cœur. Puis, il alla consulter ses notes. D'abord l'organigramme de la DGSE, avec les noms des directeurs des services qu'un de ses anciens collaborateurs à la D.R.M.[10] lui avait communiqué. Il en connaissait quelques-uns. Dont le colonel Ragueneau issu du G.I.G.N., par exemple. Leur rencontre était programmée dans trois jours. Quand il était en fonction, Gautlot lui avait rendu service, non plutôt : donné un coup de main pour une opération compliquée. Suite à cela François de Brincourt, le patron, avait essayé, à plusieurs reprises, de lui tirer les vers du nez dans des situations complexes où tout le monde avait besoin de tout le monde. Le général était une des rares personnes à connaître sa véritable identité, et ce par le hasard.

---

10 D.R.M. : Direction du Renseignement Militaire de la vie.

Il ne l'aimait pas. Quand sa conscience l'exigeait, Gautlot aidait ses services. Car, dans son éthique, les intérêts de la France étaient prioritaires. Mais, échanger des informations directement avec lui, c'était... difficile pour plusieurs raisons. D'ailleurs, à la DGSE, en dehors de Ragueneau, il ne faisait pas confiance à grand monde. Curieusement, il n'en était pas de même avec la DST[11], fusionnée récemment avec les R.G. pour devenir la DCRI[12] Ce service de police créé en 1934, S.T. au départ, se nommait DST depuis novembre 1944 par une ordonnance signée du général de Gaulle. Le service du contre-espionnage passait sous le contrôle du ministère de l'Intérieur.

Etait-ce simplement une affaire de contacts, l'esprit du grand homme influençant Gautlot, ou bien le hasard qui lui avait fait considérer certains membres de cette organisation avec sympathie ? Alors qu'en principe la D.R.M et la DST n'avaient pas beaucoup de rapport. Les effectifs de ces services de renseignements étaient constitués de civils, de militaires ou d'anciens militaires. Les uns, quelquefois, passaient au service des autres suivant leurs occasions, ressentiments, ou possibilité de promotion personnelle.

Si chacun veillait jalousement sur ses propres secrets et renseignements, il n'ignorait pas grand-chose de leurs fonctionnements réciproques.

Une chose intriguait Gautlot. Pourquoi le brillant commandant Yann Favier, nageur de combat émérite, qu'il avait tenté d'intégrer dans son service,

---

11 DST : Direction de la surveillance du territoire

12 DCRI : Direction Centrale du Renseignement Intérieur

avait préféré la DGSE pour la quitter avec fracas trois ou quatre ans plus tard et finir sa carrière à la DST. Le colonel Ragueneau devait avoir sa petite idée sur la question.

oOo

Malgré le cratère creusé par le ressentiment, les blessures de la haine, lorsque Brincourt apprit par son journal que son fils aîné se mariait ce jour-là, sa carapace se fendit. Il relut plusieurs fois les quelques lignes annonçant l'événement à l'église orthodoxe, rue Daru. Il posa son quotidien sans brusquerie et ferma les yeux en s'enfonçant dans son fauteuil. Son ex-femme avait gagné sur tous les fronts. Il luttait pour que son chagrin n'élimine pas la colère qu'il souhaitait dominante pour ne pas s'effondrer. Les souvenirs des enfants en bas âge remontaient du passé contre son gré.

La harpie qui les avait mis au monde exerçait sur eux une possession exclusive, dans laquelle ses sentiments paternels n'avaient pas leur place. Les rares moments où il les prenait dans ses bras se produisaient quand il rentrait chez lui à l'improviste et qu'elle n'était pas là. Même la nurse lui était hostile, entièrement sous l'influence de sa patronne.

— Quelle cinglée, murmura-t-il.

La cinglée lui avait gâché irrémédiablement sa vie privée, durant ses huit années de mariage et bien sûr les années suivant le divorce ; une bataille féroce qui avait écœuré même les avocats. Brincourt braquait toute sa volonté pour ne pas la détruire et préserver les enfants. Montant rapidement les degrés de pouvoir de sa fonction, le temps lui avait cruellement manqué pour exercer sans faille ses droits de visite, ce dont elle avait profité impitoyablement, alertant la machine judiciaire sur ses manquements et démontrant aux petits que, s'il ne venait pas les prendre, c'est parce qu'il ne les aimait pas. Un jour il avait capitulé et ne les avait plus revus avant leur majorité. Et là, leur entrevue, sans leur mère, s'était transformée en cauchemar. Son fils, comme sa fille, s'obstinait à le vouvoyer, le priant de les laisser tranquilles. Ils ne désiraient pas le fréquenter après toutes ces années où il les avait abandonnés, sans même leur écrire. Ce qui était faux, mais on ne leur avait jamais donné les lettres.

Brincourt avait essayé de plaider sa cause, en vain. Ils ne l'écoutaient pas et manifestaient insolemment le désir de s'en aller. Il les avait regardés partir avec la certitude qu'il ne les reverrait plus. Par l'intermédiaire d'un inspecteur de police à la retraite, il les avait fait surveiller afin de savoir ce qu'ils devenaient. Comment leurs études se déroulaient, si un beau-père s'occupait bien d'eux, si leur vie se déroulait agréablement. Ces informations restaient le seul lien avec sa descendance. Au moins ses parents avaient constitué une base indéfectible et son père, responsable de sa carrière, avait su l'épauler pour surmonter cette longue et dure épreuve. Il avait renforcé la misanthropie de son fils, qu'il lui avait transmise, car ce père attentif n'aimait personne en dehors de sa famille.

Brincourt soupira. Grâce à lui il ne s'était pas démoli. Mais maintenant que ses parents n'étaient plus là, tout le monde payait pour sa vie sentimentale ratée.

Il rouvrit les yeux et entreprit de relire les notes de ses collaborateurs, empilées sur son sous-main. L'opération *Viande hachée* bis avait été montée contre ses services, et donc contre lui. Il en avait la conviction. Depuis toutes ces années qu'il dirigeait la DGSE, les missions menées aboutissaient, en grande majorité, dans le sens qu'il avait défini. Il n'y avait pas eu de défaillance dans les rouages de cette mécanique qu'il avait méticuleusement élaborée. Et, tout à coup, les engrenages grippaient. Son idéal se trouvait menacé. Celui ou celle responsable de ce dérèglement connaissait parfaitement «la boîte». Les moyens employés ne manquaient pas de cynisme. C'était une attaque astucieuse, destinée à dynamiter la DGSE et son patron. Tous les services se posaient la question : qui ?

Brincourt sortit la clef de son armoire blindée et prit toutes les chemises du bas contenant les fiches des collaborateurs qui avaient travaillé dans les services depuis vingt ans. Puis, il poussa le verrou intérieur de la porte de son bureau. Il avait bien sûr une suspicion d'emblée sur trois ou quatre noms. Mais, par souci d'efficacité, il se prépara à réexaminer chaque dossier de recrutement.

oOo

Du sous-sol de la datcha, à demi-enterré, bien chauffé, Anouchka apercevait le faîtage des bouleaux au travers des châssis de fenêtres disposés presque au ras du sol. La vaste pièce, confortable, entièrement revêtue de bois, exprimait le luxe. Des tapis somptueux sur le parquet à larges lames, des meubles peints de couleurs chatoyantes, des fourrures d'ours, de renards des neiges, de panthères, accrochées aux lambris des murs, alternaient avec des tableaux classiques, des sculptures ne représentant que des femmes dans des positions érotiques, mais de belles factures, et des armes anciennes rarissimes.

Un vaste lit en bois à baldaquin du dix-huitième siècle, richement décoré, occupait le centre de cet univers inattendu de Lemeniev.

Anouchka se trouvait dans une position humiliante. Elle était attachée, depuis son arrivée, jambes écartées, au milieu d'un portique fixé au plancher et aux poutres du plafond. Ses liens en tissu, solidement fixés, lui interdisaient tout mouvement. Ses geôliers ne l'avaient pas malmenée, l'avaient nourrie avec délicatesse et emmenée aux toilettes dès qu'elle le leur avait demandé.

Par l'escalier dont les dernières marches arrivaient presque devant une des fenêtres, elle les avait vus se promener à l'extérieur, tour à tour, pour fumer sans doute.

Maintenant la nuit tombait et elle entendait au-dessus de sa tête la télévision qu'ils avaient allumée.

Anouchka, désespérée, concentrait sa volonté pour ne pas se déliter en sanglots inutiles. Elle savait ce qui l'attendait. Lemeniev allait la violer maintes fois, en ajoutant des souffrances pour la punir de sa conduite agressive. Quand il aurait bien profité d'elle, il la ferait disparaître, car ce qu'elle connaissait de ses secrets représentait une trop grande menace pour ses juteux commerces. Elle le savait intelligent, cruel, parfaitement organisé et puissamment riche.

Elle ne pesait pas bien lourd dans le choix d'une éventuelle décision de la laisser vivre.

Entière dans son amour pour Claude, elle n'acceptait pas que cet homme, qu'elle abhorrait déjà naturellement, puisse la posséder. Et l'idée de satisfaire des désirs, dont il avait l'habitude avec ses partenaires soumises, n'était même pas envisageable. Mais d'autre part, Anouchka ne se résolvait pas à l'idée de mourir prochainement. Elle réalisa à quel point elle était fragile en pensant à sa mère qui s'était prostituée pour sauver sa fille, après avoir perdu son mari et son fils. Un vertige terrible la saisit à cette évocation. Comment cette femme avait-elle trouvé la force d'accomplir son sacrifice ? Anouchka se considéra avec mépris. En refusant sa compromission, elle mettait aussi sa mère et son beau-père dans une situation périlleuse, dont Lemeniev exploiterait le plus petit avantage. Et s'il avait assassiné leur fille, il les maintiendrait longtemps dans l'angoisse, en leur déclarant qu'elle avait disparu et qu'il la recherchait, ainsi que la police... Son affolement paralysait maintenant toute tentative pour reprendre un quelconque contrôle d'elle-même. Ses larmes allaient exploser quand elle entendit le bruit d'une voiture. Lemeniev arrivait.

oOo

Le colonel Garoust saisit la lettre posée bien en évidence sur son bureau. Deux tampons rouges « Confidentiel Défense » et « Diffusion restreinte » estampillaient le coin supérieur gauche au-dessus de l'en-tête.

Le rapport envoyé par la section de recherhce de Brest apportait une confirmation supplémentaire de l'existence des réseaux dénoncés par les documents du noyé russe à Ouessant, en se joignant à d'autres rapports qui commençaient à affluer. Il stipulait, entre autres : *Le break BMW, voiture volée depuis quatre jours, et équipée de fausses plaques d'immatriculation, a chargé dans le port de Sainte-Marie des colis apportés sur un bateau de pêche, type palangrier fileyeur, appartenant à un certain André Mahé, domicilié au 10 grande rue à Noirmoutier en l'île. Il était cinq heures du matin ce mardi 20 avril. La voiture a été signalée au péage de l'A837, puis successivement à ceux de l'A10 5, A62 E72, A61 E80, A9 E15, A54 E80. Une voiture banalisée de la section de recherche de Marseille l'a prise en filature jusque dans les quartiers nord de la ville à 14 heures 12.*

Suivait l'adresse de sa localisation dans un dépôt de matériel de construction. C'était une opération go fast caractéristique, bien connue des services de la police et de la gendarmerie.

L'officier, satisfait des résultats obtenus par la coordination mise en place, classa le rapport avec les autres, dans sa chemise spéciale. Quand Ragueneau le contacterait, c'est-à-dire bientôt et à l'improviste, il partagerait ce sentiment d'avoir pris la bonne décision en demandant les services de son ami.

oOo

En sortant de sa mairie, dans un état d'exaspération au paroxysme dû, comme d'habitude, aux textes de règlements auxquels il ne comprenait rien,

Jean-Pierre Karadec aperçut le vieux Mathieu appuyé contre un mur qui lui fit signe de la main. Ils se dirigèrent l'un vers l'autre et la contrariété du maire fut instantanément remplacée par l'affection et le respect qu'il portait à son ancien compagnon de travail.

— Tu m'attendais, Mathieu ?

— Oui. Ça va ?

— Ça va, mais pourquoi tu n'es pas venu jusqu'à mon bureau ?

— Je n'ai pas osé. Tu es tellement occupé…

— Je suis toujours disponible pour toi, quelle que soit mon occupation. Je t'offre un verre ?

— Non merci. Ou alors après. Je voudrais te parler de choses… sérieuses sans que personne n'en profite.

— Comme tu veux. On marche un peu ?

— C'est ça…

Ils s'engagèrent vers Keriann pour ne pas être dérangés par tous ceux qui venaient les saluer. Karadec s'impatientait du silence de Mathieu. Il finit par le questionner.

— Quelque chose te tracasse que tu n'arrives pas à dire ? ...

— Oui…

— Je t'écoute. Tu peux être sûr de ma discrétion.

— Je sais… Voilà… Ah, c'est pas facile !

Mathieu s'immobilisa pour le regarder dans les yeux, manière de souligner l'importance et la sincérité de ses propos.

— Tu sais, Jean-Pierre, que nous sommes nombreux dans la famille… Ce que je possède n'est pas très important. Quelques économies, environ trente mille euros placés à la banque et surtout la maison… Enfin, celle où ma mère a vécu et que j'ai achetée… Comme je vais mourir bientôt…

— Ne dis pas de bêtises. Tu es en pleine forme !

— Oui, mais ça peut lâcher d'un coup à mon âge.

— Allons, Mathieu…

— Je te fais de la peine, je sais, mais il faut regarder les choses en face.

— D'accord, alors que veux-tu que je fasse ?

— Eh bien… c'est… Je voudrais que la maison de ma mère…

— La tienne…

— Si tu veux… Que cette maison revienne à Tanguy quand je ne serai plus là.

Incroyable. Tellement d'années après la mort de sa mère, Mathieu pensait être encore chez elle ! Cette femme avait profondément marqué son enfance, et il avait gardé toute sa vie un amour intact envers celle qui lui avait tant donné. Karadec se sentit ému. Les vies des hommes, comme celle de Mathieu, se définissait par : Travail, Amour, Patrie. La formule convenait très bien, sans ironie. Il refit surface.

— Je suppose que tu as fait un testament ?

— Ben… non !

— Ah ! Et tu voudrais mes conseils pour le faire ?

— Voilà…

— Pas de problème. Avant, il faut que tu en parles avec ta sœur, ton frère et tes trois enfants. S'ils ne sont pas d'accord, tu ne peux rien faire. Surtout tes enfants. Tu n'as pas le droit de les déshériter au profit d'un de tes petits-fils.

— Ils sont d'accord…

— C'est bien. Seulement au regard de la loi,

tu les dépossèdes quand même d'une partie de l'héritage qui devrait leur revenir… Donc, Tanguy devra payer pour garder ta… la maison de ta mère, déduction faite de sa part.

— Il n'y a pas moyen de faire autrement ?

— Je ne crois pas… Pourquoi tu ne vas pas voir Maître Bellec, le notaire du Conquet ?

— Je n'ai confiance qu'en toi.

Karadec sourit et posa la main sur le bras de son ami.

— Je suis très flatté, mais je n'ai pas les compétences d'un notaire. Ce que je peux te proposer c'est de lui téléphoner et d'exposer ton cas. Je le connais bien, c'est un homme très correct. Et après on rédigera ensemble tes volontés. Ça te va comme ça ?

Mathieu, soulagé, lui tapa sur les épaules vigoureusement ;

— Comme ça, ça va… Maintenant c'est moi qui t'offre un verre !

— Mais…

— On ne discute pas, jeunot !

Ils firent demi-tour et se dirigèrent vers leur café à petits pas. Karadec n'osait pas proposer au vieil homme de s'appuyer sur lui, connaissant sa fierté de s'assumer seul jusqu'au bout.

— Tu l'as prévenu de tes intentions, ton petit-fils ?

— Surtout pas. Il faut déjà savoir comment on va faire.

— Tu as raison…

— Je le vois plus souvent que d'habitude en ce moment. Il est même venu dormir à la maison avant-hier.

— Ah, bon ?

— Oui. Il voulait aller plonger de bonne heure

en profitant de la marée haute... Il avait tout un tas de matériels pas possible... D'ailleurs, il en a laissé une partie... Il m'a dit qu'il reviendrait la semaine prochaine...

— Tu sais bien que c'est sa passion depuis qu'il est né !

— Oui, mais ça fait des années qu'il n'a pas plongé ici... Faudrait me payer très cher pour faire ça ! Et même si je pouvais, je refuserai !

— Sois tranquille, Mathieu ! Personne ne te le proposera !

oOo

— Vous êtes sûr de votre coup, Faillard ?

L'expression tendue de l'adjudant-chef Cartier se répercuta sur celle du maréchal des logis Kastler, venu voir son chef fortuitement.

— Oui... bien sûr, vous me fournirez un rapport, mais en attendant... Oui, d'accord je note.

Le stylo s'agita furieusement pendant trois bonnes minutes.

— Parfait, merci Faillard. Après-demain, avec plaisir.

Il raccrocha et regarda son subordonné d'un air triomphant.

— Notre pilote d'hélicoptère vient de repérer un bateau entrant dans le port de Camaret. Or, deux jours auparavant, il l'a vu en mer, bord à bord avec un bateau de pêche, au large de Plozevet !

— En quoi l'info est...

— C'est exactement ce qui est noté dans un rapport que j'ai reçu de la brigade de

Saint-Gilles Croix-de-Vie. Le bateau est facilement reconnaissable.

Cartier prit son papier.

— C'est un Bavaria 42, un treize mètres assez luxueux. Il arbore un pavillon espagnol. Selon Saint-Gilles, il a approvisionné en « colis » un pêcheur qui serait venu ensuite les donner à un ramasseur dans le port de Sainte-Marie. La brigade a eu la chance d'obtenir par hasard le témoignage d'un plaisancier qui scrutait la mer avec ses jumelles, très tôt le matin. Comme notre colonel s'est chargé de collecter tous les rapports sur les trafics, ça ne pouvait pas nous échapper.

— Que fait-on maintenant ?

— On le piste. Tout le secteur sera mis à ses trousses. Pour le moment, pas d'intervention.

— Dommage !

— Ne sois pas impatient. Ça ne va pas tarder. C'est le troisième bateau en une semaine à se faire repérer sur les côtes de Bretagne. Le ragoût est en train de mijoter !

oOo

Elle perçut d'abord des rires. Les bruits lui parvenaient confus, très assourdis. Les gardes avaient éteint la télévision, seule certitude. Anouchka, les nerfs au bord de la rupture, avait pris la décision de rester passive, sans manifester la moindre réaction. Lorsqu'en boîte de nuit quelques prétendants la poursuivaient, cette attitude les dégoûtait rapidement. Se laisser embrasser en restant de marbre n'était pas vraiment excitant. Mais avec Lemeniev il en allait autrement. Se contrôlerait-elle en subissant la violence ? Sûrement pas. Peut-être trop impatient, commencerait-il par assouvir son désir ? Quelle horreur…

Deux chocs sourds ébranlèrent successivement le plancher, faisant trembler les châssis des fenêtres. Qu'est-ce que… Des portes claquaient… Le verrou du sous-sol s'ouvrait… Des pas précipités dévalaient l'escalier et… surgit l'immense Kabarov qui se précipita sur elle. Non pour la violer, mais pour dénouer ses liens.

— Comment avez-vous… ? articula-t-elle, stupéfaite.

— Plus tard… Vite, prenez vos affaires.

Bien qu'engourdie par sa longue immobilité, elle se rua sur son manteau et son sac à main. Le géant lui attrapa la main et la fit voler vers le rez-de-chaussée. Les deux gardes gisaient sur le sol dans de curieuses positions. Ils les enjambèrent et, dix secondes plus tard, la Mercedes de Kabarov s'élançait en cahotant dans l'allée de la datcha. Arrivé sur la route, il écrasa l'accélérateur.

Anouchka ne réalisait pas par quel miracle elle se trouvait libre.

— Vous êtes un ami de Claude ?

— Pas vraiment.

— Vous le connaissez ?

— Je sais qui il est.

— Comment m'avez-vous retrouvée ?

— Je connais tout de votre patron. Quand on m'a averti de votre disparition, c'était évident pour moi que vous étiez séquestrée dans sa datcha. Il a déjà eu des ennuis parce qu'il avait amené des filles ici.

Manque de chance : elles étaient mineures. Ça lui a coûté beaucoup d'argent…

La nuit était très sombre. Kabarov faillit rater un embranchement mal signalé.

— Je fais un détour pour rentrer. Il est hors de question de le croiser… Il vous a carrément fait enlever ?

— Ce n'est pas tout à fait ça…

Kabarov l'avait sauvée, probablement sur ordre de Claude. Sans comprendre le lien qui les unissait, elle pouvait lui faire confiance. Elle lui raconta son histoire, sans lui dire toutefois qu'elle espionnait au profit de son amant.

-… et il m'a surprise en train de classer des documents dans son armoire, qu'en principe je ne devais absolument pas connaître. Il m'accuse d'espionnage avec des photos à l'appui.

Kabarov ne fit pas de commentaires pendant un long moment. Il roulait très vite et se concentrait sur sa conduite. En approchant des agglomérations de la banlieue, il ralentit.

— C'est une machination bien sûr, reprit-il, mais l'accusation est grave. Compte tenu de ses relations, il peut vous faire emprisonner sans problème. Malheureusement je ne peux même pas témoigner de vous avoir découverte prisonnière chez lui… C'est trop compliqué à vous expliquer… Je ne peux pas… Désolé…

— Et puis, vous avez tué deux hommes !

Le maire adjoint eut un rire tonitruant.

— Non, je ne les ai pas tués. Juste un coup de Tyser. Vous connaissez ? Des paralyseurs électriques.

Effectivement, Anouchka en avait entendu parler, mais ne se souvenait pas du nom.

— J'aurais peut-être mieux fait de les tuer. Ce sont de dangereux voyous.

— Ils vous reconnaîtront !

— Je m'en fous. Ni eux, ni Lemeniev ne peuvent me nuire… Je disais cela pour vous, ou votre ami…

Ils atteignaient les faubourgs de Moscou. La circulation devenait plus dense.

— Vous me déposez chez moi ?

— Non… On m'a demandé de vous amener dans un endroit précis.

— Claude Leblanc ?

— Sans doute.

— Vous n'avez pas eu directement des…

— Écoutez, la ou les personnes qui vous attendent vous diront ce qu'elles veulent. Moi, je me contente de vous déposer.

— Après m'avoir libérée ! Je ne sais pas si un jour je pourrai faire quelque chose pour vous. Si l'occasion se présente, vous pouvez compter sur moi.

— Merci. C'est une parole de jeune femme, vous n'avez pas encore acquis l'égoïsme et le cynisme de notre belle société.

La voiture s'arrêta devant une impasse déserte.

— Vous êtes arrivée.

Anouchka détailla l'endroit qu'elle n'avait jamais vu pendant que Kabarov faisait le tour pour lui ouvrir la portière. Il la précéda vers un portail métallique équipé d'une caméra de surveillance. Il appuya sur le bouton d'appel. Les battants s'ouvrirent sans bruit découvrant une petite cour pavée. Au milieu, Claude Leblanc lui tendait les bras.

oOo

Les heures passaient sans que François de Brincourt ne prête aucune attention au monde extérieur. Défilaient devant lui des visages plus ou moins bien mémorisés, ne suscitant de toute façon aucun sentiment nostalgique ni affectif à leur égard. Il recherchait dans leur dossier la possibilité d'avoir été introduit au sein de la DGSE dans le but de le torpiller personnellement, ainsi que le service.

Il notait chaque parrainage, chaque recommandation, relisait leur C.V. attentivement pour y déceler la faille qui pourrait conduire à une anomalie et ainsi débusquer la traîtrise.

Un certain Gervais mobilisa sa curiosité pendant trop longtemps. Un cadre supérieur de l'administration pénitentiaire au cursus compliqué. Mais finalement sa carrière dynamique et son intégration à la DGSE, par son caractère enthousiaste et ses qualités, se justifiaient quand on en examinait l'évolution. Un homme doué pour le renseignement, à la bonne humeur inaltérable. Au suivant... Il ne fallait pas non plus négliger ceux qui étaient partis en retraite. Ils pouvaient continuer, peut-être même plus librement, à alimenter en informations diverses celui, celle, ou ceux qui avaient copié l'opération *Viande hachée*.

Un complot ? Pourquoi pas ? Brincourt décida de terminer d'abord les dossiers des actifs. La nuit était tombée. Il alla jusqu'aux distributeurs de café et de sucreries, puis revint à sa tâche. Il voulait ignorer la fatigue qui commençait à peser surtout sur son dos. Sa tête était inattaquable, tant son énergie mentale, focalisée sur sa recherche, était puissante. Il remontait les strates de la hiérarchie, préférant éliminer les dossiers par ordre d'importance des fonctions. Quelques heures plus tard, il arriva inéluctablement au niveau des directeurs de service qu'il voyait presque tous les jours, dont Grimbert.

Sa nomination à la tête du renseignement remontait à douze ans. Ce brillant universitaire, après la faculté de droit, bifurquait pour entamer des études de pharmacologie. Tout aussi soudainement, il abandonnait sa vie à Paris et s'engageait dans une ONG. importante et se retrouvait sur tous les théâtres de conflits mondiaux: Palestine, Soudan, Rwanda, Nigeria, Somalie, Afghanistan... Un membre de la DO/SM[13], un service spécialisé dans les zones de crise, l'avait remarqué. Les notes qu'il avait prises sur tous les gens rencontrés dans ces conflits constituaient une base de données très importante, car Grimbert ne se contentait pas de décrire des personnages. Il répertoriait précisément leurs agissements, et complétait systématiquement ce qu'il fallait bien considérer comme des rapports, avec des analyses subtiles de leur personnalité. L'officier de la DGSE n'avait pas eu grand mal à lui faire intégrer la « boîte » après un temps d'observation probatoire. C'était une bonne recrue. Il avait enfin trouvé la place correspondant à ses capacités.

Brincourt se mit à éplucher toutes les notes et rapports annexés retraçant le parcours de Grimbert et les hommes qu'il avait approchés. C'était volumineux.

Petite curiosité: le service sécurité qui attribuait les pseudonymes, conservés pendant toute la durée

---

13 DO/SM : Direction des Opérations Service Missions

des activités et même après, lui avait permis de choisir le sien. Y avait-il eu au sein de ce service une connivence extérieure occulte ? À vérifier.

Première constatation : Grimbert avait monté rapidement les échelons pour arriver à son poste. Pour un homme aussi acharné au travail c'était normal. Brincourt avait donné son aval pour chaque promotion, sans toutefois le féliciter. Pas de faiblesse, je vous prie. Des rapports concis d'entrevues, de contacts établis, accompagnaient chaque activité exercée à chaque degré de responsabilité. Le directeur général s'astreignit à bien réexaminer les missions à l'étranger dont Grimbert avait été chargé. Notamment celles datant de son embauche au moment de l'effondrement du bloc soviétique. À cette époque, des tractations époustouflantes en tous genres s'effectuaient. Une anecdote savoureuse relatait la disparition de dizaines de chars bien rangés en un carré parfait. Tous ceux à l'intérieur du carré s'étaient volatilisés. Il régnait en même temps un vent de panique et une excitation insensée. La confusion dominait les événements. Sauf pour pas mal de petits malins qui anticipaient le changement de régime et bradaient tout ce qui leur tombait sous la main, y compris et surtout ce qui ne leur appartenait pas. Il en était de même dans le domaine du renseignement. Comme des rats désertant le navire en train de sombrer au bord du quai, une armée d'individus douteux possédait, soi-disant, des informations de la plus haute importance. Il fallait trier ces sources d'autant plus suspectes que leurs demandes de prix en échange étaient élevées. Grimbert, en charge de traiter quelques sources de ce genre, avait rencontré un Russe ayant à ses dires le grade de commandant au sein de l'Armée Rouge. Plusieurs années après, le service découvrait qu'il s'agissait d'un membre du KGB. Se pouvait-il que son directeur du renseignement fut resté en relation avec ce Russe, et retourné par lui contre son service? C'était peu probable, mais le père de Grimbert, scientifique du CNRS, ne cachait pas sa sympathie pour le parti communiste. Avait-il transmis à son fils ses opinions? Ce qui l'aurait transformé en « taupe » après son intégration dans la boîte... Aucun élément ne l'avait démontré. Brincourt se dit qu'il devait refaire son inspection lui-même pour lever le doute. Il en avait tous les moyens.

Puis, il se saisit du dossier « Ragueneau », nom véritable, car il avait refusé l'attribution d'un surnom. Dans ce cas encore, la DGSE le recrutait. À l'âge de la retraite, 42 ans dans ce corps d'élite de la gendarmerie, une brève synthèse le désignait à l'évidence comme un directeur parfait du service action. Ce choix avait été conforté dans les moindres détails. Le directeur général passa rapidement sur le déroulement de la carrière du militaire dans les années récentes pour s'attaquer au passé, à ses années d'études et à ses débuts dans la Gendarmerie Nationale. Rien. Tout était normal. Bac avec mention. Deux années de faculté de droit, oui comme Grimbert; école des officiers de la gendarmerie à Melun; sélectionné pour le G.I.G.N., et le reste pas de problème. Brincourt allait refermer la chemise quand une petite note, restée collée contre le verso d'une page, tomba sur le sol.

Il la ramassa et la posa sous sa lampe de bureau pour la déchiffrer, tant l'écriture serrée et minuscule demandait des efforts à ses yeux fatigués.

Melun 18 mars 1981.

L'élève officier Paul Englebert venant de l'Université, non seulement a tenu des propos subversifs vantant les mérites de l'internationale socialiste, mais s'est permis de ridiculiser son instructeur devant les élèves. Convoqué par le directeur de l'école, il a été immédiatement exclu de l'établissement, ses notes médiocres n'améliorant pas son attitude. Or, un autre élève, Jean Ragueneau, a pris sa défense en expliquant sa conduite par une situation familiale et sentimentale insupportable. Devant le refus du directeur de le réintégrer au sein de l'école, l'élève Jean Ragueneau a organisé une pétition auprès de ses camarades pour soutenir Paul Englebert. Le directeur a alors convoqué l'élève Ragueneau avec ses professeurs, et lui a signifié que, s'il n'arrêtait pas ses agissements, il serait également renvoyé, ce qui n'avait pas eu lieu, uniquement grâce à ses excellentes notes.

Une autre écriture plus lisible cette fois ajoutait, dix années plus tard :

Pendant longtemps, jusqu'en 1987, Jean Ragueneau a fréquenté son ami Paul Englebert, bien que celui-ci soit devenu un espion notoire au service de la R.D.A.[14]

Brincourt soupira profondément en reposant la note. Décidément il y avait toujours le petit détail dérangeant dans le parcours des hommes. Il inscrivit dans son calepin le nom du rédacteur de la note.

---

14 R.D.A. : République Démocratique Allemande. Ex-état communiste résultant de la partition de l'Allemagne.

Il avait besoin d'en savoir plus. Ragueneau continuait-il ses relations avec cet ancien ami ? Lequel faisait quoi et où maintenant ? Le militaire était capable logistiquement de monter une copie de l'opération *Viande hachée*. Quelles pouvaient être dans ce cas ses motivations ?… Il était deux heures du matin.

Sur la pile de dossiers restante, un nom au crayon gras vint le provoquer : Yann Favier. À la vue de l'épaisseur de la chemise, Brincourt hésita. Rassemblant son reste d'énergie, il s'étira d'abord, puis plongea dans ce qu'il décida être son dernier travail avant de se précipiter dans son lit. Yann Favier… recruté par Ragueneau justement.

La rage froide, un de ses états naturels, stimula ses neurones. Il parcourut les pages rapidement, sans pour autant ne rien perdre des informations. C'était le résultat d'une longue pratique mais aussi de ce don personnel qui lui permettait, en toutes circonstances, d'aller vite et en profondeur.

Les débuts de Favier lui avaient donné toute satisfaction. Ragueneau, dans une note de synthèse, le décrivait très bien. Courageux, comme tous les nageurs de combat, d'une intelligence au-dessus de la moyenne, son goût du secret allié au sens de l'esprit d'aventure le désignait pour des missions antiterroristes, actions pour lesquelles la DGSE tentait de recruter perpétuellement des éléments de valeur.

Les succès obtenus dans des conditions difficiles lui avaient valu le respect de son service, confirmant à Ragueneau le bon discernement de cette forte personnalité.

La rage de Brincourt s'en trouva accrue lorsqu'il tomba sur sa propre appréciation au bas d'un rapport de mission. Il avait noté en gros caractères « TRÈS BIEN » et même, fait rare, souligné d'un trait dynamique.

Pendant quatre ans son comportement, irréprochable au cours des affaires souvent périlleuses qu'on lui confiait, était devenu cependant moins facile avec sa hiérarchie. Non, corrigea Brincourt, « moins facile avec moi ». Favier supportait mal les humeurs, la façon d'être du directeur général. Ce qui réjouissait celui-ci, trop heureux de susciter ce genre de réactions chez ses collaborateurs. Seulement voilà : il s'était produit des altercations inadmissibles. Inadmissible toujours de l'avis de monsieur le directeur. Mais le service ne pouvait se passer de cet officier. Il fallait trouver l'équivalent pour le remplacer et Brincourt s'y employait activement, sans résultat. Une mutation brutale lui aurait attiré l'inimitié de la « boîte » et cela il ne le voulait en aucun cas. Être désagréable pour mieux manipuler ses ouailles, d'accord, mais se mettre tout le monde à dos était exclu.

À sa grande surprise, Favier lui-même mît fin à cette situation en lui présentant sa démission, le privant ainsi du plaisir de lui substituer un autre agent, accompagné d'une nomination à un poste placard.

L'entrevue avait été surréaliste ! Favier s'était offert le luxe d'épancher ses griefs. Brincourt, essayant de le congédier sans écouter les paroles tranchantes mais calmes de son subordonné, avait monté le ton. Favier, arborant un sourire méprisant, quittait le bureau sans saluer, ni claquer la porte.

Depuis, pied de nez suprême, il avait rejoint la DST, récemment rebaptisée DCRI et formant cette nouvelle entité avec les R.G.[15]

Brincourt, arrivé à la fin du dossier, se redressa et s'efforça de se décrisper. Bien sûr la base de cette confrontation s'expliquait par leurs caractères réciproques. Les fameux atomes « crochus » étaient en l'occurrence pointus. Ils ne s'étaient pas appréciés d'emblée. Machinalement le directeur feuilleta les dernières pages à l'envers. Son esprit devenu un peu plus calme, une question s'imposa : leurs personnalités étaient-elles seules responsables du départ de Favier ? ... Il fut stupéfait de constater que jamais, jusqu'à présent, il ne s'était posé cette question ! Le fait qu'on puisse le critiquer et s'opposer à son humeur l'avait mis dans un tel état qu'il en avait occulté, peut-être, l'essentiel. Des démissions, des mutations, des départs pour d'autres services extérieurs se produisaient couramment. Mais il y avait toujours une bonne raison. L'opportunité d'un meilleur salaire, surtout d'une belle promotion, un travail plus valorisant, la nomination inattendue à la tête d'un service. Cela ne le surprenait pas. Ce n'était pas le cas avec Favier. Des transfuges de la DST, car les hommes se faisaient embaucher dans tous les sens, lui avaient assuré que son ex-officier n'avait pas bénéficié d'un traitement mirobolant. Alors ?...

Il ressaisit le rapport de la dernière mission de Favier avant son départ du service. Une affaire en Syrie où des marchands d'armes menaçaient les intérêts français en fournissant des commandos terroristes installés au Liban. Brincourt connaissait

---

15 R.G. : Renseignements Généraux, maintenant au sein de la DCRI

bien ce dossier. En laissant divaguer son regard au-delà des feuilles de papier, la conviction que l'origine de la démission de Favier partait de là s'insinua en lui. Comment n'y avait-il pas pensé plus tôt ! Inconcevable !

Cette fois la colère fut contre lui-même. Quittant la DGSE, cet officier devenait libre de monter ses petites combines. Il prenait une place auréolée de sa gloire passée, et personne dans ses nouvelles fonctions n'aurait commencé par le suspecter.

Le directeur général rangea les chemises cartonnées dans son armoire blindée. Il n'avait plus envie de dormir. Des plans, des démarches surgissaient malgré lui sur son écran mental… Il était urgent de réagir.

oOo

Le général Gautlot fit plusieurs fois le tour du bloc d'immeubles avant de garer la C4 Citroën rutilante qu'il avait achetée en prenant sa retraite. Il n'avait plus de voiture de fonction, ni chauffeur, et la Twingo de sa femme, qui roulait par miracle, ne pouvait plus assurer des déplacements importants sans risquer d'être en panne. La rue Daru dans le 17e arrondissement de Paris était calme en cette fin de matinée.

Il marqua un arrêt devant la cathédrale Saint Alexandre Nevski, belle architecture du XIXe siècle, incarnant le lieu de culte par excellence des Orthodoxes russes. Le tsar Alexandre II, en versant cent cinquante mille francs or, avait contribué au financement de sa construction, ainsi que des protestants et des catholiques. Quatre ans auparavant, le général assistait aux obsèques du magnifique écrivain Henri Troyat (Lev Tarassov de son nom de naissance) dont il avait lu pratiquement toute l'œuvre, pourtant considérable.

En franchissant la porte cochère de l'immeuble où il avait passé son enfance et son adolescence, le général ressentit une nostalgie destructrice. Rien ne semblait avoir changé : le carrelage blanc et noir de l'entrée, la cage de l'ascenseur en fer forgé, la boule de cuivre de la rampe d'escalier, ainsi que les barres en même métal fixant le tapis rouge aux marches, le lustre imposant et le rideau de la loge de la concierge, lui apparaissaient tels que dans sa mémoire. Pourtant, quand il appuya sur l'appel de la cage en bois, le rideau ne se souleva pas. La gardienne devait maintenant travailler à l'extérieur, comme les autres, pour survivre.

La famille Gautlot habitait au troisième étage dans un appartement vaste et clair dont le parquet de chêne revêtait toute la surface. Une odeur de cire délicieuse imprégnait l'espace, avec un léger fumet de bonne cuisine, car madame Gautlot mère était une excellente cuisinière. Monsieur Gautlot père, ingénieur des Mines, avait subi la dernière guerre de plein fouet et quittait son domicile peu après leur installation. Officier de réserve, capturé dès le début du conflit, il avait été envoyé dans une ferme en Bavière où il était resté jusqu'en 1944. Personne ne s'était demandé pourquoi il ne s'était pas évadé. Peut-être une belle Allemande aurait pu fournir une explication. Quand il avait été libéré de ses travaux agricoles, il était rentré dans son foyer plutôt en bonne forme, et il avait fait un enfant à sa femme. Pierre Gautlot en naissant reconstituait une famille. Combien de foyers avaient été détruits par ce monstrueux affrontement ? Les Gautlot pouvaient s'estimer heureux de reprendre une vie normale, sans trop de séquelles.

Sur le palier, en face de leur logement, les Talaïev ne pouvaient en dire autant. Les parents, émigrés dès septembre 1917, avaient tout perdu. Madame Talaïev, héritière des puits de pétrole de Bakou, montrait volontiers la grosse malle en cuir où elle rangeait ses titres de propriété. Elle commençait ses doléances dans un charabia de français où les articles étaient absents pour finir en russe, en oubliant que son interlocuteur ne comprenait rien. Monsieur Talaïev, lui, parlait parfaitement le français. Exerçant une très haute fonction auprès du tsar, il avait été récupéré par le ministère de l'Intérieur à Paris, pratiquement dès son arrivée, alors qu'il avait demandé et obtenu sa naturalisation. Des contacts franco-russes antérieurs facilitaient sa démarche. Son fils, né en 1919, continua ses activités et, bien plus tard, son petit-fils prenait la relève. Le général Gautlot fit un effort de mémoire pour évaluer l'âge du dernier rejeton Talaïev. Il devait avoir sept ans de moins que lui, c'est-à-dire cinquante-sept ans. Combien de fois l'avait-il conduit à l'école communale rue Fourcroy, lorsque les Talaïev s'absentaient tôt le matin ? Enfin le couple recomposé, car monsieur Talaïev avait expulsé sa femme soudainement pour la remplacer par une beauté flamboyante. Ce qui était le début d'un enfer pour le pauvre gamin. Les Gautlot, impuissants, assistaient à ces bouleversements familiaux dont les disputes violentes leur parvenaient, malgré l'épaisseur des murs de l'appartement.

Le raccourci fulgurant de l'esprit se fit pendant l'ascension des trois étages. Ne restait plus au domicile de cette famille que la deuxième femme de monsieur Talaïev, maintenant très âgé, il l'avait vérifié. Il avait sollicité une entrevue, prétextant qu'il écrivait ses mémoires et que des détails de leur voisinage lui manquaient. D'abord réticente, elle avait accepté.

Quand elle lui ouvrit la porte, Gautlot reçut le choc de son regard qui n'avait pas vieilli. Les yeux restaient toujours beaux et perçants. Si le temps marquait durement la peau, la loterie humaine lui avait attribué une énergie qui irradiait encore sa silhouette. Elle lui serra la main avec une vigueur inattendue, et l'invita à la suivre dans le salon. D'un seul coup le général retrouva sa jeunesse. C'était incroyable : pas un objet, pas un tableau n'avait bougé. La photo de l'émigré Talaïev trônait toujours à gauche de l'imposante cheminée en marbre. Il posait en grand uniforme à côté du tzar Nicolas II. Tiens ! Il y avait quand même dans ce musée une innovation. Une autre photo était accrochée représentant l'actuelle propriétaire des lieux avec son mari. Probablement le jour de leur remariage. Les années avaient peut-être gommé la force des ressentiments. Ou bien, elle tenait à montrer sa beauté passée qui était exceptionnelle.

L'antique samovar, prêt à servir le thé, se trouvait sur la table basse au décor fleuri avec deux tasses dorées superbes.

— Asseyez-vous, Pierre. Voulez-vous du thé ?

C'était dit avec le ton d'un ordre.

— Bien volontiers, merci.

Pendant qu'elle officiait, il admira son élégance stricte et pourtant luxueuse. La coupe de la robe ne venait pas du tailleur du coin. Un collier de perles ne laissait pas non plus douter de sa qualité.

— Y a-t-il longtemps que vous avez cessé vos activités ? demanda-t-elle en lui tendant son breuvage fumant.

— Non, j'ai pris ma retraite l'année dernière.

— Ha ! Vous étiez général, je crois.

— C'est exact.

— Avec combien d'étoiles ?

— Trois.

Pierre Gautlot se sentait comme un petit garçon passant son premier examen.

— Dans quelle arme ? Je ne me souviens plus.

— Dans l'armée de terre, tout simplement.

Pas besoin d'étaler sa carrière et sa dernière fonction. Il avala une petite gorgée de thé à la bergamote qu'il trouva délicieux.

— Donc, reprit-elle, vous avez entrepris de rédiger vos mémoires ? Sont-elles si passionnantes ?

Le général était un homme bien élevé. Aussi ce fut en pensée qu'il formula :

— Quelle vieille vache !

Puis il ajouta, cette fois en parole :

— Mais oui. J'ai eu une vie intéressante au service de mon pays auquel je suis très attaché. Comme vous, je suppose.

— Bien sûr. Je suis restée aussi très liée au mien. Je suis française, c'est inscrit sur mon passeport, mais mon cœur est ukrainien.

Il fallait bien s'adapter à sa façon sibylline de s'exprimer, oubliée depuis si longtemps. Il n'y avait pas que ses yeux qui n'avaient pas vieilli.

— Et quels détails de notre voisinage vous manquent-ils pour combler cette belle biographie ?

— Du calme, du calme, se dit Gautlot. Il continua à haute voix :

— Je ne me souviens plus, moi aussi, quel était le rôle exact de votre mari au sein du corps diplomatique, mentit-il effrontément. Cela n'a pas…

— Il n'appartenait pas au corps diplomatique, coupa-t-elle, il était au ministère de l'Intérieur dans lequel son père l'avait fait entrer, lui-même en faisant partie. Mon mari continuait ainsi le rôle d'accompagnateur de toutes les missions dans le cadre des relations avec les Soviétiques, aussi bien celles effectuées en URSS que celles en France. Comme son père avait passé sa vie à le faire.

Le général, avant d'en être nommé directeur, avait travaillé plus de vingt ans dans le renseignement militaire. Aussi, n'ignorait-il rien des emplois successifs des trois générations de Talaïev. Promu à son poste peu avant l'écroulement de l'Empire rouge, il s'était préparé à sa tâche en apprenant et en parlant couramment le russe. Ce qui lui avait tout de même servi. L'idée lui vint que son interlocutrice pourrait apprécier cette faculté et établir ainsi un climat plus agréable, la débarrassant de son agressivité naturelle. Mais comment le justifier ? Il improvisa sur-le-champ.

— C'est pour moi… comment dire… une émotion forte de retrouver l'ambiance de mon enfance… de vous retrouver aussi.

Le but fut atteint. Elle le regarda, surprise, et son expression s'adoucit un peu.

— Par quel miracle parlez-vous aussi bien, Pierre ? Vous n'avez presque pas d'accent ! Votre russe est parfait ! Quel en est le secret ?

Elle aussi adaptait sa langue, qu'elle devait continuer à pratiquer pour être aussi à l'aise.

— Eh bien, quand la Perestroïka est arrivée...

— ... cette ère de traîtrise...

— Heu... nous avons eu des échanges plus importants entre la France et la Russie. J'ai pensé, étant assez doué, que j'aimerais abandonner l'anglais pour le russe dans ces occasions. Cela me tentait peut-être inconsciemment par le fait que nous avions vécu ici, dans ce quartier où nous côtoyions beaucoup de vos compatriotes...

— Non, pas mes compatriotes. Je suis Ukrainienne, ne l'oubliez pas !

— Oui, bien sûr... Pourquoi estimez-vous la Perestroïka comme une période de traîtrise ?

— Excusez-moi, cela m'a échappé. N'en parlons plus, voulez-vous ?

Gautlot sourit et plongea le nez dans son thé, notant soigneusement cette repartie lourde de signification.

Puis, il reprit :

— Vous aidiez votre mari, je crois, dans son travail ?

Elle eut un petit rire méprisant.

— Oui, on peut dire ça comme ça...

— Ah ?

— Je faisais tout son travail de synthèse sur les dossiers qu'il avait en charge. Sans moi le Ministère l'aurait mis à la porte. Vous étiez trop jeune pour vous en rendre compte, mais c'était un fai… un incapable. Il s'est servi de moi, à un point…

Elle laissa sa phrase en suspens, alors que son visage reprenait son expression méchante.

— Excusez-moi, je ne voulais pas évoquer de mauvais souvenirs…

Ils finirent leur tasse de thé en silence, ce qui permit au général de préparer son attaque.

— Et Georges, avez-vous quelques nouvelles de lui ?

De méchante, l'expression passa à féroce.

— Ne parlons pas de ce sous-homme !

— Alors, pour lui non plus je ne me suis…

Elle explosa.

— C'était un enfant infect, avec tous les défauts de son père et probablement de sa mère. Menteur, sournois, lâche, un caractère de mauviette… J'ai essayé de le dresser, de lui inculquer des valeurs qui étaient les miennes… Le résultat fut lamentable. Au début de son adolescence c'était un raté, dont l'activité principale constituait à me discréditer auprès de mon mari, son père. Il a fait éclater notre couple…

Près de quarante ans plus tard la haine de cette femme pour son beau-fils n'était pas retombée, au contraire. Ce pouvait être un avantage que son interlocuteur essaya d'exploiter.

— C'est bien triste… Georges a pourtant eu une belle carrière et occupe maintenant un poste important…

— Oui, et savez-vous ce qu'il m'a fait quand ses pouvoirs lui ont été donnés ?

— Non, pas du tout…

— Il a envoyé une équipe de cambrioleurs qui a mis à sac mon appartement !

— Vous êtes sûre de…

— Oui, je suis sûre… Parce que je sais bien ce qu'il cherchait.

— Ce n'était pas pour vous voler, alors ?

— Si, mais quelque chose de bien spécial. Un dossier compromettant qui pouvait… qu'il n'a pas trouvé.

— Pardonnez-moi, madame Talaïev, je ne comprends pas. Si vos rapports… si vous le haïssiez autant, pourquoi ne pas montrer ce dossier publiquement ?

Elle le regarda avec commisération.

— Vous êtes resté naïf, Pierre ! C'est mon seul moyen de rester en vie ! Si ce dossier voit le jour, il me fait exécuter immédiatement ! Il est obligé d'attendre ma mort.

— Oui, mais à ce moment-là…

— Il essaiera de le récupérer par tous les moyens. S'il n'y arrive pas, ce sera un beau scandale.

— Et ce dossier…

— N'est pas chez moi. Il est bien à l'abri, avec mes instructions.

La situation apparaissait homérique !

Pierre Gautlot, stupéfait, faisait de grands efforts pour maîtriser son étonnement et évaluer l'ampleur des révélations, même s'il restait bien des questions à leur sujet. Mais comment interroger madame Talaïev maintenant sans essuyer de refus ? Il choisit la voie de la diplomatie.

— Je suis désolé de vous avoir importunée et attristée avec de mauvais souvenirs. Puis-je vous proposer une autre rencontre sans parler de tout cela ? Je vous emmène dans un bon restaurant… russe ! Voulez-vous ?

Elle le regarda, mais il lui fallut un bon moment avant de le voir réellement.

— Que dites-vous ? ... Un bon restaurant russe… Il y a longtemps que je n'y suis pas allée…

— Alors, vous acceptez ?

— Oui. À une condition.

— Je m'en doute.

— On n'évoque plus ce…

— D'accord. La semaine prochaine ?

Elle le raccompagna à l'ascenseur presque rassérénée. Pierre lui baisa la main, ce qui eut l'air de lui plaire.

Avant de reprendre sa voiture il s'immobilisa, la main sur la portière.

L'entrevue éclairait d'une lumière sinistre le personnage de Georges Talaïev, alias François de Brincourt, directeur général de la DGSE, son voisin d'enfance.

oOo

La fine couche de neige n'avait pas effacé les quatre traces de roues sur le chemin boueux. Comme la voiture de ses hommes se trouvait en travers devant la datcha, Lemeniev fut tout de suite en alerte. Un véhicule était venu et reparti. Il stoppa sa BMW assez loin de l'entrée, et sortit un pistolet Beretta du fond secret de la boîte à gants. Passant par la porte derrière la maison qu'il déverrouilla silencieusement, après un parcours sur la pointe des pieds, il découvrit ses deux gardiens qui déambulaient pitoyables, en étirant leurs membres, au milieu du salon.

Ils sursautèrent à sa vue mais, avant qu'ils ne lui adressent la parole, il déboulait au sous-sol, sachant déjà qu'Anouchka n'était plus là. Saisissant le knout ancien accroché au mur, il remonta l'escalier dans un état de démence violente, et se rua en hurlant sur ces abrutis qui avaient failli à leur mission. Les longues lanières de cuir, munies à leur extrémité de boules de fer, projetaient une pluie de douleur sur les deux hommes qui tentaient de se protéger le visage avec leurs mains. Lesquelles devinrent, avec la peau de leur crâne, une bouillie sanglante qui éclaboussait les vêtements et le mur sur lequel ils s'appuyaient. Lentement, Lemeniev expurgea sa vague de fureur. Quand ses pensées retrouvèrent une cohérence, il jeta le fouet à travers la pièce et se laissa tomber sur le canapé. Un lugubre silence pétrifia la scène pendant un long moment.

— Alors… Qui ? Comment ?

Ils dégagèrent lentement les mains de leur visage, laissant une empreinte blanche au milieu du rouge poisseux qui maculait leur tête. Ils avaient eu au moins la force de ne pas gémir, alors qu'ils flambaient de souffrance.

— C'est… Kabarov ! dit l'un d'eux.

— Il venait vous rendre visite amicalement… et… et tout à coup… il… nous a… paralysés… avec un tyser…, compléta l'autre.

Lemeniev retrouva subitement son acuité de raisonnement. L'information induisait beaucoup de questions. Pourquoi Kabarov ? Comment pouvait-il savoir qu'Anouchka était ici ? Il avait été prévenu indubitablement. Oui, mais par qui ? Quelqu'un de puissant… qui la surveillait, bien sûr. Pour qui elle devait espionner les Archives ? Forcément un contact de Kabarov... Bien, bien, bien. Il était assez facile de fouiller la vie du camarade Kabarov, à défaut de ne pouvoir l'éliminer. Depuis longtemps son dossier s'épaississait du moindre de ses agissements... Sans s'occuper de ses acolytes Lemeniev quitta les lieux, la confiance en son pouvoir s'était rétablie. Il pouvait déjà se venger sur les parents d'Anouchka avant de remettre la main sur elle. À condition de faire vite.

oOo

Le chant feutré de la Mercedes CLK 430, bien que monocorde, entretenait Momo dans un état au comble de la béatitude. Cette voiture, pourtant âgée d'une douzaine d'années, semblait neuve tellement le jeune mécanicien, perfectionniste, l'entourait de soins vigilants.

Il l'avait récupérée trois ans auparavant pour un prix dérisoire, car la boîte de vitesse automatique avait été sabotée par d'obscurs motifs de vengeance envers son propriétaire, lequel, impliqué dans une affaire d'escroquerie, dormait maintenant en prison. Momo la parquait dans le fond du jardin de la petite maison dont il partageait le loyer avec ses parents. Elle se situait dans la banlieue de Toulon où son père avait débarqué d'Algérie en 1965.

Patiemment, le jeune homme l'avait réparée, perdant beaucoup de temps, à cause du prix des pièces qu'il devait économiser sur son faible salaire d'apprenti mécanicien.

Son père, contremaître de chantier pour le bâtiment,

maintenant à la retraite, avait été difficile à convaincre d'accueillir chez lui ce coupé de luxe qui lui paraissait trop ostentatoire dans leur quartier modeste. Mais Momo était le seul de leurs cinq enfants à rester près de ses parents, et c'était un bon fils. Monsieur Aziz Aramis, embauché comme manœuvre, avait vécu vingt ans dans un foyer avant de faire venir sa femme et ses enfants d'Algérie et de pouvoir leur offrir une vie décente. Momo, Mohamed, était le dernier à être né après que la famille se fut installée en France.

Monsieur Aramis avait travaillé très durement, faisant souvent des heures supplémentaires. Il rentrait épuisé de ses chantiers, surtout en été, et n'avait pas la force d'exercer son autorité sur les enfants, ni d'ailleurs l'envie, pendant le trop peu de temps qu'il passait avec eux. Sa jeune femme s'était donc chargée de l'éducation des trois garçons et des deux filles, disposant d'un peu plus de liberté après ses quelques heures de ménage dans une concession automobile. C'est là qu'un jour elle avait proposé son fils comme apprenti puisqu'il avait obtenu un brevet de mécanicien, seul domaine qui intéressait Momo. Il était adroit, précis, d'un caractère agréable et le chef d'atelier l'appréciait. Il n'y avait pas beaucoup de jeunes ayant une conscience professionnelle comme lui.

Pourtant, depuis quelques semaines, il observait un changement chez son subordonné. Le travail n'en souffrait pas mais son attitude exprimait une légère arrogance, renforcée par une élégance vestimentaire inhabituelle. Le chef d'atelier, qui en avait vu de toutes les couleurs avec les apprentis, mettait cette transformation sur le compte d'une amoureuse qu'il fallait éblouir. Comportement explicable dans ce genre de situation.

Un dimanche matin la Mercedes redonna de la voix. Momo, après s'être soigneusement lavé les mains et changé, enclenchait avec appréhension le levier de vitesse sur « drive » et sortait du jardin tout doucement, accompagné du regard de ses parents, à la fois fiers de son travail et redoutant les répercussions diverses qu'une telle voiture ne manquerait pas d'attirer.

S'engageant sur la A57 en direction de Solliès-Pont, il augmentait progressivement la vitesse, émerveillé de sentir le moteur réagir à la moindre sollicitation. Il laissait alors jaillir sa joie de posséder cette luxueuse berline, fait inimaginable dont il n'avait même jamais rêvé. Sitôt passé un radar, il écrasait l'accélérateur pour tester la puissance, et levait le pied presque aussitôt, ayant atteint cent quatre-vingt-dix kilomètres heure en quelques secondes. Arrivé à hauteur de Cuers, il décidait d'aller à Brignoles voir un copain avec qui il avait passé son brevet, et ainsi tester la tenue de route de la voiture dans les virages de la D43. Et puis aussi, il se réjouissait de la surprise qu'il allait créer. Ce fut au-dessus de son espérance. Une véritable bande entourait son ami quand il arriva. Ils s'étaient tous figés à la vue de l'engin s'arrêtant devant eux. Quand Momo en sortit, ce fut du délire. Des cris, des danses improvisées, des saluts de mains compliqués, des plaisanteries grossières, le plongèrent dans un bain d'excitation débridée. Il lui fallut ouvrir le capot, le coffre, expliquer le tableau de bord et bien sûr faire faire un petit tour à tout le monde en plusieurs voyages. Et ce fut l'heure du déjeuner qu'ils allèrent prendre dans une auberge, se disputant pour avoir une place dans le carrosse prestigieux.

Parmi les garçons, une personnalité dominait nettement. Très brun, large d'épaules, la dureté de ses traits et son regard inquisiteur provoquait un sentiment de crainte. Il se nommait Alfredo. L'ami de Momo le présenta avec une sorte de respect qui ne lui était pas habituel. Momo fut subjugué.

Alfredo, fils d'un émigré italien et d'une Toulonnaise, s'habillait comme un mannequin, chic et original. À l'entendre, il connaissait le milieu des courses de formule 1 pour lesquelles, il s'occupait de la communication presse. La mécanique haut de gamme lui était familière et il flatta aussitôt Momo de posséder un tel bijou. Le déjeuner fut un enchantement pour son propriétaire qui n'aurait jamais pensé qu'on puisse lui témoigner autant de sollicitude grâce à une voiture. Même les deux filles du groupe le regardaient autrement. Au moment de se quitter à la fin de l'après-midi, Alfredo proposa à Momo de l'emmener le week-end suivant visiter le circuit Paul Ricard voisin où un de ses amis venait s'entraîner avec une formule 3. L'apprenti mécanicien regagna sa maison en se demandant si sa vie ne venait pas de basculer dans un nouveau monde. C'était hélas exactement cela.

Alfredo prit un ascendant irrésistible sur Momo. Grâce à sa relation en marge du circuit de course, il l'entraîna à la conduite sportive, pour le plus grand plaisir du jeune homme. Puis, il le fit glisser insidieusement vers un milieu où l'argent et les filles étaient faciles. Quand Momo s'offusqua d'être toujours invité sans jamais débourser, Alfredo lui proposa un travail bien rémunéré. La contrepartie était de rouler vingt heures d'affilée pour livrer une valise à Sarreguemines.

Seul un bon conducteur comme lui, avec une voiture aussi exceptionnelle, pouvait le faire. Quatre mille euros en liquide. Momo lui fit répéter la somme. Il n'arrivait pas à le croire. Près de quatre fois son salaire mensuel !

Qu'y avait-il dans la grosse valise ? Mieux valait ne pas le savoir. Bon, mais il fallait mettre l'opération au point. Pas d'excès de vitesse, pas de conduite intempestive pouvant attirer l'attention des forces de l'ordre, une attitude aimable en cas de contrôle. S'il fallait ouvrir la valise, pas de problème : il y avait des vêtements au-dessus du double fond. Et puis, il avait un faux contrat avec une concession allemande pour justifier son déplacement. Voilà. Rouler régulièrement sans discontinuer, au maximum de la vitesse autorisée.

Momo en était à son troisième voyage en un mois et demi. Il était heureux. Heureux de conduire, heureux de profiter et de faire profiter ses parents de son argent. Heureux d'avoir un ami tel qu'Alfredo qui ne le considérait pas comme un jeune beur, fils de moins que rien. Dans quelques jours ils partiraient tous les deux. Une livraison importante, en Bretagne. La vie était belle.

oOo

La mer était en colère. Tous, à bord du *Colin* de la compagnie Penn ar bed, en éprouvaient l'ampleur. Des déferlantes terrifiaient les passagers agrippés à leur siège. Ils n'étaient pas très nombreux ce matin-là. Les marins, eux, faisaient leur travail. Ils en avaient subi d'autres, des plus dangereuses, des sournoises, de celles dont on se souvient longtemps. La mer, ils la connaissaient bien, la respectaient. Aujourd'hui, c'est vrai, ça secouait bien. Mais ils avaient confiance en leur beau bateau, puissant, stable, parfaitement entretenu, dont ils étaient fiers.

Yann Favier connaissait tout le monde à bord et lui aussi, comme les marins, ne craignait pas cette traversée. Autrefois il s'était confronté à de violentes tempêtes au cours de ses missions de commando et il évaluait précisément les degrés du danger maritime.

Il allait voir ce matin son contact, dissimulé au sein de la Caisse d'assurance maladie. Qu'allait-elle lui révéler ?

Forcément les événements devaient s'accélérer, c'était prévu. Mais le plus inquiétant était la surveillance physique sur l'île dont il ne devinait vraiment pas la source. Machinalement il jeta un coup d'œil aux passagers, les détaillant un par un. Tous des Ouessantins, sauf le technicien des Télécoms qu'il avait déjà vu à plusieurs reprises depuis des années. Les marins ? Ils avaient grandi avec lui. Lors des traversées ils se saluaient chaleureusement. Ces hommes courageux perpétuaient la tradition de l'île et n'avaient pas une mentalité à espionner qui que ce fut.

— Pas comme moi, ricana-t-il en lui-même.

Comment avait-il pu passer sa vie dans le risque, le mensonge, l'hypocrisie ?

— Non, rectifia-t-il, à combattre le mensonge. Évidemment en mentant aussi, pour la bonne cause. Il n'était pas sûr que toutes les causes pour lesquelles il avait mis sa vie en balance fussent bonnes.

La sirène du bateau qui entrait dans la rade du Conquet le sortit de ses pensées. Nullement pressé de débarquer, il aida certaines personnes en difficulté avec leurs petits enfants ou leurs bagages. Puis, son tour venu, il alla rejoindre le car interurbain de la ligne 31, plus pratique pour sa destination que de continuer avec le bateau jusqu'à Brest.

La Caisse d'assurance maladie débordait de plusieurs files d'attente quand il arriva vers dix heures trente. Au lieu de prendre un ticket au distributeur, il se dirigea directement vers un préposé, et déclara péremptoire :

— Odette Le Corre m'attend !

Il présenta sa carte d'identité barrée de traits bleu, blanc et rouge. Visiblement mécontent d'avoir été apostrophé ainsi, l'homme décrocha son téléphone et avertit, d'une voix désagréable :

— Un certain Favier est là. Il dit que tu l'attends.

Des éclats de voix hachés, perceptibles de l'autre côté du comptoir, modifièrent l'attitude du fonctionnaire.

— Madame Le Corre vous reçoit tout de suite, monsieur. C'est la petite porte à gauche de l'entrée.

Odette Le Corre était une jolie femme, bien que corpulente, d'une cinquantaine d'années.

Son visage, dégagé par des cheveux tirés en queue-de-cheval, arborait une autorité bienveillante. De grands yeux bleus en amande au regard scrutateur devaient fasciner les hommes efficacement.

— Asseyez-vous, monsieur Favier. Bonne traversée ?

— Pour moi oui, mais c'était très agité.

— Souvent à cette époque, c'est vrai. Un café ?

— Merci, volontiers.

En déposant les tasses sur la table basse, elle lui offrit l'agréable spectacle de sa généreuse poitrine. Yann apprécia en connaisseur. Puis, elle attira une chaise près de lui et s'assit. Elle but une gorgée en le regardant.

— Le bureau m'a avertie que vous courriez un risque certainement important en ce moment.

— Ah !

Il ne demanda pas par quel moyen on l'avait prévenue. La discrétion pour ce genre de chose faisait partie de la routine.

— On m'a demandé de vous convoquer pour vous informer de vive voix. D'ailleurs…

Elle se leva, tira le verrou intérieur de la porte et souleva le rideau de la fenêtre pour s'assurer qu'aucun véhicule suspect ne stationnait dans la cour de l'immeuble. Puis, elle se rassit.

— Quelqu'un sur l'île transmet à la DGSE tous vos déplacements, même anodins, ainsi que vos rencontres, et votre emploi du temps même… intime !

Un tourbillon de fureur surexposa l'esprit de Yann un bref instant.

— Je me doute de l'identité du commanditaire, mais pour le… l'espion, je ne vois pas du tout.

— Justement, je vous ai fait venir pour ça. Mais d'abord il faut que vous sachiez que le remue-ménage a beaucoup augmenté depuis que vous avez rencontré le commandant Tanguy Creac'h, le petit-fils de Mathieu Creac'h.

Yann, stupéfait, se remémora son trajet trois jours auparavant, lors de sa visite à Tanguy au centre du Commando Hubert à Quelern. Personne ne semblait l'avoir suivi... Il avait pris toutes les précautions possibles. Et pourtant... il était indéniable que des grands moyens étaient engagés.

— Venons-en à l'essentiel, dit-elle en l'extirpant de ses réflexions.

Quand Favier prit le chemin du retour il eut la sensation que sa vie se fragmentait. Toutes les ignominies, toutes les trahisons étaient possibles. Sa destinée était maudite.

oOo

Les piles de papiers à lire, corriger ou compléter, renforçaient l'impatience naturelle du maréchal des logis-chef Antoine Kastler. Une bonne moitié était inutile et faisait perdre un temps précieux. Quelle mystérieuse maladie contaminait les cerveaux producteurs de ces règlements, aboutissant à ces formulaires redondants, ambigus, que l'on retrouvait partout dans les différentes branches des administrations ? Le souvenir d'un diagnostic de détection du plomb dans la maison de ses parents le fit sourire : seize pages d'un langage confus qui aurait pu tenir sur une seule. Le tout baptisé : CREP ! Seul le P final laissait deviner le mot. Des humoristes par le passé avaient déjà fustigé cette manie des abréviations en pleine expansion. Des « réunions » se tenaient constamment pour les élaborer. Toute la journée des personnages sérieux représentant la direction, le service, discutaient sans aucun humour sur le « sigle », le « logo » à définir, pour aboutir à : A.C.B.O., D.P.O.I.L., ou S.A.C.U.I.

Le jeune gendarme soupira. Il n'avait pas choisi son métier pour ça, bien que connaissant cette partie inéluctable des activités liées à l'exercice des forces de l'ordre. Comment arriver à... Son supérieur, l'adjudant-chef Cartier, interrompit ses pensées par une entrée intempestive dans le bureau, ce qui ne lui était pas habituel.

— Tu vas être content ! Réunion générale à 14 heures ! Coup de filet dans notre secteur dans une semaine !

Kastler, amusé, pensa que personne ne chercherait une abréviation au cours de cette réunion-là. Son humeur se plaça sur le repère excitation.

— Enfin ! Je vois que ça te fait aussi plaisir, chef !

— Et comment ! Le cul sur une chaise, même sur un fauteuil, n'est pas « ma tasse de thé », comme disent les flics de Scotland Yard !

Il suspendit son képi en haut du portemanteau. Puis, il s'assit à côté de son subordonné.

— Ça va être une grande première pour toi, reprit-il. Il faut que je te fasse quand même un petit topo sur la question, tiré de mon expérience.

oOo

Ils s'étaient donné rendez-vous dans une entreprise dont le patron était un ami personnel du colonel Ragueneau. Le général Gautlot portait ses vêtements de bricolage et sa voiture neuve stationnait dans une rue parallèle. Ce quartier paisible de Montreuil abritait des artisans, et des pavillons particuliers avec des jardins. Dans la cour de l'entreprise un local semi-enterré servait d'accueil à la radio bretonne de Paris : Radio BRO. Sur ses ondes, diverses personnalités exprimaient leurs opinions avec, pour constante, leur amour de leur pays, à la fois source d'inspiration et motivation de leur activité. Les deux hommes avaient convenu d'arriver avec dix minutes de décalage.

— Je viens voir Pierre et André, déclara Gautlot à l'accueil, sans se présenter.

La jeune femme le conduisit aussitôt dans un bureau isolé près d'un atelier désert où Ragueneau et son ami l'attendaient. Le colonel était identifié sous un faux nom et portait de grosses lunettes légèrement fumées ainsi qu'une casquette. Ces précautions qui pouvaient sembler ridicules se révélaient efficaces lors des enquêtes. En dehors de certains professionnels du renseignement, rares étaient les descriptions qui concordaient de la part des témoins, lors d'une séance de reconnaissance.

Après de brèves salutations, Pierre, le directeur de la maison, les laissa en tête-à-tête. Ils restèrent silencieux un moment, contemplant réciproquement les transformations du vieillissement sur leurs visages. Un vague sourire traduisait leur plaisir de se revoir.

— Ça fait combien de temps ? dit Ragueneau, devançant son aîné d'une seconde pour la même question.

— Peut-être… douze ans ? Non, quinze ?…

— Peu importe, c'était hier.

— Je vois que vous continuez à vous entraîner physiquement !

— Oui, et ça me demande beaucoup trop de temps pour arriver à ce résultat. Je ne suis pas sûr de continuer longtemps… Mais, vous-même…

Le général eut un geste désabusé.

— Je ne suis pas trop décati, mais il est hors de question de me comparer à vous… D'ailleurs je n'ai rien fait qui puisse me donner une silhouette sportive. Je le regrette parfois…

Les banalités n'entraient pas dans leurs habitudes de langage et, certain que cela ne formaliserait pas son interlocuteur, Gautlot aborda le sujet de leur rencontre.

— Comment va votre… service ?

— Pas bien…

— C'est ce qu'il me semble…

— Ah ! Déjà !… Est-ce le motif de votre visite ?

— Oui. Ce n'est pas la peine de tergiverser, ce n'est pas mon genre. Surtout vis-à-vis de vous.

— Je sais. Et je vous en remercie… Vous… Vous venez me voir de votre propre initiative ? ...Je crois que vous êtes en retraite maintenant ?

Ils s'observèrent en réfléchissant à quel degré de confiance leur échange d'informations pouvait avoir lieu. À leur niveau la franchise ne voulait rien dire. Ils pouvaient l'un et l'autre être asservis par des intérêts complètement opposés. Ils le savaient, et l'approche d'une position commune était délicate.

— Oui, je suis en retraite, et j'aimerais bien y être définitivement. Mais on m'a demandé de m'occuper, une dernière fois, d'une affaire importante… qui vous concerne également.

Ragueneau se saisit ironiquement en pensée du « on ». Il n'y avait que le ministre ou le président pour solliciter l'aide de l'ancien directeur du Renseignement militaire. Et, actuellement, « l'affaire importante » n'était pas difficile à deviner. Le général n'était pas un tordu. Sa probité au service de son pays était reconnue par tous. Ragueneau décida de ne pas finasser sur cette entrée en matière.

— « On » vous a demandé de vous occuper de l'affaire du noyé russe d'Ouessant, n'est-ce pas ?

— Oui… La présence d'un espion dans vos services perturbe l'État ; c'est compréhensible vu l'ampleur des trafics établis.

— Et en quoi…

— J'ai décidé personnellement de vous voir car, à mes yeux, il n'est pas possible que vous soyez la taupe !

Le colonel apprécia le premier pas que son visiteur avait fait, tout en sachant qu'il avait évalué la possibilité de s'adresser quand même à la taupe. Gautlot était loin d'être stupide.

— Merci, votre opinion m'honore… Qu'attendez-vous de moi ?

— J'aimerais savoir si vous avez des soupçons sur une ou plusieurs personnes. Je sais, c'est une question qui est… épineuse pour vous.

— Je vous répondrai simplement : oui, j'ai des soupçons… C'est tout.

— Bien. C'est déjà un point acquis… Le noyé russe, la copie de l'opération *Viande hachée* est destiné à quoi, selon vous ?

— À faire exploser la DGSE et démasquer la taupe, dans l'ordre que vous voulez.

— Vous avez une idée sur l'équipe qui a monté ce stratagème ?

— Hum ... peut-être.

— À l'intérieur de votre « boîte » ?

— Non, on serait tous au courant.

— Alors ?

— Permettez-moi de garder la réponse pour moi. Pour le moment. À mon tour de vous demander : pourquoi on vous a chargé d'enquêter ?

— Uniquement parce que je suis extérieur à vos services.

— « On » ne nous juge plus crédibles tant que le ou les espions seront au sein de la « boîte », conclut Ragueneau presque pour lui-même... Et s'il n'y avait pas d'espion chez nous... Vous avez pensé à cette version ?

— Oui, bien sûr... Mais qui voudrait désorganiser la DGSE et pourquoi ?

— Je pense que les motifs ne manquent pas : rancœur de gens puissants mouillés dans des scandales que nous avons mis au jour, pays étrangers qui ont des comptes à régler avec la France, diversion pour des actions d'envergure en gestation, ralentissement de nos activités, gênantes pour des personnalités impliquées dans des affaires troubles, etc.

Leurs propos s'arrêtèrent quelques instants. Le temps d'explorer tous les domaines abordables et résumer le peu qu'ils s'étaient dit. Ce fut Gautlot le plus rapide.

— J'aimerais que nous collaborions étroitement dans les jours qui viennent.

— Avec plaisir. Ce sera en fonction des informations collectées, que nous échangerons évidemment.

— Puisque vous êtes le directeur du service Action, comment allez-vous agir ? Je veux dire par rapport aux révélations des documents russes, qu'ils soient vrais ou faux.

— Pardonnez-moi, mon général, mais ça c'est une question à laquelle je ne répondrai pas. C'est ma cuisine personnelle.

— Vous avez raison. Excusez-moi… Dernière précision : avez-vous des nouvelles du commandant Yann Favier ? Il est d'ailleurs colonel maintenant.

Ragueneau s'attendait à ce que Gautlot s'en enquérisse. Il s'étonnait même que le sujet n'ait pas été évoqué plus tôt. La déception du général de ne pas l'avoir intégré à la D.R.M. était bien connue.

— Effectivement j'ai des nouvelles. Nous ne nous voyons pas souvent, mais une conversation téléphonique de temps en temps nous permet d'être au courant de nos vies respectives. Il est beaucoup sur son île en ce moment, presque en retraite.

— L'île d'Ouessant, comme par hasard, insinua le général.

— Un hasard, tout bêtement.

— Oui… Pouvez-vous me dire, on ne s'est pas vu depuis ce temps-là, pourquoi il vous a quitté au bout de quatre ans pour rejoindre la DCRI ?

— Il ne m'a pas quitté moi. Je vais vous expliquer les raisons de son départ.

Quand Gautlot regagna sa voiture, une demi-heure plus tard, sa vision de l'affaire lui apparaissait plus précise. Tout n'avait pas été mis sur la table, loin de là, mais les silences, les expressions de Ragueneau aussi peu prononcées qu'elles aient été, renforçaient ses convictions. Il ressentit une petite satisfaction mesquine en démarrant son moteur : le colonel avait oublié de le questionner sur son éventuel soupçon quant à l'identité de l'espion au sein de la DGSE. Oui, mais, si cet oubli était volontaire ?

Dans le bureau que le général venait de quitter, Ragueneau appelait pour la deuxième fois un numéro occupé. Cette fois le correspondant répondit. Sans s'annoncer, ni prononcer un nom, l'officier déclara :

— Nous avons maintenant Gautlot qui est chargé par le gouvernement d'obtenir des renseignements sur les problèmes de la « boîte ».

Il raccrocha posément sans attendre de commentaires qui, de toute façon, n'auraient pas été formulés.

oOo

Grillé ! Il était grillé ! Forcément. Lemeniev saurait tôt ou tard par qui Kabarov avait été prévenu du rapt d'Anouchka. Dans les ténèbres du labyrinthe nommé « renseignement », une des conditions de survie exigeait de ne pas sous-estimer l'adversaire. Claude Leblanc ne dormait plus malgré la nuit encore loin d'être achevée. Tel un ordinateur de calcul, il cherchait la solution en incluant tous les paramètres. Sa belle maîtresse, elle, reposait paisiblement, la tête sur sa poitrine, épuisée autant par ses épreuves que par leurs ébats d'une rare intensité.

— Dans les moments d'amour, certains sont plus forts que d'autres. Et il n'y a pas d'explications, lui avait-elle dit récemment.

Claude devait maintenant décider de sa vie. Ses sentiments prenaient l'ascendant sur son métier qu'il remettait en question. Tout le monde s'était trompé sur sa personnalité, ses recruteurs comme lui-même.

Le jeune avocat à la dialectique parfaite, aux synthèses fulgurantes, trichait lamentablement lors des tests cognitifs, analogiques, ou comportementaux. Sa petite amie du moment, jeune psychiatre, lui enseignait l'art de modifier les réponses spontanées en lui expliquant à quoi correspondaient les symboles des formes, les ordonnancements des signes. Ce qui lui avait permis de dissimuler ses faiblesses sentimentales.

— Quelle attitude saugrenue ! réalisait-il à cet instant.

Il était évident que sa fonction excluait toute notion d'apitoiement, de mise en danger de sa situation par des liens affectifs. C'était une clause d'exclusion extrêmement claire dans la formation d'un officier du renseignement. Des films avaient traité maintes fois du sujet pour émouvoir les spectateurs.

Mais voilà : maître Leblanc s'était piégé lui-même, au mépris de ses engagements. Une faiblesse, quelle qu'elle soit, offrait une prise solide à l'adversaire. Et quel adversaire en l'occurrence ! Un monstre d'une puissance phénoménale dont même son entourage politique ne pouvait se débarrasser sans risquer de se déstabiliser.

Pourtant Lemeniev, par son appétit sexuel insatiable, montrait une défaillance qu'on aurait dû exploiter, surtout lorsqu'il s'était attaqué à des mineures.

Mais de pauvres gamines n'avaient pas beaucoup d'importance dans les enjeux de cet univers essentiellement masculin, dont les ramifications considérables protégeaient des masses d'intérêts de même niveau.

— Bien ! Alors je fais quoi ?

Brûlante question qui créa un séisme dans sa tête. Sa montre sur la table de nuit indiquait trois heures par ses aiguilles phosphorescentes. Anouchka avait prévenu ses parents dès son arrivée dans le petit immeuble abritant le restaurant de Michel Vitré. Ils devaient être maintenant sur la route à destination de Vielikie Louki. Ils s'y reposeraient chez des cousins avant de gagner la Lettonie où vivait leur sœur et belle-sœur.

Claude partageait également l'analyse selon laquelle ils constituaient une cible de vengeance privilégiée.

— Décision numéro 1 : je donne ma démission. Numéro 2 : je rentre en France avec Anouchka.

— Crétin ! susurra une petite voix cachée dans les circonvolutions de son cerveau. Tu sais très bien que tu ne peux pas tout laisser tomber du jour au lendemain.

— Alors ?...

Alors Anouchka devait partir seule. Ses parents l'accueilleraient de bon cœur. Le temps qu'il prépare sa hiérarchie à son propre départ de Moscou.

— Et après ?

Il y aurait l'inévitable chantage pour le garder au sein de la « boîte », quitte à le changer d'affectation. Ses états de service influeraient en ce sens. À moins d'avouer ses tricheries pour son admission et se faire mettre à la porte immédiatement ? Non, même dans cette configuration « on » essaierait probablement de le garder. Avec Anouchka pour épouse. Ses connaissances du bureau des Archives seraient exploitées, sans aucun doute.

— Et nos enfants deviendront aussi des espions ! ironisa-t-il amèrement.

Avant que l'aube ne se lève il fallait quitter l'immeuble pour ne pas compromettre Michel Vitré dont l'aide dépassait largement les consignes de sécurité. Il réveilla doucement Anouchka pour la convaincre de le suivre immédiatement à l'aéroport, afin qu'elle prenne le premier avion pour Paris. Ce qui eut été inconcevable vingt ans auparavant.

Une couche de neige assez épaisse recouvrait la route, ce qui ralentissait la vieille Lada du commandant Volodia Passersky. Sa femme à côté de lui venait de s'assoupir. L'appel téléphonique d'Anouchka les avait secoués brutalement. Son premier réflexe lui dictait un refus catégorique de partir. Lemeniev ne lui faisait pas peur. Il avait affronté d'autres menaces bien plus graves au cours de sa vie militaire. D'autre part, ses amis officiers en retraite de l'Armée rouge constituaient une force qui savait se faire respecter, et dont on connaissait la solidarité. En cas de besoin, il pouvait compter sur eux. Finalement, il s'était rendu aux craintes de son épouse. Ce serait d'abord à elle que ce salopard s'en prendrait et ensuite à Anouchka, par n'importe quel moyen. Aussi organisés qu'ils fussent, le commandant et ses amis ne pouvaient pas les surveiller jour et nuit.

Lemeniev ne les lâcherait jamais tant sa fureur devait être au paroxysme, après la fuite de sa proie. Dans quel guêpier sa belle-fille était-elle tombée ! Pour quelle raison le directeur du bureau des Archives l'avait-il séquestrée, enfreignant l'avertissement d'être abattu s'il touchait à la jeune femme ? Auprès de qui avait-elle trouvé refuge après son évasion ? Le commandant Passersky avait côtoyé suffisamment de drames de la société soviétique pour deviner la gravité des faits.

La voiture qui le suivait depuis un moment fit un appel de phare et déboîta pour le doubler. Il ralentit sa vitesse et se rangea à droite autant qu'il le put. La balle pulvérisa la vitre avant de perforer sa tempe, mettant fin à ses appréhensions. Sa femme hurla en se jetant sur lui, tandis que la Lada se plantait dans les congères du bas-côté. Deux hommes bondirent hors du gros 4x4, la figure emmitouflée dans un passe-montagne, et se précipitèrent vers le véhicule. Madame Passersky eut la présence d'esprit, dans sa terreur, de verrouiller les portières, décidée à se défendre jusqu'au bout. Mais les agresseurs cassaient méthodiquement les glaces et soulevaient les loquets de sécurité.

Au moment où ils l'attrapaient par les jambes, un camion surgit face à eux. Le 4x4 en travers bloquait le passage. Le chauffeur du camion ouvrit sa portière.

— Vous avez eu un accident ? cria-t-il.

Des hommes descendaient par la ridelle arrière, déjà prêts à aider. Ils étaient en uniforme de l'armée. Il y eut un bref instant de flottement. Le conducteur du 4x4 réagit le premier. Écrasant l'accélérateur, il fit adroitement un demi-tour sur place. Ses deux comparses abandonnèrent madame Passersky et sautèrent dans leur engin, qui s'enfuit rapidement.

Les militaires, tous des jeunes gens, découvrirent choqués l'exécution d'un de leurs anciens. Mais ils avaient sauvé sa femme d'un sort abominable.

oOo

Le tas de vêtements occupait le centre du petit salon. Yann, immobile dans le vieux fauteuil de son père, ne pouvait en détacher ses yeux. Il tenait à la main une paire de ciseaux, prêt à explorer les moindres coutures de ses affaires portées quotidiennement, y compris les chaussures, plus tard, avec un canif. Il y avait forcément un signal émis par une pastille minuscule, cachée quelque part sur lui, afin que l'on puisse contrôler en permanence où il se trouvait.

Sans s'en rendre compte il fit un bruit bizarre qui ressemblait à un rire. L'aspect dérisoire de sa vie l'empoignait d'un coup. Il se voyait, tel extérieur à lui-même, au milieu de la pièce dont la décoration plus que spartiate lui projetait l'image d'une solitude stupide. Incapable d'avoir fondé une famille avec la femme qu'il aimait, côtoyant sans cesse le danger au lieu de meubler son esprit avec les arts et la littérature, il lui semblait être aussi tordu que les hommes qu'il avait combattus. La fierté de défendre les valeurs de son pays, idéal qui depuis toujours l'habitait, était sérieusement entamée.

— Il doit y en avoir plusieurs !

Une partie de son cerveau, focalisée sur le problème de sa surveillance, travaillait indépendamment de ses réflexions tristement philosophiques.

— Il y a des signaux avec des fréquences différentes! Évidemment!

Le téléphone portable, les lunettes et leur étui, son stylo, avaient été minutieusement décortiqués.

Yann attrapa le blouson sur la pile et, rabattant le gros binoculaire aux loupes puissantes sur son nez, il entreprit l'exploration méthodique de son habit préféré. En vain. Les heures se mirent à défiler plus vite. Chaque bouton, chaque pression, les passants de pantalon, les ceintures subirent un examen digne d'un scientifique travaillant à son microscope.

Après l'engloutissement d'une boîte de cassoulet arrosé de café, il continua ses recherches, rythmées par l'horloge dont il ne remontait plus le ressort du carillon. À la fin de la journée il attaqua les sous-vêtements. Il donnait régulièrement son linge à la maison de retraite, Mapa Brug Eusa, au service de blanchisserie pour les draps et les couvertures. Pour ses chemises, maillots de corps, slips, chaussettes, une tante de Catherine assurait le lavage et le repassage. Le salaire demandé en échange était plus que modique.

Un rugissement de triomphe secoua les murs de la maison: la pastille métallique sur une chaussette de la marque Burlington, unique marque qu'il portait avec le modèle identique depuis des années, s'ouvrit en deux parties, révélant ainsi l'incroyable microscopique émetteur, fabrication de toute dernière génération.

Fébrilement il vérifia les six paires et dans chacune des douze chaussettes le même prodige électronique se trouvait dissimulé, d'une résistance à toute épreuve. Mais cette merveille technologique comportait tout de même une pile qu'il fallait changer tous les cinq ou six jours. Avec les six autres paires en alternance au lavage, cela faisait un total de vingt-quatre piles dont il fallait assurer le remplacement. Un travail de professionnel dont Yann mesura l'importance logistique. Au moins deux ou trois personnes devaient être impliquées pour cette tâche…

Il soupira avec amertume. Son refuge, où il s'était si souvent reconstitué physiquement et affectivement, était à son tour contaminé par la menace sournoise.

— Que je suis naïf, murmura-t-il.

Son abattement ne dura que quelques secondes.

Le mécanisme de l'action s'enclencha, et l'homme de combat imagina les bases de la contre-attaque.

oOo

Des courants d'ouest élevés en altitude chassaient les nuages. Leur formation peu compacte laissait entrevoir par intermittence une lumière lunaire pouvant suggérer une défaillance de connexion du circuit d'éclairage céleste. L'adjudant-chef Cartier, le maréchal des logis-chef Antoine Kastler, accompagnés d'une vingtaine d'hommes en tenue de campagne, étaient déployés tout autour du petit port de Plozevet à l'ouest de Quimper. Ils avaient dissimulé leurs véhicules loin de la route qui longeait les digues en forme de pince de crabe.

Lorsque le contact du gigantesque projecteur sélène se rétablissait, trois points très lumineux dominaient le paysage : à l'est la monumentale Bigouden, sur son piédestal, à l'ouest l'imposant amer surmonté de rouge, et au centre la grande voile du Bavaria 42, cause de la présence des militaires ur les lieux. La *Guardia Civil* à Barcelone leur avait signalé le départ du bateau quelques jours plus tôt, avec un chargement probable de drogue. Depuis une surveillance constante sur l'embarcation ne se relâchait pas, comme sur d'autres d'ailleurs, car un coup de filet sur le trafic avait été programmé, en corrélation avec toutes les compagnies de gendarmerie sur les côtes ouest du territoire.

Des pastilles posées discrètement lors des escales, émettant des signaux identifiables, facilitaient le suivi des trajets.

Cartier tira ses hommes de leur lit à une heure du matin. Le moment d'agir s'imposait car la radio interne à Brest, écoutée vingt-quatre heures sur vingt-quatre, relatait la conjonction du bateau arrivant dans leur secteur et la présence d'une Mercedes venant de Marseille à hauteur de Vannes ; voiture appartenant à un certain Mohamed Aramis, avec un passager, et faisant depuis peu l'objet d'une observation quotidienne. Lors de l'arrivée des gendarmes à Quimper, il y avait eu un moment d'hésitation sur la direction à prendre pour coincer le bateau. Gagnerait-il Le Guilvinec, Saint-Guénolé ou Audierne ?

Après que le Bavaria eut dépassé la pointe de Penmarc'h, Plozevet devait être logiquement le port de débarquement. Peu fréquenté par rapport aux autres, relativement isolé, desservi par une route déserte la nuit, c'était l'endroit idéal. La radio confirmait ce choix en indiquant l'infléchissement très net du cap pris par le voilier dans cette direction.

Cartier briefait ses hommes avec précision. On n'intervenait qu'après l'installation des ballots de drogue dans la Mercedes, au moment où elle devait repartir.

Kastler se chargeait de l'interception de celle-ci, tandis qu'avec l'autre moitié de ses hommes, l'adjudant-chef investissait le bateau. L'oreille collée au talkie-walkie, Cartier regarda sa montre phosphorescente : cinq heures treize.

Une clairière lumineuse révéla le Bavaria qui jetait l'ancre. Deux silhouettes s'agitaient sur le pont dégageant l'annexe de son support pour la mettre à l'eau. À ce moment la radio se manifesta dans l'oreille du militaire.

— Objectif roulant à hauteur de Plogastel-Saint-Germain.

La Mercedes serait là dans moins de dix minutes ! Il ne put s'empêcher d'admirer l'organisation du rendez-vous. Une préparation parfaite en était à l'origine. Il transmit aussitôt l'information à ses hommes et modifia légèrement leur position. Une herse interdisait l'accès vers Audierne. Une autre devait être disposée après le passage de la voiture, bloquant tout retour vers Quimper ou Plounéour-Lanvern. La tension augmenta de plusieurs degrés.

Soudain des phares illuminèrent la haute coiffe en pierre de la Bigouden, créant une image surréaliste sur l'écran noir des nuages resserrés provisoirement. Saisissant les jumelles, Cartier fit le point sur le véhicule qui surgissait à grande vitesse. Il avait du mal à le reconnaître. La voiture freina brutalement, les portières s'ouvrirent, déversant une musique tonitruante ainsi que cinq jeunes, vraisemblablement éméchés, qui se mirent à danser en poussant des cris.

— Nom de Dieu ! glapit le sous-officier dans son appareil. Autorité à groupe 1 dégage-les immédiatement ! Groupe 2 enlève la herse pour les laisser passer ! Exécution.

— Bien reçu autorité.

Le groupe 2 confirma également. Kastler bondit de la déclivité derrière laquelle il était allongé et courut vers les jeunes. Deux des garçons urinaient déjà tranquillement en vociférant, l'autre se trémoussait maladroitement avec deux jeunes filles habillées et maquillées à la mode dite gothique. Jupe courte, bas noirs, grosses chaussures, gilet en cuir clouté, cheveux longs, yeux outrageusement soulignés de noir, lèvres carmin foncé, vernis à ongles noir. De multiples piercings ornaient les oreilles et un petit similidiamant scintillait au coin du nez. Elles étaient semblables en tous points.

— Partez vite, dit Kastler sourdement. Vous ne pouvez pas rester là !

Il coupa le moteur et éteignit les phares.

Les deux jeunes, en se tournant, lui arrosèrent ses rangers tandis que leurs amis se rapprochèrent en se dandinant un peu plus, les filles lui adressant des baisers en gonflant leurs lèvres d'une manière ridicule.

— Tu vas pas nous faire chier le jour de mon anniversaire ! hurla le danseur. On a bien le droit…

Le gendarme ne lui laissa pas finir sa phrase. Il l'empoigna ainsi qu'une des filles, et les fourra violemment dans la voiture. Deux des gendarmes de son groupe l'avaient rejoint, prenant soin de rester dans l'ombre de la voiture. Se saisissant des autres, ils l'imitèrent. Mais les jeunes hurlaient, se débattaient en les insultant. À court d'arguments Kastler braqua son pistolet sur le nez de celui assis au volant.

— Si vous restez, vous allez mourir ! Vous comprenez ça ?

Il avait juste élevé un peu la voix, et son intonation tendue à l'extrême calma instantanément les braillards.

— Vous allez nous tuer ? bafouilla le jeune homme.

— Non, pas moi. Des bandits qui arrivent. C'est pour ça qu'on est là. Tirez-vous, vite. Et ne vous plantez pas dans le décor.

— Mais… mais… je ne sais pas conduire !

— Bon. Celui qui est le conducteur, viens ! Dépêche-toi !

Le garçon en question sortit des places arrières et s'installa tandis que l'autre le remplaçait. Il n'avait pas reboutonné son pantalon, mais personne ne s'en souciait. Dans sa précipitation il eut du mal à relancer le moteur. Enclenchant la vitesse, il essaya de sauver son honneur au regard de ses amis.

— Je sais pas ce que vous foutez, mais je retiens qu'un truc : maintenant on peut vous pisser dessus… sans problème !

Kastler défonça la portière d'un coup de pied rageur alors qu'un éclat de rire saluait le départ cahotant de la vieille Peugeot.

À peine le groupe 2 remettait la herse en place après son passage, qu'un autre pinceau lumineux découpait puissamment la statue de la Bigouden. Cette fois il n'y eut pas de doute : c'était bien leur proie. Contrairement à la voiture des jeunes, la Mercedes roulait doucement. Elle ralentit encore à l'aplomb du bateau mais ne se gara pas. Heureusement, Cartier avait prévu cette manœuvre : le repérage des lieux afin d'en constater leur sécurité.

Un câble relié à la herse permettait de la bouger et de la dissimuler sans que les hommes aient à se découvrir. Il chuchota l'ordre dans son talkie, et la voiture disparut de leur champ de vision. Deux minutes plus tard elle revenait, se parquait sagement sur une aire de stationnement aménagée. L'adjudant-chef réadressa la consigne de verrouiller les routes, consigne qui était déjà appliquée. Dans ses jumelles il vérifia que l'échauffourée avec les jeunes n'avait pas été perçue par le bateau comme un danger. Avec la distance, la présence des uniformes de combat devenait sûrement invisible dans le noir, la lune ayant jugé bon de ne pas se montrer inopportunément.

L'annexe du Bavaria se trouvait le long de sa coque, probablement chargée maintenant, avec deux personnes à bord. Cinq éclairs de lampe torche irradièrent l'intérieur de la Mercedes. Aussitôt le canot en plastique quitta sa place et se dirigea rapidement vers la rive, sans un bruit. Un moteur électrique devait le propulser. Quand il ne fut plus qu'à quelques mètres du bord, Momo et Alfredo vinrent à sa rencontre. Sans leur serrer la main, les deux hommes de l'annexe déchargèrent quatre valises de tailles différentes dans les bras de leurs clients. Momo et Alfredo, les pieds trempés, regagnèrent le véhicule en se dépêchant, avec chacun un lourd bagage, tandis qu'un des livreurs les suivait, portant péniblement les deux autres.

Momo jette son fardeau sur la banquette arrière, se précipite au volant, met le contact.

Alfredo remplit le coffre aidé de son accompagnateur, claque le capot, échange une brève poignée de main. Puis, calmement, il s'assoit, ferme la portière, met sa ceinture. Momo passe le levier sur « drive ».

A ce moment des puissantes torches s'allument et l'éblouissent. Un porte-voix hurle :

— Gendarmerie nationale. Sortez du véhicule, mains en l'air.

Momo lève une main et tente de positionner la boîte de vitesse sur « parking ». Alfredo le repousse d'un geste brusque, passe les jambes par-dessus la console et enfonce le pied de Momo sur l'accélérateur avec le sien. Avec l'autre il bloque le frein quand la voiture bondit, et tourne le volant à fond vers la route. Il réussit un tête-à-queue sur place.

— Fonce, imbécile !

La Mercedes patine. Alfredo lui remet le volant entre les mains, tandis qu'il sort un 9 mm Beretta de la poche intérieure de sa veste.

— Arrêtez ou on tire ! continue le porte-voix.

— On est cuits, Alfredo ! Ça ne sert à rien de...

— Ta gueule ! Ouvre ta portière !

— Quoi ? Mais...

Alfredo lui met son arme sur la tempe.

— Ouvre, abruti !

Momo affolé ouvre sa portière sans lâcher son volant. Alfredo s'arc-boute et l'expulse de la voiture en détendant ses jambes sur lui de toutes ses forces. Il attrape le volant, redresse l'embardée du véhicule, saute prestement au poste de conduite.

La Mercedes se rue dans la direction de Quimper.

À l'instant où Momo touche le sol, les gendarmes courent déjà pour l'arrêter.

Du côté du bateau, le groupe 2 a cueilli les occupants de l'annexe. Trois gendarmes sont à son bord et tentent d'intercepter le Bavaria qui commence à s'éloigner au moteur.

La Mercedes fonce sur la herse, y déchire ses pneus. Le groupe 1 l'attend de l'autre côté, les armes braquées sur elle, ainsi que les faisceaux des lampes. Malgré son aveuglement, Alfredo maintient la trajectoire du bolide devenu dangereusement instable. Passé l'écran de lumière, la vision de Kastler, qui le vise de son pistolet bras tendus, lui déclenche une réaction de colère insensée. Avec son Beretta qu'il n'a pas lâché, il lui tire une balle en pleine tête. Il réussit à parcourir encore quelques centaines de mètres alors que des impacts de tirs ont troué la carrosserie sans l'atteindre. Il coupe les phares, puis le contact, abandonne la voiture en s'enfuyant dans la campagne.

Le Bavaria est arraisonné par la gendarmerie maritime, en alerte à Audierne depuis le début de l'opération.

Les groupes 1 et 2 sont réunis autour du corps d'Antoine Kastler. Cartier effondré, comme ses hommes, contemple la mort d'un jeune compagnon dont le brillant avenir lui semblait inéluctable.

oOo

Il y a un degré dans la colère au-delà duquel on ne réagit plus, le temps que la nouvelle qui l'a provoquée s'efface lentement, tel le brouillard à l'arrivée du soleil. Lemeniev ne voyait plus ses deux mercenaires plantés devant lui dans la cuisine de sa datcha, lesquels, après avoir conté leur demi-échec de l'expédition Passersky, redoutaient une nouvelle séance de knout, à peine remis de la précédente. Seule la paye d'un montant vingt fois plus élevé que la moyenne de la population russe leur donnait le courage d'affronter la terrible punition. Enfin pas seulement. Des preuves irréfutables des crimes qu'ils avaient commis en maintes occasions dormaient quelque part dans les dossiers secrets de leur employeur. Ils ignoraient cependant que celui-ci avait déjà réglé leur sort. Sans knout. Lemeniev régnait sur une milice qu'il s'était constituée, formée d'une grande quantité d'équipes de deux ou trois hommes dont la particularité principale était d'ignorer leurs existences réciproques. C'était très pratique. À la merci du chef, piégés facilement par celui-ci, en raison de leur bêtise, leur cupidité, et aussi, vertu primordiale, leur brutalité sanguinaire, ils pouvaient s'éliminer les uns les autres sans savoir qu'ils obéissaient à la même autorité.

— Bien. C'est déjà pas si mal d'avoir envoyé ce vieux con chez le diable. Je vais réfléchir à la suite. Laissez-moi maintenant.

Surpris, soulagés, les deux hommes se retirèrent, ne prévoyant pas qu'une rafale de Kalachnikov mettrait bientôt fin à leur misérable existence.

Le thermomètre colérique étant redescendu vers le point critique, Lemeniev explosa.

— Bande d'abrutis ! Sous-hommes de merde !

S'ensuivirent des chapelets d'injures, abaissant la tension jusqu'au degré où la rage s'apaise en cédant la place à la méchanceté pure, sans manifestation bruyante. Il commença par mettre ses pensées en ordre. La vieille Passersky ne serait pas difficile à enlever plus tard. Elle était un moyen indispensable pour coincer sa fille, Anouchka. Là était le vrai problème : Anouchka, protégée par Kabarov. Pourquoi ? Pour le compte de qui ? Il devait mettre au moins deux équipes pour suivre nuit et jour le colosse. Et des équipes intelligentes, très compétentes, car le maire adjoint était un professionnel au royaume de la méfiance, du combat pour la survie. La surveillance téléphonique constante, tant à son domicile qu'à la mairie, exercée par un expert à la solde de Lemeniev, ne donnait rien. Car, bien sûr, ses communications secrètes se faisaient par des mobiles libres de tout opérateur, avec des cartes SIM de personnes différentes. Système infaillible. Restait la bonne vieille méthode de la filature visuelle et sonore. Avec des jumelles puissantes et des micros-canons. Il y avait aussi le détecteur de présence infrarouge traversant les murs afin de connaître le nombre de personnes dans la pièce. Oui, mais… Kabarov connaissait ces méthodes… Alors ? Alors ces méthodes devaient être quand même appliquées, une défaillance minime se révélant parfois capitale.

Lemeniev quitta sa cuisine, descendit dans son salon à demi enterré. Le souvenir d'Anouchka dans ces lieux, sans qu'il puisse profiter d'elle, lui procura un regain de fébrilité. Il souleva l'énorme peau de tigre se partageant le parquet avec de somptueux tapis d'Iran. La trappe épousant la coupe des lames était invisible. Télécommandée, elle se souleva sans bruit, actionnée par un vérin hydraulique, révélant un escalier qui descendait profondément dans le sol jusqu'à une grande salle.

D'immenses étagères occupaient tous les murs. En soulevant un des dossiers garnissant tous les rayonnages, une portion de ceux-ci pivota. Une porte blindée munie de boutons chiffrés apparut. Après les avoir manipulé selon le code, Lemeniev tira sur la poignée. Sans hésiter, il prit la chemise cartonnée annotée « Kabarov » sur sa couverture. Il s'installa à la petite table centrale éclairée par une lampe ronde en tôle suspendue au plafond. L'ensemble des documents collectés sur son ennemi lui était bien connu, mais l'expérience lui avait démontré qu'on laissait passer souvent un petit détail important.

Kabarov, après des études universitaires couronnées par une licence en droit et un diplôme de psychologie appliquée, avait été recruté et incorporé dans l'Armée rouge. Son bagage intellectuel, allié à ses qualités physiques hors du commun (il avait été recordman d'Europe du lancer du marteau), le désignait comme un élément de choix pour les militaires. On l'avait vite sorti de Tchétchènie, où il s'était révélé un excellent combattant, pour le préparer à la formation commando, et l'affecter ensuite au service du renseignement, c'est-à-dire au KGB. C'est dans cet « état dans l'état » que Lemeniev l'avait rencontré. Ils s'étaient haïs au premier coup d'œil car, habitués tous deux à jauger dans la seconde la personnalité des gens qu'ils rencontraient, ils savaient spontanément que rien ne leur était commun.

L'un était lâche, cruel, l'autre courageux et sainement combatif. Lemeniev prêt à tout pour satisfaire ses désirs ou son ambition ; Kabarov fidèle à ses engagements et sincère dans ses opinions, bien que des excès de violence, de révolte, l'eussent conduit à des actes impardonnables. Leur haine les avait entraînés loin dans l'ignominie et des collaborateurs en avaient subi les ravages.

Lemeniev parcourut rapidement les comptes-rendus des premières missions de Kabarov. En Iran, à Cuba, au Tchad, en Egypte. Il savait que seule l'expédition du géant en Syrie l'intéressait. C'était une situation complexe, provoquée par la guerre civile du Liban où tous ceux qui avaient un compte à régler semblaient s'être donnés rendez-vous. Les Syriens voulaient annexer le Liban. C'était un objectif clair. Ce qui l'était moins se traduisait par les conflits entre les Libanais pro syriens, les Maronites profrançais ou américains. Les Druzes, les Libanais de confession sunnite ou chiite laissaient libre cours à leur contentieux en nouant des alliances curieuses, pas forcément stables dans le temps.

Beaucoup d'entités nébuleuses soufflaient sur les braises pour en recueillir des bénéfices purement personnels.

Lemeniev, comme les autres, s'efforçait de collecter des renseignements divers pour son gouvernement. De ce fait il avait sous ses ordres des hommes envoyés sur le terrain avec des objectifs parallèles à ceux qu'on avait assignés à Kabarov, et il en avait profité pour le faire surveiller et éventuellement le torpiller. L'occasion s'était présentée d'une manière inespérée. Un lot d'armes russes devait être livré aux Libanais pro syriens. Kabarov se trouvait dans les parages. Lemeniev, qui dirigeait l'opération, lui donnait l'ordre, par officier interposé, d'acheminer la marchandise en interdisant à ce dernier de dévoiler l'origine des consignes. Or, Kabarov infiltrait le mouvement prosyrien car, selon des sources de son supérieur hiérarchique, des éléments louches antisoviétiques étaient déjà dans la place. Cette livraison d'armes servait ses intérêts. Mais, dès que l'opération commença, Lemeniev dénonça Kabarov aux Libanais prosyriens, leur disant qu'il était un agent au service de l'impérialisme américain.

— Nom de Dieu! hurla l'archiviste, comme chaque fois qu'il tombait sur la note.

Un événement incroyable se produisait. Alors que Kabarov allait être abattu, un type surgissait, puissamment armé, tuait celui qui allait faire de même avec le Russe et, apparemment connu du groupe, les persuadait qu'il s'agissait d'une machination dont le traître qu'il venait d'exécuter était l'auteur. Puis Kabarov et son sauveur, chaudement remercié, étaient repartis, après avoir déchargé les caisses d'armes.

Le nom de l'intrus dansait insolemment sur la note. Un Français. Bien connu maintenant de cet univers feutré du renseignement, où tout se sait sans être su des citoyens. Se pouvait-il que Kabarov et lui soient restés en contact? Qu'il soit même parvenu à retourner Kabarov comme espion pour la France après la Perestroïka?

Lemeniev resta songeur longtemps, soupesant les hypothèses qu'il avait déjà échafaudées.

— Il va falloir que je m'en occupe, dit-il à mi-voix.

Cela impliquait beaucoup d'efforts et de prudence. La situation l'exigeait. Ses contacts avec la France, rares mais réguliers, étaient assurés au moyen d'une procédure compliquée et efficace. Or, un fait divers l'inquiétait : un citoyen russe, découvert noyé sur la côte d'une île en France, et transportant des documents compromettants. Le nom, le faux nom du cadavre, avait fait l'objet d'une demande d'identification des services français. Celle-là même qu'il avait jetée dans son tiroir, et qui y serait restée si justement Kabarov ne s'en était pas mêlé.

Une opération d'envergure précisait le message codé, reçu plusieurs jours auparavant. Quelque chose se tramait d'où le maire adjoint incarnait un des pions de la partie engagée. Restait à connaître l'importance de la pièce : fou, tour, cheval ou simple soldat ? Lemeniev tordit sa bouche de mépris.

— Pas la dame en tout cas ! cracha-t-il.

Un déplacement à Paris était-il nécessaire ? Il soupesa la question avant de se donner la réponse.

— Vraisemblablement !

Le point crucial se nommait « quand ». L'autorisation de Paris était indispensable. Avant d'entamer la procédure de communication, il relut une dernière fois le nom du Français qui le narguait dans le dossier de Kabarov.

oOo

— Nasdarovie !

— Nasdarovie !

Le général Gautlot retarda d'une demi-seconde le cul sec de son verre de vodka, le temps de vérifier que madame Talaïev buvait toujours le sien selon la tradition russe.

— Affirmatif! confirma une petite voix dans sa tête.

Il avait retenu une table à la Maison du caviar rue Quentin Bauchart, un restaurant de grande qualité près des Champs-Elysées. Il était passé la prendre en taxi, sachant que son état après le repas ne lui permettrait plus de prendre le volant. Néanmoins, il s'apprêtait à ruser sur la dose d'alcool à servir dans leurs verres respectifs, car son but consistait à tirer les vers du nez de la vieille dame, et il comptait cyniquement sur l'aide de la vodka pour obtenir ce qu'il voulait : quel était le contenu du document sauvegardé qui lui avait valu, soi-disant, des menaces de mort proférées par son beau-fils, Georges Talaïev, alias de Brincourt, le redouté directeur de la DGSE.

— Merci, Pierre de m'avoir invitée, surtout ici. Ce lieu me rappelle de bons souvenirs.

Il n'osa pas lui demander lesquels, les réactions de colère à propos de sa famille étant encore présentes à son esprit. Ce fut elle qui les précisa.

— Quand les délégations soviétiques venaient à Paris, c'est ici que je les emmenais déjeuner. Ou dîner.

— Vos rapports avec l'ex-URSS ont toujours été… agréables ?

Il avait formulé la question en russe afin de favoriser au maximum une ambiance détendue. Elle le transperça de son regard si particulier, marquant un temps avant de répondre.

— Pourquoi voulez-vous qu'il en fût autrement ?

— Mais parce que je les ai fréquentés aussi et quelques-uns ont été très... insolents, voire méprisants avec moi.

— Nos fonctions n'étaient pas les mêmes.

— Vous avez raison.

Il emplit à nouveau le verre de son invitée tandis que le serveur apportait deux assiettes, le caviar au milieu dans sa coupelle entourée de glace pilée. Elle avait choisi de l'Osciètre, son grain préféré.

Il leva encore son verre à moitié plein, affichant ce qu'il pensait être son plus beau sourire.

— À la mémoire de mes parents, de mon adolescence, de votre beauté et de notre nouvelle rencontre. Nasdarovie.

Cela eut l'air de lui plaire et une once de sourire s'esquissa au milieu de ce visage implacable.

— Nasdarovie.

Gautlot tricha en laissant un fond d'alcool alors que madame Talaïev asséchait le sien. Puis, elle se mit voracement une cuillère d'œufs d'esturgeon dans la bouche, sans manifester la moindre appréciation. Par politesse, le général fit de même.

— Avez-vous occupé un poste officiel, madame ?

— Appelez-moi Nadia !

C'était encore un ordre. Il faillit être déstabilisé car, fouillant sa mémoire, il ne l'avait jamais entendu nommée par ce prénom. Elle répondit en enchaînant.

— Non, mais il était admis que je m'occupe de tous les dignitaires russes en dehors des colloques et autres séances de bla-bla diplomatiques réservées à… à mon mari. Croyez-moi, j'étais beaucoup plus utile.

— Ah ! Votre présence les séduisait ?

— Oui, mais ne ramenez pas tout au sexe ! J'obtenais autant de confidences en les accompagnant dans leurs moments libres que sur l'oreiller ! Sur lequel d'ailleurs je ne m'aventurais pas ! ...

Le général s'empourpra autant d'indignation que du manque de courtoisie.

— Ce n'est pas ce que j'ai suggéré… Nadia. Je voulais simplement rendre hommage à votre beauté dont l'image a impressionné mon adolescence.

Elle le fixa sans s'excuser et son sourire reparut avec une lueur amusée dans son regard. Cette fois Gautlot rougit carrément, ce qui ne lui était pas arrivé depuis des années. La lueur signifiait nettement : je t'ai fait bander, mon bonhomme. Il soutint son regard et, décidant de se mettre à son niveau, il répondit, lui, à haute voix :

— Absolument !

Elle se saisit brusquement de la bouteille dans son seau glacé et versa la vodka pour eux deux à ras bord.

— Nasdarovie !

— Nasdarovie !

Le militaire se demanda combien de temps elle pourrait tenir à ce rythme. Quant à lui-même, il estima qu'il n'irait plus très loin. Deux verres maximum.

En tout cas l'atmosphère se réchauffait et il discernait mieux sa personnalité, russe jusque dans ses plus infimes détails. Ukrainienne dit sa petite voix habituelle dans un coin indéterminé de sa tête. Toi, tais-toi, lui envoya-t-il sur la même fréquence.

— C'était une période formidable, reprit-elle. La Russie accomplissait des tours de force pour la conquête de l'espace. Nos mathématiciens, nos physiciens, tous nos savants en général travaillaient à plein rendement…

— Gautlot glissa pour lui-même : vos goulags aussi -… et nous fermions souvent la grande gueule des Américains dans ces domaines.

Cette fois, il ne put se retenir.

— En politique aussi, non ?

— Oui, parfaitement ! Vous ne pouviez pas l'ignorer dans l'armée.

— C'est vrai, mais si la Russie soviétique n'était pas notre ennemi, nous n'étions pas d'accord avec…

— Avec le communisme ?

— C'est ça.

— Voyez-vous, mon petit Pierre, vos dirigeants ont commis bien des erreurs à notre encontre. Et moi…

Elle empoigna la bouteille de vodka.

— ... moi, je suis restée fidèle à mes engagements ! Nasdarovie !

— Nasdarovie !

« Petit Pierre », petit Pierre, je t'en ficherais moi des petit Pierre, s'insurgea le vieux général, encouragé par les vapeurs de l'alcool qui s'introduisaient sournoisement dans son cerveau. Il était, en outre, satisfait d'avoir la confirmation de ses soupçons nés lors de leur précédente entrevue, lorsqu'elle avait baptisé la Perestroïka « d'ère de traîtrise ». Madame

Talaïev était communiste. Ce qui engendrait des questions. Il estima le moment propice pour les poser.

— Votre mari partageait vos opinions ?

— Bien sûr. C'était même le seul aspect positif de cet incapable.

Gautlot repensa aux notes du dossier Talaïev qu'il compulsait aux archives de la D.R.M. la semaine dernière afin de rafraîchir sa mémoire. Le mari de Nadia était simple secrétaire au ministère de l'Intérieur, chargé des relations avec l'URSS uniquement pour la logistique des déplacements quand des missions soviétiques venaient sur le territoire. En effet, il était désigné comme « sympathisant » au régime, mais irréprochable dans son travail et très apprécié des « rouges » dont il s'occupait. Le rôle de Nadia Talaïev avait été carrément sous-estimé puisque, selon ses dires, elle rédigeait des rapports, des synthèses, ce qui ne faisait même pas partie des attributions de son époux. Par conséquent, elle avait menti. Dans quel but ? Ou alors elle s'était trahie en disant la vérité. Ce qui s'avérait beaucoup plus grave.

Gautlot se remémora l'expulsion de quarante membres de l'ambassade russe à Paris par le président Mitterand. Il n'y avait pas eu de liens établis avec les Talaïev, malgré un « épluchage » minutieux de toutes les ramifications possibles. L'ancêtre Talaïev, ami du tsar Nicolas II, devait s'agiter furieusement dans sa tombe ! Comment son fils avait-il pu opter pour la cause de ses ennemis ? Enrôlé par Nadia, sa nouvelle femme ?

— Votre mari, communiste aussi, dites-vous. Il l'était déjà quand vous vous êtes connus ?

— Bien sûr. C'est même ça qui nous a tout de suite rapprochés !

— Mais votre beau-père était encore vivant à cette époque ?

Elle commença un fou rire, d'abord en cachant sa bouche avec sa main. Comme elle ne s'arrêtait pas, elle prit sa serviette et se tamponna les yeux. Abasourdi, son vis-à-vis la contemplait, ne sachant quelle attitude prendre. Il attendit qu'elle se calme.

— Ah, celui-là ! Quel bonhomme ! Tiens, buvons à son souvenir.

Elle tendit son verre que Pierre lui remplit, et sans attendre qu'il en fasse autant avec le sien, elle le vida.

— Nasdarovie.

— Nasdarovie, répondit-il, soulagé de ne pas boire.

Elle se pencha, à l'évidence un peu ivre, ce qui était une performance étant donné son âge et la dose de Vodka absorbée. Elle s'exprima en baissant la voix.

— Je vais vous faire une confidence qui va vous surprendre. Je peux le faire maintenant que nous sommes vieux, que vous êtes à la retraite et que… et que… tout ça n'a plus d'importance ! Mon beau-père, que j'ai très bien connu, était un homme extraordinaire ! D'abord, comme vous avez pu le voir sur la photo avec Nicolas II, c'était un magnifique garçon ! S'il m'avait demandé d'être sa maîtresse…

À sa manière d'évoquer cet homme, le regard illuminé perdu dans le temps, Gautlot eut le sentiment que cela avait été le cas.

— Quel homme ! Quel…

Elle se ressaisit, consciente d'avoir été trop loin.

— Et quel comédien ! Il a berné tout le monde, son grand copain le tsar y compris !

— Que voulez-vous dire ?

— Que mon beau-père était secrètement du côté des bolcheviks ! Le grand-duc Talaïev ! Vous imaginez !

On aurait donné un coup de poing dans l'estomac du général que l'effet eût été le même. L'idée qu'elle pouvait divaguer l'effleura.

— Comment est-ce possible ! Lui si riche, ayant épousé l'héritière des puits de pétrole de Bakou ! J'ai du mal à vous croire… Nadia. Il a tout perdu et si le gouvernement français…

— Bla bla bla ! coupa-t-elle. Il n'a rien perdu du tout. Il était d'accord bien avant la révolution pour que l'exploitation des gisements revienne au nouvel état.

— Mais ils appartenaient à sa femme !

— Et alors ! ... On avait besoin de ces réserves d'énergie.

— Elle n'a rien dit, elle n'a pas essayé d'empêcher son mari de…

— Pauvre naïf ! Elle n'a jamais su ce qui se passait. Cette satanée gourde, inapte à s'occuper d'autre chose que d'elle-même, est arrivée en France persuadée que les bolcheviks l'avaient ruinée.

— Et le tsar Nicolas…

— ... N'a pas eu le temps de connaître la vérité.

Gautlot, encore sous le choc, réexamina mentalement la chemise annotée : Fédor Talaïev. Homme incontournable dans les rapports entre le gouvernement français et la cour impériale russe, il avait reçu la légion d'honneur en 1918 sur proposition de Stephen Pichon, ministre des Affaires étrangères, tout de suite après sa naturalisation française. Distinction remise par Georges Clémenceau lui-même. On ne comptait pas les éloges sur sa personnalité, les services rendus, les missions diplomatiques menées à bien. Or, d'après les révélations de sa belle-fille, ce noble de haute lignée avait été un espion pour le compte des Bolcheviks ! Totalement incrédible… Si c'était le cas, son fils l'aurait été aussi. Et son petit-fils ? Le patron de la DGSE. ! Cette fois ce fut le général qui prit l'initiative d'une tournée de Standart, la marque de vodka que Nadia avait choisie.

— Nasdarovie !

— Nasdarovie !

Elle jeta le verre par-dessus son épaule, oubliant le cadre dans lequel elle était attablée. Un serveur se précipita pour ramasser les débris et lui en donner un autre. Elle n'y prêta aucune attention, entièrement focalisée sur le visage de Pierre qu'elle scrutait d'une expression cruelle.

— Vous ne le croyez pas, n'est-ce pas ? C'est dur à avaler la présence d'un espion communiste au cœur du gouvernement français, même ancien ?

Il ne répondit pas, hypnotisé par cette femme surgie des enfers d'un autre temps. Elle lui fit signe de s'approcher par-dessus la table tandis qu'elle faisait de même. Sa voix devint presque un murmure.

— Et si je vous donnais une preuve irréfutable de ce que je vous ai révélé ? Hein ? Une lettre bouleversante. Oh, évidemment, ce n'est qu'une photocopie. Vous pourrez toujours dire que c'est un faux. Mais l'original existe bel et bien, en lieu sûr. C'est ce document qui garantit ma survie.

— Le document que Georges Talaïev, ... que de Brincourt recherchait ?

— C'est ça ! Mais cette ordure peut toujours courir... Ramenez-moi à mon appartement. Je vais vous le montrer.

oOo

Un léger vent d'ouest, porteur de délicieuses senteurs marines, caressait la côte en lui apportant la bonne nouvelle du printemps qui s'épanouissait. Le temps était beau, ce sacré temps qui préoccupait les Bretons comme tout le monde, mais eux plus particulièrement en raison de leur rapport viscéral avec la mer. Toute leur vie ils la humaient, la questionnaient, en essayant de deviner ses humeurs, l'aimaient passionnément, même quand l'un des leurs avait fusionné intimement son corps au sein de cette entité mythique. Yann Favier respira avec délice la brise qui nettoyait le terminal de la compagnie Penn Ar Bed à Brest, le débarrassant des odeurs des machines, de fioul, des gaz d'échappement. Il salua quelques Ouessantins qui avaient fait la traversée avec lui, en se dirigeant vers les toilettes où il s'enferma dans un box. S'asseyant sur l'abattant de la cuvette, il retira ses chaussettes avec leurs pastilles émettrices et, après avoir soigneusement essuyé avec du papier le porte-balais pour éliminer son liquide nettoyant, il les scotcha en dessous avec le rouleau préparé dans sa poche à cet effet. Puis, il enfila une paire neuve, dépourvue de ces maudits prodiges technologiques. Il tira la chasse d'eau, alla se laver les mains, et sortit dans la direction des aires d'autobus, cent mètres plus loin. Il contourna celui en stationnement et, prenant soin d'être masqué par la configuration des lieux, il fit un large détour, revint par le côté opposé aux bâtiments de la Penn Ar Bed. Il s'adossa au coin d'un mur d'où il pouvait observer l'entrée des toilettes, et commença à faire semblant de lire son journal. Le bref souvenir de ce vieux truc, employé copieusement dans les films policiers, le fit sourire. Vieux truc peut-être mais efficace, car naturel aux yeux des passants. La concentration due à l'attente mobilisa son esprit. Son observation se partageait entre la vue des sanitaires et le gros titre de *Ouest France* : « L'euro dans la tourmente », titre qui ne le perturbait pas car il le survolait sans le voir, adoptant l'attitude du lecteur absorbé.

Vingt longues minutes grignotèrent ses nerfs pourtant habitués à des situations abracadabrantes. Mais là quelque chose de trop personnel entrait en scène.

Soudain il le vit. Il marchait lentement, relevant épisodiquement la tête, lui aussi, de son journal. Mais Yann devinait sans peine ce qu'il regardait : un écran style iPad posé au milieu du papier où le signal émis par les chaussettes le localisait. En écartant ou en rapprochant les doigts sur l'écran on visualisait la carte géographique jusqu'au plan d'une maison, en passant par les rues d'un quartier, ou les routes de campagne, y compris les chemins.

Affublé d'une casquette, de grosses lunettes aux verres, sans aucun doute, exempts de correction, une vareuse de marin au col relevé, un pantalon chiffonné, chaussé de godasses informes, il se noyait dans le paysage de l'uniformité humaine.

Mais sa silhouette, trop familière pour Yann, l'avait fait tout de suite identifier. Lui aussi s'adossa à un mur non loin de Yann, lui aussi laissa sa tête et un bout de journal dépasser de ce semblant de cachette. Le jeu du chat et de la souris commençait, bien que la souris guettât autant que son adversaire. Yann calcula la durée de sa présence présumée dans les toilettes qui devait approcher les vingt minutes. De quoi intriguer son pisteur et le faire bouger. En effet, après cinq minutes supplémentaires, journal toujours déployé, celui-ci quitta son poste et, cette fois sans tergiverser, alla droit sur le bloc sanitaire. Yann le laissa franchir l'entrée avant de se précipiter à sa suite. Risquant un coup d'œil avant de s'engager dans la salle carrelée de blanc, il le vit, lui tournant le dos, l'air faussement détaché, passant doucement devant les box, les yeux rivés sur l'écran dissimulé dans le journal. Il s'arrêta devant celui où les chaussettes lançaient leur signal. Il poussa la porte, qui par chance n'était pas verrouillée. Avant de la refermer il fut propulsé violemment dans l'encoignure des W.C., l'iPad arraché des mains, et entendit le loquet se rabattre avant de se retourner.

— Yann ! Qu'est-ce qui…

— ... Tais-toi ! C'est moi qui pose les questions. Ne fais pas l'imbécile : je suis capable de te tuer !

oOo

Bien que l'adjudant-chef Cartier eût commencé la poursuite de la Mercedes dès la constatation du décès de Kastler, la voiture avait quand même parcouru presqu'un kilomètre. Elle n'était plus qu'un bouquet de flammes, feu d'artifice sinistre au milieu de la petite route. Le conducteur, disparu dans la lande, avait pris soin d'éliminer toute trace susceptible de l'identifier. Une précaution de bandit professionnel. Cartier transmit par radio la nouvelle situation à tout le dispositif installé aux alentours. On ne recherchait plus qu'un homme dont le signalement ne tarderait pas. Le jeune éjecté de la Mercedes n'était que légèrement contusionné. Son interrogatoire devrait aboutir à des renseignements précieux sur le meurtrier.

Laissant deux de ses hommes pour sécuriser la route avant l'obstacle du brasier, l'adjudant-chef revint sur les lieux du crime. Les gendarmes avaient entouré largement la zone des fameux rubans jaunes noués sur des piquets de fer. Au milieu, Antoine Kastler, éclairé par un projecteur, contemplait le ciel d'un air étonné. L'équipe de la C.I.C. (cellule d'investigation criminelle) venait de quitter Quimper, et l'hélicoptère EC 135, équipé de son puissant projecteur et de sa caméra infrarouge, décollait de Brest. S'engageait une chasse à l'homme impitoyable.

Momo, menotté dans un fourgon, pleurait tout en essayant de répondre aux questions qu'on lui posait volontairement sans discontinuer. Il en était arrivé au point de rupture, le point où un « gentil » gendarme, en le rassurant, obtiendrait ce qu'il voudrait. Cartier allait jouer ce rôle qu'on lui avait réservé. Sans commisération pour quiconque après la mort d'un des leurs, les gendarmes avaient quand même compris quelle était la personnalité de leur prisonnier. Ses papiers d'identité, ainsi que la carte grise de la Mercedes, étaient en règle, et

Marseille ne leur avait communiqué aucune trace d'un délit qu'il aurait commis.

— Laissez-moi avec ce monsieur, s'il vous plaît.

Cartier, après avoir pris possession des documents relevés sur Momo, s'assit en face de lui.

— Calmez-vous monsieur... monsieur Mohamed Aramis, c'est ça ?

Momo hocha la tête, incapable de parler tant ses sanglots l'étouffaient.

— Vous êtes mécanicien à la concession automobile Aubinet, 131 avenue Saint Barnabé à Marseille. C'est dans cet établissement que vous avez récupéré la Mercedes ?

Cette fois la tête fit un signe de dénégation.

— Allez, monsieur Aramis, dites-moi comment vous l'avez eue...

Cartier lui tendit un kleenex dont il se servait pour nettoyer ses lunettes. Le jeune homme se calma peu à peu. Il raconta l'histoire de sa voiture, comment il l'avait restaurée pièce par pièce en fonction de ses disponibilités financières. L'adjudant-chef le laissa expliquer des détails techniques dont il n'avait cure, mais cela permettait à Momo d'évacuer son trop-plein de tension nerveuse. Le gendarme, bouillant d'impatience, faisait semblant de s'y intéresser, et ponctuait d'onomatopées bienveillantes les caractéristiques de la boîte de vitesse automatique et du moteur compressé.

Quand il jugea que son vis-à-vis était à peu près en état de répondre normalement, il enclencha sa mécanique à lui.

— Qui était le passager avec vous ?

— Alfredo…

— Alfredo… Son nom de famille ?

— Heu… je ne sais plus… Un nom en « i »… Il est d'origine italienne.

— Vous le connaissiez depuis longtemps ?

— Non M'sieur. Depuis près de trois mois…

— Comment vous l'avez rencontré ?

Momo relata la première balade dans sa belle voiture enfin réparée et la rencontre avec le groupe d'amis. Cartier notait les détails, l'adresse de son copain à Brignoles, les noms ou prénoms des gens qu'il avait fréquentés.

— Vous êtes devenus amis tout de suite avec… Alfredo ?

— Oui, M'sieur… Il aimait beaucoup ma voiture et il m'a offert des stages de perfectionnement de conduite…

— Ah, bon ! Où ça ?

— Au circuit du Castelet. Il avait des relations et j'ai été bien reçu.

— Et après, que s'est-il passé ?

— Ben… Il m'a demandé de le conduire… pour ses affaires…

— Quel genre d'affaires ?

— Je sais pas trop, M'sieur…

— Allons, monsieur Aramis, ne me prenez pas pour un crétin !

— Mais non, M'sieur, c'est vrai…

— Vous ne saviez pas que vous transportiez de la drogue ?

Cartier avait haussé le ton et Momo replongea dans son désarroi.

— Non, M'sieur… je m'en doutais bien, mais

j'ai jamais vu ce qu'il y avait dans les valises! J'vous jure M'sieur!

— Il te donnait de l'argent pour le conduire?

— Oui, M'sieur…

Le gendarme se reprocha d'avoir tutoyé le gamin malgré lui. Il ne fallait surtout pas rompre le lien fragile grâce auquel la collecte des informations se faisait. Se dessinait le portrait d'un pigeon ayant fait la mauvaise rencontre, mais quelle était la part du mensonge?

— Combien te donnait-il par voyage?

Momo baissa la tête sans répondre. Cartier se pencha vers lui.

— Écoutez-moi bien, monsieur Aramis… Vous êtes dans une situation très grave: transport de stupéfiants, association avec des malfaiteurs, et complicité d'assassinat d'un représentant des forces de l'ordre…

Le jeune homme releva brusquement la tête.

— Il est vraiment mort?

— Hélas, oui. Pourquoi dites-vous vraiment?

— Parce que vos copains, ils m'ont assommé de questions, et j'ai cru qu'ils mentaient…

— Non. Et Alfredo est un assassin, peut-être pas pour la première fois… Pourquoi il vous a éjecté de votre voiture?

— Parce que… Parce que…

Le jeune homme se remit à pleurer.

— Répondez-moi! Je n'ai pas de temps à perdre!

— Parce que… je voulais m'arrêter… quand les keufs… vos copains nous ont braqués… et puis… il a sorti un flingue… il m'a écrasé le pied sur l'accélérateur, il m'a… il m'a aussi braqué… en me traitant d'abruti, et il m'a viré en me poussant avec ses jambes… Je… Je vais aller en prison ?

Cartier, écœuré, lisait la terreur dans les yeux de son vis-à-vis. Une vie de plus gâchée par cette effroyable organisation criminelle qui savait si bien exploiter la naïveté, la bêtise, et bien sûr la pauvreté.

— Évidemment, vous ferez de la prison. Mais si vous continuez à nous aider, on pourra réduire votre temps de captivité au minimum.

— Combien de…

— Je ne peux pas vous dire, coupa le gendarme. Compte tenu que vous n'avez pas de casier judiciaire, que c'est votre premier… faux pas, vous ne moisirez pas longtemps. Il lui faudra un bon avocat, ajouta-t-il en pensée.

La lutte antidrogue se durcissait et les magistrats, à juste titre, alourdissaient les condamnations.

— Monsieur Aramis, reprit-il, vous allez maintenant me faire une description, la plus juste possible, d'Alfredo. Ensuite, dès que la section recherche sera arrivée, on affinera le portrait sur leur ordinateur… Vous avez compris ?

Les yeux perdus vers son triste avenir, Momo acquiesça. Puis il murmura :

— Et ma voiture ? Vous me la rendrez ?

— C'eût été sans problème. Mais…

Momo revint immédiatement à l'instant présent.

— Mais ?

— Votre ami Alfredo l'a incendiée.

— Quoi ! hurla-t-il. Quel salaud ! Pourquoi ?

— Pour ne pas laisser de trace avant de s'enfuir.

L'attitude du mécanicien passa de l'abattement

à la haine. On avait détruit une de ses principales raisons de vivre.

— Je vais vous aider à le coincer, ce fumier !

oOo

Tout était gris. Les nuages, la terre, les bâtiments et l'humeur des hommes, ainsi que leurs costumes. Anouchka tranchait sur l'uniformité par la couleur caramel de son beau manteau de renard et sa toque. Une foule importante, descendue de plusieurs avions aux horaires avoisinants, était retenue aux contrôles par un nombre insuffisant de fonctionnaires. Il était treize heures trente, mais l'extérieur trop sombre rendait impossible d'évaluer l'heure sans regarder une montre. La lumière des néons renforçait l'atmosphère sinistre de l'arrivée à l'aéroport Roissy-Charles de Gaulle. Mais Anouchka ne s'en souciait guerre. Abasourdie par ce départ précipité, elle était aussi anxieuse de l'accueil par les parents de Claude Leblanc. Seraient-ils là d'ailleurs ? Son amant lui avait assuré qu'ils la recevraient chaleureusement. Il ne leur avait jamais présenté une femme en leur disant qu'il voulait vivre avec elle. C'est pourtant ce qu'il leur avait brièvement déclaré au téléphone. Les rudiments de langue française que possédait Anouchka ne lui permettaient pas de saisir les nuances. Aussi n'était-elle pas sûre à la fois de ce qu'elle avait entendu et de pouvoir exprimer ses sentiments personnels.

Ajoutait à son angoisse l'absence de nouvelles de ses parents. Plusieurs fois avec son téléphone portable elle avait essayé de joindre son père.

Sa mère, par souci d'économie, n'en possédait pas. À chaque fois, elle avait laissé un message, lui demandant impérativement de la rappeler. En vain.

Enfin, ce fut son tour de présenter son passeport. Le policier la dévisagea plusieurs fois, examinant entre-temps son document. Puis il consulta une liste de personnes signalées et recherchées. Avant de le lui rendre, il l'interrogea :

— Affaires ou tourisme ?

— Tourisme. Je vais chez amis, Paris.

Puis elle passa le portique et se retrouva dans le hall à la recherche du panneau « bagages ». Il y avait beaucoup de monde autour des tapis roulants. Elle lut attentivement les indications sur les écrans lumineux avant de trouver son vol. Les voyageurs se bousculaient, sans s'excuser, pour attraper leur valise et la poser sur un chariot. Anouchka réalisa qu'elle n'en avait pas. Ne sachant comment s'en procurer, elle s'approcha au plus près du rideau de sortie. L'attente dura un quart d'heure. Quand son bagage apparut, elle fut obligée de pousser carrément le bonhomme devant elle pour s'en emparer. Il ne restait plus qu'à quitter la zone voyageur et identifier les parents de Claude.

Juste devant le sas, appuyé sur la rambarde, un couple d'une soixantaine d'années, vêtu décontracté, tenait un carton sur lequel était inscrit au feutre noir : LEBLANC.

Anouchka, habituée à l'alphabet cyrillique, fit un effort pour comprendre. Mais Claude l'ayant soigneusement décrite, ils lui sourirent avec un petit geste de la main. Les rejoignant aussitôt, elle fut surprise d'être embrassée avant même qu'elle puisse prononcer son nom.

Monsieur Leblanc s'empara de sa valise tandis que sa femme, la prenant par le bras, lui demanda :

— Vous avez fait un bon voyage ?

— Très bien. Merci. Je m'excuse : pas bien parler français !

Madame Leblanc eut un joli rire.

— Nous savons. Claude nous a avertis, euh… il nous a dit. Nous vous apprendrons.

Devant les ascenseurs qui desservaient les parkings souterrains, le téléphone portable de la jeune femme se manifesta par quelques mesures du concerto en *ré* de Tchaïkovski dont elle avait personnalisé le signal.

— *Ah ! Mama ! Kak Pogevaiegh* ? (Ah ! Maman ! Comment ça va ?)

Et monsieur et madame Leblanc assistèrent, très étonnés, à la déstructuration du visage de la belle jeune femme. D'abord une grimace de douleur, puis des larmes jaillirent de ses yeux sans discontinuer, malgré les efforts qu'elle faisait pour se maîtriser. Elle devait poser des questions dont les réponses apportaient une charge supplémentaire de drame. Les gens la détaillaient avec une curiosité malsaine. Doucement les Leblanc l'emmenèrent à l'écart derrière un panneau.

Quand la conversation se termina, Anouchka resta immobile, son téléphone à bout de bras, prise de tremblements convulsifs. Madame Leblanc la prit dans ses bras où elle se laissa aller la tête sur son épaule. Monsieur Leblanc posa sa main sur sa nuque.

— Mauvaise nouvelle, Anouchka ?

— Papa… mort… tué !

— Accident ?

— Niet… Assassin ! Grand danger pour nous…

Beaucoup plus tard, au calme dans le bel appartement des Leblanc rue Monge, lorsque Claude eut longuement téléphoné sur une ligue sécurisée de l'ambassade de France à Moscou, une inquiétude sournoise s'ancra dans les esprits. La vie paisible du couple se perturbait sérieusement.

oOo

C'était un enfer blanc, un espace immatériel dans lequel plus rien n'est contrôlable. L'esprit de Yann, incohérent, fractionné par un sentiment de bouleversement, de violence, d'effondrement aussi, tourbillonnait tel un rat piégé dans une cage de fer. Son poing serrait l'écharpe de son espion, l'étouffant, tout en le plaquant contre le mur. Il ne se rendait pas compte qu'il l'empêchait de répondre aux « pourquoi ? »… « pour qui ? », questions qu'il posait sans discontinuer entre ses dents, autant pour lui-même que pour sa proie.

Hervé Lhostis devenait violet, incapable de desserrer l'étau inouï autour de sa gorge. Quand il commença à s'affaisser contre le mur, Yann sortit de son état et le lâcha. Hervé plaqua ses mains contre le carrelage pour se soutenir et respira, la bouche ouverte, avec difficulté. Le cataclysme perdait peu à peu de son intensité, remplacé progressivement par la reprise de ses facultés. Yann suivait la même évolution. Un long silence leur permit de récupérer leur calme.

Hors du bloc des toilettes ils s'immobilisèrent en apparence indécis. Quelques personnes passèrent près d'eux sans remarquer leur attitude pourtant curieuse.

— Sortons d'ici. Tu passes devant et tu vas vers les quais.

— Tu ne veux pas…

— Tais-toi ! Fais ce que je te dis.

Hervé le dévisagea brièvement et s'exécuta. Ils quittèrent la zone fréquentée par les passagers et s'approchèrent de l'eau.

— Tu es seul ?

— Oui.

Hervé se retourna.

— Quand tu voudras bien m'écouter.

— Non. C'est moi qui pose les questions. Si j'estime que tu te fous de moi, je te tire une balle dans le genou.

— Tu es armé ?

— Oui. Depuis pas mal de temps.

— Et tu me tirerais dessus, comme ça, au sus et au vu de tout le monde ?

— Sans hésiter… Tu dois savoir que j'ai un poste influent, ce qui me permet pas mal de choses… Peut-être toi aussi d'ailleurs, mais je m'en fous… Alors pourquoi tu m'espionnes ?

Les yeux d'Hervé exprimèrent une tristesse infinie.

— Pour te protéger.

— Quoi ? Ta réponse est stupide !

— C'est la vérité, Yann…

Favier, concentré sur le visage de son vieil ami, fut troublé.

— Je cours un danger et tu es chargé de me protéger ?

— C'est ça…

— Pourquoi fais-tu ça en cachette au lieu de venir m'avertir ?

— J'ai des ordres.
— Ah ! C'est intéressant ça. Des ordres de qui ?
Hervé baissa la tête.
— C'est très difficile pour moi…
— Pas pour moi, coupa Yann. Tu racontes tout de suite.
— On connaît ton caractère. On sait très bien que tu n'accepterais aucune aide si tu ne l'avais pas décidé.
— Exact !… Qui est ce « on » qui me connaît si bien ?
— Écoute Yann… Je suis… je suis un honorable correspondant.
— Figure-toi que je m'en doutais…
Leurs regards se percutèrent.
— ... Mais je n'aurais pas pensé que mon frère d'enfance puisse me trahir !
— Je ne t'ai pas trahi !
— Si !… J'ai été obligé dans mes missions d'écraser mes sentiments au profit de mon pays. Mais avec toi, ce n'est pas… Jamais je ne t'aurais fait passer après…
Yann retrouvait sa tension rageuse, et il dut faire un effort considérable pour se dominer.
— Il y a que cette situation… cette mise en jeu de toute notre vie d'amitié qui me…
Il fit un geste d'impuissance et reprit la parole.
— Allez, déballe-moi tout. Qui est ton patron ? Heu… pardon : ton officier traitant ?
— Je ne peux pas te le dire.
Avec la rapidité due à son entraînement, Yann ouvrit son blouson d'une main et de l'autre sortit un pistolet Glock 26. Il ôta le cran de sécurité et le pointa sur le genou de son ami.

— De Brincourt ! cria Hervé, persuadé qu'il allait tirer.

Favier resta un moment dans sa position comme s'il n'avait pas compris. Puis il rangea son arme avec un sifflement d'admiration moqueur.

— Le patron de la DGSE en personne ! Tu en as des relations ! Comment l'as-tu rencontré ?

— En mission dans le golfe Persique. Nous avons…

— Ça m'est égal ! interrompit encore son tourmenteur. Ce qui m'intéresse c'est son bla-bla à mon sujet… Allez !… Allez, et tâche que ce soit plausible !

Lhostis ferma les yeux un instant. Puis il commença.

— Nous sommes en relation depuis longtemps. J'ai travaillé pour ses services avec des résultats qui m'ont valu leur… leur estime. Avec de Brincourt il s'est passé un événement particulier : je lui ai sauvé la mise sur une affaire délicate ! Comme je n'en ai pas profité pour obtenir des faveurs, après quelques mois, il m'a accordé… disons… sa confiance. Ce qui, d'un avis général, est exceptionnel…

— C'est vrai ! ponctua Favier.

— De temps en temps il me passait un petit coup de fil…

— Non ?

— Si ! Et nous échangions quelques propos aimables.

— J'aurais tout entendu dans cette vie !

— Je continue, ou bien…

— Vas-y, excuse-moi.

— Quand l'affaire du noyé russe a commencé, il m'a appelé presque aussitôt et m'a demandé de lui relater tout ce qui me paraîtrait essentiel. Un jour il m'a joint sur mon… récepteur spécial, pour m'avertir que cette histoire était… comment a-t-il dit déjà… anormale. Je devais redoubler d'attention. La semaine suivante il a rappelé. D'anormale, il redoutait qu'elle devienne dangereuse. Il pensait que quelqu'un, un groupe, avait monté cette opération dans le but de détruire les services de renseignements français…

— La DGSE surtout !

— Non. Il m'a précisé que la DCRI n'était pas à l'abri. Puisque tu en fais partie, il m'a demandé de te surveiller étroitement car il était possible que tu fasses l'objet d'un enlèvement. D'autre part, si tu étais filé par quelqu'un d'autre, ce pouvait être très intéressant de savoir par qui. Connaissant bien ta personnalité, il a insisté pour ne pas te prévenir.

— Tu n'es pas tout seul à me suivre ?

— Non, évidemment. Sur l'île, j'ai une personne, et sur le continent, ils sont trois. Tu peux me flinguer le genou, je ne te dirai pas qui…

— Vous avez surpris d'autres suiveurs accrochés à ma piste ?

— Peut-être… c'est tellement bien fait, si c'est le cas, que nous devons être vigilants. À mon avis, c'est pour cette raison que tu ne devais rien savoir. C'est plus… efficace.

Yann quitta les grands yeux bleus qui exprimaient tant de sincérité.

— Ouais, se confia-t-il, il ment très bien, comme tout le monde.

Fixant les vagues assez fortes avec la marée haute, il tenta une synthèse fulgurante de tout ce qu'il avait entendu. De Brincourt était un salopard, un manipulateur, le roi des menteurs, impitoyable et cynique, mais pas un imbécile. Un détail du récit d'Hervé le préoccupait : il avait parlé d'une menace d'enlèvement de sa personne. Donc, l'adversaire, quel qu'il fût, le percevait comme un danger. Rien de tel qu'un bon rapt pour faire disparaître un homme. Si le directeur de la DGSE avait évoqué cette opération c'était soit parce qu'il la redoutait réellement, soit parce qu'il la projetait lui-même.

Favier, à son habitude, eut une réponse immédiate à ses réflexions. Il se rapprocha de son ami.

— Je ne suis pas convaincu par tes explications… De Brincourt est un tordu que je… que je n'aime pas du tout. Il est possible qu'il ait raison, mais il est possible aussi qu'il… qu'il ne joue pas franc jeu… Donc le mieux est de continuer comme il a prévu de faire. Tu ne lui dis rien, tu ne dis rien à tes hommes, vous me filez et vous faites vos rapports. Mais…

— Mais ?

— Tu m'as infligé aujourd'hui une souffrance que je n'ai pas connue depuis longtemps. Tu étais le seul homme dont je n'avais pas douté une seule fois depuis que je suis né. Je veux bien t'accorder un crédit malgré ce que je ressens, mais… si je me rends compte d'une manière irréfutable de ta trahison, je t'abattrai. Je te le jure sur la tête de Catherine.

oOo

Lorsque le taxi s'arrêta au milieu de la rue Daru, madame Talaïev, assoupie, ne fit pas un geste. Le général Gautlot, lui-même fortement embrumé, chercha nonchalamment son portefeuille pour régler le chauffeur. Lequel sortit de sa voiture pour aider la vieille dame à s'extirper de sa banquette. À peine lui eut-on posé une main sur le bras qu'elle se leva brusquement, refusant l'aide que les deux hommes lui offraient. Elle ne titubait pas et attendit Gautlot devant l'ascenseur.

— Eh bien, mon cher, on fatigue ?

La réflexion énerva suffisamment l'officier pour le secouer et évacuer sa torpeur. Il referma la porte de la cage sans répondre, appuya sur le bouton.

— Je vais vous préparer un thé, n'est-ce pas Pierre ?

Il acquiesça d'un mouvement de tête et s'affala dans un fauteuil, son équilibre sérieusement compromis. Furieux de ne pouvoir posséder la vitalité de son hôtesse, il s'efforça de respirer profondément pour chasser les effets de la vodka. En effet, le thé serait le bienvenu.

Elle revient portant un plateau de laque noire décoré de fleurs rouges. Le samovar étant toujours en service, ce que Pierre n'avait pas remarqué, elle ouvrit le robinet et un jus foncé, brûlant, emplit les grandes tasses. L'objet était magnifique. C'était la copie d'un modèle du XIXe siècle, mais il fonctionnait maintenant à l'électricité. Le général se demanda s'il n'avait pas été modifié car il avait capté son attention dès sa première visite dans les lieux, plus de cinquante ans auparavant. Avec ce samovar on pouvait boire du thé chaud toute la journée.

Le breuvage lui fit du bien. Récupérant peu à peu son acuité mentale, l'idée qu'elle avait oublié pourquoi il était là lui vint à l'esprit. Ou peut-être avait-elle changé d'avis. Il l'observa discrètement entre deux lampées. Bien droite sur le rebord de son siège, le petit doigt aristocratiquement tendu au-dessus de sa tasse, le maintien des bras élégant, elle semblait avoir recouvré toutes ses facultés. Elle fermait les yeux à chaque gorgée de thé noir, savourant intensément le liquide parfumé qu'elle devait boire chaque jour.

Elle termina sa tasse la première, la reposa dans le plateau, et se leva sans s'appuyer sur ses accoudoirs.

— Je vais vous le chercher, déclara-t-elle, toujours en russe.

— Quel phénomène, pensa-t-il, admiratif.

Gautlot était un homme en excellente forme, d'une santé robuste. Il n'admettait pas d'être diminué physiquement, même temporairement. Pourtant il aurait pu se disculper facilement : ne buvant qu'un verre de vin de temps en temps au cours de ses repas, la dose d'alcool qu'il avait absorbée ce midi aurait décimé n'importe quel athlète.

— Voilà !

Elle lui tendit une feuille de papier très récente à en juger par l'absence de la moindre salissure sur sa surface. La photocopie montrait un texte en écriture cyrillique, bien formée, tracée par une plume en métal. La couleur de l'encre était bleue. Pierre lut sans difficulté, réprimant son excitation de découvrir quelle était cette missive secrète qui garantissait la vie de madame Talaïev.

Moscou le 1er avril 1922

Mon cher Fédor

Comme tu le sais sûrement, l'Union des Républiques Socialistes Soviétiques est née. Notre dur combat contre les forces impérialistes se termine par une victoire éclatante. Le camarade Staline encourage sans cesse le parti à pourchasser les ennemis du peuple qui tentent, par tous les moyens de saper notre action pour reconstruire notre pays.

À ce sujet, je déplore toujours que la France ait décidé de les aider. Il serait bien que tu surveilles ce capitaine Charles de Gaulle venu sur le territoire polonais entraîner les troupes que nous combattions. Cet homme ne me dit rien qui vaille, et tout ce que tu pourras nous transmettre sur son compte sera très utile.

Merci de t'inquiéter de ma santé. Effectivement elle n'est pas fameuse. Je sens mes forces décliner et dois me préparer au pire. La balle restée dans mon cou me fait souffrir de plus en plus. J'ai vu avant-hier un grand chirurgien qui m'a ôté définitivement tout espoir de la retirer.

J'aimerais bien te revoir, mais les conditions qui faciliteraient cette rencontre ne sont pas réunies, pour le moment.

Néanmoins, je pense souvent à toi, et je te prie de croire à ma reconnaissance pour tous les services que tu nous as rendus.

Ton ami
Lénine

Gautlot, très secoué, relut deux fois la lettre.

Nadia Talaïev l'observait, narquoise. Elle avait bu sa tasse de thé et attendait sa réaction, les mains jointes du bout des doigts, les coudes en appui sur les bras du fauteuil.

Ainsi, les soupçons émis par certains membres des services de renseignements sur les agissements de Fédor Talaïev se justifiaient. L'émigré de septembre 1917 était, à minima, un agent double. Ou tout simplement un espion à la solde des révolutionnaires. Qu'en était-il de son fils et de son petit-fils ? Pour que Georges Talaïev, alias François de Brincourt, cherche à récupérer ce document, c'était bien parce qu'il représentait, à ses yeux, une sérieuse menace. Sinon, depuis longtemps il en aurait révélé l'existence...

Il jeta un coup d'œil sur la vieille dame. Son expression l'irrita. Que dire ? Il se hasarda.

— C'est très surprenant ! Votre beau-père fréquentait Nicolas II, (il désigna d'un signe de tête la photo à côté de la cheminée) et en même temps était ami avec Lénine ! Auquel il a rendu des services !... Je ne crois pas que le ministère de l'Intérieur français, dans lequel il travaillait, ait été au courant de ce... document. Sinon...

— Qu'en savez-vous, mon petit Pierre ? Vous n'étiez pas né et je ne pense pas que votre ministère de la Guerre ait été informé par l'Intérieur en 1922. Il avait d'autres soucis !

Finie la convivialité, l'atmosphère complice du restaurant. Le ton redevenait acerbe, ironique.

— Puis-je garder cette photocopie, euh... Nadia ?

— Certainement pas ! Je vous prie de me la rendre tout de suite !

Une fraction de seconde Gautlot imagina la mettre dans sa poche et prendre congé. Nadia Talaïev n'avait pas les moyens physiques de la reprendre de force. Mais à l'idée de brusquer une femme âgée, il capitula. Et puis, un vague malaise l'envahissait. Non, il valait mieux d'abord rendre compte de sa découverte à la ministre. Après tout, sa mission était officieuse, pour ne pas dire ultra-confidentielle. Il lui tendit la feuille qu'elle s'empressa d'aller ranger dans un tiroir. Elle revint vers lui, et resta debout.

— Je ne vous conseille pas d'aller claironner ce que vous avez vu, Pierre. Vous vous mettriez en danger car, à mon avis, cette petite ordure de Georges se chargerait de vous faire taire définitivement. Si je vous ai montré cette lettre, c'était pour vous faire comprendre qui est réellement mon beau-fils. Pourquoi veut-il ma mort ? Il a continué l'œuvre de son grand-père, de son père et, n'était sa personnalité abjecte, et ses ressentiments à mon égard, je l'en aurais félicité.

Le militaire se leva d'un bloc.

— Comment ? Vous féliciteriez un Français, car il est français, de trahir son pays au profit d'une puissance étrangère ?

Son petit rire fut franchement méchant.

— Pas son pays ! Seulement ces misérables capitalistes qui ruinent leur population, en accord avec leurs acolytes du monde entier !

La colère l'étouffa.

— Je ne peux pas accepter vos propos, madame Talaïev. J'ai passé ma vie à défendre ma patrie, et s'il le fallait, malgré mon âge, je reprendrais les armes. Vous devriez avoir honte de votre attitude envers la France qui vous a fait vivre dans la paix et dans la dignité. Au revoir !

Sans lui tendre la main, il se dirigea vivement vers la porte du palier. Elle l'assassina en lui criant:

— Fais attention de ne pas tomber, petit boy-scout!

oOo

L'hélicoptère EC 135 avait quadrillé méthodiquement le secteur, balayant tout refuge possible de son projecteur et de son système de détection infrarouge.

Sur le terrain, des patrouilles motorisées réveillaient les habitants des maisons isolées dans un secteur logique par rapport au déplacement d'un homme à pied, inspectant tout de la cave au grenier. Les quelques voitures qui se présentaient aux barrages routiers étaient fouillées avec soin. La hargne au cœur, les gendarmes mettaient toute leur ardeur en service pour arrêter l'assassin. Un des leurs avait été froidement abattu, et cela ils ne le supportaient pas. Dans cette situation, les petites phrases qu'ils avaient tous entendues leur revenaient en mémoire: « Ce sont les risques du métier », « Ils savaient bien ce qui les attendait en s'engageant », « Eh oui, il n'y a pas que les contraventions à faire ». Et l'indifférence à leur égard les atteignait davantage par avance.

Le C.O.R.G., le Centre d'Opérations et de Renseignements de la gendarmerie, d'après le portrait robot transmis par la cellule d'investigation criminelle sur les indications de Momo, avait envoyé deux hommes au circuit du Castelet. En effet, on y connaissait bien Alfredo Scorsi. Mais les indications s'arrêtaient là. Un faux nom certainement. Pas de trace de carte bancaire: il payait tout en liquide.

Pas de voiture non plus : il venait toujours dans celles des autres. Un pro. Son portrait-robot envoyé à Interpol, ainsi qu'aux services des carabiniers italiens, devrait apporter des précisions, car il devenait évident que l'individu appartenait à la classe du grand banditisme.

Au bout de quatre heures, l'EC 135 regagna sa base à Rennes. L'hélicoptère avait refait deux fois le plein de son réservoir, son autonomie en vol n'étant que de deux heures dix minutes. À chaque fois de précieux moments perdus pour aller se ravitailler à Brest, c'est-à-dire à dix-sept minutes.

Il faisait maintenant grand jour et les moyens mis en œuvre au sol n'avaient plus besoin de lui.

L'adjudant-chef Cartier enrageait. Il pressentait qu'Alfredo avait réussi à passer à travers leur dispositif. Sûrement doué d'un sens aigu des actions de survie, aidé peut-être par la chance, l'individu pouvait se trouver à trois cents kilomètres de Quimper en ce début de matinée. Tous les moyens seraient mobilisés pour le localiser, mais il devait avoir aussi son réseau pour le cacher, le nourrir et, éventuellement, l'évacuer astucieusement. L'image de son subordonné Antoine Kastler, emballé dans sa housse noire, s'imposa de nouveau à sa mémoire. Elle ne le quitterait pas de sitôt.

oOo

Son regard effleurait bien le troupeau de vaches de temps en temps, mais c'était machinal. La marée d'exaspération qui montait de son plexus jusqu'aux neurones les plus insignifiants de son cerveau empêchait toute image extérieure; et même la clarté de son raisonnement dont il avait tant besoin. De Brincourt était en partie responsable de cet état. En partie seulement. L'atmosphère de la « boîte», irrespirable, était la cause du reste. La vague de soupçons qui avait submergé tout le monde excitait l'agressivité des hommes. De vieilles rancœurs refaisaient surface. Des jalousies s'exacerbaient, allant même jusqu'à compromettre des missions. Une vague scélérate qui, par son ampleur, faisait trembler les bases de la « boîte ». Grimbert en avait averti ses nombreux contacts dans tous les pays avec lesquels il travaillait, mais ses conseils de prudence, très inhabituels, éveillaient la méfiance, l'inquiétude. Ce qui compromettait le bon déroulement des opérations. Exactement ce qu'avait prévu l'instigateur de la copie du traquenard *Viande hachée*.

Il se leva brusquement, bousculant les dossiers amoncelés sur son bureau. Il fallait prendre une décision. Il marcha à petits pas devant la gravure de ses animaux favoris, les yeux fixant le sol.

Tous savaient, par leurs fonctions à la DGSE, qu'on devait rentrer dans le jeu de l'adversaire pour mieux le circonvenir. Mais en l'occurrence, on n'avait pas d'adversaire bien déterminé. Pas encore. L'équipe que Grimbert dirigeait, sans fiche ni rapport officiel, le tenait régulièrement informé des rencontres effectuées par les directeurs de services, ses collègues de tous les jours, y compris Brincourt son patron. Rencontre de Ragueneau à Brest avec son ami le colonel Garoust; rencontre de Gautlot avec ce même Ragueneau; rencontre de Gautlot, d'abord avec la ministre, ensuite avec la belle-mère de Brincourt, du nom de Nadia Talaïev ! Cette évocation le fit sourire. On avait vu le général titubant à la sortie du restaurant *La maison du caviar* en compagnie de la vieille dame.

Il y avait eu d'autres entrevues dont les motivations restaient à préciser. Donc… Il s'arrêta devant son tableau et, cette fois, entra dans son univers paisible qui, quelques secondes plus tard, lui suggéra une décision : prendre du recul ! S'évader quelques jours de la marmite en surchauffe. Construire une action, un plan astucieux. Et l'établir avec une aide puissante, en qui il avait toute confiance.

En allant retrouver Brincourt, qu'il avait quitté vingt minutes auparavant, Grimbert eut une pensée mesquine à l'égard des différents directeurs de la « boîte », incapables de détecter une filature à leurs basques. Il est vrai qu'un bon directeur du renseignement, comme lui, devait fonctionner à un niveau exceptionnel, avec une équipe plus que parfaite. Ce qui était le cas, car il l'avait patiemment entraînée. Avec ses méthodes à lui !

oOo

La pluie fine pénétrait ses vêtements qu'elle portait en plusieurs épaisseurs. Elle ressentait le froid maintenant. Son attente de plusieurs heures, non loin de la gendarmerie route de Plouzané à Saint Renan, estompait son chagrin, tellement elle redoutait de manquer l'homme qu'elle guettait. Quand elle était venue voir son fils, arrêté en situation illégale et menacé d'expulsion, il s'était montré humain. Elle avait senti en lui une sincère tristesse. Il lui avait parlé gentiment et avait hoché la tête quand elle lui avait montré son livret de circulation personnel. Elle n'avait pas tout compris de ses explications, sinon qu'il n'y avait rien à faire pour qu'Anton reste en France. Il devait retourner à Bucarest, dans sa banlieue sordide où ses frères Rom pourrissaient. A sa demande pressente, le militaire lui avait permis d'embrasser son fils et de lui remettre un léger ballot avec son linge, après qu'il en eût vérifié le contenu. Il l'avait même appelé « Madame » lorsqu'elle était partie.

À cinquante ans, elle se sentait vieille et épuisée. Sans pouvoir en analyser toutes les données, la malédiction attachée à son peuple écrasait son moral. Son inculture et ses faibles moyens intellectuels laissaient la place cependant à une faculté intuitive exceptionnelle. Elle réalisait que les hommes de son groupe portaient une responsabilité dans les difficultés incessantes qu'ils subissaient. Elle pensait aussi que leur manière de vivre ne correspondait plus du tout au monde actuel. Ce n'était pas formulé avec des mots précis dans son esprit mais son raisonnement était exactement cela. Pis que tout, ses croyances, sa foi catholique, étaient ébranlées. Son soutien depuis des décennies l'abandonnait. Et maintenant son mari… Ses parents l'avaient choisi pour elle. C'était la tradition. Pourtant, un véritable amour les avait unis, ce qui était loin d'être le cas de ses parentes ou amies. Il ne différait pas tellement des autres hommes au milieu desquels elle vivait, mais il avait su la protéger, elle et ses deux fils. Sans l'humilier, sans la violenter, sans lui imposer une obéissance absolue, de règle dans la tribu. En contrepartie, elle n'avait pas voulu voir ses défauts. Son manque de courage parfois, sa négligence envers les lois, considérant que tous les gadjé ne méritaient pas un intérêt quelconque.

Sans entrer dans les faits historiques qu'elle ignorait, elle connaissait la persécution exercée à leur encontre depuis des siècles. C'était comme ça. En dépit de cette attitude, son mari avait réussi à obtenir pour eux deux un titre de séjour et une autorisation de travail, grâce à un cousin naturalisé français qui travaillait dans une mairie. La France leur avait paru infiniment plus hospitalière que leur Roumanie natale. Et puis, à cause de faits divers déplorables, le ton s'était durci. Ses deux fils, sans papiers, avaient été expulsés, et elle-même, son titre de séjour n'ayant pas été renouvelé, risquait de subir le même sort.

Mais tout cela passait brusquement au second plan de ses préoccupations. Milos, son mari, était tombé malade. Au début, s'autodiagnostiquant une bronchite, il n'avait pas consulté de médecin. En deux semaines son état s'était dégradé rapidement. Il était malgré tout parti avec sa vieille Mercedes pour livrer son stock de paniers en osier qu'un magasin de Brest lui achetait régulièrement, promettant d'aller au passage se faire soigner à l'hôpital. Cela faisait un mois et demi, et il n'était toujours pas de retour. C'était son habitude de partir ainsi, quelquefois pour de vagues destinations, mais jamais il n'était resté aussi longtemps. Elle avait fait téléphoner à la Cavale Blanche, le grand complexe hospitalier, son sabir de français ne lui permettant pas de bien s'exprimer. En vain. Milos Cecouniesku ne s'y trouvait pas. La Mercedes était sûrement tombée en panne et, n'ayant pas beaucoup d'argent sur lui, il devait se démener pour trouver des subsides… Mais quand même… un mois et demi… Elle sursauta : le grand gendarme au sourire triste sortait de ses locaux. Elle se précipita.

— Messiou !… Messiou…

Il lui fit face et mit quelques secondes à la reconnaître.

— Bonjour madame. Que puis-je faire pour vous ?

— Mi mari, très malade… Disparu… longtemps déjà…

oOo

Il s'arrêta sur une aire de stationnement déserte de la N 151. Il dépassait Châteauroux en évitant d'emprunter les autoroutes beaucoup plus surveillées. De toute façon, il ne risquait pas d'être vraiment inquiété. Cet imbécile de Momo, à peine capable de s'exprimer correctement, avait dû fournir un signalement très approximatif de son ami « Alfredo ». Le plus dur avait été d'échapper au projecteur de l'hélicoptère. Avec le VTT qu'il avait eu la chance de voler dans la deuxième maison rencontrée au cours de sa fuite, il s'était jeté derrière n'importe quel obstacle quand le faisceau de lumière se rapprochait. Bien averti de toutes les méthodes de recherche des forces de l'ordre, Alfredo, en réalité Vittorio, zigzaguait sur les routes ou les chemins, longeant les maisons derrière lesquelles il observait la trajectoire de l'appareil. Quant aux barrages routiers, le VTT lui permettait de les éviter. Il avait mis quand même près de deux heures pour parvenir à Quimper et joindre son contact. Maintenant, muni de faux papiers imités à la perfection, il roulait dans une voiture de société, emplie de petits appareils ménagers dont il était censé être le représentant.

La voiture immatriculée à Bourges, une Laguna break, était la voiture de monsieur Tout-le-monde. Ses employeurs pensaient à tout, et des contacts comme à Quimper, il en avait des dizaines près de ses points de livraisons. Seule contrainte : il avait été forcé d'apprendre par cœur leurs faux noms et leurs numéros de téléphone.

La tension de sa course nocturne, cumulée avec la fatigue du temps de conduite, lui donnait une envie de dormir qui, s'il ne s'arrêtait pas, risquait de devenir dangereuse. Le choix du parking était d'une grande importance. La rase campagne exclue, car trop voyante, il rechercha un centre commercial où, perdu parmi des centaines d'autres, son véhicule ne se remarquerait pas. Un panneau « Leclerc 1re à droite » combla ses désirs. Il se gara assez loin de l'entrée de l'hypermarché, sortit un journal qu'il déplia sur son volant, comme un client endormi attendant sa femme et, inclinant légèrement le dossier en arrière, il plongea instantanément dans un sommeil profond.

oOo

La galerie du centre commercial du Val d'Europe grouillait de gens, telle une fourmilière. Ils allaient dans tous les sens, et de leur agitation se dégageait une impression d'incohérence. Lemeniev était en avance pour son rendez-vous qui avait été très difficile à organiser. D'abord, le maire ne voulait pas le laisser partir tout de suite. Ensuite, il s'était démené pour trouver une remplaçante au poste d'Anouchka. Il semblait évident qu'elle ne reviendrait pas. Cette fois il avait choisi avec soin une secrétaire parmi les familles de ses victimes, une belle fille selon ses critères, surtout très obéissante, et apte à satisfaire ses moindres désirs, pendant et après les heures de présence au bureau. Personne n'intervenait à la mairie sur ses embauches de personnel, pourvu que le travail qu'on lui demandait soit fourni.

Il avait eu aussi à définir la logistique de son voyage avec le meilleur point de rencontre possible. Il avait acheté un séjour à Disneyland pour un week-end, promotion oblige, et une de ses maîtresses l'accompagnait en tant qu'épouse comme inscrit dans son faux passeport, au nom de madame Antomonov, nom identique à celui de Lemeniev. Elle l'attendait, recluse dans la chambre d'hôtel.

Il repéra le restaurant où l'on servait à manger toute la journée. À quinze heures les clients étaient plus rares, et il descendit au sous-sol de l'établissement, comme on le lui avait indiqué. C'était une salle colorée dont les murs avaient l'originalité d'être percés de grandes vitres rondes donnant vue sur un gigantesque aquarium. Il s'assit devant une table pour deux personnes au moment où un requin passait, indifférent, lui, aux humains dans leur local empli d'air.

La serveuse vint lui prendre sa commande, elle semblait épuisé. Il précisa qu'il attendait quelqu'un dans un français exécrable mais compréhensible, et demanda une vodka. La pauvre fille, habituée à voir défiler toute l'Europe, même des touristes de Chine et d'Amérique, ne lui accorda aucune attention et partit chercher sa boisson.

Alors qu'il en était à son troisième verre, torturé par l'envie de fumer, son contact apparut. D'une élégance discrète, contrairement aux vêtements informes et démodés de l'archiviste, il s'approcha nonchalant de la table, serra la main de son vis-à-vis, enleva son manteau Hugo Boss qu'il suspendit à une patère, en faisant attention qu'elle soit introduite dans la manche pour ne pas déformer le dos. Puis, il s'assit en relevant légèrement son pantalon. Ils restèrent quelques secondes à s'observer, scrutant respectivement leur visage, en essayant d'y détecter les traces supplémentaires que leur vie y avait laissées depuis leur dernière rencontre.

— Ça fait trois ans ? Un peu plus ?

— Oui, ça environ, dit Lemeniev. Tu vas tout bien ?

— Non. Et je pense que pour toi c'est la même chose.

— Da ! ... Toi commences, ou moi ?

Avant qu'il puisse répondre, la serveuse, conditionnée par des ordres sévères d'efficacité, les abordait. Dès qu'elle eut noté leurs plats et disparu, instinctivement ils se penchèrent l'un vers l'autre, bien qu'aucun voisin de table ne fût dans leur environnement proche. L'homme élégant décrivit lentement, de manière simple pour que le Russe comprenne bien, le bouleversement induit par la fausse opération *Viande hachée*.

— Tu connaissais cet épisode de la dernière guerre ?

— Oui. J'ai beaucoup admiration pour service anglais. Toujours aujourd'hui…

On leur apporta leur déjeuner, ce qui permit à Lemeniev de réfléchir intensément à la situation. Quelqu'un avait deviné. Quelqu'un savait qu'au sein des services secrets français, un de leurs membres influents était l'instigateur d'un énorme réseau de trafic de drogues et d'armes, en relation avec plusieurs pays dont la Russie.

Les deux hommes mangeaient en silence. Même un médium aux dons médiocres pouvait percevoir leur activité cérébrale débridée. Le Russe repoussa son assiette vide le premier.

— Tu as idée qui ?

— Oui. Peut-être plusieurs.

— Ah !... Très mauvais...

— Oui. De ton côté, que se passe-t-il ?

Ce fut au tour de Lemeniev de projeter ses suppositions. Conscient de son handicap linguistique, il allait encore plus lentement que son interlocuteur, et s'assurait constamment d'être bien compris. Il relata les agissements étranges de sa secrétaire et de son protecteur Kabarov. Puis, il déchira un coin de nappe en papier et inscrivit dessus un nom. Il le glissa vers son contact.

— Toi connaître ?

L'homme jeta un rapide coup d'œil autour d'eux avant de déchiffrer le papier. Il marqua un temps, sans pourtant afficher sur ses traits la moindre expression.

— Oui. Et toi, comment le connais-tu ?

Lemeniev reprit le bout de papier, le trempa dans son verre d'eau et, tandis qu'il le pétrissait en boulette, il raconta le sauvetage de Kabarov au Liban par un agent français.

Un grand silence s'ensuivit après son récit.

— Alors ? Toi penser quoi ?

— Les informations se recoupent. Il n'y a pas de hasard…

Il prit une grande inspiration avant de lâcher d'un coup :

— Il faut l'éliminer, tout de suite.

— Bien. Très bon ! Tu peux faire ça ?

— Non. Mais toi, tu vas le faire.

— Moi ? Pourquoi ?

— Personne ne te connaît ici. Ce sera plus facile… Je vais t'aider…

— Et si… pas seul ?

— Justement. C'est une façon de le savoir.

— Non ! Je dis : si moi pas seul pour éliminer ?

— Ah ! Je vois.

— J'ai très bon équipe pour ça. Je fais plus moi seul.

Nouveau silence. Nouvelle réflexion.

— Je préférerais pourtant que tu agisses toi-même… Si tu acceptes, on peut rediscuter tes bénéfices… à ton avantage évidemment.

— Oui… Mais grand danger pour moi…

— Allons, Igor, n'essaie pas de me faire croire que tu as peur.

— Niet… Je dis niet : je fais pas.

— Bon, bon, bon… et si…

L'homme eut un sourire que ses yeux n'accompagnaient pas.

— Quoi si ?

— Si je te donne quelque chose qui te fasse très, très plaisir ?

Les sens de Lemeniev s'excitèrent. Dans leur monde trouble une telle phrase prenait une importance significative. Comme l'attente de la révélation se prolongeait, il émit à voix trop forte :

— Quoi !

Ils regardèrent immédiatement autour d'eux si l'interjection attirait l'attention. Mais personne ne les observait. L'homme se rapprocha encore de l'archiviste pour lui murmurer :

— Anouchka est à Paris… Après avoir rempli ta mission, je te la livre, où tu veux.

oOo

Les jours devenaient nettement plus longs. Les forsythias se fanaient déjà, relayés par les camélias assez tardifs en région Île de France. Le temps était trop pluvieux, il était difficile de bien planter les plates-bandes, et le général Gautlot n'avait pu évacuer sa tension avec son passe-temps favori.

Après le journal télévisé de vingt heures et son flot d'inepties humaines, son dîner expédié sans appétit, sa femme retirée dans sa chambre avec un livre, il allait et venait, attendant que la ministre Berrieux-Mauclair daigne le rejoindre. Son secrétariat avait prévenu : pas avant vingt et une heures. Il était vingt et une heures quarante-cinq. Ne négligeant aucune précaution, il avait demandé à ses anciens services de vérifier si des micros ou enregistreurs n'avaient pas été dissimulés dans sa maison, et des panneaux d'interdiction de stationner étaient disposés pour la soirée tout le long de sa rue. Une camionnette viendrait les ramasser dans la nuit avant que les services de la DDE ne s'en inquiètent.

Il aperçut à travers la fenêtre une voiture qui se garait devant sa porte. Il se dépêcha de l'ouvrir pour accueillir sa visiteuse. Malgré les préoccupations sollicitant son esprit, il nota brièvement qu'elle était resplendissante. Un tailleur noir, fait sur mesure bien sûr, un chemisier de soie gris perle à l'échancrure ornée d'une lavallière noire, les jambes gainées de fins bas noirs, des escarpins assortis, le tout mettait en valeur sa silhouette déjà naturellement belle. Elle lui tendit la main, dégageant par ce geste les effluves de Chanel n°5.

— Pardonnez-moi, général, j'ai été retenue par un cocktail au ministère des Affaires étrangères.

— Ne vous excusez pas, madame, je n'avais rien d'autre à faire que vous attendre. Puis-je vous offrir quelque chose ?

— Merci, général. Mon mari m'attend lui aussi pour dîner et j'ai bien trop bu à cette satanée soirée.

Elle s'assit en croisant ces fameuses jambes qui alimentaient tous les ragots du monde politique.

— Je suppose que vous avez collecté des renseignements de la plus haute importance, puisque vous avez laissé un message.

Il était convenu, lors de leur entrevue précédente, que si Gautlot découvrait des informations capitales, il téléphonait simplement à son secrétariat en laissant son nom. Cela devait signifier la nécessité d'une entrevue urgente.

Le général s'assit à son tour.

— En effet, madame… Le hasard nous a bien aidés. Dans ma jeunesse…

Et il lui conta son voisinage avec la famille Talaïev, ses disputes, les malheurs du rejeton à l'arrivée de la belle-mère, et sa rencontre avec celle-ci la semaine dernière. Elle l'écoutait, très attentive, n'ignorant pas que Talaïev était le nom de naissance de Brincourt, le patron de ses services secrets. Elle resta éberluée quand le militaire révéla la lettre de Lénine à son ami intime, le grand-père de l'actuel directeur de la DGSE, intime aussi du Tsar Nicolas II.

— Mes prédécesseurs ont toujours pensé que ce Monsieur était un agent double. Aussi l'ont-ils toujours utilisé comme tel. Mais ce que vous m'apprenez le classe dans la catégorie « espion, au seul service des bolcheviks »...

Elle s'isola un instant dans ses pensées, et Gautlot attendit respectueusement qu'elle en sorte. Elle se redressa dans son fauteuil.

— Bien. Quelles sont vos conclusions, général ?

Ce fut à lui de rassembler ses idées.

— Et bien… compte tenu de la fausse opération *Viande hachée*, à mon avis destinée à faire sortir la taupe de ses galeries, je crois que De Brincourt est la cible. Nous avons abrité trois générations d'espions. Les deux premières étaient au service des Soviétiques, mais la troisième est d'un genre différent. Grâce à la puissance de ses fonctions, de Brincourt a construit un immense trafic, toujours en relation avec ses amis russes. Enfin, ceux de l'ex-empire rouge, car maintenant le gouvernement lutte de plus en plus durement contre ces fléaux qui torpillent son économie. C'est ce que j'ai cru comprendre lors de mes dernières années de service…

Il se tut, et tous les deux retournèrent à leur méditation. Elle en revint la première.

— Merci de votre précieuse aide, général, hasard ou pas. Dernière question : que suggérez-vous ?

La réponse jaillit sans temps mort.

— Démettez-le de ses fonctions le plus vite possible, et emprisonnez-le au secret, pour un motif d'escroquerie, par exemple.

oOo

La somptueuse maison Igoumnov à Moscou, devenue depuis 1938 l'ambassade de France, bruissait des sons émis par les voix de ses invités. Comme toujours au cours des cérémonies, quelles qu'elles fussent, sauf mortuaires peut-être, les mots prononcés s'assemblaient pour former une ambiance sonore incompréhensible, ponctuée parfois par un rire ou une exclamation. La réception, donnée en l'honneur d'un contrat important entre la France et la Russie dans le domaine de l'aérospatial, se tenait dans la grande salle à manger de la résidence de son Excellence. Les voûtes du plafond, peu élevées, étouffaient sensiblement l'atmosphère. Les discours venaient de se terminer, et la centaine de convives s'agglutinait devant les buffets. Le champagne se déversait maintenant dans les gosiers, assouplissant le côté guindé, adopté systématiquement dans les réunions officielles. Un groupe d'ingénieurs de haut niveau, travaillant sur le lanceur Soyouz trinquait joyeusement en discutant des perspectives que la signature du nouveau contrat leur offrait. Ils étaient fiers de leur machine, leader incontestable du monde des fusées, utilisée même par les Américains.

Claude Leblanc s'amusait de voir ces grosses têtes scientifiques rire et plaisanter comme des adolescents.

La passion de leur métier devait les empêcher de vieillir, ainsi que tous ces chercheurs qui savent que leur vie ne suffira pas pour aboutir leurs travaux.

Il conversait avec ceux qu'il connaissait, se faisait présenter les autres, s'enquerrait de leur situation, les félicitait de leur succès, mais cette façade de convivialité masquait une inquiétude profonde.

Anouchka était terrorisée, même à Paris, après l'assassinat de son père. Tout comme elle, il connaissait l'étendue du pouvoir de Lemeniev, dont les innombrables mercenaires, disséminés en Europe, exécutaient ses moindres ordres. Tôt ou tard Anouchka, sa mère et ses propres parents seraient menacés directement.

— *Vot eda da*! (quelle surprise!)

Une voix dans son dos le fit sursauter. Une masse imposante le frôla pour aller serrer la main de l'homme à qui il parlait. Le colossal Kabarov se tourna ensuite vers lui et le salua avec indifférence ainsi que ses voisins. Mais sa présence inopinée était à elle seule un message. Il s'éloigna, immense iceberg dérivant au-dessus d'une mer de têtes vers le buffet le plus proche.

Claude laissa passer cinq minutes avant de se diriger vers lui, échangeant des propos avec aménité sur son parcours. Lorsqu'il fut à sa hauteur, il demanda au serveur une flûte de champagne. Le temps que celui-ci se retourne, Kabarov en profita pour saisir un petit four et glisser entre ses dents :

— Lemeniev est à Paris.

Avant que Claude saisisse son verre, il était déjà reparti. La nouvelle le traumatisa. Ce n'était pas un hasard. Avait-il déjà localisé la jeune femme chez ses parents ? Était-il seulement à sa recherche, et si oui qui l'avait averti ? Ou bien… Ou bien… Claude but sa boisson à petites gorgées, sans en sentir le goût car trop absorbé dans ses réflexions. Il se remémorait la convocation et l'exposé dans le bureau de Brincourt.

D'après les documents que Kabarov lui avait fait parvenir, par l'intermédiaire du restaurant *chez Georges*, Lemeniev dirigeait ou supervisait un vaste réseau de drogues et d'armes. Etait-ce ce réseau que les papiers du faux noyé de l'île d'Ouessant dénonçaient ? Et son déplacement alors se justifiait par une rencontre avec la fameuse taupe de la DGSE, son complice en France…

Claude reposa sa flûte et quitta la cérémonie sans se faire remarquer. Il rejoignit l'annexe où se trouvait le bureau avec une ligne sécurisée. Son chef hiérarchique, le directeur du Renseignement Léon Grimbert, allait être informé tout de suite. Il prendra les mesures nécessaires pour protéger Anouchka et ses parents.

oOo

Cartier jubilait. Momo venait de se souvenir que, malgré l'interdiction d'Alfredo, il avait pris une photo de son idole avec son téléphone portable. Une photo faite à la sauvette, sur laquelle le labo avait travaillé pour la rendre la plus nette possible. Il y était parvenu au bout de plusieurs heures grâce à son champion en informatique. Momo était formel : le visage d'Alfredo était tout à fait ressemblant. La haine habitait le jeune homme qui se sentait profondément trahi dans son amitié. Il ne pardonnait pas non plus au gangster d'avoir détruit sa belle voiture, chef-d'œuvre de son savoir-faire et de sa volonté. L'adjudant-chef avait habilement exploité ces sentiments, tout en se promettant d'aider Momo, comme il le pourrait, car il avait pitié de lui, sachant que la prison n'améliorerait pas son sort futur.

Par la magie des vecteurs de communications modernes, à peine la photo du bandit était-elle enregistrée dans l'ordinateur de la C.I.C., qu'un geste rageur en forme de clic l'envoyait à toutes les brigades de gendarmerie du territoire, accompagnée du titre : individu dangereux.

Puis, les services d'Interpol furent également prévenus, ainsi que tous les policiers par l'intermédiaire du fichier national de la gendarmerie et de la police maintenant commun.

Cartier suivant anxieusement l'expédition numérique de tous les messages, imaginant leur progression, telle l'irrigation d'un système sanguin envahi par un goutte-à-goutte. Combien de temps cela prendrait-il avant que le plus humble membre des forces de l'ordre soit au courant de cette recherche ?

Moussa N'Diaye poirotait depuis une demi-heure dans le commissariat, mais cela n'entamait pas sa bonne humeur. Le veille au soir, en regardant une émission de télévision, il avait vu un reportage sur Omar Sy, son compatriote sénégalais, devenu Français comme lui. La réussite exceptionnelle de cet acteur, due à son talent, mais aussi à sa généreuse personnalité, lui avait insufflé encore davantage l'envie de se battre pour sortir de sa médiocrité. Moussa avait obtenu son baccalauréat l'année précédente et depuis étudiait en cours du soir pour une qualification de directeur commercial. En attendant son diplôme, il travaillait comme vigile de sécurité à l'hypermarché Leclerc, car maman N'Diaye n'était pas assez riche pour lui payer des études dans une grande école. Elle était veuve depuis longtemps et s'était sacrifiée pour élever dignement ses trois enfants en faisant dix heures de ménage par jour.

Le policier de l'accueil se leva après avoir raccroché son téléphone. Il saisit un papier et le punaisa sur un tableau, déjà encombré d'autres documents, à côté du comptoir qui lui servait de bureau. Un autre gardien de la paix surgit du fond du local et posa une enveloppe devant la place de son collègue lequel, ayant terminé son affichage, la prit et la tendit à Moussa.

— Tiens, les autorisations pour ton patron.

Moussa se leva à son tour pour la prendre.

— Merci, il va être content.

Ce faisant, il regarda attentivement la photo qui venait d'être exposée.

— Qu'est-ce qu'il a fait celui-là ?

— Il a tué un gendarme. C'est un beau salopard, prêt à tuer n'importe qui !

Moussa hocha la tête. Des gars comme ça, il en entendait parler de plus en plus. Même au Sénégal quand il allait voir ses grands-parents qui habitaient une petite ville bien tranquille au bord de la mer.

— Bon, merci. À bientôt !

— Au revoir, Moussa. N'oublie pas de renouveler ta carte d'identité. Elle est périmée dans cinq mois.

— Oui, je vais le faire, merci !

Il enfourcha sa vieille mobylette et regagna son travail. Le temps était idyllique. Pas de vent, un beau soleil dans un ciel dégagé. Il arriva légèrement en retard sur son horaire, mais son patron ne lui fit aucun reproche. Il se doutait bien qu'on l'avait retenu contre son gré, Moussa étant d'une grande exactitude dans ses occupations. Tous les employés du magasin appréciaient sa gentillesse, sa bonne éducation. Ce qui faisait dire à certains :

— Ah, s'ils étaient tous comme ça !

Il troqua sa veste de tous les jours contre celle qui indiquait dans son dos, en lettres blanches sur fond noir : SECURITÉ. Puis, il se posta à l'entrée de l'établissement, comme d'habitude. Il surveillait surtout la « sortie sans achat » où quelques personnes essayaient régulièrement d'emporter des marchandises sans payer. Sa carrure et son mètre quatre-vingt-dix dissuadaient les plus agressifs. Le plus dur pour lui était de prendre un air méchant. Heureusement, les gens n'étaient pas psychologues, car un bon observateur aurait éclaté de rire en le regardant à ce moment-là.

Il fit un bref sourire à Henriette, la jolie caissière en face de lui. Elle le lui rendit, accélérant légèrement son rythme cardiaque. Moussa, très timide, attendait qu'elle précise sans équivoque ses intentions. Il ne voulait en aucun cas se faire rabrouer et déclencher ainsi des rumeurs accusatrices.

Le temps du sourire, l'œil exercé du vigile enregistra un mouvement subreptice de la cliente. Elle avait attrapé une boîte de conserve qu'Henriette n'avait pas comptabilisée.

Dans ce genre de situation Moussa se comportait avec tact. Il n'intervenait jamais devant les clients, s'il pouvait l'éviter. Il laissa sortir la femme sur le parking et la suivit à distance afin de l'intercepter lorsqu'elle ouvrirait sa voiture. C'était sa tactique et elle s'avérait toujours payante. Il vérifiait le ticket de caisse et les produits correspondants, repérait ceux qui n'étaient pas enregistrés et les ramenait dans les rayons. Ce fut encore le cas. Affolée, la pauvre quinquagénaire bafouilla des excuses embrouillées. Moussa prenant son air méchant lui servit son discours, le même pour tout le monde.

— Ne me prenez pas pour un imbécile, madame. Je vous ai très bien vu mettre cette boîte dans votre caddy sans que la caissière la note. Ne recommencez pas, sinon j'appellerai la police.

Dans les rares cas où il avait à faire à des récalcitrants, des jeunes surtout. S'ils étaient à l'extérieur, il les ramenait de force dans le magasin où André, le deuxième vigile, venait l'aider. Après, c'était au patron de décider.

Il prit la boîte de haricots verts et se retourna. Un homme dormait au volant de son break, son journal étalé devant lui. Moussa lui jeta un regard machinal et s'en fut. À peine avait-il fait quelques mètres qu'il se figea. Le visage de l'homme se superposa à celui de la photo au commissariat : les traits correspondaient très bien. L'adrénaline le submergea. Il n'était plus question de quelques petits larcins à régulariser, mais d'un tueur en liberté.

Il se retourna un instant. Le visage de l'homme dans le rétroviseur était dans la même position. Moussa se précipita vers le magasin pour avertir le commissariat qu'il venait de quitter.

Alfredo avait été réveillé par l'altercation entre le vigile et la femme devant le hayon de la voiture juste après la sienne. Il s'était bien gardé de bouger et avait observé la scène entre ses paupières mi-closes. Quand il vit le grand noir passer, s'arrêter et se retourner vers son véhicule, il fut immédiatement en alerte. Sa main glissa doucement vers son arme dans la poche intérieure de son blouson. Mais l'immense bonhomme se mit à courir vers l'hypermarché. Son sixième sens, celui du danger, le prévint encore une fois. Quelque chose d'anormal s'était produit. Dès que le vigile eut disparu, il démarra et regagna la route. Il lui fallait chercher une nouvelle planque. Et vite, très vite.

oOo

Depuis tôt ce matin la météo marine envoyait des messages pour prévenir d'un avis de tempête force 7.

Sur le caillou on savait ce que cela signifiait. Pas un Ouessantin, depuis son plus jeune âge, n'ignorait la fureur du vent, lançant sur l'île des montagnes d'eau. Elles tentaient de détruire les rochers, les phares, les sentinelles de pierre qui bravaient les déflagrations des gerbes monstrueuses et magnifiques. Depuis des siècles ces assauts fascinaient les hommes par leur puissance, offrant un spectacle qui n'était pas à leur échelle.

Terré dans son placard blindé, Yann Favier dédaignait superbement la tempête. Casque avec micro sur la tête, il se concentrait sur la conversation avec son lointain correspondant à l'accent prononcé, et au français tout juste intelligible.

— … On a appelé moi de l'aéroport, dès qu'il est embarqué avec compagne. Elle, rien à voir avec job à lui. Je pense il emmène elle… elle parle bien français. On a suivi eux jusqu'à Disneyland. Là, il est déjeuner sans elle avec un type, on n'a pu voir qui.

— Pourquoi ?

— Je crois il était… déguisé. C'est ça, le mot ?

— Peut-être. Qu'est-ce qui te fait dire ça ?

— Mes deux suiveurs disaient il portait perruque et fausse moustache, avec grosses lunettes. Il pouvait être, heu… chauve. Il avait aussi manteau large… Impossible de savoir il était gros ou costaud. Mais tout ça élégant.

— Vous avez capté leur conversation, ou pas du tout ?

— Pas du tout. Trop loin pour les micros, un bruit fort partout. Mes hommes premier étage, et eux sous-sol.

— Bien. Et après ?

— C'est ça important : le type avec perruque revenu Paris, chez son bureau, à DGSE.

— Tu es sûr ?

— Absolument. Un mes hommes rejoint filature en moto. C'est lui qui finit.

— Et Lemeniev ?

— On suit jour et nuit… Fais attention, beaucoup. Il va venir tuer toi, sûr. Tu dois tirer premier…

— Tu crois qu'il me trouvera facilement ?

— Oui… Il a photo toi… évident.

— C'est vrai… je deviens naïf… J'ai bien sa photo que tu m'as envoyée…

— Prudent Yann ! Très prudent tu dois être.

— Merci Sergueï. Merci tovaritch !

— C'est moi qui dois plein mercis à toi… Tu veux coup de main chez toi ?

— Non, ça va. J'ai ce qu'il faut.

— Yann ?

— Oui ?

— Tu manques à moi. Énorme !

— Moi aussi tu me manques. Je te promets : j'irai te voir bientôt !

— J'achète déjà tonneau de vodka !

Yann fermait son placard quand la sonnette toute neuve, posée la veille, lança ses notes dans la maison. Étant donné l'heure, ce ne pouvait être que le facteur, ou un des quelques rares familiers qui se permettaient de venir sans téléphoner auparavant. Il fit coulisser la paroi décorative sur les portes du placard, et repoussa son lit devant, avant d'aller ouvrir. Marie-Jeanne Lhostis entra, dégoulinante de filets d'eau sur son ciré. Yann redoutait cette visite qu'il savait inévitable. Il s'y était préparé, mais estimait qu'il avait peu de chance d'être crédible aux yeux de sa vieille amie, quant à ses explications.

Il l'aida à se débarrasser de ses vêtements qu'il mit à sécher près du feu dans la cheminée.

— Je t'offre un porto ?

Elle hésita.

— Oui, merci…

— Assieds-toi.

À la façon de se poser sur la chaise qu'il lui avançait, il eut conscience de son extrême tension. Jusqu'à quel degré était-elle au courant des activités d'Hervé, et que lui avait-il dit de leur affrontement ? Yann, habitué à traiter les problèmes bille en tête, décida de mener l'entretien, ne serait-ce que pour essayer de la calmer.

— Je sais pourquoi tu es là. Avant de t'écouter je voudrais te dire que, quel que soit notre différend entre Hervé et moi, tu es et tu resteras mon amie, ma seule amie. Je n'ai que Catherine et toi comme femmes près de moi. *Yec'hed mat !*

Elle fut bien obligée de trinquer, ce qui gagna quelques secondes pour un éventuel apaisement. Elle reposa son verre, émue.

— Qu'est-ce qui s'est passé entre vous ?

Yann soupira malgré lui.

— Il a été chargé d'une mission avec laquelle je ne suis pas d'accord du tout. Et je lui ai reproché de l'avoir acceptée. Je me suis même mis en colère, ce qui ne s'était jamais produit depuis notre enfance.

— Oui, je veux bien le croire. Il en est très triste… Mais ce que je ne comprends pas bien c'est qu'il culpabilise. On peut ne pas être du même avis, se disputer, mais pourquoi culpabiliser ? Je le connais bien, mon bonhomme. Ses décisions sont réfléchies, et s'il commet une erreur, il l'assume… Là ce n'est pas le cas… Je voudrais que tu me dises pourquoi…

Cela faisait mal de la voir atteinte dans son monde à elle, fait de droiture, de certitudes, de dévouements. Alors que le sien baignait dans les pires dépravations humaines. Au fait, et celui d'Hervé ? La question méritait d'être évoquée.

— Connais-tu son travail en ce moment ?

Elle planta son regard limpide dans le sien, forte, déterminée, ce qu'elle avait été toute sa vie.

— Ne me prends pas pour une gourde, Yann.

Bien que vous soyez tous les deux des hommes que j'aime et que j'estime, je sais que vous trempez dans des affaires pas très propres. Pour la bonne cause, bien entendu, et je n'ai pas de doute sur votre intégrité. Simplement, je ne voudrais pas être à votre place…

Yann eut un geste qu'elle interompit d'un mouvement de tête.

— Oui, oui, je sais. Il faut bien que quelqu'un s'en charge, qu'on trempe les mains dans le cambouis pour le bien de la communauté, je connais ces justifications par cœur… Vous oubliez que personne ne vous y oblige, que, même si vous n'en aviez pas conscience au départ, vous pouviez refuser de continuer… Si vous le faites, c'est bien qu'une partie, ou la totalité, de votre personnalité l'accepte. Ne me dis pas que vous avez des moments difficiles, je ne veux pas le savoir… Ce que moi je n'accepte pas, c'est de voir l'homme avec lequel je vis depuis toujours, démoli par mon ami, le sien également, à cause de votre boulot infect. Parce que c'est bien de cela qu'il s'agit, n'est-ce pas ?

Le temps se fractura. Pendant quelques centièmes de seconde, Yann se vit tomber dans une faille sans fond, avec tout ce qui constituait sa solidité, les valeurs qu'il avait toujours défendues. Ah, oui ? Quelles valeurs ? Une femme…, non, pas une femme : sa seule amie femme, en une minute, remettait sa vie en question. Une sentimentalité de midinette pouvait-elle porter atteinte au combat de toutes ces années contre ces forces perverses qui menaçaient des populations entières ?

La jonction avec la réalité se fit tout aussi soudainement. Marie-Jeanne devait rester en dehors de leur « boulot infect », comme elle l'avait toujours fait. Ne pas être dupe de sa part constituait la surprise. Yann rassembla son énergie.

— Oui, tu as deviné, nous nous sommes heurtés à cause de notre « boulot infect ». Mais Hervé a été berné, à mon avis. D'ailleurs, je suis surpris qu'il ait pu l'être. Justement la profonde amitié qu'il me porte en est probablement la cause… Tu dois savoir… non, tu dois ne rien savoir de notre « boulot infect ». Nous devons continuer à le faire pour te protéger. Si, si, te protéger ainsi que notre pays, car c'est notre mission. Oui je sais, cela peut paraître ridicule mais Hervé, et moi, avons décidé de nous engager jusqu'au bout de nos forces dans cette action. Oui, nous sommes tordus, j'en conviens, mais nous nous battons contre des tordus bien pire que nous et, au moins nous, nous ne faisons de tort qu'à eux ! Quant à refuser le travail qu'on nous propose, cela ne nous a jamais effleuré l'esprit… Je sais que les critiques, les rumeurs méprisantes, calomnieuses ne manquent pas à notre égard. Tu n'as sûrement pas réalisé que lorsqu'on donne un ordre à un militaire ou un policier, il est tenu de l'exécuter. S'il dérape dans son action, il est couvert par le supérieur qui lui a donné l'ordre. Ne resteront que les moqueries, les vexations de la part de ceux qui trouvent normal qu'une opération périlleuse réussisse systématiquement. Mais nous, les barbouzes, les forces spéciales, les tordus de service, si ça foire personne ne nous connaît. On nous dénigre, on n'hésite pas à nous classer dans la catégorie des hors-la-loi, voire des voyous. Tu vois Marie-Jeanne, je parle de « nous » en incluant Hervé mon ami, mais aussi mon frère d'arme, alors que nous n'avons jamais combattu ensemble.

— Alors pourquoi ce heurt entre vous ?

— C'est trop compliqué à t'expliquer d'une part et, d'autre part, la déontologie des tordus que nous sommes exige que nos problèmes restent entre nous…

— Même entre mari et femme ?

— Même, et surtout entre mari et femme. On risque notre peau, seuls ! ... Je ne sais pas pour Hervé maintenant, qui est plus ou moins en retraite, mais quelques fois je mets en balance mon existence, imaginant un travail « propre » d'un côté, les enfants que j'aurais eus avec Catherine, la maison accueillant une grande famille pour les fêtes, le respect d'une foule d'amis, et de l'autre côté, ce que j'ai accompli, les dangers côtoyés, les comédies jouées dans l'intérêt de la République, mon « boulot infect » en somme… Eh bien, je ne regrette rien… Gagner contre les salauds reste mon idéal, même si je trempe dans des affaires pas très propres.

Yann sentit que Marie-Jeanne avait évacué sa tension. La tristesse remplaçait l'agressivité dans son expression. Il avait feint d'être blessé par les propos qu'elle lui avait adressés, pour éviter d'aborder la situation. Pourtant, il avait dit une phrase de trop. Elle le lui rappela brutalement.

— Aujourd'hui vous risquez votre peau, Hervé et toi ?

— Pas du tout ! mentit Yann. Je te l'ai dit : nous ne sommes pas d'accord, mais ça s'arrête là.

— Ouais ! Occupe-toi de ton ménage, ta lessive, les courses, et tais-toi ! C'est ton rôle, femme !

— Ce n'est pas ce que j'ai voulu dire… Je vais te faire une confidence : il y a aujourd'hui des femmes, des tordues avec un grand T, qui trempent dans nos boulots pas très propres. Et tu sais quoi ? Elles sont aussi bonnes, sinon meilleures que nous dans leur rôle.

Marie-Jeanne eut un sourire triste.

— Je ne pense pas que ce soit une parité enviable.

Une idée amusa Yann.

— Tu t'occupes toujours d'œuvres caritatives ?

— Oui, hélas de plus en plus.

— Je peux te donner des vêtements, en bon état et propres ?

— Cela rendra service à une famille dont je ne te donnerai pas le nom.

— Alors je vais te les chercher.

Il alla dans sa chambre, ouvrit les portes de sa belle armoire ouessantine, rustique, faite à la main, et empila deux chemises, deux pull-overs, un cache-col, des t-shirts. Pour terminer, il posa sur la pile de linge les chaussettes avec leurs pastilles espion, moins une paire dont il pouvait avoir un besoin stratégique.

— Voilà, ce n'est pas grand-chose, mais je ne m'en sers plus. Celui à qui tu vas donner ça, il bouge un peu ?

— Oui. Il va régulièrement sur le continent pour trouver du travail.

— Très bien ! Ah ! Je dois avoir un sac en papier.

Il jubila en pensant à ses « surveillants » qui, pendant un certain temps, suivraient sur leurs écrans des déplacements sans intérêt. Un certain temps seulement, car la supercherie sera forcément découverte.

oOo

Le moral se situait en dessous de la barre du zéro dans la tête du commandant de groupement, ainsi que dans celle de ses hommes. Le colonel Garoust ressentait la mort de son maréchal des logis-chef comme un échec personnel. Pourtant aucune faute n'avait été commise. La rencontre avec un tueur déterminé contre les forces de l'ordre, bien que prévue parfois, restait encore aléatoire. Il eut une appréhension fugitive car, si les opérations en cours se révélaient très positives, et ce grâce aux documents du faux noyé russe, des éléments de sa compagnie pouvaient encore se trouver face à un autre tueur. À lui de bien briefer ses équipes sur toutes les précautions à prendre, quitte à rabâcher.

Son secrétaire lui apporta le courrier du jour. Parmi les feuillets extraits des enveloppes, à part les rares envois estampillés « personnel », un en-tête capta tout de suite son attention :

AVIS DE DISPARITION

Cela provenait de la brigade de Saint Renan, dirigée par un adjudant-chef qu'il connaissait bien.

« *Est recherché monsieur Milos Cecouniesku d'origine roumaine, âgé de cinquante quatre ans. Il a quitté son domicile aux environs du 15 mars 2011 et n'est plus reparu depuis…* »

Suivait un texte le décrivant et, en bas de page, une mauvaise photo en noir et blanc le représentait, certainement plus jeune d'une dizaine d'années. Garoust l'étudia attentivement avant d'aller quérir un dossier dans son armoire.

Il en sortit les photos mortuaires du Dimitri Tcherkaïev, ramassé noyé sur les côtes d'Ouessant, et les posa autour de l'avis de recherche. Une onde d'excitation se propagea dans son circuit nerveux.

— Cartier ! Vous pouvez venir, s'il vous plaît ? dit-il dans son interphone.

— Alors ? On ne rêve pas, hein ? demanda l'officier à l'adjudant-chef, lorsque celui-ci l'eut rejoint.

— En effet, c'est troublant, mon colonel.

Garoust s'empara du téléphone en consultant son annuaire professionnel.

— Colonel Garoust. Passez-moi Le Graët, s'il vous plaît… Allo, chef, ça va ?… Oui, merci… Pourrais-tu m'amener quelqu'un de la famille du disparu, un certain Milos Cecouniesku ? Oui,… Je l'ai peut-être. Oui, mais… mort ! Il faut l'identifier… Sa femme ?… Très bien. Ce soir ou demain… parfait. Préviens-moi. Merci Laurent.

Il reposa le combiné et tapota joyeusement le bord de son bureau.

— On a peut-être un petit bout de l'énigme ! En tout cas c'est une piste !

Cartier ne voulut pas tempérer l'espoir de son supérieur en exprimant un doute sur l'enquête fastidieuse à mener, si le noyé retrouvait son identité. Quant à Garoust, il ne lui restait plus qu'à transmettre l'info à Ragueneau. C'est-à-dire dans l'heure qui venait, par l'intermédiaire de son appel quotidien. Puisque Monseigneur avait interdit qu'on le sonne !

oOo

En traversant la cour pour rejoindre Ragueneau, le général Gautlot croisa un grand escogriffe moustachu, un casque de moto à la main, lequel sortait de la station Radio Bro. Peut-être du même âge que lui, mais avec des cheveux blancs hirsutes, son visage était vaguement familier. L'homme avait l'air perdu dans ses pensées, et ne lui accorda aucune attention.

Après le sésame : « je viens voir Pierre et André », il fut introduit dans la pièce où Ragueneau l'attendait déjà. Son déguisement n'était pas le même lors de leur entrevue précédente. Il portait aujourd'hui un bonnet enfoncé jusqu'aux oreilles, une fausse moustache, et une fine perruque descendaient des cheveux jusqu'au bourrelet du col roulé. De vieux vêtements trop grands transformaient sa silhouette athlétique en gros bonhomme ventru. Le général sourit, lui qui s'était contenté d'un vieil imperméable et d'un antique chapeau décoloré par la pluie. Une grosse écharpe en laine dissimulait quand même le bas de son visage. « L'homme d'acier » se leva pour le saluer.

— Mes respects, mon général.

— Vos respects sont les bienvenus, mais je crois la formule un peu dépassée aujourd'hui. Voulez-vous bien m'appeler Pierre, mon cher Jean ?

— C'est un honneur pour moi… Pierre.

— Non, prenez-le simplement pour une marque d'estime, et l'abandon de ma part de tout cadre hiérarchique. J'entre dans une phase de ma vie où je découvre l'art, la littérature, le plaisir de ne pas avoir d'horaires à respecter, et aussi l'envie de communiquer avec mes semblables, chose que je ne faisais qu'à travers des ordres. Vous voyez, je deviens aussi bavard avec cette option.

Ragueneau ressentit une émotion à cette description qui s'appliquerait à lui-même dans… pas si longtemps.

— Je suis heureux de vous entendre parler de choses qu'il me tarde de connaître aussi ! Je n'ai fait jusqu'à présent que les effleurer.

— C'est ça : effleurer est le mot juste.

— Voulez-vous boire le verre de l'amitié avec moi ?

— Mais oui, avec plaisir.

L'atmosphère entre eux était nettement plus détendue que précédemment. Ragueneau devina que son visiteur possédait des renseignements l'excluant d'être « la taupe ». Sinon, il aurait été encore sur ses gardes. Ils trinquèrent et, après quelques banalités, Gautlot resta silencieux un court moment, le temps de bien construire ses propos.

— Notre ministre m'a donc chargé, comme je vous l'ai déjà dit, d'enquêter d'une manière générale sur les services de renseignements dont le vôtre.

— « Qu'en termes galants ces choses-là sont dites » pensa le colonel, sachant que seule la DGSE était concernée.

— Par le hasard de la vie, j'ai été l'ami d'enfance de votre patron François de Brincourt, dont vous savez sûrement que le nom de naissance est Georges Talaïev… Or…

Et le général raconta ses aventures pimentées avec la belle-mère du chef des services secrets. Il termina par une phrase ironique.

— Il y avait longtemps que je n'avais pas pris une telle cuite! Enfin, c'était pour le service de la République…

Ragueneau eut un petit rire, vite effacé par l'analyse rapide que son cerveau surexcité effectuait.

— Et vos recommandations à notre ministre sont bien de l'arrêter et de le mettre au secret?

— Oui. Dans les plus brefs délais… Vous n'êtes pas d'accord?

Ce fut au tour du directeur du service Action de rester sans dire un mot. Cela dura un temps anormalement long, ses yeux dans un coin du local visionnant un film tourné par lui seul. Puis, il revint face à l'officier en retraite.

— Il est évident que vos révélations sont… plus que graves… Je ne vous cacherai pas, Pierre, qu'elles rentrent dans le cadre de mes soupçons…

— Mais?

— Je côtoie Brincourt tous les jours, depuis longtemps… C'est un coriace. Si nous l'arrêtons, nous n'obtiendrons jamais ni ses aveux, ni la liste de ses complices, même après des années de détention. On peut aussi récupérer le document en possession de sa belle-mère. Ce n'est pas si difficile. Si nous l'assurons que Brincourt reste en prison, qu'elle ne risque plus rien, sa haine aidant, elle nous fournira la lettre de Lénine… Avec son témoignage sur les activités des deux générations de Talaïev. Si tout ça représente des présomptions de culpabilité, ce ne sont pas des preuves irréfutables. Avec un avocat, même militaire, il s'en tire par une démission assortie d'une confortable retraite… Ce n'est pas ce que nous voulons, n'est-ce pas?

— Non. Mais, en l'arrêtant on décapite son organisation criminelle.

— En êtes-vous si sûr ?

— Il me semble.

— Que vous a dit notre ministre à la fin de votre entretien ?

— Elle m'a dit… qu'elle allait prendre une décision, et qu'elle m'en avertirait… Si elle suit mon avis, je pense que la responsabilité de l'arrestation vous reviendra.

— Oui. Pourtant je ne l'arrêterai pas.

Gaultot essaya de franchir le mur de béton entre le visage de Ragueneau et ses intentions. En vain.

— Alors, dit-il, qu'entreprendrez-vous ?

— Mon cher Pierre, j'ai recueilli de mon côté des éléments importants. Je vais vous expliquer ce que j'ai décidé. D'abord, pardonnez-moi, je veux votre parole que cela restera strictement entre vous et moi !

— Vous l'avez.

Quand Gaultot prit congé, il se dit que si Ragueneau était la taupe, Machiavel était un enfant de chœur.

oOo

Il devait abandonner le break Laguna en premier. Le vigile avait forcément décrit la voiture.

Quand il se sentait menacé, le cerveau d'Alfredo démultipliait sa vitesse d'analyse et explorait les solutions proposées avec la même célérité. Donc, abandonner la Renault et voler une vieille voiture, plus facile à démarrer sans clefs.

Alfredo ralentit à la vue d'un village dont le

panneau indiquait « Ardentes ». C'était le lieu idéal car, dans la campagne, les gens étaient moins méfiants, surtout les propriétaires de vieux véhicules. Il se gara dans une rue déserte et partit vers le centre de l'agglomération, après avoir essuyé soigneusement avec un chiffon toutes les surfaces où il avait pu poser les mains. Tout en étudiant attentivement les modèles qu'il croisait en marchant, la question sur la réaction du grand noir le taraudait. Même si les flics avaient diffusé un portrait robot avec l'aide de Momo, jamais une identification ne se faisait au premier coup d'œil avec ce procédé. Surtout pas avec un vulgaire surveillant d'établissement. Alors ? Existait-il une photo prise à son insu ? Par qui ? Où ? Au circuit du Castelet peut-être ? Pourtant sa vigilance ne s'était pas relâchée dans tous les lieux où il avait traîné, et même en Italie, personne ne pouvait fournir à la police la moindre image de son visage. Il en arriva à la conclusion que seul cet imbécile de Momo avait transgressé son interdiction de le photographier. Une flambée de rage le consuma un bref instant et il se jura de l'éliminer dès que possible.

Une BX Citroën, d'apparence impeccable, s'imposa à son attention. S'agenouillant pour faire semblant de renouer son lacet de chaussure, il inspecta l'intérieur. Aussi propre qu'à l'extérieur. Prenant son minuscule trousseau de passe-partout, il ne lui fallut que quelques secondes pour ouvrir la portière, et guère plus pour faire tourner le moteur et s'enfuir.

Son contact le plus proche se situait à Clermont-Ferrand. Le GPS de son iPhone lui indiqua cent soixante-quinze kilomètres à parcourir. Le niveau de la jauge d'essence était presque sur le repère du plein, ce qui le soulagea. Il calcula qu'il lui fallait au moins deux heures et demie avant d'arriver dans son refuge. Avec un peu de chance la BX ne serait pas déclarée volée avant trois heures, et la Laguna trouvée avant le lendemain. Son moral s'améliora. Dans peu de temps il passerait en Suisse pour se faire oublier un mois ou deux peut-être, et ensuite gagner la Russie ou l'Amérique du sud. Comme la dernière fois lorsqu'il avait abattu ce crétin de carabinier. C'était d'ailleurs un voyage inutile puisqu' aucune piste n'était remontée jusqu'à lui, et que les soupçons s'étaient portés sur un voyou notoire dès le début de l'enquête.

Il atteignit la rue Pascal dans le centre ancien de la ville en fin d'après-midi. Il laissa la BX au bout de la rue du Terrail et revint à pied vers le petit immeuble, face à la bibliothèque pour tous. Un appartement vide était réservé à l'organisation. Il suffisait de demander la clef à l'étage en dessous, en précisant que « Monsieur Vincent avait besoin de se reposer ». Le retraité gardait le lieu en permanence, bien payé pour faire le ménage après chaque occupation. Il ne posait pas de question. Sa seule contrainte consistait à signaler les présences dès leur arrivée à l'autorité fantôme qui le rétribuait.

Alfredo, épuisé nerveusement, s'écroula sur le lit dans la chambre aux stores baissés. Son contact ne tarderait pas à le visiter et, s'il devait partir dans la nuit, il était préférable d'être en forme.

Se sentant en sécurité, il s'endormit, occultant la faim tenaillant son estomac depuis plusieurs heures.

Des légers coups sur son pied effacèrent brutalement le rêve stupide de son inconscient. Instantanément réveillé, il se redressa, aveuglé par une puissante torche.

— Ne bouge pas, lui intima une voix à l'accent slave.

L'esprit en alerte, il s'assit doucement en s'appuyant sur les bras, la main droite à quelques centimètres de son arme, sous le traversin. Puis il sourit, s'efforçant d'avoir une attitude la plus tranquille possible.

— Serge est là ? demanda-t-il.

— Non, il n'a pas pu venir et nous a dit de le remplacer.

Quel était cet accent ? Roumain ? Russe ? Malgré l'éclat de la lampe, Alfredo devinait un second homme, immobile derrière l'autre.

— Bon. Alors, quel plan est prévu pour moi ?

— Il est assez simple. Tu as foiré une opération juteuse et toute la police française est à tes trousses.

Effectivement le plan se résumait à un simple mot : exécution. Il fallait gagner une ou deux secondes, le temps d'attraper son pistolet en roulant sur lui-même et tomber à l'abri du lit. Il réussit à rire.

— Je me suis fait piéger et Serge doit le comprendre. Si vous m'aidez à passer la frontière suisse, j'ai de quoi vous payer, largement.

Il y eut un silence qui redonna espoir à Alfredo.

— C'est quoi largement ? questionna l'homme-torche.

— Deux kilos d'héroïne que j'ai sauvés du traquenard… Ça vous va ?

Nouveau silence. Ah, le bouchon avait une touche.

— Ils sont où ?

— Dans mon sac, sous le lit, devant toi.

— Bien.

L'homme donna la torche à son compagnon avant de se baisser. C'était le geste qu'Alfredo espérait. Avant même que la torche change de main, il empoignait son arme et roulait en tirant au jugé. L'homme debout s'effondra et l'autre en se relevant reçut deux balles dans la tête. Haletant, Alfredo attendit longtemps que ses agresseurs fassent un mouvement. Le faisceau de la lampe éclairait des morceaux des deux corps, desquels un filet de sang coulait. Il rampa sur le lit dans leur direction, son pistolet braqué en avant. Comme rien ne se produisait, il se risqua à déborder sa tête dans le vide et ramassa vivement la lampe. Le rayon qu'il promena sur eux le rassura. Il se leva, prit leurs armes, vérifia sur leurs carotides que les cœurs ne battaient plus.

En les fouillant, il trouva la carte grise d'une BMW avec son contrat de location, un permis de conduire, et deux passeports bulgares. Consultant sa montre, il était une heure trente-cinq du matin, Alfredo estima qu'il pouvait franchir la frontière helvétique avant le lever du jour. La BMW était sa carte de sortie. Il but de longues rasades d'eau au robinet de la salle de bain pour calmer sa faim et descendit silencieusement dans la rue à la recherche de la voiture miraculeuse.

Maintenant, il avait aussi l'organisation à sa poursuite car il était devenu un danger pour elle, il devait disparaître.

oOo

Le colonel Garoust, sorti dans la rue cinq minutes avant son rendez-vous téléphonique avec Ragueneau, s'efforçait de tempérer son impatience. Il n'évoluait pas dans l'univers du secret et, bien que flatté de collaborer à cette vaste opération, la communication à sens unique l'énervait. Surtout les « oui » ou « non » qu'il répondait aux questions sans aucun commentaire. Cette fois il serait bien obligé de faire une phrase, même brève, car son information aurait des répercussions. Il remonta la rue de Glasgow où la circulation était peu dense, et dans laquelle il risquait moins d'être abordé par un de ses hommes. À dix heures précises la vibration du mobile spécial chatouilla sa paume.

— R.A.S. ? dit la belle voix de Ragueneau, remplaçant pour la première fois une question compliquée, par une abréviation.

— Heu... si !

— Ah ! ...Important ?

— Très.

— Allez-y.

Le tutoiement était banni depuis le départ. En cas d'espionnage cela évitait de chercher les relations proches.

— Identification du noyé en cours.

Ce qui provoqua un silence.

— Résultat top secret, finit par dire Ragueneau.

— Ah !... Des contreparties seront nécessaires probablement.

— Tout ce que vous voulez, mais raisonnables.

— Sur quel budget ?

— Le mien.
— Oui, mais comment ?
— Je vous le dirai. Au revoir.

Et il ferma son téléphone. Garoust réfléchit un instant. Sans aucun doute, Ragueneau s'attendait à cette annonce. Comment expliquer autrement le « top secret » ? Cela soulevait beaucoup de questions encore une fois.

À neuf heures le lendemain matin, il reçut madame Cecouniesku, accompagnée par l'adjudant-chef Le Graët et son adjoint, devant l'entrée du funérarium de l'hôpital Morvan. La gitane était élégante à sa manière, et l'officier, en lui serrant la main, pensa qu'elle avait dû être une très belle femme. Un mélange de tristesse et d'hostilité habitait son expression. Son maintien, un peu affaissé, était imprégné de lassitude.

— Merci d'être venue, madame. Si par malheur vous reconnaissez le corps de votre mari, je vous emmènerai ensuite dans mon bureau pour… heu… régler des démarches administratives. Ensuite, bien évidemment, nous vous ramènerons chez vous.

Le Graët fut surpris par la proposition de son supérieur, mais se garda bien de faire un commentaire.

Une table roulante en acier chromé se tenait au centre de la salle du médecin légiste. Un drap blanc recouvrait le corps allongé dessus. Ils s'approchèrent en encadrant madame Cecouniesku. Lorsque le préposé releva le drap, elle poussa un cri terrible et faillit tomber. Les gendarmes la soutinrent. Elle pleura à gros sanglots un long moment en cachant ses yeux. Les hommes respectaient son chagrin, ne doutant plus de l'identité du mort. Mais le règlement imposait quand même la question rituelle. Quand ses pleurs se furent un peu calmés, Garoust la lui posa.

— Madame, reconnaissez-vous votre mari Milos Cecouniesku ?

Incapable de répondre, elle hocha vigoureusement la tête. Puis elle s'avança, déposa un long baiser sur le front blême et, appuyant les avant-bras sur la poitrine de son mari, elle ferma les yeux en se signant. Elle pria intensément à mi-voix dans une langue incompréhensible. Emu, impressionné, le groupe attendait respectueusement. Enfin elle se releva, caressa tendrement le visage du cadavre et le recouvrit soigneusement avec le drap. Elle regarda Le Graët pour lui signifier qu'elle en avait terminé, et ils prirent la direction de la sortie.

Garoust avait demandé qu'on le laisse seul à seul avec elle dans son bureau. Il l'avait installée dans son propre fauteuil, de loin le plus confortable des sièges de la pièce. À l'évidence, la gitane était épuisée. Elle regardait le sol, affaissée sur elle-même, n'attendant plus rien de la vie.

— Puis-je vous offrir quelque chose, madame ?

Elle sursauta et ramena son regard vers lui. Elle scruta son visage, ses yeux et, comme il souriait, elle se dérida légèrement.

— Moi, j'ai faim, soif, dit-elle.

— Très bien. Voulez-vous un sandwich, de l'eau et du café ? J'en prendrais bien avec vous.

— Oui, messiou. Merci.

Trop heureux d'avoir gagné un petit pas vers le fouillis à régler, le gendarme donna ses ordres.

— Vous avez de la famille à prévenir, madame ?

— Oui. Mi filios en Roumanie.

— Si vous me donnez leur adresse, je les contacterai.

La surprise s'afficha sur ses traits bouleversés. Qui était cet homme aimable, poli, qui voulait lui rendre service ? En dehors du grand triste qu'elle connaissait, les contacts avec les autres porteurs d'uniforme avaient toujours été détestables, parfois brutaux.

— Sais pas écrire, Messiou… Le grand messiou avec vous connaît.

— Je lui demanderai, n'ayez crainte.

On apporta un plateau avec le sandwich et les boissons.

— Servez-vous, madame.

— Merci messiou.

Elle se jeta carrément sur son jambon beurre. Garoust eut la certitude qu'elle n'avait rien mangé depuis au moins vingt-quatre heures. Il la laissa tranquille en faisant semblant de s'affairer dans un dossier. Quand elle eut fini, il revint s'asseoir en face d'elle et prit son gobelet de café.

— Vous avez l'intention d'enterrer votre mari dans quel pays ?

— Ici, messiou. Pas d'argent pour ça… Rien… Mi amis aider moi, très fort.

— Nous aussi, on peut vous aider, madame.

— Comment ça ?

— Eh, bien… C'est difficile de vous l'expliquer, mais votre mari nous a rendu service, autrefois…

Elle se redressa sur son fauteuil, stupéfaite.

— Dans quoi je m'embarque, pensa Garoust.

Il enchaîna à haute voix.

— Oui, peut-être ne vous a-t-il rien dit, mais

quand nous avions un problème avec… pour comprendre un des vôtres, il nous servait de traducteur. Ce qui nous a évité bien des erreurs.

Il vit qu'elle réfléchissait à la vraisemblance de ses arguments. Son mari ne lui disait pas tout ce qu'il faisait, loin de là. Aider les Roumains clandestins ? Pourquoi pas. Dans ce cas, l'attitude du bonhomme était normale. Enfin… presque.

— Votre mari était un brave homme, m'a-t-on dit.

Phrase qui eut pour résultat de la replonger dans son chagrin. Voyant les effets de sa bévue, Garoust se dépêcha d'inventer la suite.

— Donc, si vous êtes d'accord, je peux prendre en charge l'enterrement. Nous lui ferons une belle cérémonie.

Perplexe, elle le fixa, évaluant s'il disait la vérité.

— Y… Mi filios ? Pas d'argent, pas autorisation pour venir pour papa mort…

— Je peux arranger ça aussi…

— Vous dire vrai, messiou ?

— Je sais que vous être croyante, madame Cecouniesku. Alors je vous jure sur la tête de mes enfants que je ferai revenir vos fils pour l'enterrement de leur père.

Oubliant toute réserve, elle se leva brusquement et, attrapant la main du colonel, elle l'embrassa avec ferveur.

— Je vous en prie, madame, je ne mérite pas ça.

Gêné, il retira sa main pour la cramponner à son gobelet. Fugitivement, il se remémora les funérailles du commandant Martin à Huelva, conclusion ironique de l'opération *Viande hachée*. On ne pouvait enterrer

Milos Cecouniesku avec l'inscription Dimitri Tcherkaïev sur la pierre tombale. Dans la tribu gitane les jeunes savaient tous lire, et ce serait attirer l'attention sur un fait qui devait demeurer secret. Mais alors, comment organiser l'inhumation du faux russe sans son cadavre ? Garoust, cyniquement, rejeta le problème en se disant que Ragueneau n'avait qu'à se débrouiller. La gitane attendait avec déférence qu'il sorte de ses pensées.

— Il y a toutefois... Je vous demanderai cependant de ne pas dire... de ne dire à personne, pas même à vos enfants, que nous... que la Gendarmerie nationale vous a aidée.

À la façon dont le visage de la femme se transforma, Garoust s'attendit au pire. Intuitive comme toutes les femmes, Rom de surcroît, elle avait compris que quelque chose n'était pas logique. Le fait de payer l'enterrement de Milos et faire venir ses fils, de la part d'une corporation qui constamment les surveillait, n'entrait pas dans le cadre des relations habituelles. Et tout cela ne devait pas se savoir ? C'était plus que louche ! Sans chercher à comprendre les raisons de cette histoire, elle voulut tester jusqu'où elle pouvait pousser ses avantages.

— Possible messiou vous donnez mi filios et moi titre séjour pour rester ici ?

Voilà, le marchandage commençait. Mais comment faire autrement ? Si les journalistes apprenaient qu'on avait donné de l'argent aux gitans pour payer une cérémonie funéraire dans les règles, leurs investigations remonteraient inévitablement au noyé russe avec sa mallette.

Le colonel prit son ton de voix le plus méchant.

— Écoutez-moi bien, Madame Cecouniesku : je vais essayer d'avoir le titre de séjour pour vos deux fils et vous. Je dis bien : essayer… Je pense quand même y arriver. Mais si vous dites un seul mot sur l'aide que je vous apporte, je vous arrête et je vous mets en prison ! Vous choisissez : un bel enterrement gratuit, vos fils près de vous, sans parler, ou bien vous racontez tout et c'est la prison !

— Non, non, implora-t-elle affolée, moi rien dire. Juré, messiou.

Elle se signa trois fois. Rassuré, Garoust se détendit, pas vraiment fier de lui.

oOo

Conscient que sa fausse épouse attirait trop les regards, en arrivant au Conquet, Lemeniev l'emmena au Comptoir de la mer rue du lieutenant Jourden. Il leur était nécessaire de changer de vêtements. Avant de quitter Disneyland, il avait fait une recherche complète des lieux où il devait se rendre et retenu successivement une chambre au Relais du vieux port, pour Le Conquet, et une à l'hôtel *Roch ar Mor* sur Ouessant. Il arrivait à lire le français sur son ordinateur portable équipé d'une clef 3 G, beaucoup mieux qu'il ne le parlait. Doué pour les langues, il pratiquait couramment l'arabe, l'anglais, l'espagnol, avec un peu de temps il aurait eu une bonne connaissance du français qu'il assimilait très bien. Sa femme d'occasion, elle, le possédait entièrement puisqu'elle avait été prostituée en France dès son adolescence. Mais une prostituée de luxe, essentiellement exploitée dans les cercles politiques. À trente-cinq ans, elle était encore plus que séduisante et elle avait ce don particulier d'exciter Lemeniev, car, il le savait, elle aimait être traitée avec une alternance de violence et de fausse innocence. Il se servait d'elle comme il en avait envie, à n'importe quel moment et dans toutes les situations, même les plus bizarres.

Mais justement, la forte sensualité qu'elle dégageait la faisait remarquer par les hommes qu'elle croisait, et c'était impensable pour l'action à mener sur l'île. Madame et Monsieur Lemeniev-Antonomov devaient passer pour ces nouveaux touristes russes qui, maintenant, se déplaçaient de plus en plus en Europe. Ce devait être l'apparence officielle pour l'hôtel. En revanche, dans la rue il ne fallait pas se démarquer de la population locale et ça c'était beaucoup plus difficile. Lemeniev procéda en deux temps. Il acheta d'abord pour lui une vareuse bleu marine, un pantalon rose saumon que lui conseilla le vendeur, un bonnet en coton noir et des boots imperméables. Ensuite, il alla voir débarquer les gens qui venaient de Ouessant et Molène. Il resta longtemps à étudier les tenues de monsieur et madame tout le monde. Quand il eut bien noté l'apparence des vêtements ordinaires et l'âge de ceux qui les portaient, il alla prendre sa compagne Katia à l'hôtel. Ils partirent à la recherche d'un magasin vendant des affaires quelconques. Ce ne fut pas difficile à trouver. Une fois sûrs de leurs achats, ils revinrent dans leur chambre et Lemeniev s'amusa à posséder Katia dans chaque vêtement qu'il lui avait acheté, c'est-à-dire débraillée et dans toutes les positions qu'il lui ordonnait. Il n'osa pas la fouetter avec sa ceinture pour ne pas attirer l'attention des voisins par le bruit.

Le lendemain matin, après avoir quitté l'hôtel, ils se cachèrent derrière les bâtiments de la compagnie Penn ar bed pour la séance transformation. Pour monsieur, fausse barbe, fausse moustache, perruque grise à cheveux longs dans le cou, lunettes à double foyer, mais sans correction. Pour madame, absence totale de maquillage, petites lunettes demi-lune, perruque brune classique. Un imperméable bon marché recouvrait une robe beige assez longue. Elle était chaussée de bottes en cuir très vilaines.

Ils embarquèrent sur le *Fromveur* en ayant le sentiment d'être fondus dans les voyageurs. Effectivement, personne ne fit attention à eux. La beauté de Katia avait disparu, et le sexagénaire barbu qui l'accompagnait ne pouvait être que son père.

À l'arrivée au port de Stiff à Ouessant, ils montèrent dans le bus pour Lampaul, évitant de prendre un taxi pour empêcher toute mémorisation spéciale de leur présence. L'hôtel *Roch ar Mor* les accueillit gentiment. Ce fut Katia qui prit l'initiative des dialogues pour l'inscription à la réception, et ses modalités. Lemeniev avait choisi une belle chambre avec vue sur la mer, en demi-pension. Il envisageait de traîner seul dans le bourg pour détecter sa cible et le déjeuner, pour lui, se résumait en un sandwich. D'après ses renseignements, Yann Favier partageait sa vie avec une femme nommée Catherine, boulangère à Lampaul. Cela ouvrait peut-être une perspective de piège.

Après avoir accroché sa nouvelle veste molletonnée à la mode du troisième âge et son bonnet, il sortit la pochette contenant son Walther P99, fourni par son contact rencontré au Val d'Europe. Ce pistolet de prestige en polymère était son préféré. Il détenait dans sa datcha tout ce que l'industrie de l'armement avait pu produire en la matière. Ce Walther, avec un compensateur de recul intégré, était extrêmement précis. Moins assidu qu'auparavant au stand de tir, l'archiviste demeurait encore un excellent tireur.

Pendant que Katia compulsait son magazine de mode, il démonta l'arme, plus par principe que par nécessité. Ce faisant, il sentit naître en lui la fièvre du chasseur qu'il n'avait pas connue depuis longtemps. Ses émotions se limitaient à sa soif de pouvoir, d'argent, à ses pulsations sexuelles, au plaisir pervers de détruire, avec sadisme si possible. Ses seules et rares bouffées d'affection étaient réservées à cet homme qu'il voyait une fois tous les deux ou trois ans, et dans lequel il avait toute confiance, l'unique dans sa vie de solitaire. Il sourit en revoyant mentalement son physique grotesque dans le restaurant. À chaque entrevue, il était surpris par un aspectmirobolant, ce qui l'amusait beaucoup. Quelque chose qui ressemblait de loin à un attendrissement passa rapidement dans sa tête, tandis qu'il remontait le pistolet.

oOo

— Ragueneau, peux-tu venir tout de suite, s'il te plaît ?

— J'arrive.

Le directeur du service Action se flatta d'avoir bénéficié d'une formule de politesse à la fin de l'ordre. Ce n'était sûrement réservé qu'à lui. Il éteignit l'interphone, ferma son bureau à clef, et rejoignit Brincourt. Celui-ci était déjà entouré de Grimbert et de Soufflot, le directeur du service Stratégie. Ce petit bonhomme rigolard avait le don d'exaspérer le directeur général, mais pas pour les mêmes raisons que Grimbert : il avait une imagination démoniaque, dépassant de loin celle de sonsupérieur, pour échafauder des plans astucieux. La situation devait être importante pour qu'ils soient tous trois réunis. Accoutumés aux humeurs belliqueuses du chef, ils attendirent sagement le motif de la réunion au sommet. Ce ne fut pas long.

— Hervé Lhostis, l'Ouessantin, a disparu.

Le fait était grave, mais déjà par le passé d' honorables correspondants s'étaient fait capturer afin, la plupart du temps, de servir de monnaie d'échange.

— Sa femme vient de m'appeler, ce qui en soit est aberrant. Lhostis lui a laissé ma ligne directe sur un papier, en précisant que sa vie dépendait de ma venue sur l'île ! Bordel ! Qu'est-ce que c'est que cette couillonnade ?

Étant incapables de lui fournir une réponse, ils lui laissèrent le soin de se répondre à lui-même.

— Je ne céderai à aucun chantage, vous le savez. L'affaire du noyé russe devient encombrante pour nous. Si nous en tirons des bénéfices en démantelant des réseaux de trafics, nous sommes toujours empoisonnés par la présence supposée d'une taupe. On veut me contacter personnellement ? Pour marchander la vie d'un correspondant contre quoi ? Hein ? ... Vous pouvez vous impliquer pour trouver une idée ?...

Le bouillon à idées frémissait, mais le point d'ébullition demandait un peu de temps pour être atteint. Ce fut Grimbert qui émit la première bulle.

— À mon avis, les ravisseurs veulent négocier la vie de Lhostis contre une information capitale que nous sommes censés détenir. Ou alors, en échange de l'arrêt des opérations engagées contre les réseaux, mais ça me paraît peu probable. De toute façon, monsieur, je vous déconseille d'établir le contact vous-même.

Il ne se fit pas rabrouer, c'était déjà un point d'acquis.

Soufflot hésita, changeant de position sur sa chaise, puis se lança à son tour.

— Je sais que vous ne devez pas servir de chèvre, Patron, vu votre poste, mais au fond qu'est-ce que vous risquez ? Un individu va vous rencontrer physiquement et vous soumettre ses exigences, quelles qu'elles soient. Nous sommes suffisamment organisés pour contrôler cette manœuvre. On ne va pas vous abattre dans la rue, et le type n'a plus aucune chance de nous échapper. Grâce à lui, on remontera plus haut s'il s'agit d'un groupe. Ce que je crois. Dans la configuration actuelle, ce n'est pas un homme seul qui se manifeste.

Il se tut, et Brincourt laissa son regard sur lui un bon moment avant de se tourner vers Ragueneau.

— Qu'en penses-tu, Jean ?

Décidément, c'était un jour à marquer d'une croix pour le directeur du service Action.

— Je suis sur la même longueur d'onde que Soufflot. Tu ne risques rien et, crois-moi, ta protection sera parfaite. Nous ne pouvons que découvrir des choses intéressantes dans cette histoire. Je sais : vu ta position de directeur général, c'est un peu humiliant de servir d'appât. Tu as passé l'âge pour ce genre de rôle. Si je pouvais te remplacer, je le ferais volontiers… Je ne pourrais que t'accompagner, de loin, avec nos meilleurs hommes… Après l'entrevue, on pourra quand même se faire un bon homard à l'armoricaine !

Contre toute attente, Brincourt se dérida. Il afficha un petit sourire, véritable performance pour une réunion. Il attendit encore quelques secondes avant de prendre la parole.

— D'accord, je piétine ma fierté. On va y aller. Mais je vous préviens : si les conditions ou revendications sont impossibles à satisfaire, la vie de Lhostis ne pèsera pas lourd.

À six cents kilomètres du bureau de la DGSE, Marie-Jeanne pleurait dans les bras de Favier. Il n'arrivait pas à la consoler. Elle alternait des crises de reproches, l'accusant de lui avoir menti sur la gravité des risques encourus, avec des expressions de désespoir profond. Il encaissait l'orage, attendant qu'il s'apaise. Lorsque ce fut le cas, il lui détailla comment, à son avis, le sort d'Hervé évoluerait. Dès que l'homme qu'elle avait joint au téléphone serait venu et reparti, ceux qui le détenaient le relâcheraient, sans dommage. Elle ne le crut qu'à moitié et refusa qu'il la raccompagne à son domicile. À l'issue de ce drame, elle était bien décidée à interrompre, coûte que coûte, les activités troubles de son mari. Elle ressentait à son égard une honte destructive, remettant son couple en cause pour la première fois depuis le début de leur longue vie commune.

oOo

Le Jura était encore enneigé par plaques et un épais brouillard estompait les paysages, faisant surgir çà et là des bouquets de sapins, silhouettes figées évoquant des militaires au garde-à-vous.

Alfredo avait perdu un temps considérable en évitant les autoroutes, et une lueur à l'Est annonçait l'aube. Il avait été obligé de prendre de l'essence aux environs de Bourg-en-Bresse, à la seule station ouverte et d'acheter deux sandwichs dévorés en conduisant. Le paiement en argent liquide n'avait éveillé aucune méfiance de la part du pompiste. Alfredo avait récupéré pas mal d'euros dans les poches de ses deux victimes ce qui lui permettait, avec sa réserve personnelle, de tenir au moins trois semaines. Mais après ? Il s'interdit d'étudier la réponse. On verrait bien.

Évitant Genève, beaucoup trop surveillée par les douanes, il était passé par la route sinueuse de Saint Claude, puis descendu vers Mijoux et arrivait maintenant au poste frontière avant Saint Cergues. Le GPS de l'iPhone, dont la carte sim appartenait à une fumeuse société italienne, l'avait bien aidé. Il allait longer le grand lac par la rive nord et monter sur Bern qu'il connaissait bien. Après s'y être reposé quelques jours, il rejoindrait Zurich et de là s'envolerait vers le Pérou ou le Chili.

Il franchit la barrière française, déserte, et s'arrêta sur un signe du garde-frontière suisse. Il ouvrit sa vitre et l'homme le salua poliment.

— Bonjour monsieur. Vous n'avez pas votre vignette de circulation ?

— Non, je n'ai pas eu l'occasion de l'acheter et cette voiture est en location.

— Pas de problème. Donnez-moi les papiers du véhicule, je vais vous en chercher une. Vous pouvez vous garer là, s'il vous plaît ?

Il lui désigna une place de parking le long du poste, avec cet accent chantant qui alimente souvent les plaisanteries des Français. Alfredo obtempéra, vaguement inquiet de cette contrainte indispensable pour circuler sur les autoroutes suisses. L'avantage en était qu'ensuite aucun péage ne stoppait la circulation sur tout le territoire.

Il entra dans le bureau surchauffé des gardes-frontières où son préposé examinait les papiers. Trois autres collègues buvaient un café en discutant âprement les résultats d'une épreuve de ski locale. Le téléphone retentit et l'homme interrompit sa lecture pour décrocher.

— Oui…, bonjour !

Il écouta un instant, puis releva la tête.

— Excusez-moi, monsieur. Je reviens tout de suite.

Il transféra la ligne et se dirigea vers une pièce dont il ferma la porte. Contrarié, Alfredo n'osait se retourner vers les autres gardes-frontières de peur qu'ils ne se souviennent de son visage. Le temps de la conversation téléphonique lui parut tout à coup anormalement long. Et si Interpol avait diffusé sa photo à tous les postes frontières ? La tension devint insupportable. Il prit la décision de rejoindre la BMW et de partir. Tant pis, il l'abandonnerait dès que possible et volerait une autre voiture. Les Suisses allaient se lancer à sa poursuite, mais le contrat de location ne permettait pas de l'identifier puisqu'il était au nom d'un des Bulgares. Faisant quelques pas négligemment, il ouvrit tranquillement la porte extérieure, et s'arrêta comme s'il regardait le paysage. Il sortit un paquet de cigarettes, en mit une dans sa bouche, et fit semblant de fouiller ses poches à la recherche d'un briquet. Alors, après avoir jeté un coup d'œil à l'intérieur où personne ne se souciait de lui, il regagna son véhicule et démarra doucement. Il fit demi-tour vers la France où les Helvètes ne pouvaient le traquer. Mais arrivé à la barrière française, cette fois un douanier lui intima l'ordre de stopper.

— Bonjour, monsieur. Vous n'avez rien à déclarer ?

L'attitude était soupçonneuse et il détaillait la BMW à la recherche d'un signe anormal. Il le trouva rapidement.

— Vous venez de Suisse, et vous n'avez pas la vignette ?

— Non, je viens de faire demi-tour car j'ai oublié ma valise à l'hôtel.

— Donnez-moi votre permis de conduire, les papiers de la voiture, et ouvrez le coffre.

Pour toute réponse, Alfredo enfonça l'accélérateur. Il vit dans son rétroviseur le douanier se précipiter vers son bureau.

La poursuite allait être immédiate et la BMW signalée à la gendarmerie. Au carrefour, il prit la direction de Morez, prenant beaucoup de risques dans sa conduite. Ralentissant à l'agglomération des Rousses, il bondit ensuite sur la N5. Dans le virage serré, après le lieu-dit Sagy Bas, il se trouva face à un énorme camion transportant une grue de chantier. L'obstacle était inévitable. Percutée à l'avant gauche, la voiture se retourna dans l'espace et s'enfonça dans le bois de sapins où, après avoir heurté plusieurs arbres, elle s'encastra dans un tronc. La nuque brisée, Vittorio Scorsi dit Alfredo terminait sa misérable vie.

Dans le local des gardes-frontières suisses, on débouchait le champagne malgré l'heure matinale. Il est vrai que l'équipe de nuit attendait la relève.

— Alors ? Tu as réussi à la demander en mariage ?

— Oui. Ça n'a pas été facile ! Ça fait trois fois que j'essaye. En fait, elle n'attendait que ça !

Ils levèrent leurs verres, la mine réjouie.

— Santé, conservation !

Regagnant son bureau, l'heureux fiancé resta un moment éberlué.

— Ça, c'est la première fois ! Il est parti sans ses papiers ! Je l'avais complètement oublié, celui-là !

oOo

La note rédigée par l'analyste maison troublait la contemplation sereine du troupeau de vaches. Grimbert relisait la note pour la troisième fois. Cela faisait plusieurs jours qu'elle aurait dû lui parvenir mais la « boîte », comme toutes les administrations, subissait des lenteurs inexplicables pour des raisons aussi obscures que le mystère qui entourait son fonctionnement aux yeux du public. Le chef de poste à Moscou, Claude Leblanc, demandait des mesures de protection pour sa famille et sa source Anouchka, dite Anna. Leblanc était « protégé » lui-même par un politicien de haut rang se maintenant en place sous tous les gouvernements successifs, depuis plus de trente ans. Pourquoi ne lui demandait-il pas à lui en premier, puisque ce Monsieur avait ses entrées partout, y compris dans la police, le préfet actuel étant un de ses amis ?

Grimbert soupira. Brincourt et Ragueneau étaient partis de bonne heure ce matin pour leur mission baroque, mais inquiétante au regard des événements ayant eu lieu sur Ouessant. Il attendrait donc leur retour pour leur transmettre la note. C'était surtout à Ragueneau qu'il incomberait de prendre une décision. Comme ses services étaient débordés en ce moment, cela prendrait du temps avant de mettre en place une surveillance quelconque.

Après avoir rangé ses documents, fermé ses armoires, et prévenu sa secrétaire, le directeur du Renseignement se persuada qu'il n'était pas débordé, lui, mais qu'il avait quand même bien mérité un bon week-end à la campagne. Une partie de pêche à la truite, avec pour décors des vaches broutant dans les prés, lui ferait le plus grand bien avant le retour de l'expédition sur l'île, de laquelle découlerait immanquablement un regain d'activité.

oOo

Le dispositif était en place. Une fausse inspectrice de la Direction régionale du Tourisme était venue pour évaluer la qualité et la capacité d'accueil de l'île. Elle avait fait le tour de la question rapidement, car Ouessant n'offrait qu'une dizaine d'hôtels et gîtes cumulés. Demandant les registres d'occupation des chambres, l'inscription de deux touristes russes au charmant hôtel *Roch Ar Mor* avait focalisé tout de suite l'attention. L'usurpatrice n'avait pas été très bien accueillie car, par malchance, une véritable inspectrice était passée peu auparavant. Elle s'était excusée et avait mis ce dysfonctionnement sur le dos des administratifs qui, comme chacun sait, ont le dos large.

Au reçu de cette information, Ragueneau, en attente au Conquet avec Brincourt, avait envoyé sur l'île en plusieurs trajets, par la compagnie Penn Ar Bed, neuf hommes équipés de sacs à dos et jumelles, se réclamant ostensiblement de la Ligue de Protection des Oiseaux (L.P.O.), dont le sigle s'affichait sur la toile des sacs. L'intérieur en revanche contenait, pour certains un matériel d'écoute à distance ultra-sophistiqué, pour d'autres un matériel photographique digne des meilleurs chasseurs d'images. Tous avaient en commun un arsenal d'armement, car ces agents de la DGSE étaient, sans exception, des tireurs d'élite.

Pour sécuriser son piège, Ragueneau avait doublé ses effectifs, sans rien dire à son directeur général. Une dizaine d'hommes du G.I.G.N., avec un gros Zodiac, avaient débarqué à Lampaul, comme étant les membres d'un club de plongée. Parmi les bouteilles, masques, palmes et autres accessoires, des sacs aux marques variées contenaient des fusils d'assaut à lunettes thermiques, utilisables de nuit.

Leur arrivée avait éveillé la curiosité du club de plongée local, Subaqua, et après de nombreux échanges, discussions, renseignements sur les épaves soi-disant visitées par les uns et les autres, les locaux, leur avaient souhaité de bonnes sorties en mer.

La confrontation de Brincourt avec Lemeniev était un énorme problème. Leur présence mutuelle sur cette île éveillerait immédiatement leur méfiance au premier coup d'œil. Leur réaction commune serait de quitter les lieux au plus vite, sans rien se dire. Pas ensemble, car ils se douteraient d'être surveillés et, arrivés sur le continent, partiraient chacun de leur côté. Après avoir longtemps hésité, Ragueneau s'était adjoint une madame Ragueneau de service, une des rares femmes commando, et avait également loué une chambre au Roch Ar Mor. Brincourt, qui devait arriver avec un jour de décalage, serait logé à l'hôtel de la Duchesse Anne, dans le bourg de Lampaul. Il était convenu qu'il vienne dîner au Roch Ar Mor pour mettre au point leur itinéraire de promenade du lendemain, au cours de laquelle le ravisseur de Lhostis devait logiquement le contacter. Brincourt déambulerait seul, constamment observé par le système de protection, prêt à intervenir dans la seconde en cas de nécessité.

Les Lemeniev, alias Antonomov, seraient à table lorsque Brincourt arriverait au dîner, puisqu'ils étaient en demi-pension avec option pour le repas du soir.

Restait le fait que Ragueneau se maquillerait dès le départ au cas où Lemeniev pouvait le reconnaître. Ce qui surprendrait Brincourt, mais ça n'avait pas d'importance.

Le vendredi, le couple Ragueneau, doté de cartes d'identités aux noms de Dominique et Daniel Dubois, embarqua à quinze heures pour Ouessant. Ayant déposé leurs bagages à l'hôtel, ils partirent tout de suite repérer les lieux et s'assurer que les hommes étaient en poste. Il y avait quelques touristes dans les rues, ce qui arrangeait bien leur plan.

A dix-neuf heures, assurés que tout allait bien, ils regagnèrent leur logis. L'attente commençait, plus épuisante nerveusement que la préparation.

Pour connaître la configuration de Ouessant, Lemeniev et Katia étaient sortis de bonne heure, après s'être enquis auprès de l'hôtelier des sites remarquables à visiter. Comme tous bons touristes doivent le faire. Munis d'une carte Michelin achetée au Conquet, ils partirent louer des vélos au local place de l'Eglise. Ce qui leur permit ensuite de trouver la boulangerie. Il envoya Katia acheter des viennoiseries afin de prendre, discrètement avec son téléphone, une photo de Catherine. Beaucoup de monde venait sur Ouessant à l'arrivée du printemps. La boulangère ne prêta aucune attention particulière à la cliente dont la tenue terne ressemblait à celle des femmes qu'elle voyait défiler. Même son léger accent ne troubla pas son indifférence. On venait de toute l'Europe maintenant en Bretagne. Sa beauté, son atmosphère particulière, la richesse de ses monuments attiraient de plus en plus de gens qui, grâce à Internet, préparaient leur voyage depuis le fin fond de n'importe quel pays. Les Bretons, parfaitement conscients de cette nouvelle démarche, soignaient la présentation de leur site régional, communal ou hôtelier. Quand Lemeniev eut bien mémorisé le beau visage de la photo, il ordonna à Katia de faire un tour, seule. Depuis la veille, il l'avait entraînée à retenir aussi en mémoire les traits de Yann Favier, ce fumier qui lui avait bien gâché une belle opération en Syrie et qu'il soupçonnait de continuer ses coups, peut-être avec l'aide de Kabarov, le maire adjoint honni. Trop de mauvaises nouvelles lui parvenaient de ses vastes réseaux. La petite salope d'Anouchka trempait sans doute dans cette entreprise de détérioration, car il était indiscutable que, depuis son embauche au service des Archives, les ennuis avaient débuté. Un tourbillon de rage à son évocation lui donna des aigreurs d'estomac.

Il s'engagea dans l'exploration de Lampaul, exécutant des cercles de plus en plus grands, ce qui parfois l'obligeait à marcher à côté du vélo. Il n'avait pas l'entraînement pour pédaler sur les côtes de l'île, pourtant peu accidentées.

Quand il pensa être suffisamment familiarisé avec le village, il essaya plusieurs directions, dont la principale pour lui : celle d'un champ en bord de mer. Non pas pour partir à bord d'un avion de Finist'Air, mais pour rejoindre un hélicoptère à sa solde, qui viendrait le chercher dès qu'il aurait abattu Favier. De son ordinateur, il avait envoyé au pilote l'endroit marqué d'un signe, à moins d'un kilomètre du bourg, endroit qu'il voulait maintenant découvrir, vérifiant ainsi son choix cartographique. Pas difficile à trouver. La route finissait en impasse, aboutissant à deux bâtiments. Tout autour, des champs, sans aucune difficulté pour se poser. Il expédia à son pilote un sms, confirmant le lieu. Il revint ensuite vers l'église. Sa perruque lui donnait chaud. Des gouttes de sueur dégoulinaient dans son cou et sur ses joues. Il s'arrêta pour s'éponger à l'aide d'un kleenex, car il craignait que la sueur décolle sa moustache et sa barbe.

C'est alors qu'il le vit.

Yann Favier passait à moins de trois mètres de Katia, appuyée sur un mur à côté du porche. Elle lisait une revue et ne bougea pas la tête. Lemeniev le suivit des yeux par intermittence, faisant semblant de régler le dérailleur du vélo. Pensant qu'il allait vers la boulangerie, il s'engagea dans cette direction. Mais Yann obliqua vers un autre chemin, et il le laissa prendre de l'avance. Katia le rejoignit. Elle lui confirma d'un signe de tête qu'elle l'avait reconnu. Poussant leurs bicyclettes, ils commencèrent leur filature.

Yann effectuait sa balade préférée vers la petite baie de Yuzin. Un bon kilomètre qui se terminait en impasse, Lemeniev le vérifia sur sa carte. Sûrs de ne pas le perdre, ils s'arrêtèrent, se montrant par gestes des paysages dont ils se moquaient éperdument. De temps en temps, ils se repassaient les jumelles, se tournant dans toutes les directions y compris, et surtout, celle où se situait leur proie.

Lemeniev sentait une folle envie monter en lui : enfourcher le vélo, rattraper Yann et lui vider le chargeur du Walther dans le corps. C'était impossible, car il y avait quelques promeneurs sur la route qui, grâce à leurs téléphones portables, préviendraient la gendarmerie, laquelle interviendrait bien avant que l'hélicoptère en attente nevienne les prendre. Refrénant ses pulsions, l'archiviste s'astreignit à poursuivre sa filature, qui dura près de deux heures, Yann ayant décidé de revenir par Kerdraon, route parallèle à la leur, après avoir suivi la côte. Grâce aux jumelles, ils observèrent son périple et, ayant compris sa direction, ils firent demi-tour et se postèrent près de l'église. C'était bien prévu. En effet Yann, un peu plus tard, les croisa à quelques mètres. Dix minutes après, ils savaient exactement où il habitait.

Ragueneau et son épouse de pacotille descendirent de bonne heure dans la salle du restaurant, afin d'occuper une table à la place stratégique. C'est-à-dire dans l'angle qui leur permettait de voir l'ensemble de la pièce. Ils avaient bloqué quatre places pour Brincourt et eux-mêmes, le siège vide permettant à Brincourt de bien voir son complice lorsqu'il arriverait, et donner à celui-ci la même possibilité.

Ils commandèrent deux jus de tomate en guise d'apéritif, le dos calé à la baie vitrée. Lorsque leur convive s'attablerait, il était convenu que « madame » se lève et vienne devant son « mari ». Le colonel serait ainsi libre de capter les échanges de regards. Ils se mirent à discuter des paysages de l'île, s'étonnant des populations d'oiseaux aperçues dans l'après-midi et de la belle atmosphère sauvage qu'ils avaient ressentie. Une jeune femme se présenta pour prendre leur commande. Ils lui demandèrent d'attendre un peu car des amis dîneraient avec eux. Lorsqu'elle se retourna, elle aperçut deux couples à l'entrée de l'établissement. Elle alla les accueillir et entreprit de les placer.

On ne passe pas vingt ans dans les services secrets sans reconnaître, au premier regard, des systèmes pileux postiches, même bien faits.

Ragueneau donna un léger coup de genou à sa compagne, qui comprit aussitôt. Lemeniev et la fille qui l'accompagnait s'assirent à deux tables de distance dans la rangée parallèle. Une prière envoyée en urgence à une entité occulte fut exaucée : le Russe leur fit face, position idéale pour étudier ses réactions, aussi minimes soient-elles. Petit agrément supplémentaire : la jeune femme de dos, habillée d'une jupe courte, montrait des jambes superbes sous la table. Ce que les Ragueneau-Dubois apprécièrent tous deux.

Sachant qu'en province on ne sert plus à partir d'une certaine heure, les gens affluaient maintenant presque en même temps. La salle se mit à bruire des conversations à mi-voix, et les deux serveuses s'activèrent auprès des clients.

Monsieur le directeur général de la DGSE se faisait attendre. C'était son style d'arriver systématiquement en retard pour ses rendez-vous extérieurs. Des agents de la DGSE se répartissaient autour de l'hôtel et, si les circonstances l'exigeaient, Ragueneau les prévenait avec son talkie-walkie miniature, rangé dans la poche intérieure gauche de son veston, un pistolet Glock 26 faisant le contrepoids à droite.

Enfin, le crâne chauve de Brincourt se distingua au bout de la salle, brillant sous les lumières. Comme au cinéma, un ralenti se fit dans la vision des deux observateurs. C'était d'abord le visage de Lemeniev à scruter quand passerait devant lui son acolyte. Ragueneau devait se lever pour le saluer tandis, qu'avec un léger temps de retard, son « épouse » faisait de même, fixant intensément l'expression du faux barbu durant la demi-seconde accordée. Lemeniev, absorbé à déchiffrer le menu, ne bougea même pas la tête. La femme-commando serra la main de Brincourt et vint comme convenu en face du colonel, prête à enregistrer la moindre réaction à la vue du Russe. Le directeur général adoucit un peu son air grognon. Cette femme agent avait un charme puissant, en dépit de son absence de maquillage. Elle était séduisante, et son corps athlétique transparaissait sous ses vêtements bien ajustés mais sobres : un pull à col-roulé noir et un pantalon de même couleur. L'esprit compliqué de Brincourt lui suggéra qu'elle devait être lesbienne. Une femme physiquement supérieure à un homme par sa force, ne pouvait pas fonder une famille avec un mari et des enfants. Ce en quoi il se trompait, car cette vigoureuse Bretonne en avait trois et était très liée à son sportif compagnon.

On revint noter leurs désirs pour le dîner. Ragueneau avertit la serveuse que leur quatrième ami était très en retard et qu'on ne l'attendait plus pour manger.

Pendant que des propos anodins masquaient les humeurs de chacun des trois, s'ouvrait la chasse aux échanges de coups d'œil. Le directeur du service Action balayait sans cesse l'espace entre Brincourt et Lemeniev. Son agent ne quittait pas des yeux le directeur général. C'était plus facile car, attirant son attention, elle bavardait avec lui exagérément aimable. Aux hors-d'œuvre, l'archiviste effleura Brincourt du regard en cherchant la serveuse pour commander une autre bouteille de vin. Au plat principal, il eut un bref coup d'œil en entendant la chute d'une fourchette à la table voisine. Aucune surprise ne s'afficha sur ses traits. Au dessert, soudain c'est Brincourt qui marqua un temps d'arrêt en fixant Lemeniev. C'était ostensible. Quelque chose le tracassait. Ses voisins de table en eurent une accélération cardiaque. Enfin, leur machination aboutissait. Brincourt venait-il seulement d'identifier qui se cachait sous le maquillage ?

Comment allait-il réagir ?

Ils se penchèrent vers Ragueneau et lui murmurèrent à l'oreille :

— Tu vois le type avec une barbe et une moustache devant moi, un peu en biais ?

— Heu... oui... Pourquoi ?

— Je suis sûr que c'est du faux. Peut-être est-ce le bonhomme qui doit me contacter pour Lhostis ?

— Oui, mais qu'est-ce qu'il attend ? Que tu partes ?

— Pourquoi pas ? Curieux quand même. Il ne m'a pas regardé une seule fois.

C'était du grand art, une sublime comédie. Ou alors, une bourde faramineuse. De toute manière, il n'était pas question d'en rester là.

Heureusement, la belle Bretonne accapara la conversation, ce qui permit au colonel de déterminer la suite des événements. Impossible d'attaquer bille en tête. Le Russe n'était vraisemblablement pas seul, des gardes du corps devaient rôder à proximité. Même la jolie femme attablée avec lui pouvait être l'homologue de son agent-commando. Yann Favier avait insisté sur la dangerosité de cet individu, puissant et organisé. Donc une confrontation brutale dans le restaurant était exclue, il fallait la provoquer demain dans un endroit à l'écart, avec un maximum de sécurité. Peut-être en deux temps. D'abord coincer Brincourt dans la nature en sortant Lhostis de son placard. Yann Favier l'avait caché sur l'île avec le concours de son équipe omniprésente. Il l'amènerait avec lui, ce qui ferait un premier choc.

Ensuite, comme Yann servait d'appât pour Lemeniev, il l'attirerait en bord de mer et Ragueneau les rejoindrait avec Brincourt et Lhostis, étroitement encadrés par ses commandos. Les effectifs de Lemeniev restaient la seule part d'inconnu. Les trois équipes, celle de la DGSE, celle du G.I.G.N. et celle de la DCRI, n'avaient découvert aucune présence suspecte, et cela le directeur du service Action n'arrivait pas à le concevoir. La perspective d'une boucherie par manque de précaution le hérissait. Il redéfila son plan en esprit, se dit qu'il devait le peaufiner avec Yann, par téléphone, plus tard dans sa chambre. Il refit surface dans la conversation juste à temps pour saisir ce que racontait sa prétendue épouse.

— … Et mon mari s'occupe beaucoup de nos enfants. Ce qui me permet de partir en mission sans culpabiliser.

L'officier sourit, devinant que Brincourt lui avait posé des questions indiscrètes, en bon malotru qu'il était vis-à-vis des femmes. Son amusement se poursuivit en pensant à son comportement face aux événements du lendemain.

Lemeniev et sa compagne quittèrent leur table sans intérêt envers leur présence, ni d'ailleurs celles des autres clients. Il était vraiment difficile de croire que ce couple représentait un danger quelconque. Ragueneau jugea la performance en connaisseur. Brincourt, déçu de ne pas être « contacté », commanda un vieux marc de Bourgogne.

Le colonel passa une mauvaise nuit. Pour plusieurs raisons. Dont une inattendue. Par souci de vraisemblance, ils occupaient, la femme capitaine et lui, la même chambre, à deux lits. Il lui avait laissé la salle de bain en premier, alors qu'il téléphonait à Yann. Elle était apparue tout à coup en petite culotte pour regagner sa couche. C'était sans nul doute sa tenue pour dormir. Pour Ragueneau, ce fut une telle surprise qu'il dut se justifier maladroitement auprès de son interlocuteur pour son soudain silence. Éteignant plus tard sa lampe de chevet, l'extraordinaire apparition vint le hanter un bon moment. Ce corps exceptionnel remuait des souvenirs d'une époque lointaine de sa vie, à laquelle il n'avait pas songé depuis longtemps. Cela, joint aux risques envisagés lors de la rencontre de la « taupe » et du maffieux russe, perturba son sommeil qui s'effectua par à-coups.

Le petit déjeuner fut morose, malgré les efforts de son agent pour le dérider. Ils allèrent chercher Brincourt à l'hôtel de la Duchesse Anne. Celui-ci les accueillit fraîchement.

— Je te préviens, Jean : si d'ici à cette après-midi rien ne se passe, je repars pour Paris. J'ai un avion à Guipavas à 18 heures 20. Tu te débrouilles pour Lhostis.

— D'accord. En attendant, j'ai prévu de nous promener vers une petite crique pas très loin. Pour nous aborder tranquillement ce sera bien.

— Comme tu veux.

Il se tourna vers l'officier féminin, avec un sourire de travers.

— J'espère que vous n'avez passé une nuit pas trop agitée ?

Avant que Ragueneau furieux intervienne, elle lui répondit sur le même ton.

— Non, j'ai bien dormi. Le colonel, lui, est un parfait gentleman.

— Et moi, une sous-merde. Je sais, on me l'a déjà dit.

Il partit à grandes enjambées, les laissant plus qu'étonnés.

— Il est toujours comme ça ? demanda la jeune femme.

— À ce point, je n'en ai jamais été témoin. J'ai honte pour lui.

— Ne vous en faites pas, Colonel. Je suis blindée.

— Je m'en doute, hélas.

Ils se dirigeaient vers Porz Gwenn, une crique avec une petite plage accessible. La journée s'annonçait ensoleillée, malgré quelques traînées nuageuses.

Le temps changeait parfois très vite ce qui faisait dire aux plaisantins : « En Bretagne, on a les quatre saisons dans la journée ! »

Brincourt avait cinquante mètres d'avance. Ragueneau nota au loin sur la lande cinq silhouettes portant des sacs à dos. Cinq commandos qui surveillaient côté terre. En revanche, droit devant, deux hommes venaient à leur rencontre. Quand ils furent assez près de lui, Brincourt s'arrêta. Puis, il se retourna vers ses suiveurs, rouge de colère.

— C'est quoi ce bordel ! dit-il en hurlant sa phrase préférée dans des circonstances particulières.

Yann Favier et Hervé Lhostis lui barraient la route et les deux militaires le coinçaient sur l'arrière. Quant aux cinq agents, ils se rapprochaient maintenant à grandes enjambées.

— C'est tout le contraire du bordel, François. C'est une opération bien montée pour ton arrestation.

Une stupéfaction, qui n'était pas feinte, transforma le visage du directeur général. Il ne trouvait pas ses mots pour répondre à son collaborateur.

Finalement il secoua la tête, récupérant son acrimonie naturelle.

— Est-il possible qu'on m'explique ce qui se mijote ?

— C'est bien facile. Tu es en état d'arrestation pour haute trahison, association avec des malfaiteurs, trafics de drogue et d'armes. À ce sujet, écarte les bras qu'on puisse prendre la tienne.

— Je n'en ai pas.

Néanmoins il se mit en position d'être fouillé, examinant mentalement les implications de la situation. Pendant que la femme capitaine explorait ses poches et palpait ses vêtements, il reprit pleine possession de lui-même.

— Tu penses que je suis la taupe, évidemment. Je suis curieux de savoir comment tu en es arrivé à cette conviction.

— Grâce à plusieurs enquêtes sur ton compte. Lhostis, tu nous confirmes bien que François t'avait donné l'ordre de surveiller Favier ?

Le capitaine de Frégates était dépassé par les événements. Il n'avait pas quitté Brincourt des yeux, l'étudiant comme une espèce d'homme non répertorié. Son jugement refusait de le considérer coupable de haute trahison. Et pourtant…

— Oui, mon Colonel. Je devais le filer pratiquement jour et nuit.

— Merci.

Puis, s'adressant au directeur général :

— Pourquoi cette surveillance ?

— Je pourrais t'envoyer te faire foutre avec tes questions, mais je vais y répondre. Je n'ai jamais considéré Favier comme un élément sûr, depuis son départ de mes services. Et puisque nous en sommes au grand lessivage, j'ai envisagé que tu puisses être toi-même la taupe et, qu'avec son aide, vous aviez fabriqué la copie de l'opération *Viande hachée* pour dynamiter la DGSE. Donc, Hervé Lhostis, le « Ouessantin », était le mieux placé pour observer vos manigances.

Il regarda l'intéressé.

— Tu as d'ailleurs très bien assumé ta tâche. Merci Hervé.

Vu de loin, le groupe passait pour des amateurs de nature sauvage, en discussion passionnée à propos de Ouessant.

Une tension extrême entre eux les isolait totalement du lieu. Les commandos, obéissant aveuglément à Ragueneau, étaient prêts à sauter sur la proie au moindre geste de sa part. Mais Brincourt le savait et se gardait bien de changer quoi que ce soit dans son attitude.

Favier prit la parole.

— Moi non plus je ne vous ai pas estimé digne de confiance, et cela bien avant de vous quitter. Vos méthodes de travail, vos rapports avec vos collaborateurs sont insensés ! Si vous avez obtenu de bons résultats, c'est grâce à eux et à nous, par notre engagement, la fidélité à nos valeurs. Pour moi vous êtes un adversaire. Vous êtes la taupe. Alors maintenant voilà ce qui va se passer. Je vais aller pêcher Lemeniev, votre complice. Il est à mes trousses, raison de sa présence ici, comme vous avez pu le constater hier soir. Nous allons le coffrer aussi. Quand vous serez tous les deux face à face, ça m'étonnerait bien qu'on ne s'amuse pas en vous écoutant.

Le directeur général était resté très calme, un petit rictus au coin des lèvres. Il détestait Favier, soit. Mais l'instant était grave, périlleux même pour son sort.

— Dans ce genre de situation, on a l'habitude de retourner les accusations, ce n'est pas nouveau, dit-il. Je sais que je ne vous convaincrai pas. Votre opinion à mon endroit est forgée, indestructible. Comme dans un ordinateur, je vous demande simplement d'enregistrer cette donnée: je ne suis pas l'associé de Lemeniev. J'ai entendu parler de lui au sein des services, je connais ses activités, mais soir je ne l'ai jamais vu. Voilà. Maintenant vous faites ce que vous voulez.

Le rythme du ressac remplaça le bruit des mots, le temps que chacun évalue l'importance des propos échangés. Ragueneau dicta ensuite ses instructions.

— Favier, tu peux y aller. Tout est en place, mais fais attention aux pièges possibles, tu connais ça par cœur. Rendez-vous au poste de gendarmerie, quand tu pourras. Hervé, tu restes avec nous. On va tous aller au local sans se presser. On encadre notre « invité ». En route.

— Vous ne me menottez pas? ironisa le prisonnier.

— Non, tu sais bien qu'en cas de tentative pour nous échapper, il te serait difficile de marcher avec quelques balles dans la jambe. Bien entendu, on ne te porterait pas.

Yann Favier revint vers Lampaul directement, tandis que les autres passaient par le lieu nommé Ker Varc'h. Si Lemeniev l'avait déjà vu en compagnie du groupe, il ne pouvait en déduire qu'une rencontre fortuite avec des touristes, puisque maintenant il se promenait en solitaire. Yann retourna à son domicile, changea de tenue, et ressortit peu après. L'endroit prévu pour neutraliser Lemeniev était Porz Goret, baie relativement abritée au sud-ouest de Ouessant dont le chemin d'accès bordait le contour. À cette heure matinale il n'y aurait pas ou peu de promeneurs. Les hommes chargés de la sécurité de l'opération, déjà en poste, sauraient écarter les personnes à temps avant l'action.

Le soleil se maintenait malgré un léger vent d'ouest, qui souvent apportait les pluies de printemps. Dans un film, quand un drame se prépare, pour renforcer le sentiment d'angoisse du spectateur, l'orage gronde, une pluie violente se déclenche, il fait très sombre et la musique d'accompagnement est lugubre. Favier, en savourant quand même l'instant privilégié offert par le climat, décrivait, pour un public imaginaire, l'inverse du stéréotype afin de gommer son appréhension. Et sa musique à lui était composée par Brassens : « Mourir pour des idées, d'accord, mais de mort lente… en… te, mais de mort lente, en… en… en… te ».

Alors qu'il dépassait Penn Ar Rugel, sa minuscule oreillette grésilla.

— Cible derrière vous, en vélo, à cinq cents mètres, monsieur.

— Bien reçu, merci.

Il ne se retourna pas et accéléra l'allure progressivement. Encore un kilomètre à parcourir. Il descendrait sur la plage, un peu en contrebas, ce qui limiterait les dégâts en cas de fusillade.

Le maquillage de Lemeniev se retournait contre lui, car ses postiches avaient fourni un élément de description facilement reconnaissable, que Ragueneau avait transmis la veille au soir à tous les commandos. Arrivant à Kerandraon, il distingua en mer le Zodiac comprenant les hommes du G.I.G.N. L'image d'une partie de pêche avec son père, à cet endroit même, effaça sa vision. La nostalgie de sa joie d'enfant, lumineuse, intense, griffa son cœur douloureusement. Subitement, il eut la révélation que sa vie, dite professionnelle, se terminait aujourd'hui. Si des évocations sentimentales s'imposaient en pleine mission, car la conclusion de l'opération *Viande hachée* en était une, et pas des moindres, il ne fallait plus songer qu'à un quotidien serein, orienté sur des plaisirs de vivre, la plupart du temps oubliés, voire dénigrés par ces activités classées « essentielles ». Il pourrait toujours ressasser ces instants fatidiques, échappant à la mort par miracle, pour se procurer des sensations. À l'instar de vieux policiers ou gendarmes pour qui le danger à éviter était désormais de ne pas se casser le col du fémur en faisant une mauvaise chute.

— Cible derrière vous, à trois cents mètres.

— Message reçu.

Deux « touristes » avec sacs à dos, venant face à lui, passèrent sans tourner la tête, en pleine discussion ornithologique. Parfaits figurants dans une mise en scène bien réglée. Ils verrouillaient le retour improbable de Lemeniev, en position derrière les dernières maisons sur la route avant Porz Goret.

Yann fit des mouvements de bras classiques en gymnastique et commença à courir, adoptant l'allure du jogger pour une longue course. Son holster spécial, contenant le pistolet Beretta, ne le gênait pas sous le survêtement ample qu'il avait enfilé. Comme Ragueneau, l'absence de mercenaires entourant le Russe le tracassait. Se pouvait-il que, trop sûr de sa puissance, il soit venu uniquement accompagné d'une femme ? Ce matin, elle n'était même pas signalée sur le terrain.

— Cible derrière vous, à cent mètres.

— Bien reçu.

Pourtant des hommes à lui étaient présents en France depuis longtemps. Kabarov avait été formel sur ce point.

Yann accéléra, sachant que les commandos enterrés dans la lande, une toile habillée de fausses herbes sur la tête, avaient l'œil dans la lunette de leur fusil d'assaut, le corps de l'homme en vélo au milieu de la croix de mire. Il arriva au bord de la baie, et pour faciliter leur tir éventuel, il se dirigea vers le centre avant de descendre le talus.

— Cible derrière vous, à cinquante mètres. Pose son vélo.

— Bien reçu.

Alors qu'il cessait de courir, une autre voix, nettement moins assurée, lui lança dans l'oreille :

— Inconnu à neuf heures moins le quart. Distance environ quarante mètres, sur la plage.

Yann, sans précipitation, descendit sur le sable, mais à l'instant il entrait dans cette sphère spéciale du danger imminent.

Il se dirigea vers l'emplacement indiqué. En effet, un homme était assis sur un gros caillou, une toile beige sur la tête et les épaules. On devinait une paire de jumelles qui dépassait à peine du tissu. Il était bien à l'abri contre le talus et, seuls les deux agents, que Yann avait croisés, pouvaient maintenant le voir. Il réalisa qu'en face de l'homme un groupe de bernaches et quelques tadornes barbotaient en se caquetant des informations qui semblaient joyeuses. Il s'approcha, et sentant sa présence, l'observateur se détourna de sa contemplation. Il rejeta son morceau de voile et… le vieux Mathieu apparut tout souriant.

— Yann ! lança-t-il. Ça va, mon gamin ?

Favier s'approcha en lui tendant la main pour l'aider à se relever.

— Zone de tir inaccessible, rugit l'oreillette.

— Vous ne bougez pas !

— Hein ? dit Mathieu. Tu me tends la main, tu me vouvoies et tu me dis de pas bouger ?

— Tu fais exactement ce que je dis, Mathieu. Ta vie est menacée.

— Quoi ? Mais… comment ?

Mathieu, une fois debout, scruta les alentours et aperçut Lemeniev qui venait vers eux, le pistolet à la main.

— Y'a un bonhomme qui…

— Il va nous tuer. Tu restes derrière moi et tu marches vers la mer, le plus vite possible.

Le vieil homme s'exécuta en marmonnant.

— C'est pas possible des choses pareilles ! Quelle époque ! Mais quelle époque !

Yann reculait sans quitter le Russe des yeux. Il glissa lentement sa main sous son blouson.

— Niet ! Tu enlèves main, vite ! cria Lemeniev.

Il franchit les derniers mètres en courant et, soulevant le vêtement, désarma Favier. Chaque centième de seconde se chargeait d'un potentiel considérable. Yann leva les mains et recommença à reculer.

— Toi, plus bouger !

Comme Favier continuait, Lemeniev se précipita sur Mathieu dont il entoura le cou avec un bras en tenaille, lui appuyant le canon de son arme sur la tempe avec l'autre membre. Dos à la mer, il obligea Yann à s'arrêter.

— Tir impossible, dit l'oreillette.

— Toi dire qui avec toi ! hurla le maffieux.

— Plein de gens autour de nous. Tu n'as aucune chance de t'en tirer.

— Bluff! Connard ! Je demande qui dans le village.

— Environ une dizaine d'hommes.

— Où ?

— Les premiers sont sur la route, à cinq cents mètres derrière les maisons.

— Bien. Tu avances devant. Un mètre. On fait détour. J'abats toi fumier si courir.

— D'accord. Mais tu laisses le vieux partir.

— Ça non ! Lui reste par terre ! Fini !

Les bernaches s'envolèrent bruyamment, distrayant Lemeniev au moment où il allait appuyer sur la gâchette.

Les quatre paquets d'algues à quinze mètres dans l'eau se soulevèrent, telles de monstrueuses méduses. Une gerbe de sang macula le visage de Mathieu. Par un dernier réflexe, le Walther P99 cracha une balle qui déchira en passant le lobe de son oreille.

Les commandos dégoulinants sortirent de la mer, pointant toujours leurs fusils submersibles sur le corps à terre. Mais Lemeniev était bien mort, le crâne explosé.

Le commandant Tanguy enleva son casque bardé de plantes marines et prit Mathieu dans ses bras.

— Tu vois, *Tad Kozh*, à ton âge tu ne dois pas aller au bord de la mer. C'est trop dangereux.

Pour la première fois depuis la mort de sa femme, le vieux bonhomme pleurait, donnant des grandes tapes dans le dos de ce petit-fils fabuleux, qui venait de lui sauver la vie en sortant de l'océan, comme le dieu Neptune ayant troqué son trident contre une arme à visée laser.

Le Zodiac aborda et tous les éléments du piège accoururent. Leur tenue hétéroclite composait un tableau étrange qui s'apparentait à un film de science-fiction. C'est ce qu'on expliqua à de vrais touristes, en leur demandant de revenir plus tard quand le tournage serait fini.

Les armes et leurs accessoires furent rangés dans les sacs. Favier donna l'ordre d'embarquer le cadavre et de le déposer à Brest au funérarium. Puis il fit un court débriefing, confirmant que l'opération était terminée. Les équipes reprirent un aspect normal et se fractionnèrent en petits groupes pour un retour dispersé.

Mathieu assistait à tout cela, partageant malgré lui une scène digne des spectacles entrevus à la télévision. Il n'avait jamais connu la violence et, s'il avait accompagné de vieux amis dans leur trépas, l'exécution du Russe, l'image de sa tête en bouillie, l'avait secoué. Il oubliait son oreille sanguinolente qui ne le faisait pas souffrir. Avant de monter dans le Zodiac avec ses trois hommes et ceux du G.I.G.N., Tanguy promit de tout lui raconter, mais en attendant il ne devait en aucun cas révéler ce qui s'était passé. Favier le lui répéta en le raccompagnant à son domicile. En dépit de ses protestations, il appela Le Goff, le médecin, pour qu'il vienne d'urgence lui administrer un tranquillisant. Quand le praticien lui demanda pour quelle raison, Yann parla d'émotions trop fortes pour un homme de son âge, dues à la perte de parents très proches. Devant l'étonnement de Le Goff qui n'avait rien entendu à ce sujet, pris de court, il fit allusion à des secrets de famille qu'on ne pouvait étaler au grand jour. Le silence, avant la promesse d'une visite immédiate, prouva que l'argument ne paraissait pas crédible.

Que dirait-il en voyant l'oreille blessée ?

Favier prit son pas de course pour revenir au local de gendarmerie. Pouvait-on tirer avantage des événements en annonçant que Lemeniev avait avoué sa connivence avec Brincourt ? Non, c'était trop gros. Peut-être ne pas annoncer sa mort, pour faire monter la tension. Pourquoi pas ?

En arrivant au poste, il montra sa carte barrée bleu blanc rouge aux gendarmes de service, chose qu'il n'avait jamais faite. Il ordonna aux militaires, déjà pas mal bousculés par la présence de Ragueneau et de ses accompagnateurs, d'aller chercher à l'hôtel *Roch Ar Mor* une madame Antonomov et de la ramener de force, s'il le fallait. Puis, il entra dans la petite pièce à tout faire où il était attendu impatiemment.

Hervé Lhostis, le colonel, sa femme fictive, les cinq agents, tous évacuèrent leur inquiétude en le voyant. Excepté Brincourt, renfrogné dans son coin, ayant décidé de ne participer à la réunion que sous la contrainte.

La solidarité des gens, entraînés pour être exposés au combat, réconforta Yann.

— Où est Lemeniev ?

— Venez mon colonel, j'aimerais vous parler en particulier.

— Bien sûr.

Ils sortirent du local et s'éloignèrent de quelques pas.

— Alors ?

— Il est mort.

Favier fit le récit de la malencontreuse présence de Mathieu, qui avait empêché la capture du Russe comme prévu.

— Comment est-ce possible ! dit Ragueneau. C'est une faute professionnelle grave de la part des hommes en place.

— Non, c'est un concours de circonstances imprévisibles. Mathieu se lève très tôt. Il est arrivé bien avant nos hommes et, en bon observateur, il n'a pas bougé, même s'il a aperçu les guetteurs qui passaient. Ils se sont postés au-dessus de lui, assez en arrière. Le vieux bonhomme les a oubliés, pensant qu'ils allaient assister aux évolutions des oiseaux. Et eux ne l'ont pas vu, bien caché par le talus. Une fois dissimulés dans leur trou, c'était impossible.

— Ouais. Admettons... En tout cas, sans confrontation, ça va être plus compliqué... À moins que...

— Oui ?

— Non, c'est idiot. On pourrait dire à Brincourt que, au cours de son arrestation, le Russe a été blessé et qu'on l'a évacué vers l'hôpital... Mais je ne vois pas le profit de cette histoire. On va plutôt s'attaquer à ses antécédents et au papelard dégotté par le général Gautlot. Qu'en pensez-vous ? Heu... On pourrait peut-être se tutoyer ?

— Avec plaisir.

Ils réintégrèrent la salle exiguë où les conversations se turent à leur entrée. Brincourt feignit de les ignorer. Ragueneau lui fonça dessus.

— J'ai le plaisir de t'annoncer qu'on a abattu ton ami Lemeniev. S'il t'arrivait la même chose, ça ne nous gâcherait pas nos vacances. Mais il faut démanteler votre pourriture d'organisation et pour ça on a besoin de ton concours, monsieur le directeur général, qu'il soit volontaire ou non.

L'intéressé ne détourna même pas la tête. Assis de travers sur sa chaise, l'épaule appuyée contre le mur, il se perdait dans l'image floue d'un espace indéfini. Il répondit d'une voix à peine audible.

— Je ne suis pas l'ami de Lemeniev. Je me fous complètement de sa mort. Je ne dirige pas d'organisation autre que la DGSE qui, je l'espère, n'est pas une pourriture.

Le silence qui régnait dans la pièce était comparable à celui d'un film policier, lorsque l'audience retient son souffle parce que l'assassin, derrière la porte, va frapper sa victime.

— Deux hommes restent avec nous. Merci de nous laisser à présent, ordonna le colonel.

Sans qu'on le leur précise, deux commandos se placèrent de chaque côté du prisonnier tandis que les autres sortaient. Ragueneau et Favier s'assirent devant lui.

— Il se trouve, mon cher Georges Talaïev, que nous avons remonté ton passé et ce que nous avons trouvé n'est pas vraiment glorieux.

Brincourt se redressa, et son visage changea radicalement en affrontant son vis-à-vis.

— Vous avez été voir la vieille salope. Ça, ça m'intéresse. Que vous a-t-elle raconté ?

— Elle a d'abord déclaré que tu voulais récupérer un document très compromettant pour ta carrière, document en sa possession, qui lui assurait sa survie.

— Pourquoi sa survie ?

— Parce que tu n'hésiterais pas à la liquider, après avoir mis la main dessus...

Ce qui se passa fut digne d'un film de Charlie Chaplin, quand son personnage, à la peau tirée par la chirurgie esthétique, éclate de rire : les traits figés de Brincourt se fissurèrent, et il émit un couinement interminable. Il eut du mal à reprendre son souffle.

— Ah, la vache ! ... Elle a dit ça !... Alors là, chapeau !

Évidemment, ses interlocuteurs ne s'attendaient pas à cette réaction.

— Peut-on partager ton amusement, éventuellement ?

— Plutôt deux fois qu'une. C'est toi qui es allé chez elle ?

— Non.

— Ah, je vois. C'est ce con de Gautlot.

— Gautlot n'est pas un con.

— Disons qu'il est un peu borné, comme tous les militaires.

— Merci, c'est bien aimable.

— Comme « certains » militaires... Tu vois, j'ai oublié que tu en étais un.

— Alors ?

— Alors, si tu étais allé chez elle, tu aurais pu vérifier que son bel appartement est irréprochable, qu'elle est plus que bien habillée et que sa collection d'objets de valeur est intacte.

— Quelles conclusions je devrais en tirer ?

— Qu'elle ne manque de rien, pas même du superflu. Et grâce à qui, crois-tu ?

Ragueneau ne fit aucun commentaire.

— À bibi ! Mais oui !... Quant au fameux document, la lettre de Lénine à mon grand-père, qu'elle a planqué je ne sais où, elle me fait chanter avec ça depuis mon entrée à la DGSE... Elle a raison, c'est un vrai boulet que je traîne. Si ça sortait au grand jour, je n'aurais plus qu'à donner ma démission. J'ai bien essayé de la récupérer en fouillant son logement, mais je ne suis tombé que sur la photocopie. Donc, en attendant qu'elle crève, ce que je souhaite depuis mon enfance, je raque. Tout. Le loyer, le chauffage, les notes qu'elle me fait envoyer d'un peu partout, même de son hôtel de luxe à Nice quand Madame décide de quitter Paris !... Donc, la liquider, ce serait avec joie, mais mon éthique personnelle ne m'a jamais conduit à cette extrémité pour ma vie propre. En revanche, si j'étais en possession de la fameuse lettre, je la laisserais crever à l'hospice, ce qui me procurerait une extase merveilleuse.

Les paroles de Brincourt flambaient de haine, mais ne portaient pas d'ambiguïté. L'angle de suspicion s'en trouvait modifié.

— C'est une femme dangereuse, reprit-il. À tort, mes prédécesseurs ne se sont jamais intéressés à elle. Quand je suis rentré au R.G.[16], j'ai essayé en vain de la coincer. Elle a fricoté de près avec des agents soviétiques, profitant de la personnalité de mon

---

16 R.G. : Renseignements Généraux, maintenant au sein de la DCRI

grand-père, son beau-père, qui était un agent double notoire, dont la France s'est astucieusement servie. Mon père n'avait pas son envergure, ni l'ambition de ce rôle. Après avoir viré ma mère, il a épousé cette ordure qui s'est servie de lui copieusement. Elle méprise le pays dans lequel elle vit. Elle méprise tout le monde. Le seul homme qui trouve grâce à ses yeux est mon grand-père dont elle était la maîtresse indiscutablement.

Il se tut, plongé dans un lointain passé. Ragueneau et Favier cogitaient activement, lui laissant l'initiative de ses révélations.

En effet, il ne resta pas longtemps au domaine des souvenirs.

— Si vous voulez me couler professionnellement, vous pouvez toujours récupérer la photocopie et la publier dans le *Canard Enchaîné*. Mais m'inculper de haute trahison en collusion avec les réseaux mafieux dirigés par Lemeniev, non seulement je ne me laisserai pas faire, mais mes avocats vous riront au nez lorsque vous apporterez le document comme preuve. Je ne sais pas non plus comment réagiront les instances politiques quand on leur révélera que le fameux colonel Ragueneau et le petit commando Favier ont monté le remake de l'opération *Viande hachée*. Car je suis sûr que cette combine vient de vous.

— Le petit commando t'emmerde ! Il est tout prêt pour passer du stade verbal au stade manuel !

— Laisse tomber Yann, dit le colonel.

Il y eut une nouvelle pause.

— Cela dit, reprit Brincourt, je suis assez admiratif parce que le plan a pas mal fonctionné. Vous avez de bons résultats dans la neutralisation des trafics, et vous avez dégommé peut-être leur tête pensante à l'étranger. Mais vous vous êtes sérieusement gourés sur ma personne. Enfin, maintenant c'est à vous de décider de la suite…

Un silence supplémentaire s'imposa. Long. Pénible.

— En effet, c'est à nous, finit par dire Ragueneau. Je ne peux faire autrement que de te mettre au secret, et nous avons un bon choix pour les cellules possibles, tu es bien placé pour le savoir. Nous avons des enquêtes à reprendre, beaucoup de fiches à réexaminer. Officiellement, tu disparaîtras dans un pays lointain au service de ton pays. La question est de savoir si tu réapparaîtras. Tout dépend des résultats de nos recherches. À moins que, spontanément, tu nous livres tout ce que tu sais.

Le directeur général hocha la tête, laissa encore un temps s'installer.

— Vous êtes tellement plantés dans vos certitudes que vous en devenez naïfs. Si je savais tout ce que vous supposez, je ne dirais rien. Comme je ne suis pas impliqué, je ne dirai rien non plus. Seulement…

Il interrompit d'un geste de la main Ragueneau qui allait parler.

— Seulement, j'ai quelque chose à vous proposer. Quelque chose que vous auriez élaboré de toute manière, mais l'idée de croupir au secret ne m'amuse pas. Alors je vais essayer de gagner du temps. Voilà…

Il retrouvait son assurance, et le ton péremptoire que toute « la boîte » détestait.

— Vous me mettez à l'abri, d'accord. Ça vous rassurera, et moi je me plongerai dans la lecture. Ensuite, vous vous débrouillerez pour dissimuler la mort de Lemeniev. Pas un mot ne doit filtrer. Avec nos agents à Moscou et leurs relations, vous mettrez le bureau des Archives sur écoute avec une secrétaire à nos ordres. Puisque, apparemment, vous étiez bien renseignés sur les agissements du mafieux, beaucoup plus que vous avez daigné me dire, le premier qui va tenter de le contacter, en dehors des questions de routine, ou même par ce biais, risque d'être très intéressant. Ce sera un lien avec la taupe ou la taupe en personne. À votre talent de jouer. Messieurs, je n'ai plus rien à ajouter…

Il avait presque réussi à retourner la situation à son avantage, et en plus se permettait de donner des directives. Ragueneau et Favier, malgré leur profonde irritation, furent bien forcés d'admettre que son raisonnement était juste. D'un signe de tête, le colonel invita Yann à ressortir. En marchant doucement dans la rue, ils pensaient la même chose, mais n'osaient pas l'exprimer.

— Tant pis si vous jugez, si tu juges, que je fais une erreur, mon Colonel… Je crois qu'il ne faut pas l'arrêter. S'il n'est pas la taupe, et c'est une probabilité, sa disparition paraîtra bizarre dans son service, parce qu'elle n'était pas programmée. Dans ce cas, la véritable taupe va s'enfoncer un peu plus dans ses galeries. En laissant Brincourt dans ses fonctions, on peut inventer un coup pour expliquer la disparition de Lhostis, et des revendications supposées. On récupère sa collaboration, ce qui n'est pas négligeable. S'il est la taupe, il va se volatiliser très bientôt et se griller en même temps. Nos services respectifs le localiseront tôt ou tard...

— Excellent, Favier! Tu m'as devancé, mais j'allais dire la même chose. Ne reste plus qu'à lui présenter nos... excuses! Notre fierté va en prendre un coup!

— Ce n'est pas peu dire.

Ils firent demi-tour. Alors qu'ils atteignaient le poste sous l'œil interrogatif de leurs commandos, les deux gendarmes déboulaient avec la belle Katia qu'ils tenaient fermement. Un des deux avait la joue griffée. Il s'adressa au directeur du service Action.

— Mon colonel, cette dame nous a insultés, battus, et a refusé de nous suivre. Nous l'avons donc obligée de force.

— Vous avez bien fait. Vous avez son passeport?

— Oui, le voilà.

— Non, gardez-le. Vous la placerez en détention, après sa garde à vue, jusqu'à nouvel ordre.

— Je vais me plaindre à mon ambassade! hurla Katia.

— Il faudrait que vous le puissiez. Frapper et insulter les forces de l'ordre est très grave en France. Vous irez en prison préventive autant que nous le jugerons nécessaire. Emmenez-la à Brest, messieurs. Je préviendrai le colonel Garoust.

Ils obéirent, surpris d'une procédure inhabituelle, et la menottèrent.

— Il faudra que le juge l'inculpe d'association de malfaiteurs après sa garde à vue, comptez sur moi pour fournir les documents nécessaires. Ah, au fait: vous l'avez trouvée où, à l'hôtel?

— Non, mon colonel. Elle était dans un champ, derrière le lieu-dit Mez Ar Reun.

— Avec sa valise ?

— Oui, mon colonel.

L'information était préoccupante. Ragueneau s'approcha d'elle, menaçant.

— Vous attendiez un bateau, un hélicoptère ?

Elle lui cracha au visage.

— Va te faire foutre !

Il leva la main pour la gifler, mais se retint à temps.

— Emmenez-moi cette pouffiasse !

Il s'essuya le nez et, furieux, entra vivement dans le poste, suivi de tout le groupe. Brincourt les attendait, goguenard, devinant un revirement spectaculaire dont il était le bénéficiaire. Favier laissa un message à Tanguy pour éplucher les affaires de Lemeniev afin de savoir s'il avait prévu un moyen spécial de regagner le continent.

oOo

Sous son impassibilité de bronze, le prince Dolgorovski allait sans doute mieux : depuis une semaine, il n'était plus agressé quatre fois par jour par ce misérable moujik au crâne chauve. Au bureau des Archives de la mairie moscovite régnait une atmosphère décontractée inhabituelle. La capiteuse créature qui remplaçait Anouchka savourait cette trêve, sans grands états d'âme. Son salaire était correct et, tant qu'on ne la battait pas, elle était prête à assouvir les désirs de son patron. Elle répondait par intermittence à ses convocations, et ce depuis des années, sachant qu'elle n'était pas la seule. Ce qui lui était parfaitement égal. Avant de partir, Lemeniev lui avait fait répéter plusieurs fois les consignes pour le travail, agrémentées de pénétrations et fellations lorsqu'elle commettait une erreur. Comme il avait eu la bonté de la faire jouir, l'exercice ne lui avait pas déplu.

Le géant Kabarov entra sans frapper, ce qui la fit sursauter. Elle referma précipitamment le magazine ouvert sur son bureau. Derrière lui, une femme à l'aspect sévère la dévisageait et, malgré elle, elle rougit, ayant l'impression d'être mise à nu.

— Mademoiselle Liebov, je vous présente Olga Crazinski qui remplacera monsieur Lemeniev, le temps de son absence. Vous serez son assistante et il serait bien que vous lui obéissiez quant aux tâches qu'elle vous demandera. Je suis sûr que vous vous entendrez très bien. Un gros travail va vous être confié, et vous ne serez pas trop de deux pour le faire.

Les deux femmes se serrèrent la main. Intimidée, mademoiselle Liebov comprit néanmoins, au contact vigoureux et au regard insistant, qu'elle serait encore soumise à des obligations sexuelles. Ce ne serait pas une découverte et, si elle était bien traitée, ce pourrait même être très agréable.

Kabarov les laissa. Le maire adjoint se tourmentait depuis que Favier l'avait informé de la disparition de Lemeniev. Au ministère de l'Intérieur, l'avertissement formulé des années auparavant était clair : si l'un des deux meurt, l'autre sera exécuté. Comment prouver qu'il n'y était pour rien ? Son ami français promettait bien de le disculper, mais Kabarov connaissait l'univers des services secrets, et ses

« ratés » mis sur le dos de la raison d'état. Il disposait d'un peu de temps avant de quitter la Russie, si son dossier n'était pas classé « sans suite à donner ». Le temps que quelqu'un essaie de contacter Lemeniev sous un motif qui éveillerait la méfiance.

Olga Crazinsky saurait filtrer intelligemment les contacts, en écartant l'esclave de Lemeniev de tout contrôle sur l'administration du bureau. Il sourit en pensant à la tactique qu'elle emploierait. Olga était une femme exceptionnelle, en qui il plaçait son entière confiance. Elle lui devait beaucoup. Il l'avait arrachée à la pauvreté, à un milieu alcoolique où elle était brimée, humiliée, notamment parce qu'elle préférait les femmes aux hommes. Grâce à lui, elle était entrée dans les services de renseignements où sa rigueur, sa subtilité, lui avait permis de se hisser à un grade valorisant. Kabarov obtenait de son chef, un ami, qu'il lui accorde des missions extérieures épisodiques.

Il n'y avait plus qu'à attendre maintenant que la taupe de la DGSE se manifeste.

Lorsque Garoust apprit la nouvelle par le commandant Tanguy, sa première réaction fut joyeuse : il avait un cadavre qu'il pourrait baptiser du nom de Dimitri Tcherkaïev ! Le gouvernement russe ne réclamerait certainement pas le corps d'un chef maffieux célibataire. Il y aurait moyen de s'arranger, si c'était le cas. L'enterrement du gitan Cecouniesku était prévu dans une dizaine de jours, on sortirait deux cercueils en même temps, dont un vide lesté de pierres. Le corps de Lemeniev, dans un sarcophage plombé, prendrait alors le chemin de la Russie. Pour la vraisemblance, la première solution était la meilleure, car moins compliquée. Ragueneau de son côté l'avait appelé pour lui imposer le secret absolu sur la mort de Lemeniev, ainsi que celle fictive du commandant Favier de la DCRI, sans lui expliquer quoi que ce soit. Le colonel comprenait qu'une stratégie complexe se mettait en œuvre, à laquelle il ne prenait pas part, car elle était hors de sa sphère de pouvoir. L'opération *Viande hachée* poursuivait sa progression vers le succès, et c'était bien là l'essentiel.

À part le directeur du service Action, les autres chefs des services de la DGSE ne comprenaient pas très bien pourquoi Brincourt n'essayait pas de se venger sur eux de l'échec de sa mission. Ce qu'il aurait dû faire, comme par le passé quand les opérations échouaient.

Ragueneau venait de décrire la mort du commandant Favier de la DCRI par assassinat, et la fuite de son exécuteur, malgré leur dispositif pour l'arrêter. D'autre part, l'honorable correspondant, le capitaine de Frégate Hervé Lhostis, n'avait pas réapparu et des tractations étaient en cours pour sa libération, sous la responsabilité du service Action. Un groupe maffieux étranger le détenait, exigeant la libération d'une vingtaine de malfaiteurs incarcérés récemment suite aux informations fournies par les documents du noyé russe. Heureusement le complice de l'assassin, un certain Lemeniev, était emprisonné à Brest et servirait de monnaie d'échange.

— Voilà messieurs, où nous en sommes. Il est probable que ce Lemeniev soit à la tête du réseau dénoncé par la curieuse mise en scène qui a débuté sur l'île d'Ouessant. Le fait que le commandant Favier et notre correspondant Lhostis soient des natifs et habitants de ce lieu n'est pas un hasard dans cette histoire. À nous de poursuivre activement nos travaux afin d'éponger la lamentable issue de notre expédition, dont le colonel Ragueneau et moi-même sommes exclusivement responsables. En premier, l'exploitation des fiches récentes de nos agents en poste en Russie et ses ex-pays satellites…

Des questions ?

— Quel sacré comédien ! pensa Ragueneau, admiratif de la prestation de Brincourt.

Il avait réintégré ses fonctions sans la plus petite faiblesse et assumait son rôle en reprenant l'initiative des actions à mener. À ce stade de maîtrise de soi-même, tout était possible. Mais combien de temps le stratagème mis en place pouvait tenir avant que l'adversaire ne le dénoue ?

oOo

Convaincus par leur fils qu'ils couraient un danger terrible, les parents de Claude Leblanc, ainsi qu'Anouchka, avaient quitté Paris en voiture, à trois heures du matin, heure à laquelle il est plus aisé de se rendre compte d'une filature. Toujours sur les recommandations de Claude, monsieur Leblanc père n'avait pas téléphoné ou envoyé un mail pour réserver un hôtel. Ils étaient maintenant installés dans un délicieux Logis de France à Quarré-les-Tombes, au cœur du Morvan, village où monsieur Leblanc avait passé des vacances dans sa jeunesse, non loin de Saint

Léger-de-Fourcheret, lieu de naissance de Sébastien Le Prestre, l'extraordinaire Vauban. Il racontait à Anouchka la longue vie de cet homme qui avait fortifié la France, la parcourant à cheval sans relâche, et trouvant le courage de noter le soir à la chandelle des réflexions philosophiques et philanthropiques. Tant qu'elle l'écoutait, elle oubliait en effet la peur qui l'habitait en permanence, réminiscence en partie des drames subis durant sa jeune vie. Madame Leblanc éprouvait de la sympathie pour cette jolie femme qui allait peut-être devenir sa belle-fille. Son histoire l'avait bouleversée. Elle mesurait, par comparaison, le bonheur de leur vie paisible au sein de cette vieille démocratie française dans laquelle tout n'était pas parfait, mais tellement mieux que beaucoup de pays. De son côté Anouchka ressentait une affection grandissante à l'égard de ce couple. Elle culpabilisait de représenter une menace pour eux, et leur était reconnaissante qu'ils ne lui en adressent aucun reproche, allant jusqu'à assumer de bon cœur les risques qu'elle leur imposait. Ayant soif de connaissances, la découverte de Paris, et maintenant de la campagne lointaine sous la houlette de monsieur Leblanc, et de sa grande culture, l'aidait à surmonter ses angoisses.

Ce qui n'était pas le cas de Claude, fou d'inquiétude, car il ne parvenait pas à localiser Lemeniev. La DGSE n'avait toujours pas satisfait à sa demande de protection pour ses parents et celle qu'il considérait désormais comme sa femme.

Quant à joindre Kabarov, les ordres étaient formels : ne jamais le contacter physiquement.

Il lui avait laissé un message par l'intermédiaire du restaurant *chez Georges*, au cas où le maire adjoint viendrait s'attabler. Sans avoir de réponse pour le moment. Ne restait plus qu'à savoir par le bureau des Archives si le directeur était rentré. Trouver un motif quelconque ne présentait pas trop de difficulté. Toutefois, étant donné sa position à l'ambassade de France, il fallait que ce soit plausible. Il chercha tout en dessinant des gribouillis sur un bout d'enveloppe déchirée.

oOo

De la pochette étanche accrochée au cou du cadavre de Lemeniev, Tanguy sortit un portable avec une carte rechargeable, une liasse d'euros et un passeport au nom de Fedor Antonomov. Il nota les numéros inscrits sur le journal d'appel et les transmit au centre spécialisé pour identification. Les renseignements lui parvinrent une heure après.

En dehors de la compagnie Penn Ar Bed, de l'hôtel Roch Ar Mor, de deux réseaux de taxi, et de l'aéroport de Guipavas, trois numérotations, dont deux fois la même, retinrent son attention. La première, composée une fois, correspondait à une carte achetée dans une boutique de téléphonie au Conquet, celle de la compagne de Lemeniev évidemment. La deuxième et la troisième étaient attribuées à un nommé Jean-Yves Melgwenn, moniteur pilote à l'aéro-club de Saint Brieuc. Il ne pouvait être qu'au service du Russe pour quitter Ouessant aussitôt commis le meurtre de Favier. Tanguy appela pour le mettre au courant le colonel

Garoust, seul interlocuteur apte à recevoir des données concernant cette affaire, selon les ordres de Ragueneau. Lequel fit de même en téléphonant d'abord à la section aérienne de la gendarmerie à Rennes, avec ordre d'arrêter Melgwenn. En cas de décollage intempestif du pilote, il fallait le suivre et l'arrêter dès son atterrissage. Il doubla ensuite sa communication à la brigade de Saint Brieuc avec les mêmes consignes, mais pour une arrestation classique au sol. Dans les deux cas, un transfert immédiat du prisonnier à Brest était requis.

oOo

La bouillie bordelaise était efficace. Plus un seul puceron sur les boutons de rose qui allaient éclore. Le général Gautlot, armé de son sécateur, refit l'inspection de la troupe de ses rosiers, enlevant encore des bouts de branche morte, porte ouverte aux maladies qui infectaient ses plantes.

Un souvenir récurrent lui revint une fois de plus, souvenir qui surgissait lorsqu'il s'occupait de son jardin. En vacances avec sa jeune épouse à Mougins, dans le Midi, en se promenant ils s'étaient arrêtés le long d'une clôture grillagée entourant un espace empli de roses magnifiques. Un homme, coiffé d'un chapeau de paille, les examinait avec des gestes précautionneux. Sentant qu'on l'observait, il s'était retourné et les Gautlot s'étaient trouvés face à Charles Vanel. Le grand acteur avait engagé spontanément la conversation sur ses fleurs, un de ses sujets favoris. Une fois encore, Gautlot conclut son évocation en se disant que la simplicité était l'apanage des grands personnages, fussent-ils acteurs, militaires, politiques ou religieux.

Un coup de frein dérapant sur le gravier le tira de sa rêverie. Devant lui une grosse berline aux vitres fumées venait de s'immobiliser. Le chauffeur se précipita et alla ouvrir une porte arrière, d'où sortit un homme au crâne chauve, vêtu d'un coûteux pardessus. Le général s'approcha de sa grille car, à n'en pas douter, la visite était pour lui. Il mit quelques secondes avant de le reconnaître, chose qui ne lui fut pas agréable quand il y réussit.

Il ouvrit le passage et François de Brincourt, souriant, lui tendit la main.

— Salut Pierre. Ben oui, j'ai pris un coup de vieux. Mes cheveux se sont fait la malle. Pas comme toi ! Quelle tignasse !

— Bonjour… Georges. Tu préfères peut-être que je t'appelle François ?

— Mais non, pas entre nous ! Heu… je peux entrer ?

— Excuse-moi, je ne m'attendais pas… Viens.

C'était mensonger car, Ragueneau l'ayant mis au courant des événements, Gautlot avait prévu cette rencontre. Mais pas chez lui. Il enleva son tablier, ses gros gants anti-épines, et invita son ancien compagnon d'enfance à s'asseoir dans le petit salon. Ils se contemplèrent sans rien dire, un fleuve d'images, d'anecdotes, coulant dans leur silence.

— Bien, dit Brincourt, se reprochant le mot, comme chaque fois qu'il proférait cette entrée en matière. Tu as enquêté sur mon compte récemment, non, non, je ne suis pas venu pour te faire des reproches. Tu as fait ce qu'on t'a demandé… Je ne te ferai pas l'injure non plus de te prendre pour un… innocent. Tu es au courant de tout ce qui vient de se passer, c'est normal. Si je suis là, en dehors du plaisir de te revoir après toutes ces années, c'est parce que tu as vu ma belle-mère chérie récemment. C'est d'elle dont je voudrais te parler, et…

— Avant qu'on ne commence, je peux t'offrir à boire ?

— Volontiers… Un whisky si tu as. Je m'en fous, je ne conduis pas !

Gautlot partit dans la cuisine, où sa femme lui adressa un regard interrogateur. Il plaça un doigt sur ses lèvres et s'empara de deux verres et d'un seau de glaçons. Puis il ouvrit son meuble bar et saisit une bouteille de Lagavuline, à peine entamée depuis six mois. Il servit une bonne rasade à son visiteur et un fond de verre pour lui-même.

— À ta santé Pierre ! À ta retraite bien méritée ;

— Santé ! Et la tienne ? C'est pour bientôt ?

— En principe, oui…

Brincourt grogna de plaisir à sa première gorgée d'alcool.

— C'est bon, ça ! Alors… Ma belle-mère t'a raconté l'histoire de la lettre de Lénine à mon grand-père, son ami, et compte tenu de plein d'événements récents, tu en as déduit que j'étais la taupe enfouie à la DGSE, avec les encouragements de Ragueneau… et le soutien de notre belle Ministre. Ben oui, vu mon poste, c'est la moindre des choses que je sois informé. Mais tout ça n'est plus à l'ordre du jour…

Brincourt se redressa dans son fauteuil et se pencha, un bras en appui sur son genou.

— On a dû te dire aussi que la vieille salope avait menti et qu'elle me faisait chanter avec cette foutue lettre. Or, ce que tu ne sais pas, c'est que j'ai toujours été convaincu qu'elle était une véritable espionne au service des Soviétiques… Comme je l'ai dit aussi à Ragueneau, j'ai longtemps essayé de la démasquer. Sans y parvenir… Elle est redoutable, enfin… était. Est-ce que tes services de la D.R.M. ont eu des soupçons à son sujet ?

Gautlot, surpris, réfléchit à la question.

— Pas vraiment… Je me souviens qu'un jour, au moment de la Perestroïka, un de mes officiers a enquêté sur elle pendant quelques mois… Mais sans résultats… Le dossier a été classé.

— Tu pourrais éventuellement ressortir ce dossier ?

— Sans aucun problème…

Brincourt se pencha un peu plus, les inflexions de sa voix persuasives.

— Pierre… Il y a quelque chose qui cloche… Il y a vraiment une taupe à la DGSE… Et elle y est depuis longtemps… Peu importe que vous ayez tous cru que c'était moi… Je m'en fous… Si je suis venu te voir, ce n'est pas pour régler des comptes… C'est pour faire appel à tes souvenirs, quand nous étions voisins de palier. Qui as-tu vu défiler chez moi, chez les Talaïev ?

C'était une gageure ! Faire ressurgir des faits du quotidien près de cinquante ans plus tard ! Le vieux général, ébranlé quand même par les allégations du chef de la DGSE, plongea dans leur passé commun.

Ils se lancèrent des noms, des dates, des choses anodines qui se déposent en mémoire alors qu'elles n'ont pas d'originalité. Des moments terribles aussi, comme les humiliations ou la cruauté que Nadia Talaiëv infligeait au petit garçon, Georges Talaïev, devant ses amis consternés. Même devant les adultes.

Le temps passait… Les deux hommes revivaient ce qu'on n'oublie jamais : son enfance, quelle qu'elle soit. De temps en temps, ils s'arrêtaient pour explorer ces zones qui s'étaient estompées avec les années, et s'évertuaient de leur rendre un contraste.

— Je n'ai pas compris, dit Gautlot, cette haine permanente que ta belle-mère te vouait. As-tu une idée maintenant de sa cause ?

— Non… Je n'ai aucune explication… D'autant qu'elle était capable d'affection, envers toi par exemple. Elle t'embrassait quand elle te voyait… Moi, je n'y ai pas eu droit une seule fois !…

Une image surgit dans l'esprit du vieux militaire.

— Il y avait un gosse aussi, qu'elle aimait bien. Un jour où elle avait été particulièrement odieuse avec toi, nous étions en train de jouer au Monopoly sur le tapis du salon, il s'est levé et s'est cogné durement la tête en dessous de la table. Il s'est mis à pleurer et ta belle-mère s'est précipitée pour le consoler. Elle l'a emmené dans la salle de bain. Quand je suis allé voir un peu plus tard comment il allait, elle le tenait dans ses bras et le couvrait de baisers. Après ce qu'elle t'avait fait ce jour-là, ça m'avait paru… incroyable !

Brincourt plissa les yeux sous son effort de concentration.

— Oui, oui, oui… Il venait souvent ce môme… Ce qui était surprenant… Attends, attends… Il venait accompagné d'une bonne femme habillée bizarrement… une sorte d'uniforme, toujours le même…

— C'est ça ! Une surveillante de pensionnat ! Je m'en souviens parce que mes parents avaient fait une réflexion à ce sujet. Du genre : c'est un gosse de riche avec sa garde particulière.

— Comment s'appelait ce gamin ?

— Je ne sais plus. Ça me reviendra peut-être… En tout cas, elle l'aimait beaucoup, ça je suis sûr. Il faut dire qu'il était très beau, ce qui attire toujours les femmes…

— Ouais ! ...La beauté, cette fameuse loterie humaine ! Tu tires le bon numéro, et toute ta vie est changée !

— Pas si sûr, Georges. Combien de beaux garçons n'ont pas eu ta carrière qui est loin d'être médiocre.

Brincourt se rendit compte que la remarque était sincère. Il admettait donc de revoir son opinion. Cela lui fit du bien de la part d'un homme qu'il avait traité de « con borné » peu de temps auparavant.

Ils continuèrent à bavarder encore longtemps, détendus, amusés de faire revivre ce passé pour la première fois.

Regardant sa montre, Brincourt jura.

— Nom de Dieu ! Excuse-moi Pierre, mais je suis dans le pétrin. J'ai raté un rendez-vous important !

Il ajouta en riant :

— Le premier depuis vingt-sept ans ! Ça va, la moyenne tient encore le coup.

Il se leva, et Gautlot le raccompagna à sa voiture. Ils se serrèrent la main. Avant que son chauffeur referme la portière, il lui lança :

— S'il te plaît, ressors le dossier dont on a parlé.

Le général resta dans ses souvenirs une partie de la journée. Comme avec un magnétophone dont on remonte l'enregistrement pour une deuxième écoute, il se remémora leur entretien. Une conviction émergeait lentement de son raisonnement : il s'était gravement trompé sur les agissements du directeur général.

Son subconscient n'interrompit pas la mécanique enclenchée sur la recherche des souvenirs de la rue Daru. En pleine nuit, un rêve poignant le réveilla en sursaut, lui fournissant une hypothèse ahurissante. Il eut du mal à se rendormir car, en avertissant Brincourt dès le lendemain, il était sûr de provoquer un violent choc.

oOo

La vie de Mathieu se traçait avec une règle : une droite, nette, propre. Si, comme en mathématique, on ne pouvait mettre le signe infini au bout, il n'en était pas moins sûr, qu'en matière de droiture, il incarnait une référence.

« Le vrai honnête homme est celui qui ne se pique de rien. »[17]

Ce qui venait de se produire brouillait son esprit. Quand les journaux publièrent des entrefilets annonçant le rapt d'Hervé Lhostis et la mystérieuse disparition du commandant Yann Favier, il fut indigné, malgré les assertions de Tanguy disant qu'il s'agissait des intérêts supérieurs de la nation.

Comment pouvait-on mentir aussi effrontément ? Ce qui le choquait le plus était que son

---

17 le duc de La Rochefoucauld au XVIIe siècle

Tanguy trouvait ça très bien. Il lui affirmait que c'était normal, qu'il fallait combattre par n'importe quel moyen, y compris les plus tortueux, ces criminels qui pourrissaient les populations avec des trafics honteux. Pour couronner le tout, on lui demandait sa complicité par une discrétion absolue. Pas le droit de raconter aux copains qu'on avait voulu le tuer et que son petit-fils était sorti de la mer pour le sauver, que Favier était au courant de tout, ainsi qu'Hervé Lhostis, et que des gens dans un canot pneumatique, qui guettaient au large, étaient venus embarquer le cadavre du type qui lui appuyait un revolver sur la tempe ! Et maintenant on annonçait que Yann et Hervé étaient morts ou disparus, alors que lui, Mathieu, savait qu'ils étaient, dieu merci, bien vivants et libres dans un coin perdu, peut-être même pas en France.

— Quelle époque, bougonna-t-il. Mais quelle époque !...

Il boutonna sa vareuse couleur de pluie et de vent, et sortit voir ses oiseaux, car personne au monde, pas même des assassins venus d'on ne sait où, ne pourraient l'en empêcher.

Il n'était pas le seul à s'offusquer de ce qui se passait. Favier, avant de s'évanouir avec Lhostis dans la nature, avait mis Jean-Pierre Karadec dans la confidence. Le premier citoyen de l'île n'appréciait pas beaucoup ces manœuvres qui entachaient, à ses yeux, la réputation de son « caillou ». Il ne s'était pas privé de le dire. En des termes choisis que son énervement apportait naturellement à son langage. À défaut de raffinement, cela avait le mérite d'être clair. Pas comme les textes administratifs.

oOo

Pour les habitués du bureau des Archives, la transformation était radicale. Dès le pas de la porte un gros bouquet de fleurs, bien en évidence sur un guéridon, attirait le regard. Ensuite, l'odeur d'un parfum délicat venait flatter le nez, avant de découvrir la belle créature qui s'en était aspergée. La jeune femme qui occupait la place d'Anouchka, très soignée elle aussi, exhibait ses formes harmonieuses dans une robe que lui avait recommandée la remplaçante de Lemeniev. Remplaçante dans tous les domaines. Comme elle l'avait deviné au premier contact, Olga Crazinski, la protégée de Kabarov, n'avait pas attendu longtemps pour prendre possession de sa personne. Elle ne lui avait pas opposé de résistance, sentant un tempérament de feu sous l'apparence rigide de cette femme aux traits harmonieux. À sa grande surprise, ses sens s'étaient embrasés, dépassant de loin ce qu'elle avait ressenti jusqu'ici. De son côté, Olga n'avait pas rencontré quelqu'un dont la première préoccupation de l'existence était de faire l'amour, et d'atteindre le point culminant du désir plusieurs fois par jour, sans lassitude. Elle en profitait sans vergogne, oubliant dans ses jeux érotiques les cauchemars de sa jeunesse qu'elle n'arrivait pas à bannir définitivement. Cela lui faisait beaucoup de bien, et elle bénissait son protecteur de lui permettre cette aventure qui, contrairement à ce qu'il avait annoncé, n'était pas laborieuse.

Les « clients » de Lemeniev repartaient avec leurs enveloppes, ravis du congé indéterminé de leur bourreau et de l'accueil charmant qu'on leur avait témoigné.

— Mademoiselle Liebov, vous mettez le panneau « absence momentanée » sur la porte, s'il vous plaît, ordonna l'interphone.

C'était le signal. Elles se vouvoyaient, car cela les excitait de perpétuer les rapports patron-employée, pour mieux les intégrer dans leurs ébats.

Elle ferma la grosse serrure à clef, tira par précaution les deux verrous intérieurs, et rejoignit Olga qui, cela faisait partie du cérémonial, ne leva pas la tête de sa lecture. Elle se plaça près d'elle, s'assit sur le bureau et attendit. Au bout d'un moment, sans quitter des yeux ce qu'elle ne lisait pas, Olga glissa la main sous la robe et tout doucement explora ses cuisses, son ventre, et finit par la caresser négligemment par intermittence. Mademoiselle Liebov, les bras appuyés en arrière, ouvrait ses jambes, submergée par cette sensation qui la faisait entrer dans le monde puissant du plaisir pour lequel elle était faite.

La sonnerie du téléphone fracassa sa délicieuse vibration. Olga décrocha de sa main libre.

— Bureau des Archives, bonjour.

— Bonjour. Pourrais-je parler à monsieur Lemeniev, s'il vous plaît ?

— De la part de qui, je vous prie ?

— Claude Leblanc, attaché culturel de l'ambassade de France.

Immédiatement Olga quitta le corps de son amante et attrapa stylo et bloc-notes.

— Je suis désolée, Monsieur Lemeniev est absent de son bureau. Je peux peut-être vous aider…

— Heu… Il sera là quand ?

— Je ne peux pas vous dire…

— Ah ! Il est à Moscou ?

— Je ne sais pas, monsieur Leblanc. Il est en mission pour quelque temps. Dites-moi de quoi il s'agit. Il m'appelle une fois pas jour, je lui transmettrai.

— Non, ce n'est pas la peine. Il n'y a pas d'urgence. C'est à propos de notre bâtiment, la maison Igoumnov.

— Je peux très bien faire la recherche. Que désirez-vous retrouver ?

— Eh bien… Je préfère attendre le retour de monsieur Lemeniev. Merci, madame.

— Comme vous voudrez. À votre service.

À peine avait-elle reposé le téléphone, qu'elle se levait et allait chercher son manteau.

— Je suis désolée, c'est important, dit-elle à mademoiselle Liebov qui n'avait pas bougé. Je reviens dans un quart d'heure.

Elle quitta le bureau, mais mademoiselle Liebov n'eut pas la patience d'attendre, et termina seule ce que sa maîtresse avait commencé.

oOo

— Entrez !

Ragueneau passa la tête dans l'embrasure de la porte.

— J'ai envie de marcher un peu, tu m'accompagnes ?

On nageait dans la paranoïa. Plus de téléphone, plus de mail, même codé. Seulement des messages directs, en se cachant comme des enfants.

— J'arrive.

Brincourt se leva, s'entoura le cou d'une écharpe, verrouilla ses armoires blindées et, pour finir, sa porte.

Le temps sur Paris était gris et frais, comme souvent maintenant. Les printemps éblouissants à la lumière dorée, dont la Seine était le miroir favori, sortaient doucement de la mémoire des gens.

Lorsqu'ils furent certains qu'on ne pouvait les écouter, même avec un micro-canon planqué dans un véhicule utilitaire, Ragueneau adopta pourtant une voix confidentielle.

— On a essayé de contacter Lemeniev !

— Déjà... Formidable ! Qui ?

— Claude Leblanc.

Brincourt se figea sur place, ressortant de sa prodigieuse mémoire le dossier de son agent. Un si brillant universitaire, de bonne famille, qui n'avait jamais déçu son service.

— Depuis combien de temps il est dans la boîte ? questionna-t-il, autant pour lui-même que pour le colonel.

— Neuf ans. Recommandé par... qui tu sais.

— Oui... Bien... Merde !

— Quoi ?

— Non, c'est pour moi, ma manie de dire toujours : bien ! Il faut le faire revenir. Qui t'a renseigné ?

— Favier, averti par Kabarov, lequel a posé le piège.

— Tu préviens toi-même Leblanc d'une réunion exceptionnelle. Tu lui dis qu'on met au point une stratégie à cause des renseignements qui nous sont parvenus... heu... d'un peu partout. Je te laisse le soin d'inventer ce qui est le plus vraisemblable. On le coince en petit comité, dès son arrivée.

— Qu'est-ce que tu appelles petit comité ?

— Toi, moi, Grimbert, et deux de tes hommes les plus efficaces. Tu organises ça dès à présent.

— Ce sera fait.

À peine Brincourt raccrochait-il son écharpe au portemanteau que sa secrétaire l'appela.

— Le général Gautlot, monsieur. Vous le prenez ?

— Tout de suite !... Allô ?... Bonjour Pierre... que... comment ? Dans une heure et demie... ça ne m'arrange pas... Oui ... À ce point-là ! Bon, d'accord. Au Châtelet... À tout à l'heure.

Sans posséder des dons de médium, le directeur général eut le sentiment d'une accélération dans le processus mis en route depuis sa visite à Ouessant. Il en tirait de la satisfaction, mais un malaise indéfinissable la gâchait par moments, car il redoutait qu'une partie intime de sa vie soit impliquée.

Quand son chauffeur le déposa devant la brasserie à l'angle du quai de la Mégisserie, Gautlot était déjà là. Vêtu de façon démodée, un chapeau trop petit sur la tête, des chaussures astiquées exagérément, il arpentait le trottoir, le regard au sol, un carton sous le bras. Il faillit buter contre Brincourt qui venait à sa rencontre.

— Alors, que se passe-t-il ?

— Ah ! Tu es là ! C'est bien. Tu as déjeuné ?

— Non, et je n'ai pas beaucoup de temps.

— Moi non plus. On essaye de trouver un coin tranquille ?

— Allons-y.

Lorsqu'ils eurent choisi l'endroit idéal, et commandé

deux croque-monsieur avec deux ballons de Côtes du Rhône, le général ouvrit le feu.

— Te souviens-tu de la couleur des cheveux et des yeux de l'enfant accompagné par sa nounou en uniforme ?

Brincourt interloqué secoua la tête.

— Je ne vois pas en quoi...

— Évidemment tu es plus jeune que moi. Ce sont des choses qu'un gamin de huit ans ne remarque pas. Mais moi, j'en avais quinze. Et...

Il soupira en mémoire de ses convoitises d'adolescent envers la superbe Nadia Talaïev.

— Et ?

— Et la chevelure rousse de ta belle-mère, ses yeux verts de tigresse me... m'impressionnaient !

— Bien... Alors ?

— Comment ça : alors... Tu ne vois pas où je veux en venir ? Le petit garçon était pareil ! Mêmes yeux, mêmes cheveux !

Brincourt en resta la bouche ouverte.

— Son fils ?

— Oui. La ressemblance était indéniable... Cela explique son comportement, en tout cas vis-à-vis de lui.

Comme prévu, le directeur général était sonné ! La nouvelle configuration de sa famille soulevait une cohorte d'interrogations. Dont la première : avec qui avait-elle eu cet enfant ?

— Et je crois, enchaîna Gautlot, qu'il était le fils de ton grand-père, le seul homme dont elle parle encore avec vénération.

Le cerveau bien entraîné du chef de la DGSE reconstituait le puzzle des attitudes, des disputes, de tout le malheur qui avait anéanti son enfance, conditionnant son destin d'homme. Les horreurs, que son père et sa belle-mère se jetaient à la tête, puisaient leur source dans l'existence des deux petits garçons. Le mari, cocufié par son propre père, ne voulait pas de la présence de son bâtard chez lui, et sa femme, par réaction, détestait le fils qu'il lui imposait. Elle se vengeait de cette situation sur le pauvre gamin.

— Tu as raison, Pierre. Ce ne peut être que ça… Quel bordel ! Quand je pense que je suis retombé sur une salope du même genre pour mon mariage !

Gêné, Gautlot ouvrit son carton.

— Je suis passé tôt à la D.R.M. ce matin prendre une photocopie du dossier dont nous avions parlé. Il n'y a rien de très intéressant, sauf ceci.

Il lui tendit une note ainsi que le double d'une photo. Sur la note, le rédacteur résumait les différentes filatures de Nadia Talaïev.

Il n'y a rien de particulier à signaler à propos de madame Nadia Talaïev née Varynytchenko à Kiev le 21 mai 1927. Ses travaux de traduction, et d'accompagnement des délégations soviétiques en France, n'ont pas révélé de dysfonctionnements susceptibles d'être interprétés comme des activités d'espionnage. Ses contacts et rendez-vous particuliers se sont bornés à la fréquentation d'un jeune homme, toujours le même, identifié sous le nom de Quentin Botterne, étudiant à la faculté de droit d'Assas, né à Paris 16e le 13 avril 1953.

Quand Brincourt examina la photo, en noir et blanc, hélas, il eut la confirmation de ce qu'il venait d'apprendre : l'étudiant ressemblait à sa mère, telle qu'il se souvenait d'elle à l'époque.

— Tu as la date de cette photo ?

Le général compulsa la couverture de son carton sur laquelle il avait recopié la mention de l'original.

— Juin 1978.

— Merci pour tout, Pierre. Tu m'as aidé considérablement.

Il ne lui précisa pas que le visage et la silhouette sur la photo lui étaient vaguement familiers. Il eut envie de retrouver cet homme, âgé aujourd'hui de 58 ans qui, sans le faire exprès, avait gâché sa vie privée.

oOo

Le portable vibra au fond de la poche.

— Oui ?

— Tout va bien.

— Parfait. Vous êtes où ?

— Un bled paumé dans le Morvan. Qu'est-ce qu'on fait ?

— Vous ne les perdez pas de vue.

— Ça ne risque pas. Et après ?

— Vous interviendrez quand je vous le dirai. Tout est préparé ?

— Affirmatif.

— Alors, profitez bien de vos « vacances ».

— On a déjà commencé.

Le numéro du correspondant fut effacé du journal d'appel sur-le-champ.

oOo

Pendant le vol Moscou-Paris il avait dormi, ce qui avait un peu compensé sa mauvaise nuit. Dieu que cette convocation tombait bien ! Il allait pouvoir mettre en place, lui-même, cette protection pour Anouchka dont il n'avait toujours pas reçu l'acceptation. En s'adressant au directeur général, il obtiendrait satisfaction plus rapidement. Quand il sortit du contrôle des passeports, Claude Leblanc fut abordé par deux hommes qu'il ne connaissait pas.

— Monsieur Leblanc ?

— Oui.

— On nous a ordonné de venir vous chercher pour vous éviter de prendre un taxi.

— Ah, bon ! Je n'ai pas l'habitude de ce genre d'attention. Qui vous a demandé de le faire ?

Ils regardèrent alentour, et l'un d'eux murmura :

— Monsieur Ragueneau.

Claude se détendit un peu, la procédure étant inhabituelle à son égard. Il resta sur le qui-vive tout le long du trajet, et ne se relaxa vraiment que lorsque la voiture franchit le porche de la boîte.

— Le colonel m'attend dans son bureau ?

— Non, dans la salle de conférences du premier.

— Ah !

Alors qu'ils s'engageaient dans l'escalier, il constata avec surprise qu'ils le suivaient.

— Ne vous donnez pas la peine, je connais le chemin.

— Bien sûr, mais nous assisterons aussi à la réunion.

L'appréhension refit surface.

— Vous venez de quel service ?

— Nous sommes convoqués par le service Action.

Avec leurs carrures, leurs silhouettes caractéristiques de commando, ils étaient venus le prendre à l'aéroport, et maintenant allaient assister à une réunion traitant de sujets sensibles avec les directeurs de la DGSE ?

— Vous êtes convoqués à quel titre ?

— Le colonel va vous l'expliquer, monsieur.

Claude entra dans la salle, très inquiet. Brincourt, Ragueneau et Grimbert se tournèrent vers lui, tandis que ses suiveurs restaient devant la porte. En allant vers ses supérieurs, il fit ce que les acteurs appellent le « double take » : il regarda derrière lui, très brièvement, pour vérifier la position des commandos et revenir sur le comité d'accueil. Il ne leur tendit pas la main, pensant instinctivement qu'ils ne la lui serreraient pas, et se contenta d'un bref salut de tête.

— Messieurs… J'ai la pénible sensation d'être… bizarrement accueilli. Vous avez des reproches à mon encontre ?

— Asseyez-vous monsieur Leblanc, dit Ragueneau. Nous avons des questions à vous poser.

Claude obtempéra, mettant sa valise contre sa jambe. À la façon dont on le regardait, il comprit que des faits graves se passaient. Mais en quoi était-il concerné ?

— Je vous écoute, mon colonel.

L'officier resta debout, sa masse corporelle écrasant l'honorable correspondant, plus qu'elle ne le dominait.

— Vous fréquentez monsieur Lemeniev depuis combien de temps ?

— Mais… Je ne le fréquente pas !

— Vous ne l'avez jamais vu ?

— Si. Une fois par hasard, dans un cocktail offert par la mairie de Moscou.

— Une seule fois ?

— Oui…

— Vous êtes au courant quand même de… ses activités ?

— Oh, oui !

— Vous pouvez nous les décrire ?

— Certainement : organisations de trafics de drogue et d'armes, extorsion de fonds en tout genre… Il possède une armée de mercenaires, et c'est un pervers sexuel notoire. Mais vous devez savoir ça aussi bien que moi.

— Peut-être pas aussi bien que vous !

C'était donc ça ! La DGSE le soupçonnait de collusion avec ce salopard. Claude resta choqué un instant. Indubitablement on observait ses réactions. L'avocat remonta en surface.

— Pardonnez-moi, je ne m'attendais en aucun cas à une telle suspicion. Lors de notre dernière réunion ici même, tout était clair entre nous. Quel est le cataclysme qui vous a persuadé de mon association avec Lemeniev ?

Brincourt répondit à la place de Ragueneau.

— Claude Leblanc… pouvez-vous nous confier comment vous êtes aussi bien renseigné sur le directeur des Archives ?

— Oui. Nous avons un ami à la mairie avec lequel je suis en contact depuis mon arrivée à

Moscou. Vous le connaissez bien : Sergueï Kabarov. D'autre part, notre correspondant Michel Vitré, du restaurant *chez Georges*, a complété par ses nombreuses fiches ce que je savais par Sergueï. Vous n'ignorez pas tout cela. Dans tous les renseignements que je vous ai transmis, vous en avez la trace. Et puis surtout, notre principale alliée dans la place est… était Anouchka Sneguerine, dont le père vient d'être assassiné par Lemeniev. D'ailleurs à ce sujet…

Cette fois, ce fut Grimbert qui lui coupa la parole.

— Si, comme tu le dis, tu ne connais pas personnellement ce maffieux, pourquoi lui as-tu téléphoné il y a deux jours ?

— Tiens, tiens, tiens, ça c'est curieux, se dit Claude. Puis il continua à haute voix : c'était pour vérifier s'il était à Moscou parce que… parce qu'il a démasqué ma source Anouchka, sa secrétaire, et que… et qu'il veut la détruire !

— Tu sembles bien embarrassé, tout à coup.

— Oui… Bon, voilà… Vous l'auriez su de toute façon : Anouchka est devenue ma maîtresse. Nous avons décidé de nous marier, et je l'ai expédiée ici, en France. Kabarov m'a prévenu…

— Voilà une chose qui est formellement déconseillée par notre déontologie, poursuivit Grimbert. C'est une faute grave, car rien ne nous prouve que cette fille n'est pas au service de son patron pour des activités d'espionnage.

— Kabarov vous a prévenu de quoi ? intervint Ragueneau.

— Que Lemeniev était en France. Comme il l'avait séquestrée et qu'elle s'est échappée, il veut la tuer.

Elle en sait trop sur son compte. C'est pour ça que j'ai demandé… que je vous ai demandé, une protection pour elle et pour mes parents qui l'hébergent.

— Ça devient une affaire rocambolesque, dit Brincourt. Vous vous rendez compte au moins, que vous avez transgressé nos règlements, même s'ils ne sont pas écrits !

— Oui, je m'en rends très bien compte, mais…

— Vous avez demandé une protection à qui ? insista Ragueneau.

Claude pivota vers Grimbert.

— Tu ne l'as pas reçue ? La valise diplomatique n'a…

— Si, si… J'allais d'ailleurs vous en faire part, dit-il en s'adressant au directeur général, mais vous êtes parti en… mission et…

Ragueneau revint à la charge.

— Vous l'avez adressée il y a combien de temps, monsieur Leblanc ?

— Environ douze jours…

— Douze jours !

Il interrogea Grimbert d'un geste de la tête.

— Tu confirmes ?

— Heu… oui… c'est à peu près ça…Mais je ne...

— Douze jours sans protéger une de nos sources, peut-être en danger de mort ? Tu parlais de déontologie, je crois…

Ce n'était pas le moment d'engager un conflit. Brincourt prit sa décision.

— Claude Leblanc, je suis au regret de vous mettre au secret quelque temps. Nous avons à vérifier vos déclarations et vous comprenez bien que ça ne se fait pas en claquant des doigts. Vous avez tout de même droit à un éclaircissement quant à votre… immobilisation. Lemeniev est mort. Personne ne le sait en dehors de nous ici présents. Vous conviendrez que votre coup de téléphone à ce chef maffieux nous paraît suspect. Vous vouliez lui parler personnellement, et votre motif était vasouillard. Cependant, ce que vous nous avez dit peut être authentique, j'en conviens. Donc, patience. Dernier point : où sont vos parents et votre… fiancée ?

Sans savoir pourquoi, Claude mentit.

— Je ne sais pas…

— Vous ne pouvez pas les joindre ?

— Ils ont eu tellement peur, qu'ils ne répondent pas au téléphone.

— Donnez-nous votre portable. On les localisera.

La mort dans l'âme, il leur tendit son iPhone, sachant qu'avec les moyens actuels, il ne faudrait pas plus de quelques heures pour les trouver. Brincourt devina ses réticences.

— Je vous promets personnellement, d'assurer leur protection. Tout de suite. Si vous les appelez, on gagnera du temps… Et puis, l'audition ultérieure d'Anouchka confirmera votre version. Ou l'infirmera.

Il lui redonna son téléphone et, s'adressant aux deux cerbères qui gardaient l'entrée de la salle, il leur ordonna de sortir.

Claude composa le numéro de son père, sachant que son portable était ouvert en permanence, comme il le lui avait recommandé.

— Oui ? fit monsieur Leblanc.

— C'est moi, tu reconnais ma voix ?

— Enfin ne sois pas idiot ! Quel est…

— Ne dis rien, sauf l'adresse où vous vous trouvez.

— On visite le musée…

— Non, l'hôtel !

— Mais je croyais que…

— Les choses ont changé. On va vous envoyer une équipe de protection. Je te passe mon directeur.

Brincourt avait la main tendue vers l'appareil depuis quelques instants. Claude le lui remit. Il n'y eut pas de préambule.

— Donnez-moi les coordonnées, monsieur. Vous allez rentrer immédiatement dans votre hôtel, et vous n'en sortez plus jusqu'à l'arrivée de nos hommes… Oui, c'est ça… Comment vous saurez ? L'officier qui dirigera notre équipe vous dira textuellement : nous aimons particulièrement Vauban… Oui, c'est de circonstance. Vous me répétez, s'il vous plaît… Très bien… Oui, dans quelques heures. Ils vous ramèneront à Paris. Si, quoi que ce soit ne va pas, vous me rappelez, je garde ce téléphone ouvert. Vous êtes bien avec deux personnes ? Ne dites pas qui… Bien… Nous nous verrons plus tard.

Il coupa la communication, et mit l'iPhone dans sa poche.

— Voilà. Grimbert, tu emmènes Leblanc en cellule avec nos deux gardiens. Personne ne doit le visiter, ni lui adresser la parole, sauf nous trois.

— Je peux prendre ma valise ? dit Claude.

— Non, elle part au labo. Vous la récupérerez tôt ou tard. Nous viendrons vous voir régulièrement, n'ayez crainte.

Il sortit avec le directeur du renseignement, désespéré de son avenir immédiat.

— À toi d'agir, Jean.

— Ils sont où ?

— À Quarré-les-Tombes près de Saulieu.

— Le temps de les préparer, mes gars y seront dans moins de quatre heures. Je ramène nos clients directement ici.

— Bien… Nom de Dieu ! … Excuse-moi.

Brincourt lui donna le nom de l'hôtel. Alors que le directeur du service Action le quittait, il fit quérir son chauffeur.

À la mairie du 16e arrondissement de Paris, avenue Henri Martin, le directeur général fila tout de suite au service de l'état civil, ne voulant pas se faire remarquer, car il était venu souvent dans ce beau bâtiment pour diverses raisons. Le député-maire le connaissait et il ne tenait pas à rencontrer cet homme aimable, unanimement respecté dans les sphères politiques, ce qui était rare. Il n'avait pas le temps de converser avec lui, et il n'était pas question d'expédier des banalités avec ce personnage qui l'avait toujours accueilli chaleureusement.

Il présenta son sésame officiel à la charmante préposée aux registres, et réclama celui des naissances comportant l'année 1953.

La période avait été très féconde et la liste des nouveau-nés était impressionnante. Le classement effectué par jour de naissance lui permit de distinguer assez vite ce qu'il désirait.

Le 13 avril 1953, huit heures trente, est né à Paris 16e arrondissement, 65 rue de La Tour, Quentin Baptiste Fédor, de sexe masculin, de Grégoire Alexandre Simon BOTTERNE, né le 7 août 1919 à Melun, Seine et Marne, scientifique, et de Nadia Fedorovna Kathia VARYNYTCHENKO, née le 21 mai 1927 à Kiev, Ukraine, traductrice, domiciliée à Saint-

Cloud Seine et Oise, 2 avenue des Vignes. Dressé le quatorze avril mil neuf cent cinquante-trois, quinze heures trente, sur déclaration du père qui, lecture faite, a signé avec nous, Léopold Chatilier, croix de guerre, adjoint au maire du 16ᵉ arrondissement, officier de l'état civil par délégation.

Ce Botterne était forcément un père de complaisance, remplaçant le grand-père Talaïev, qui ne pouvait reconnaître au grand jour une naissance extraconjugale. À l'époque c'était inenvisageable.

Brincourt, immobile, scrutait les mots de l'acte de naissance, incapable de déceler ce qui titillait sa mémoire sans résultat. Certes, il établissait désormais que sa belle-mère avait eu un enfant, cause du drame qui avait démoli, d'une manière irréversible, une partie de sa personnalité. Un enfant sans amour est un homme incomplet. Elle n'était pas mariée avec ce Grégoire Botterne puisqu'elle avait épousé son père, Dimitri Talaïev, peu de temps après la venue au monde du petit Quentin. Non, elle avait déjà vécu avec Talaïev, le temps que le divorce soit prononcé d'avec sa femme, qu'il avait carrément jetée à la porte de chez elle.

Brincourt allait refermer le lourd registre quand une juxtaposition d'images se créa par une connexion imprévisible de ses neurones. Il remit ses lunettes, et se repencha sur l'acte. Son pouls, pourtant maîtrisé depuis bien longtemps, se permit un extra. N'arrivant pas à voir avec une précision suffisante, il réclama une loupe, ce qui par chance existait dans un tiroir du comptoir.

Le nom BOTTERNE, qui en soit n'était pas courant, avait été trafiqué ! Impensable ! En ajustant les distances entre son œil, l'optique de la loupe et le document, il arriva à comprendre le trucage. Le O de BO était à l'origine un U aux branches assez arrondies qu'on avait refermé, et les deux T de TTerne, deux L très minces auxquels le bricoleur avait simplement mis deux barres dans leur partie supérieure. Ce qui, avant, donnait comme orthographe : BULLERNE. Et, en associant un des prénoms du faux père, Brincourt connaissait intimement un Simon Bullerne ! La transformation de son nom n'avait pas dû lui poser de gros problèmes.

Fou de rage, Brincourt se rua vers sa voiture, sans saluer la jeune femme sidérée qui allait ranger le gros cahier. À peine assis à l'abri dans son véhicule, il se mit à vociférer des ordres à Ragueneau, saturant le son du portable qui frémissait d'horreur.

oOo

— Quelle est votre spécialité ?
— Le bois est à couvert.
— Vos vacances sont terminées.
— Ça tombe bien.
— Vous agissez, dès que possible.
— Aucun problème.
— Tout est organisé ?
— Comme prévu.
— Rendez-vous méconnaissable.
— Bien entendu.
— Je vous contacte dans combien de temps ?
— Quatre heures.
— Bonne chance.

oOo

Lorsque la porte de la cuisine s'entrouvrait, une délicieuse odeur s'échappait qui éveillait, chez ceux qui avaient la chance d'être à proximité, une envie irrésistible de se mettre à table. Le Logis de France de Quarré-les-Tombes s'était construit une solide réputation grâce à son chef, et l'entreprise familiale attirait des clients de tous horizons. Pourtant, Anouchka et les Leblanc n'y prêtaient pas attention. Ils guettaient fébrilement l'arrivée de leur escorte dans l'entrée de l'auberge, redoutant que des voyous armés la devancent. Ils avaient allégé leurs bagages et le surplus était rangé dans leur voiture, garée derrière le bâtiment, à l'abri. Ils avaient obtenu l'autorisation du directeur de l'établissement de la laisser quelques jours, afin de faire une excursion avec des « amis » qui venaient les prendre. Ce qui avait été accepté sans difficulté, la convivialité et l'amabilité étant de mise en ces lieux.

La quiétude et la beauté environnante contrastaient terriblement avec l'angoisse des trois clients tendus par l'attente, qui les rendait insensibles à leur entourage.

Une voiture longea lentement le muret qui bordait la petite route, puis disparut, augmentant un peu plus la nervosité de monsieur Leblanc. Il consultait fréquemment sa montre, ce que font tous les gens dans ce genre de situation, et qui ne sert strictement à rien. Anouchka ne voyait plus ce qui l'avait enchantée à son arrivée : l'aspect serein de tout le monde, le décor agréable et soigné, réservé bien souvent aux gens fortunés en Russie.

La même voiture réapparut en sens inverse et s'arrêta devant l'entrée de la terrasse. C'était un gros break Mercedes noir aux vitres fumées. Monsieur Leblanc, sur le qui-vive, s'approcha de la baie. Deux hommes vêtus de costumes gris descendirent et se dirigèrent vers l'entrée. Leur allure était sportive et leurs cheveux bien coupés, ainsi que des cravates discrètes nouées à des cols de chemises blanches, leur donnaient une distinction certaine. Celui qui arriva en premier alla directement vers les Leblanc en tendant la main.

— Excusez-nous, chers amis, nous sommes un peu en retard. Mais je sais que vous vous plaisez ici. Comme nous autrefois d'ailleurs. Nous aimons particulièrement Vauban. Nous allons voir son musée très souvent.

La tension s'allégea aussitôt le mot de reconnaissance prononcé. Le deuxième homme se permit même d'embrasser les femmes sur les deux joues, sous l'œil bienveillant du patron venu saluer le départ de ses pensionnaires ;

Et, les bagages casés dans le coffre, les passagers à bord, le break s'en fut tranquillement.

oOo

La « boîte » était en effervescence. Un afflux d'hommes convergeait vers le service de la direction générale où Ragueneau donnait des consignes précises. Une ambiance électrique était palpable, et tous la percevaient. Brincourt avait convoqué les directeurs de service et leurs adjoints, en dehors de la direction de l'administration, ce qui faisait pas mal de monde. Quand « l'homme d'acier » en eut terminé avec ses sbires, il passa pendre le directeur général, et ils rejoignirent la salle de réunion. Les conversations s'arrêtèrent net à leur entrée.

— Prenez place, messieurs, claironna Brincourt, arborant l'expression agressive qu'on lui connaissait bien.

Il resta debout derrière son siège, attendant que tout le monde soit assis, et que règne un silence absolu. Il prit le temps de dévisager chacun, de façon à installer un malaise général selon sa méthode favorite.

— Bien !... Vous n'ignorez pas que depuis le mois de mars nous avons été victimes d'une odieuse machination visant à déstabiliser nos services. Une action, menée de main de maître, a reproduit l'opération *Viande hachée* qui reste, en la matière de tromperie, le summum de ce que l'on peut imaginer... Mais...

Le « mais » claqua comme une détonation.

— Mais, tels les instigateurs originels, les copieurs n'ont pas manqué d'inventivité ! Contrairement à nos amis anglais, ils ont balancé de vraies informations ! C'est-à-dire la dénonciation de trafics de drogue et d'armes à l'échelle européenne, sinon planétaire, et... la présence d'une taupe au sein de la DGSE protégeant, que dis-je, dirigeant, depuis la France, ces commerces pourris que nous connaissons bien. Alors, j'entends déjà la question : pourquoi se donner tout ce mal ? Pourquoi cette mise en scène ? Tout simplement parce qu'ils n'avaient pas l'ombre d'un soupçon sur l'identité de la taupe !!! Le stratagème a été conçu uniquement pour la faire sortir de son trou !

Il marqua une pause pour étudier les expressions que ses propos avaient suscitées. Il ne retenait plus un méchant sourire, seule apparence pour le moment d'une colère difficilement contenue.

— Quand j'ai parlé d'une odieuse machination, c'était ma façon à moi de faire de l'humour. Car, si elle m'a fait passer de très mauvais moments, elle me donne aujourd'hui l'immense satisfaction de terminer cette abominable histoire, la pire qui puisse nous arriver. Et puis, grâce aux révélations contenues dans la mallette du noyé repêché à Ouessant, nous avons eu des résultats spectaculaires dans le démantèlement des réseaux de distribution de stupéfiants. Pour l'armement, c'est moins performant, mais cela le deviendra, croyez-moi… Je tiens à féliciter tous ceux ici qui ont contribué, de près ou de loin, au bon déroulement des actions menées, et notamment le colonel Ragueneau qui s'est impliqué d'une manière… exceptionnelle ! Merci Jean.

Un murmure traversa le silence comme une rafale de vent invisible qui agite les feuilles de trembles. Un compliment venant du directeur général s'apparentait au 29 février d'une année bissextile.

— Je voudrais aussi… ne ricanez pas… présenter mes excuses à notre officier traitant en poste à Moscou, Claude Leblanc, que j'ai injustement soupçonné de trahison. Grâce à lui et à… ses contacts, des informations capitales nous sont parvenues. Merci Claude.

L'assistance comprit qu'une telle phrase, émise par Brincourt, ne se reproduirait jamais avant son départ à la retraite. Même Leblanc en était sidéré, oubliant la pénible expérience de son séjour au secret. Le directeur général, au paroxysme de sa tension intérieure, n'en était pas moins amusé des effets de ses déclarations, sachant qu'il ne s'était jamais montré dans de telles dispositions auprès de ses collaborateurs.

Ragueneau révisait son jugement sur cet homme, entrevoyant une sensibilité implacablement étouffée par sa volonté de se construire une forteresse inattaquable affectivement. Pour diriger la DGSE, les sentiments personnels, les émotions, devaient être en permanence refoulés, car seul dominait le service de l'État et son intérêt. Ce qui exigeait beaucoup de sacrifices. Cela ajouté à son désastre conjugal…

— Nous en arrivons maintenant à ce que vous attendez tous…

Brincourt s'adressa, en pensée, un compliment pour avoir évité de commencer sa phrase par son tic : « Bien ».

— Monsieur Simon Botterne, voulez-vous vous lever, s'il vous plaît.

L'annonce d'une bombe sous la table, ou d'un tsunami menaçant Paris, aurait produit le même choc : nommer en réunion un membre de la « boîte » par son vrai nom n'avait pas eu lieu depuis sa création. Chose encore plus stupéfiante, l'intéressé ne bougea pas. Le directeur explosa.

— Il faut que j'aille vous botter le cul pour vous faire lever ?

— J'ai passé l'âge de me conduire comme un petit garçon, et vos braillements ne m'impressionnent pas !

Léon Grimbert avait répondu calmement. Seule une pâleur accentuée décolorait ses traits. Brincourt, frisant l'apoplexie, réussit à ne pas se jeter sur lui. Il respira bruyamment.

— Messieurs, je vous présente la pourriture qui a gangrené notre établissement depuis si longtemps : Léon Grimbert, directeur du service du Renseignement, la taupe en personne.

L'assemblée libéra d'un coup sa trop longue retenue. Ce fut une belle cacophonie, ponctuée çà et là d'insultes.

Tandis que quatre agents musclés se postaient à proximité de Grimbert, Ragueneau hurla de sa belle voix :

— Silence, messieurs, silence !

Effectivement, le silence se rétablit décrescendo, par petites vagues.

— Pour comprendre comment cette ordure a pénétré ici, reprit le directeur général, il faut quand même que vous sachiez quels sont ses antécédents. Le hasard de la vie, de ma vie, a fait que je suis né français, de parents russes. Mon père a épousé en seconde noce une Ukrainienne, donc ma belle-mère. Cette… dame (il faillit dire cette salope), et je ne l'ai découvert que très récemment, a eu un enfant, Simon Botterne ici présent, nom de complaisance ; car son véritable père était Fédor Talaïev, mon grand-père, agent double au service des Bolcheviks. Il m'est très désagréable de répandre mon passé devant vous, mais c'est indispensable pour votre compréhension. D'ailleurs Botterne est en réalité Bullerne, car cet individu n'a pas hésité à bricoler lui-même son acte d'état civil ; ou peut-être sa mère. On vérifiera. C'est grâce à un ami d'enfance, voisin de palier, devenu le fameux général Gautlot, directeur du Renseignement Militaire, que j'ai retrouvé la trace du fils de ma belle-mère, fils dont, comble de malheur, j'ai moi-même favorisé l'entrée à la DGSE… C'était jouissif, hein mon salaud !

Le salaud en question lui fit l'affront de sourire sans répondre.

— Depuis Paris, poursuivit Brincourt, il organisait son immense réseau en association avec le directeur des Archives de Moscou, que nous avons repéré depuis longtemps. Igor Ivanovitch Lemeniev, ex-commandant de l'Armée rouge, viré par ses supérieurs au retour d'Afghanistan pour ses exactions en tous genres : exploitations privées de pavots, vols de matériel militaire, organisation de réseaux de prostitution, et gardé en vie grâce à sa phénoménale collection de dossiers sur les années noires de l'ex-URSS De temps en temps, il en « vendait » un à la demande de sa hiérarchie, ce qui le maintenait en équilibre. Je parle de lui à l'imparfait car nous avons été obligés de l'abattre ces jours derniers. Je dois à ce sujet rendre hommage au colonel Favier, que certains d'entre vous ont bien connu, et peut-être connaissent encore, qui, en coordination avec le colonel Ragueneau, avait astucieusement préparé sa capture. Un malencontreux hasard l'a fait échouer.

Le colonel savourait le numéro d'acrobatie du récit sur la mission à Ouessant, quand son portable vibra dans sa poche. Il se tourna vers le mur, prit la communication. Il écouta quelques secondes et murmura :

— Je vous rappelle.

Il remit son téléphone dans sa veste, se dirigea vers Brincourt, lequel interrompit son exposé. Il lui parla tout bas à l'oreille.

— Nom de Dieu ! Jura le chef en voulant anéantir Grimbert par son regard. C'est toi qui les as capturés ?

— C'est bien joli tout ça, mais vous portez sur moi des accusations très graves, et la moindre des choses serait d'en apporter la preuve ! Premier point. Deuxième point : je ne sais absolument pas à quoi vous faites allusion, répondit l'interpellé, toujours aussi tranquillement.

— Mais oui ! Suis-je bête ! Tu as parfaitement raison.

Le patron de la DGSE brandit une enveloppe kraft, de laquelle il extirpa une dizaine de photos format 11x18. Il les donna à son plus proche voisin.

— Faites circuler, s'il vous plaît. Vous constaterez que le Russe Lemeniev est en conversation avec un homme vêtu d'un costume de bon goût, et grimé avec des postiches. Ses grosses lunettes sont de simples verres. Le Russe, lui, est mal habillé, la chevelure grisonnante avec un rond de calvitie. Ce qui a confondu Monsieur la Taupe est à son poignet droit. Eh oui, même les plus forts ont des ratés ! Le labo a fait un agrandissement très réussi sur la montre. Comme elle n'est pas courante, notre attention a tout de suite été attirée. C'est une Sturmanskie Gagarin, très coûteuse. Et vous pouvez la contempler en direct sur cette table. Quant au deuxième point d'interrogation de ce pauvre Bullerne, je vais vous dire de quoi il s'agit. Nous avons envoyé nos agents récupérer une source russe importante, protégée par les parents de Claude Leblanc. Ils sont arrivés trop tard. Les trois personnes ont disparu. Seule, une équipe hautement spécialisée a pu les enlever. Nous étions convenus d'un mot de passe au téléphone. Ce mot, je l'ai dit devant Grimbert-Bullerne, et le groupe a été suivi, sur écoute permanente. Ce n'est pas à la portée d'amateurs. éventuellement de gamins bricoleurs d'informatique, mais pas dans ce cas.

Claude Leblanc s'affola, le visage entre les mains.

Bullerne-Grimbert restait impassible, sans même un mouvement pour dissimuler sa montre. Ce qui commençait à troubler l'assistance et maintenait la colère du Patron.

— Bien ! cria-t-il. Faites entrer notre invitée surprise !

Deux commandos sortirent de la salle. Le thermomètre de la curiosité regrimpa aux degrés supérieurs. Les chuchotements donnèrent naissance à un bruit de fond, semblable à une escadrille de bourdons, jusqu'à l'ouverture de la double porte capitonnée. Si les bouches ouvertes crachaient du feu, c'eut été la combustion instantanée de la « boîte » !

Une vieille dame, drapée dans une cape magnifique, un chapeau invraisemblable sur la tête, marchait altière, croisant les regards avec insolence.

— Messieurs, je vous présente Nadia Varynytchenko, ma belle-mère, veuve de mon père Andreï Talaïev, et mère de Simon Bullerne, alias Léon Grimbert. Je ne vous demanderai pas de vous lever, elle ne le mérite pas.

Un agent lui apporta néanmoins un petit fauteuil, et on s'écarta pour lui laisser la place. Avant de s'asseoir, elle parcourut lentement des yeux les membres de la réunion, sauf son beau-fils. Elle n'avait pas non plus marqué de surprise à la vue de son fils. Elle prit la parole avec une note de mépris hautain.

— Messieurs, je vous prie de ne pas oublier qu'aujourd'hui vous avez amené de force dans vos locaux, une femme très âgée, qui a consacré une partie de sa vie au service de la France. Et ce sans aucun motif valable, sinon celui de m'humilier. Votre directeur, que hélas je ne connais que trop bien, assouvit ainsi une vengeance personnelle dont il me persécute depuis des décennies. Tout ce que vous allez entendre de sa part est issu de cette haine familiale, qu'il n'hésite pas à exhiber en public. Je suis désolée qu'il vous inflige ce déballage de linge sale, dont la DGSE se serait bien passé, j'en suis certaine.

Elle prit possession de son siège avec la dignité d'une reine honorant de sa présence une fête officielle. Cependant, elle n'obtint pas l'effet escompté, car les hommes autour d'elle connaissaient bien la comédie humaine, et savaient déterminer le ridicule ou le mensonge. Elle en faisait de trop et il aurait fallu être bien naïf pour ne pas s'en apercevoir. Brincourt se demanda comment il pouvait l'écraser moralement. Il ne l'avait pas vue depuis longtemps, et il était bien forcé d'admettre qu'il se dégageait de sa personne une grande énergie, superbement maîtrisée. Il se lança à l'attaque de cette antique place forte.

— J'ai déclenché une enquête minutieuse sur le passé de cette femme, afin d'établir son rôle exact dans les relations franco soviétiques. D'après le survol des informations que nous avons déjà collectées, et avec la traîtrise révélée aujourd'hui de son fils, tout cela laisse à penser que Nadia Varynytchenko a joué un rôle majeur dans l'espionnage de la France, tous azimuts. Il est probable aussi, qu'avec ses relations souterraines, elle ait présenté la candidature de son fils, la taupe que j'ai stupidement approuvée. À l'époque, après la période probatoire, je n'avais rien contre. Elle a exploité la position de mon père, pourtant bien modeste, après la disparition de mon grand-père qui lui avait ouvert une voie royale pour pousser cette candidature.

Tous les yeux étaient braqués sur elle, ce qui semblait lui procurer du plaisir, car elle souriait.

— Je suis très flattée des propos de votre directeur, dit-elle. Il m'accorde une stature très importante dans ces activités épouvantables que vous combattez. Il serait toutefois souhaitable qu'il vous montre le document que ses spadassins ont trouvé chez moi lors de mon rapt.

— *Maltchi mat*! prononça Grimbert d'une voix sourde.

Brincourt désigna son directeur de la Stratégie.

— Ah, mais c'est très intéressant ça! Soufflot, tu nous traduis.

— Il a dit: « ferme-là, mère ».

— Je n'étais pas sûr, car j'ai oublié le russe de mon enfance, justement pour déplaire à ma belle-mère... Quant au document dont elle parle, le voici. Il n'y a pas de quoi s'en vanter, mais dans les hautes sphères, on est maintenant au courant de son existence.

Il déplia la feuille et, ajustant ses lunettes, il lut à haute voix. Quand il eut terminé, il eut un geste d'impuissance proche du découragement.

— Il faut vous dire, messieurs, que cette lettre de Lénine à mon grand-père est à l'origine de ma carrière… Je l'ai découverte par hasard à la mort de mon père, et la honte…, ma honte, a été telle que je me suis juré de combattre cette ignominie. Je m'en suis ouvert il y a bien longtemps à… un homme influent… lequel m'a conseillé de postuler pour les services secrets… Ce que j'ai fait… avec un acharnement qui ne m'a jamais quitté tout au long de ces années passées parmi vous.

— Ça, c'est sa version ! dit la veuve Talaïev d'une voix forte. On pourrait peut-être imaginer qu'il a continué les activités de son grand-père !

— Ça suffit, madame ! s'insurgea le colonel Ragueneau. Vous n'êtes pas dans une position qui vous permette ce genre de persiflage. Vous êtes en état d'arrestation ainsi que votre fils. Soyez assurée que vous ne retrouverez pas votre liberté, ni lui non plus.

— *Abol dousse* ! dit la vieille dame furieuse.

— Connard, traduisit spontanément Soufflot.

— *Nie ovetchaie etomou dourhko* ! ordonna Grimbert

— Ne réponds pas à ce taré, continua Soufflot.

— Pour conclure ce lamentable épisode, enchaîna Brincourt comme s'il n'avait pas entendu, j'ai essayé en vain de récupérer cette satanée lettre de Lénine. Comprenant que je voulais, par mon métier, racheter la trahison de ma famille, madame Varynytchenko m'a fait chanter d'autant plus que j'accédais aux échelons supérieurs de la DGSE.

Il s'arrêta, la tête baissée vers la grande table de conférence. L'audience eut la certitude de ne l'avoir jamais vu aussi vulnérable qu'en cet instant.

— Il va sans dire, reprit-il, que je vais présenter

ma démission après ce… déballage, tel qu'annoncé par ma belle-mère. Je ne supporterais pas cela de l'un d'entre vous, a fortiori de moi-même.

Ce n'est pas un couteau qu'il fallait pour couper le silence qui suivit ses paroles, mais une tronçonneuse. Chacun imaginait les conséquences de sa décision car, malgré son caractère atrabilaire, cynique, il avait mené la « boîte » avec succès, intégrité et efficacité. Sa belle-mère en revanche arborait un air de triomphe, sans ambiguïté : « j'ai eu ta peau » exprimait-elle, sans mots.

Le directeur général émergea d'un coup de ses eaux troubles. D'une voix redevenue vindicative, il s'approcha de Bullerne-Grimbert.

— Alors, nous avons encore un petit problème à régler, Monsieur la Taupe ! Je suppose que vous allez nous faire le coup de l'échange : la jeune femme russe et les parents de Leblanc contre votre liberté ?

— Vous supposez bien, Monsieur le grand manitou. Cependant, avec aussi la liberté de ma mère… Oui, je sais ce que vous allez me répondre : les otages, on en n'a rien à foutre !

— Bien vu !

— Je n'ai pas passé toutes ces années près de vous sans connaître aujourd'hui votre… fonctionnement par cœur. Aussi j'ai pris quelques précautions supplémentaires au cas où… se produirait ce qui vient d'arriver. Il y a encore bien des choses que vous ne savez pas, et que vous n'êtes pas près de découvrir, vous ou votre successeur. Mais le temps presse. Venons-en à l'essentiel.

Il sortit un téléphone de sa veste et le manipula rapidement.

— Je n'ai plus qu'à appuyer pour faire sauter une charge bien modeste dans un sous-sol rue des Entrepreneurs dans le 15e, là où je possède un petit studio. Vous avez une caserne de pompiers à proximité. Appelez-les dans une minute, ils vous confirmeront l'explosion.

Il appuya sur l'écran tactile en levant le bras pour bien montrer à tous ce qu'il faisait. Puis, il composa un autre numéro.

— Rassurez-vous, il n'y aura que des dégâts matériels. En ce qui concerne l'autre numéro que je viens de programmer, il en va tout autrement. Dans un bel immeuble du 7e arrondissement, tout le sous-sol est truffé d'explosifs. Si vous ne satisfaisiez pas entièrement mes désirs, l'immeuble s'écroule sur ses occupants et les passants dans la rue. Non, non : vos insultes sont superflues et vous feront perdre du temps.

Instinctivement, Ragueneau fit un pas vers Grimbert.

— Reste tranquille, Ragueneau, tu n'as aucune possibilité contre moi.

— O.K. Alors, quelles sont les étapes du marchandage ?

— Tu nous emmènes, ma mère et moi, à l'héliport d'Issy-les-Moulineaux. J'appellerai en cours de route un appareil qui viendra nous prendre. Avec un autre portable, je ne suis pas idiot.

Il extirpa un téléphone de sa veste avec sa main libre.

— Et pour…

— … Les otages ! Au moment de monter dans l'appareil, j'appelle mes hommes et je leur ordonne de les libérer. Je te passe mon mobile et tu te débrouilles pour les récupérer.

Le drame qui se jouait en un acte brutal, n'était pas nouveau pour tous les spectateurs involontaires. Ils avaient tous eu des expériences semblables au cours de leur carrière. En bons tacticiens, ils guettaient la faille éventuelle où s'engouffrer. Mais ils avaient affaire à un des leurs qui n'ignorait aucune des menaces possibles. Il y avait au moins dix hommes armés dans la salle, impuissants à tenter la moindre action, leur attention rivée sur la main de Grimbert qui tenait le portable à l'écran tactile.

Un officier qui avait contacté la caserne des pompiers, rue des Entrepreneurs, confirma qu'une déflagration venait d'avoir lieu à côté de chez eux. Grimbert se permit un petit rire.

— Il faut quand même que vous me preniez au sérieux ! Qui peut le moins, peut le plus !

— Joli sophisme ! dit Brincourt. Mais il manque un paragraphe au contrat : il faut nous donner à un moment précis ton portable qui commande la destruction de l'immeuble.

— C'est vrai. Comme vous n'hésiterez pas à abattre notre hélicoptère en plein vol, je vais le garder jusqu'à ce que nous soyons hors des frontières françaises. C'est-à-dire dans quelques heures. Là où nous atterrirons, je le donnerai à un douanier ou un policier, en leur demandant de vous appeler.

— Est-ce que…

— Ce n'est pas négociable ! Viens mère, on s'en va ! Messieurs, nous vous saluons.

Il se tourna vers Ragueneau.

— Chauffeur, ma voiture s'il vous plaît.

Il passa sous son nez, tenant constamment à bout de bras le portable déclencheur de l'effroyable système. La vieille Talaïev se leva et cracha en direction de son beau-fils.

— Tu vois ! Tu ne fais pas le poids, petit merdaillon !

Le colonel montra trois doigts en direction de ses agents et, d'un signe de tête, leur indiqua de suivre la mère et le fils. Il leur emboîta le pas et agita les bras pour signifier à tout le monde de rester en place.

Dès qu'ils furent hors de la pièce, Brincourt se jeta sur le téléphone de service devant lui.

— Mathilde, appelez-moi le Jardin des Plantes, vite ! Passez-le moi dans mon bureau.

Il sortit à son tour en courant, sous l'œil ahuri du staff de la DGSE.

oOo

Dans le break C5, précédé de deux motards en tenue militaire, l'ambiance ressemblait à l'annonce d'une défaite électorale dans le camp perdant. Grimbert s'était placé d'autorité à la place arrière droite, sa mère à sa gauche entre Ragueneau et lui-même. À l'avant droit, un agent braquait sur eux en permanence un pistolet Glock muni d'un silencieux. Le chauffeur, armé lui aussi, leur accordait un bref coup d'œil de temps en temps, surtout destiné à capter un ordre éventuel de son supérieur.

Grimbert avait téléphoné à son mystérieux pilote qui lui avait assuré être à l'héliport dans vingt minutes, et depuis ne disait plus un mot. Madame veuve Talaïev, hiératique, les mains sur le luxueux sac Hermès posé sur ses genoux ; était tout simplement heureuse. Elle ne doutait pas que son fils chéri leur avait préparé une retraite dorée dans un paradis lointain. Avec son sourire permanent, elle tranchait sur les visages tendus des quatre hommes, car même son fils était extrêmement attentif au plus petit déplacement de ses adversaires, ainsi qu'au parcours de la voiture. Il ne les sous-estimait pas, les ayant côtoyés longtemps.

Un léger embouteillage rue Lecourbe les retarda, malgré les efforts des motards pour dégager la voie. Il y eut encore un sérieux ralentissement au débouché sur le boulevard Victor, le nouveau tramway n'ayant laissé qu'une voie de circulation de chaque côté de ses rails, sur ce tronçon pourtant très fréquenté.

Lorsque le break franchit l'accès à l'héliport, une véritable armée les attendait, disposée comme une haie d'honneur, mais en tenue de combat. Les soldats formaient ainsi un couloir qui allait jusqu'à un hélicoptère, moteur et pales tournantes. Là, une équipe du G.I.G.N., avec des cagoules sur la tête, prenait le relais et encerclait l'appareil. La Citroën s'arrêta à dix mètres de distance. Ragueneau en jaillit ainsi que ses deux commandos. Grimbert prit tout son temps pour faire de même, sans se retourner pour aider sa mère. Il tenait le portable déclencheur de catastrophes bien en évidence, l'autre au creux de sa deuxième main. Quand il sentit que la vieille dame était dans son dos, il lui dit :

— *Mama, Padnimaissa v apparad* ![18]

Elle se dirigea aussitôt vers l'Écureuil. Le pilote la porta littéralement, car monter seule était hors

---

18 Maman, monte dans l'appareil.

de ses possibilités physiques. Une fois installée, le pilote revenu aux commandes, Grimbert se tourna vers Ragueneau qui s'était avancé. Il appela, comme convenu, les hommes qui détenaient Anouchka et les parents de Claude Leblanc.

Les forces de l'ordre étaient des statues en marbre, posées sur l'herbe, et seul le vent s'amusait à faire bouger un bout de tissu, ou une feuille morte qui venait décorer les rangers. Le doigt sur la gâchette de leur arme, les yeux ne cillaient pas, soudés sur la cible, briefés pour exécuter à la seconde un ordre précis.

— Allô Paul, oui, c'est moi. Vous libérez les trois prisonniers. Je vous passe le responsable de leur récupération !

Il tendit vers Ragueneau son appareil, mais son geste fut interrompu à mi-course. Le colonel attendit qu'il termine de lui tendre l'appareil, redoutant une revendication de dernière minute. Mais rien ne se passait. Le sourire ironique, le regard toujours braqué dans la même direction, il restait immobile. Soudain, comme dans un film, il oscilla imperceptiblement puis, sans rien changer de son attitude, il bascula lentement en avant, et Ragueneau n'eut que le temps de l'attraper sous les bras et de le déposer, la tête sur ses chaussures. Avant même de comprendre quoi que ce soit, il lui prit sans difficulté le maudit téléphone et l'éteignit.

Alors seulement il aperçut, fiché dans le cou de Grimbert, une grosse fléchette à empennage rouge vif. Sortant de derrière la haie de soldats, dont un homme relevait un fusil appuyé sur l'épaule d'un gendarme au premier rang, Brincourt s'approcha, très souriant.

— On n'avait pas droit à l'erreur. Alors on lui a mis la dose hypodermique d'un éléphant. La seule qui restait au Jardin des Plantes.

Pendant qu'on arrêtait le pilote et la vieille Talaïev qui glapissait, pour la première fois depuis le début de l'opération *Viande hachée*, Ragueneau fut pris d'un fou rire incoercible.

oOo

On leur enleva leur bandeau sur les yeux, et les ravisseurs les aidèrent à sortir de la Mercedes. Ils étaient en pleine forêt. On les dirigea vers un gros tronc d'arbre sur le côté du chemin. On les ligota, les bâillonna, et on leur ordonna de s'asseoir sur le tronc. Un des deux hommes posa son téléphone portable sur une pierre non loin d'eux, après l'avoir soigneusement essuyé.

— Soyez certains qu'on vous trouvera, dit-il. Ça demandera quelques heures bien entendu, mais vous ne risquez pas grand-chose.

Quand la voiture eut disparu, Anouchka se mit à pleurer. Son appréhension se libéra avec ses larmes, car elle était persuadée qu'on allait les abattre tous les trois. Elle pencha la tête sur l'épaule de madame Leblanc et se calma. Ils restèrent ainsi jusqu'au soir, écoutant les bruits magiques de la forêt : le martèlement du pic-vert, la plainte aiguë de la buse, la chute d'une branche morte, la moquerie du coucou... toutes ces choses qui émerveillent les enfants et rassurent les amoureux de la nature.

Et puis, ce fut le fracas d'une armada qui déboucha sur la piste forestière. Une voiture de gendarmerie en tête, suivie d'un Trafic Renault équipé de système de détecteur d'onde, et enfin un Transporter Volkswagen d'où Claude Leblanc sortit tellement vite qu'il s'étala dans le fossé. Il y eut un moment surréaliste pendant lequel on chercha désespérément un couteau pour trancher les liens des otages. Quand le vieil Opinel rouillé, qui dormait au fond d'une boîte à outils dans le Trafic, eut rempli son office, les libérateurs se tournèrent pudiquement pour laisser les trois victimes soulager leurs vessies qui avaient miraculeusement tenu jusque là.

oOo

La météo marine était à l'unisson avec la terrestre : beau temps sur tout le territoire. L'anticyclone des Açores, de bonne humeur, en avait décidé ainsi.

Au ministère de la Défense, dans l'antichambre de la ministre, François de Brincourt ne s'en souciait pas. Sa légendaire énergie s'émiettait après les événements auxquels il avait dû faire face. Toute sa vie il avait refusé de s'apitoyer sur lui-même. Le masque qu'il s'était fabriqué avait réussi à dissimuler le véritable enjeu de sa fonction : effacer la dette qu'il estimait devoir à la France par la trahison scandaleuse de son grand-père, et la lâcheté de son père envers les agissements de sa deuxième femme. Quant à la honte subie devant les services de la DGSE par l'étalage de…

— Monsieur, veuillez me suivre, s'il vous plaît.

L'huissier interrompit ses mauvaises pensées et le conduisit au bureau de madame Berrieux-Mauclair.

— Asseyez-vous, monsieur.

Elle ne l'avait pas regardé, et il lut sur le visage de sa patronne qu'elle était de fort mauvaise humeur. Brincourt fut persuadé qu'il en était la cause. Il attendit le déclenchement des hostilités, tandis qu'elle signait rageusement un document dans son parapheur.

— Alors, dit-elle, par quoi commençons-nous ?

— Madame, je suis venu vous présenter ma lettre de démission…

— Vous êtes vraiment incroyable, le coupa-t-elle, vous auriez pu m'adresser une formule de politesse, même si cela vous est désagréable, et ensuite me faire une synthèse de tout ce qui vient de se passer.

— Mais…

— Décidément l'attitude des hommes qui m'entourent n'est pas à leur honneur !

— Je ne voulais pas…

— Il faudra quand même que les mâles du vingt-et-unième siècle s'habituent à notre présence dans tous les rouages de la société, et finissent par nous reconnaître des capacités égales aux vôtres.

— Ce n'est pas…

— Pour votre génération, évidemment c'est un peu tard.

Le directeur général de la DGSE en resta sans voix. Elle lui faisait un procès en toute mauvaise foi, et il comprit qu'elle réglait des comptes dont il n'était qu'un des chiffres. Peut-être un peu d'humour serait-il le bienvenu ?

— Je vous prie de croire que ma considération à votre égard…

— … doit s'élever à la hauteur de ma jupe comme dans certaines réunions officielles. Et encore.

La moutarde s'engouffra dans le nez de Brincourt.

— Écoutez madame, je suis venu pour vous donner ma démission, et rien d'autre. Les leçons de savoir-vivre…

— Je n'en veux pas de votre démission ! Vous vous… vous la jetez à la poubelle !

Elle avait presque crié, ce qui eut pour effet de les apaiser tous les deux. Elle regarda par la fenêtre le soleil radieux, tandis que Brincourt soupirait en contemplant ses pieds.

— Le général Gautlot, reprit-elle à voix normale, m'a déjà résumé les péripéties de toute l'affaire, et je vous félicite de votre maîtrise.

— Le général Gautlot ne fait pourtant pas partie de mes services.

— Non, mais il a des amis qui vous estiment. Il serait souhaitable que vous descendiez de votre tour d'ivoire, et prêtiez un peu d'attention aux sentiments des gens qui vous entourent.

À la façon dont il releva la tête, elle comprit qu'elle avait atteint le cœur de la cible. Son ton s'adoucit encore, et elle se pencha légèrement vers lui.

— Vous et moi, par nos fonctions, devons tout savoir. C'est normal, n'est-ce pas ? J'ai chargé le Général d'enquêter sur… l'affaire. Il était justement extérieur à la DGSE, ce qui a orienté mon choix. Qu'il ait été en plus votre compagnon d'enfance a servi à démasquer la taupe, malgré, qu'en premier lieu, il se soit gravement trompé à votre égard. Mais vous avez eu la grande force de ne pas lui en faire grief. Vous devez cesser également d'avoir honte pour des faits familiaux que vous avez largement compensés par une carrière que je jugerai exemplaire. Bien que vous m'ayez souvent irritée, uniquement par ce que vous êtes mal... Pardonnez-moi, je dépasse largement le cadre de mes attributions. C'est... mon instinct qui en est responsable... Une femme est aussi capable de cela.

Furieux d'être ému, et de ne pouvoir articuler un mot, il se leva, lui saisit une main et l'embrassa respectueusement. Elle se leva pour ne pas le gêner davantage.

— Il y a une chose troublante dans le récit qu'on m'a fait. Comment Grimbert, que vous voyiez tous les jours, ne vous a pas rappelé le souvenir du petit garçon qui venait jouer avec vous ? Un rouquin aux yeux verts, je crois.

« On » lui avait conté tous les détails, sans exception, sur sa vie.

— Parce qu'il se teignait les cheveux et portait des lentilles colorées, ce qui lui faisait des yeux gris ! Il avait pensé à tout !

Elle le raccompagna jusqu'à la porte.

— Prenez des vacances Brincourt, vous en avez bien besoin. Et que notre entretien reste secret... comme d'habitude !

oOo

Le TGV avait vingt-cinq minutes de retard. Ce qui avait ulcéré surtout Ragueneau. Garoust, moins exigeant et pratiquant fréquemment la ligne Paris-Brest, n'avait pas été dérangé d'attendre un peu son ami.

Affalés maintenant dans les profonds clubs, après un déjeuner royal au restaurant le *M*, comme lors de leurs retrouvailles, Ragueneau terminait de raconter comment il avait eu l'idée de monter une copie de l'opération *Viande hachée* avec la collaboration de Yann Favier.

— C'était un peu saugrenu, dit Garoust.

— J'en conviens, mais il fallait créer un événement bizarre qui secoue l'inertie de toutes les administrations. La curiosité, l'originalité du fait historique, devait, à notre avis, faire bouger les choses car immédiatement mémorisable. C'était ça l'essentiel ; briser la routine pour agir vite. D'une part, organiser un vaste coup de filet contre les réseaux, et d'autre part débusquer la taupe... Je tiens à te remercier personnellement pour ton efficacité et celle de tes hommes. Et je sais combien la perte d'un de tes sous-officiers vous a affecté.

-... Et nous venons d'avoir deux blessés graves dans une opération de nuit, il y a deux jours... Mais nous avons été fiers d'être associés à cette action. Bien que mes camarades, à qui je n'ai rien dit, se posent encore des questions sur l'origine et le montage de l'affaire.

— Tu as bien fait, ne leur dis rien. Tu ne m'as jamais vu, et tu n'as que des doutes vagues sur la question.

— Voilà ! Et puis le ratissage des voyous est loin d'être fini... Au fait, avez-vous retrouvé les explosifs dans l'immeuble parisien ?

— Oui, c'était tout bête. Le portable avec les paquets d'explosifs doit être relié avec son chargeur au circuit électrique. Sinon les piles se vident et on ne peut plus l'appeler pour faire péter le tout. Donc une rallonge est nécessaire. C'est repérable. Et puis, pour apporter des colis de dynamites, et les fixer, il faut être tranquille, même dans un sous-sol. Cela demande du soin. On n'a même pas commencé à fouiller le 7e arrondissement, comme Grimbert l'avait indiqué. Il n'y avait qu'un lieu possible : dans l'immeuble de sa mère, rue Daru. Là, on le connaissait, et il pouvait apporter ses paquets sans soulever d'attention particulière. Nos amis de la Sécurité Civile ont désamorcé le dispositif très facilement.

Garoust retournait sans cesse tous les aspects, les détails qu'il avait fallu mettre au point pour arriver à débusquer l'homme qui avait empoisonné la DGSE. Il aurait été incapable d'inventer pareille machination dans son univers bien hiérarchisé, organisé avec des règlements qu'on ne transgressait pas. Deux univers parallèles qui…

— Je me suis fait incendier par mon gestionnaire ! dit Ragueneau, interrompant sa rêverie. Tu n'as pas lésiné pour l'enterrement du Gitan !

— C'était une cérémonie correcte, sans plus. On lui devait bien ça. Tous les trésoriers hurlent quand on touche à leur argent ! Merci pour les permis de séjour des deux fils. La pauvre veuve ne s'en serait pas remise s'ils n'étaient pas venus… C'est la première fois que j'assistais à un office funèbre avec toute la tribu Rom du coin. Il y avait l'adjudant-chef Le Graët avec moi. Je ne sais pas ce qu'elle leur avait dit, mais ils sont tous venus nous serrer la main après la messe, comme si on était de la famille ! Et le vrai Russe ? Qu'est-ce que vous faites de son cadavre ?

— On va l'enterrer avec les honneurs militaires.

— Cette pourriture !

— Non. Dimitri Tcherkaïev est officiellement un attaché militaire, mort en mission pour les intérêts franco-russes. Le pauvre bougre, à l'origine du nom, est mort dans un goulag. Ce sera une façon de lui rendre hommage. Nos... contacts russes sont d'accord. Mon directeur général s'est superbement débrouillé !

oOo

On avait l'impression qu'il buvait dans sa main car le verre y disparaissait complètement. De même, la fourchette et le couteau avaient la taille des dînettes pour enfants. Les clients du Roch Ar Mor s'interrogeaient sur la réalité de ce qu'ils croyaient, pensant être transposés dans le monde de Pantagruel.

Kabarov était énorme dans toutes les dimensions. Les deux petits bonshommes, assis à la même table, paraissaient ridicules. Ils essayaient de croire que tout était normal, alors que le phénomène en était à sa troisième bouteille de côtes du Rhône pour délayer son quatrième plat principal. Quand il riait, il faisait trembler les vitres, Yann et Tanguy sentaient leurs cheveux voleter sous le souffle.

— Je trinque santé à vous ! Encore !

Ils levèrent leurs verres, mais les deux Français y trempèrent à peine leurs lèvres.

Yann avait raconté les circonstances de leur rencontre en Syrie, comment il avait eu la chance de lui sauver la vie.

— Niet ! Chance pour moi !

Et comment une amitié s'était établie entre eux, malgré des visites très espacées. Kabarov avait été à l'origine des renseignements sur Lemeniev. Ce qui lui avait permis de détecter un contact en France. Grâce à une patiente traque par tous les moyens possibles, il l'avait localisé à la DGSE. Mais impossible de découvrir son identité. Même quand Lemeniev l'avait rejoint au centre commercial du Val d'Europe.

— J'ai bonne équipe ici ! avait rugi le colosse. Mais elle battue : Grimbert salaud ! Très fort !

Yann avait relaté aussi cette incroyable menace des services secrets russes. Si Kabarov ou Lemeniev était assassiné, l'autre était exécuté automatiquement. Mais Brincourt et sa ministre étaient intervenus auprès du Gouvernement Moscovite. La sanction avait été levée, la coopération pour la lutte antidrogue en sortait renforcée.

Tanguy baissa la voix en se penchant vers Yann.

— Comment tu as fait pour le faux noyé à Ouessant ?

Il laissa passer l'éruption volcanique du rire de son voisin avant de répondre.

— Après que Ragueneau eut décidé de copier l'opération *Viande hachée*, je me suis mis à la recherche d'un mort récent par pleurésie. Je m'étais bien documenté sur cette histoire. Notre spécialiste à la DST, enfin… la DCRI, je ne m'y fais toujours pas, a préparé les documents de la mallette et le passeport du futur noyé. Il ne restait plus qu'à mettre la photo. J'avais averti deux amis, anciens médecins militaires reconvertis dans le civil, qu'il me fallait un marginal ou un SDF.

— Pourquoi SDF ou marginal ? s'enquit ingénument Tanguy.

— Pour qu'on ne le recherche pas tout de suite. Finalement, c'est une patrouille qui l'a trouvé dans sa voiture. Il était mort dans la nuit. Par chance, les gendarmes l'ont apporté à la clinique d'un de mes amis, parce qu'ils n'avaient pas le temps d'aller au funérarium de Brest. Mon ami leur a signé une décharge, et leur a promis de faire le nécessaire. Puis, il m'a téléphoné et on a « bricolé » le corps suivant mes directives. Injection d'eau de mer dans les poumons, rasage et toilette impeccable du visage pour la photo, photo truquée pour paraître dix ans de moins, taille des cheveux bien sûr, et habillage parfait de l'attaché militaire Dimitri Tcherkaïev. Ce pauvre Cecouniesku avait bien des papiers sur lui, ainsi que la carte grise de sa voiture, mais on les a mis de côté. D'ailleurs, ils ont été restitués à sa veuve dernièrement. Voilà. La suite vous la connaissez.

— Heu… pas tout à fait, dit Tanguy. Le sémaphore du STIFF n'a rien signalé quand tu es allé déposer le corps sur Ouessant ?

— Tu oublies que je connais tout le monde par ici ! J'avais prévenu l'équipe de nuit d'une mission top secret. Un des guetteurs était un ancien de chez nous.

— Du commando Hubert ?

— Exact !

— Excellent ! Pas tout compris mais excellent ! Nasdarovie !

— Nasdarovie… Tovaritch !

N'en pouvant plus de supporter pareil monstre, la chaise de Kabarov rendit l'âme. En plusieurs morceaux.

oOo

— Entre, Mathieu, entre!

Karadec leva la tête, et les larmes humectèrent ses paupières. Mathieu avait enlevé sa casquette et se tenait sur le pas de la porte, tout intimidé. Le maire vint à la rencontre de son vieil ami et le prit dans ses bras, manière de dissimuler son émotion.

— Tu remets ta casquette tout de suite, tu vas prendre froid!

— Je veux pas te déranger, Jean-Pierre. Je peux revenir si tu veux!

— Mais non, puisque c'est moi qui t'ai demandé de venir! Viens, assieds-toi.

Il tira une chaise pour s'asseoir près de lui, sachant que s'il restait derrière son bureau, Mathieu serait déstabilisé. Cette génération avait encore le respect des institutions, et se sentait diminuée face à la complexité des textes de la République, qu'elle redoutait et admirait aussi. Même des gens plus cultivés que ce vieux maçon ressentaient cela. Karadec eut une bouffée de colère en évoquant tous ces gens vieillissants, qu'on traitait comme des demeurés, et qui finissaient bien souvent sans argent et sans amour, usés par le travail.

— Tu veux boire un coup, mon ami? dit Karadec. Attention, je ne propose pas ça à tout le monde!

— Bon, ben, si c'est comme ça: d'accord.

Il alla chercher une carafe et deux verres dans l'armoire près de la fenêtre, et leur servit le beau liquide ambré.

— Tiens, tu m'en diras des nouvelles! *Yec'hed mat!*

— *Yec'hed mat!*

Ils burent une petite gorgée.

— Oh, mais c'est du bon ça!

— Oui. Un vieux muscat que j'ai trouvé par hasard.

Par quoi commencer? Il ne fallait pas montrer d'autorité, mais le message devait être reçu. Le maire s'inclina vers Mathieu comme s'il allait lui faire une confidence.

— Je t'ai fait venir parce que je voulais que personne d'autre ne nous entende.

Et, puis aussi pour que le cadre officiel t'impressionne un peu. Mais cette phrase resta dans son esprit.

— Tu sais que j'ai une confiance absolue en toi. Tu es mon cher ami, un peu mon papa, et mon ancien compagnon de travail… Je voulais te redire en privé que… les événements auxquels tu as été mêlé malgré toi sont très graves, tu t'en doutes. Le type que ton petit-fils a tué pour te sauver était un bandit russe terrifiant. Le genre qui inonde la planète de drogue et d'armes. Les touristes arrivent sur notre île, notre paradis. Je sais que tu n'as rien dit de ta pénible aventure, et si je t'ai demandé de venir aujourd'hui c'est pour te répéter qu'il ne faudra jamais évoquer ce drame. Les visiteurs viendraient alors pour « voir la plage du meurtre », chercheraient des informations partout, et c'est la réputation de notre « caillou » qui, à mon avis, serait salie. Personne de notre population, en dehors de toi et des forces de l'ordre, n'a vu le cadavre. Les îliens ont bien remarqué des équipes de plongeurs ou des ornithologues, mais ça ne va pas plus loin.

— Ben, ben ne tourne pas comme ça autour du pot : il ne s'est rien passé ? C'est ça ?

Karadec, embarrassé par son trop-plein d'affection, articula difficilement :

— C'est ça. Il ne s'est rien passé !

oOo

Le procureur n'avait pas gagné la bataille. Maître Morini, brillantissime, et grassement rétribué, avait obtenu ce que sa cliente voulait : l'expulsion politique. Les arguments du parquet n'avaient pas établi la moindre implication formelle avec les activités de son fils Simon Bullerne-Grimbert qui, lui, avait écopé de vingt ans d'emprisonnement. Il avait bien failli mourir avec la dose de somnifère vétérinaire.

Confortablement installée au restaurant *Lipsky Osobnyak*, elle terminait son dîner, entourée des soins attentifs des serveurs. À l'extérieur, son chauffeur garde du corps, attendait pour la raccompagner à son bel appartement près du parc Volodymyrska.

— Que les hommes sont naïfs ! pensa-t-elle au souvenir du procès.

Elle avait interprété à la perfection le rôle de la pauvre vieille écrasée par la fatalité. Et cela avait troublé le juge, en dépit des soupçons pesant sur elle.

Dans cette belle ville de Kiev où elle était née, la veuve Talaïev retrouvait une aisance encore plus importante qu'à Paris. Grâce à l'argent qu'elle y avait déposé, mais aussi grâce à tous les amis et cousins avec qui elle était toujours restée en relation. Et pas seulement amicale.

Connaissant ses habitudes, on lui apporta une petite carafe de vodka Standard glacée.

— Un cadeau de la maison, madame.

Elle remercia d'un sourire condescendant ce qu'on lui offrait chaque fois qu'elle venait, c'est-à-dire trois soirs par semaine. Après son deuxième verre, très euphorique, elle laissa divaguer ses souvenirs. Comme souvent depuis qu'elle vivait ici. Ses amours ressurgissaient ainsi que l'extravagance qui avait mené sa vie. L'incroyable Fédor Talaïev avec qui elle avait créé le plus subtil des réseaux d'espionnage en France. Lorsqu'elle s'était retrouvée enceinte de ses œuvres, un scribouillard scientifique nommé Bullerne avait endossé la paternité, moyennant une grosse liasse de billets. L'enfant avait été élevé discrètement dans une pension chic, car Fédor ne pouvait se permettre d'afficher publiquement une vie extra-conjugale. Lorsqu'il se sentit décliner, il conseilla à sa maîtresse d'épouser son propre fils pour assurer la continuité du réseau, avec une façade officielle insoupçonnable.

Nadia Talaïev but son troisième verre à la santé de la gourde qu'elle avait expulsée de chez son mari. Lequel avait voulu malgré tout garder son infect rejeton. Cette petite merde qu'elle n'avait jamais réussi à mâter ! Était-il possible qu'une haine tenace envers elle l'ait mobilisé pour sa carrière à la DGSE ? Une fois encore, elle refusa de répondre à cette question.

Et la stature du beau général se matérialisa dans les brumes de la vodka. Son premier amour. Mais quel amour ! Elle avait vingt ans, lui quarante-cinq. Il était une splendeur d'homme, avec un sourire qu'elle n'avait jamais vu chez personne d'autre. Il avait gagné ses galons au siège de Stalingrad, organisant une résistance face à l'ennemi, dont l'héroïsme était remonté aux plus hautes instances du parti. C'était lui qui l'avait amenée à Paris pour la confier à Fedor Talaïev. Il avait disparu à Cuba quelques années plus tard exécuté par la C.I.A., probablement. Comme à Fédor, elle lui avait donné un fils, mais il l'avait élevé à la vue de tous.

Sortant de son sac à main son portefeuille pour régler l'addition, elle ne put s'empêcher de regarder la photo, en noir et blanc, du beau général Lemeniev tenant dans ses bras leurs fils : Igor Ivanovitch. Elle soupira douloureusement. Elle avait retrouvé aussi son passé dans l'appartement de Kiev. Il restait un fond de vodka dans la carafe qu'elle but avidement. Ce qui lui restitua un sentiment de fierté. Avec ses deux fils, elle avait édifié le plus puissant marché de drogue et d'armes, pour corrompre ces abrutis de capitalistes. Elle avait réuni, encouragé, aidé de toutes ses forces ses enfants, et le résultat avait dépassé son espérance. On venait de lui en tuer un… Non pas « on ». Cette ordure de Georges Talaïev avait fait tuer Igor Lemeniev. Mais il restait encore son fils chéri. Elle allait se battre pour le faire évader de sa prison. Elle avait encore de puissantes connaissances qu'elle mettrait en branle quand les choses seraient un peu oubliées. Se sentant invincible, elle régla son addition et regagna sa voiture, saluée avec obséquiosité sur son passage.

Nadia Talaïev prit place à bord de sa berline Mercedes, et le chauffeur referma la portière. Il n'y avait pas beaucoup de circulation ce soir.

Les lumières mettaient en valeur le patrimoine architectural de cette magnifique et très ancienne ville.

Nadia se sentait bien, la vieillesse n'avait pas de prise sur elle, probablement parce qu'elle ne pensait jamais à son âge.

Il n'y eut même pas un bruit de freinage. Le gros camion qui brûla le feu rouge emporta la Mercedes contre le mur d'un immeuble, où il la réduisit à l'état de galette. Les rares passants se précipitèrent. Mais il n'y avait rien à faire. On ne pouvait pas sortir vivant d'un tel accident. Quand la police et les secours arrivèrent, elle fit la même constatation. La porte de la cabine de l'énorme engin tout terrain était ouverte. Aucune des personnes qui avaient vu l'accident ne se souvint d'un conducteur sortant du camion. Il s'était volatilisé, on ne le retrouva jamais.

Fin.

ERSONNAGES PRINCIPAUX

LE D'OUESSANT

an Le Goff, médecin.
an-Pierre Karadec, maire de Ouessant.
ann Favier, fonctionnaire du ministère de l'Intérieur, semi-retraite.
atherine, sa maîtresse, boulangère.
ervé et Marie-Jeanne Lhostis, retraités; Hervé, ancien apitaine de frégate.
athieu Créac'h, maçon retraité.
ommandant Tanguy Créac'h, son petit-fils, commando marine.

ES GENDARMES, Compagnie de Brest

ljudant-chef Cartier.
aréchal des logis-chef Antoine Kastler.
pitaine Pradier.
lonel Garoust.
énéral Dessailly.

adame Berrieux-Mauclair, ministre de l'Intérieur.
néral Gautlot, retraité de la D.R.M.
irection du renseignement militaire)

DGSE.
irection générale de la sécurité extérieure)

nçois de Brincourt, directeur général. De son vrai m Georges Talaïev.
on Grimbert, directeur du renseignement.
n Ragueneau, colonel du G.I.G.N., directeur du vice Action.
ifflot, directeur du service Stratégie.
ude Leblanc, correspondant à l'ambassade de France, Ioscou.

Michel Vitré, correspondant, gérant du restaurant *chez Georges*, à Moscou.

LES RUSSES

Madame veuve Nadia TALAÏEV, à Paris.
Fédor Talaïev, son beau-père, émigré en 1917 à Paris, embauché au ministère de l'Intérieur.
Igor-Yvanovitch Lemeniev, directeur des Archives à la mairie de Moscou.
Anouchka Snéguérine, sa secrétaire.
Commandant Passersky et madame Sneguerine, les parents d'Anouchka.
Sergueï Kabarov, maire adjoint à la mairie de Moscou.

LES DÉLINQUANTS

Mohamed Aramis, jeune mécanicien.
Alfredo Scorci, voyou du grand banditisme.
Marcel et Jeannine, agriculteurs.
André, marin pêcheur.

LES GITANS

Milos Cecouniesku et sa femme, Anton, un des deux fils.

REMERCIEMENTS .

La dernière page à écrire, la plus émouvante, la fin d'une aventure en mots, en émotion, en doutes aussi, est celle avec laquelle il faut dire merci à tous les amis qui suivent de près ou de loin mon travail, c'est aussi un immense plaisir.

Merci donc à l'amitié de Mauricette Lambert, fidèle traductrice de mon écriture et la première à me signaler les dérapages inéluctables effectués par ma main en rupture avec ma tête, ou l'inverse ;

merci à l'amitié de Françoise Chevais, qui, grâce à son précieux bagage universitaire, redresse les erreurs dues à mon ignorance ;

merci à l'amitié du colonel Daniel Dupont, mon conseiller Gendarmerie depuis le début de mes velléités policière, après une collaboration professionnelle qui m'a permis de découvrir un univers chaleureux, bien loin des clichés habituels ;

merci à Claudie, mon épouse, qui continue à m'encourager, et aussi à me supporter, elle a du mérite ;

merci à l'amitié de Paula et Georges Marschalk, mes russes à moi et néanmoins précieux conseillers ;

merci à l'amitié de Michèle et Patrick Dohin, persuadé eux aussi depuis le début qu'il faut que j'écrive sans discontinuer, et font tout pour m'aider ;

merci à l'amitié d'Isabelle Le Bal, mon « espion » à Ouessant, cette île fabuleuse, origine de mon livre ;

merci à l'amitié de Jean Failler, et à toute l'équipe des éditions Palémon, Delphine, Martine, Joëlle, Annie, et bien sûr Pascal, de poursuivre l'aventure avec tant de gentillesse et d'efficacité.

Merci à l'amitié tout court sans laquelle je ne pourrai vivre, et merci enfin à cette belle Bretagne qui me chuchote tellement d'histoires à raconter.

Retrouvez les romans de Gérard Chevalier,
les Enquêtes de Mary Lester
et tous les ouvrages des Éditions du Palémon sur :

www.palemon.fr

ÉDITIONS DU PALÉMON
ZA de Troyalac'h - 10 rue André Michelin
29170 SAINT-ÉVARZEC
Dépôt légal 2e trimestre 2013

ISBN : 978-2-916248-39-4

Couverture réalisée par PRIMSET,
Quimper 02 98 52 78 78

Achevé d'imprimer
par l'Imprimerie Laballery (303234)
Imprimé en France